国家出版基金项目
NATIONAL PUBLICATION FOUNDATION

U0107765

罗燕萍 著

宋词园林文献考述及研究

中国古代园林
文学文献研究丛书

主编 李 浩

陕西师范大学出版总社

图书代号　ZZ23N2178

图书在版编目（CIP）数据

宋词园林文献考述及研究 / 罗燕萍著. — 西安：
陕西师范大学出版总社有限公司，2024.4
（中国古代园林文学文献研究丛书 / 李浩主编）
ISBN 978-7-5695-3501-3

Ⅰ.①宋… Ⅱ.①罗… Ⅲ.①宋词—诗词研究 Ⅳ.
①I207.23

中国国家版本馆CIP数据核字（2023）第012072号

宋词园林文献考述及研究
SONGCI YUANLIN WENXIAN KAOSHU JI YANJIU

罗燕萍　著

出版统筹	刘东风　郭永新
执行编辑	刘　定　郑若萍
责任编辑	马凤霞
责任校对	熊梓宇
封面设计	周伟伟
出版发行	陕西师范大学出版总社
	（西安市长安南路199号　邮编 710062）
网　　址	http://www.snupg.com
印　　刷	中煤地西安地图制印有限公司
开　　本	720 mm×1020 mm　1/16
印　　张	21.5
插　　页	2
字　　数	316千
版　　次	2024年4月第1版
印　　次	2024年4月第1次印刷
书　　号	ISBN 978-7-5695-3501-3
定　　价	98.00元

读者购书、书店添货或发现印装质量问题，请与本公司营销部联系、调换。

电话：(029) 85307864　85303629　　传真：(029) 85303879

总　序

李　浩

经过全体同人六年多的不懈努力，"中国古代园林文学文献研究"丛书第一辑九部著作终于付梓，奉献给学界同道和广大读者。作为这个项目的组织策划者，我同作者朋友和出版社伙伴一样高兴，在与大家分享这份厚重果实的同时，也想借此机会说说本丛书获准国家出版基金立项与出版的缘由。

一

本丛书是由我主持的国家社科基金重大项目"中国古代园林文学文献整理与研究"（18ZD240）的阶段性成果。在项目开题论证时，大家就对推出研究成果有一些初步设想，建议项目组成员将已经完成的成果或正在进行的项目，汇集成为系列丛书。承蒙陕西师范大学出版总社刘东风社长和大众文化出版中心郭永新主任的错爱，项目组决定委托陕西师范大学出版总社来出版丛书和最终成果。丛书第一辑的策划还荣获了国家出版基金项目的资助，为重大项目锦上添花，也激励着大家把书稿写好，把出版工作做好。

本辑共九部书稿，计三百余万字。其中有中国古典园林文化的通论性研究。如曹林娣先生的《园林撷华——中华园林文化解读》，从中华园林文化的宏观历史视野，探讨中国园林特有的审美趣味、风度、精神追求和标识，整体阐释园林文化，探索中华园林"有法无式"的创新精神，是曹老师毕生研究园林文化的学术结晶。王毅先生的《溪山无尽——风景美学与中国古典建筑、园林、山水画、工艺美术》，以中国古典园林与风景文化为研究对象，从建筑、园林、绘画、工艺美术等多重角度，呈现中国古典园林的多重审美内涵。王毅先生研究园林文化起步早，成果多，他强调实地考察，又能够结合多学科透视，移步换形，常有妙思异想，启人良多。

本丛书中也有园林文学文献的考察、断代园林个案以及专题研究，研究视角多元。如曹淑娟先生的《流变中的书写——山阴祁氏家族与寓山园林论述》，是她明代文人研究系列成果之一，以晚明文士祁彪佳及其寓山园林为具体案例，探究文人主体生命与园林兴废间交涵互摄的紧密关系。在已有成果的基础上，又有许多新创获。韦雨涓《中国古典园林文献研究》属于园林文献的梳理性研究，立足于原始文献，对主体性园林文献和附属性园林文献进行梳理研究，一书在手，便对园林文献的整体情况了然于胸。张薇《扬州郑氏园林与文学》研究17至18世纪扬州郑氏家族园林与文学创作，探讨人、园、文之间的关系。罗燕萍《宋词园林文献考述及研究》和董雁《明清戏曲与园林文化》，则分别从词、戏曲等不同文体出发，研究园林对文学形式和内容的影响。岳立松《清代园林集景的文化书写》，是清代园林集景文化的专题研究，解析清代园林集景的文学渊源、品题、书写范式，呈现清代园林集景的审美和文化内涵。房本文《经济视角下的唐代文人园林生活研究》，从园林经济的独特视角探讨唐代园林经济与文人生活之间的关系，通过个案来研究唐代文人的园林生活和心态。

作为一套完整的丛书和重大课题的阶段性成果，全书统一要求，统一体例，这应该是一个基本的共识。但本丛书不满足于此，没有限制作者的学术创造和专业擅长，而是特别强调保护各位学者的研究个性，所以收入丛书的各册长短略有差异，论述方式也因论题的不同，随类赋形，各呈异彩。

本丛书与本课题还有一个特点，就是将学术研究课题的完成与人才培养结合起来。我们给每位子课题首席专家配备一位青年学者，作为学术助理与首席专家对接，在课题推进和专家撰稿过程中，要求青年学者做好服务工作。还有部分稿件是我曾经指导过的博硕士论文的修改稿，收入本丛书的房本文所著《经济视角下的唐代文人园林生活研究》、张薇所著《扬州郑氏园林与文学》就属这一类。还有未收入本丛书的十多位年轻朋友的成果，基本是随我读书时学位论文的修改稿，我在《唐园说》一书自序中已经交代过了，这里就不再赘述。

本丛书既立足于文学本体，又注重学科交叉；既有宏观概述，又有个案或专题的深耕。作者老中青三代各呈异彩，两岸学人共同探骊采珠。应该说，该成果代表了园林文学文化的最新奉献，也从古典园林的角度为打造园林学科创新发展、构建中国自主知识体系，进行了有益的尝试。

二

中国古典园林是中华优秀传统文化的重要组成部分，是外在的精美佳构与内在丰富文化内涵的完美统一，也是最能体现中国特色、中国风格、中国气派的艺术形式之一。早期的园林研究，主要是造园者的专擅，如李诚《营造法式》、计成《园冶》、陈从周《说园》等，后来逐渐扩展到古代建筑史和建筑理论学者、农林科学家等。20 世纪后半叶，从事古代文史研究的学者也陆续加盟到这一领域，如中国社会科学院前有吴世昌先生，后有王毅研究员，苏州教育学院有金学智教授，苏州大学有曹林娣教授，台湾大学有曹淑娟教授，台北大学有侯迺慧教授等。

本丛书的作者以及这个课题的参与者，主要是以文史研究为专业背景的一批学者。其中的曹林娣先生原来研究中国古典文献，但很早就转向园林文化，在狭义的园林圈中享有很高的学术声誉。赵厚均教授虽然较年轻,但与园林文献界的老辈一直有很好的合作。还有为园林学教学撰写教材而声名鹊起的储兆文。我们认为,表面上看,这是学者因学术研究的需要而不断拓展新领域,不断转战新的学术阵地所引发的,但本质上还是学术自身的特点,或者说学术所研究的对象自身的特点所决定的。

法国埃德加·莫兰在《复杂性理论与教育问题》一书中有这样的论述:"科学的学科在以前的发展一直是愈益分割和隔离知识的领域,以致打碎了人类的重大探询,总是指向他们的自然实体:宇宙、自然、生命和处于最高界限的人类。新的科学如生态学、地球科学和宇宙学都是多学科的和跨学科的:它们的对象不是一个部门或一个区段,而是一个复杂的系统,形成一个有组织的整体。它们重建了从相互作用、反馈作用、相互—反馈作用出发构成的总体,这些总体构成了自我组织的复杂实体。同时,它们复苏了自然的实体:宇宙(宇宙学)、地球(地球科学)、自然(生态学)、人类(经由研究原人进化的漫长过程的新史前学加以说明)。"① 从科学发展史来看,跨学科、交叉学科是未来学术增长的一个重要方向,本丛书和本课题的研究,不过是"预流"时代,先着一鞭,试验性地践行了这一学术规律。

三

人类在物理空间中的创造与时间之间存有一个悖论:一方面,人类极尽巧思,创造出无数的宫殿、广场、庙宇、园林等;另一方面,再精美坚固的创造物,也经受不起时间长河的冲刷、腐蚀、风化而坍塌、坏毁,最后被掩埋,所谓尘归尘,土归土,来源于自然,又回归于自然。苏轼就曾在《墨妙亭记》中言:"凡有物必归于尽,而特形以为固者,尤不可长。"

人类的精神创造,虽然也会有变化,但比起物化的创造,还是能够更长

---

① 埃德加·莫兰:《复杂性理论与教育问题》,陈一壮译,北京大学出版社,2004年,第114—115页。

时段地存留。李白《江上吟》言："屈平词赋悬日月，楚王台榭空山丘。"作为精神类创造的"屈平词赋"可以直接转化为文化记忆，但作为物理存在的"楚王台榭"以及历史上的吴王苏台、乌衣巷的王谢庭堂，都要经过物理空间中的坏毁，然后凭借着"屈平词赋"和其他诗文类的书写刻录，才能进入记忆的序列，间接地保存下来。

中国古人正是意识到了物不恒久，故有意识地以文存园，以文传园，建园、居园、游园皆作文以纪事抒怀，所以留下了众多的园林文学作品，而这些作品具有超越时空的特质，作为一种文化记忆延续了园林物理空间意义上的生命。

前人游览园林景观后可能会留下书法、文学、绘画作品，也就是文化记忆，后人在凭吊名胜时，同时会阅读前代的文化记忆类作品，会留下另一些感怀类作品，一如孟浩然《与诸子登岘山》所说的"羊公碑尚在，读罢泪沾襟"。这样就形成了一个追忆的系列、一个文化的链条，我们又称之为伟大的传统。[①] 对中国古典园林而言，也存在这样的现象，后人游赏前代园林或者凭吊园林遗迹，会形诸吟咏，流传后世，于是形成文化链条。

我曾引用扬·阿斯曼"文化记忆"的理论解释此现象，在扬·阿斯曼看来，"文化记忆的角色，它们起到了承载过去的作用。此外，这些建筑物构成了文字和图画的载体，我们可以称此为石头般坚固的记忆，它们不仅向人展示了过去，而且为人预示了永恒的未来。从以上例子中可以归纳出两点结论：其一，文化记忆与过去和未来均有关联；其二，死亡即人们有关生命有限的知识在其中发挥了关键的作用。借助文化记忆，古代的人建构了超过上千年的时间视域。不同于其他生命，只有人意识到今生会终结，而只有借助建构起来的时间视域，人才有可能抵消这一有限性"[②]。

研究记忆类的文化遗存，恰好是我们文史研究者所擅长的。从这个意

---

① 宇文所安：《追忆：中国古典文学中的往事再现》，郑学勤译，生活·读书·新知三联书店，2004年。

② 扬·阿斯曼：《"文化记忆"理论的形成和建构》，金寿福译，载《光明日报》2016年3月26日第11版。

义上说，文史研究者加盟到园林史领域，不仅给园林古建领域带来了新思维、新材料、新工具和新方法，而且极大地拓展了研究的边界，原来几个学科都弃之如敝屣、被视为边缘地带的园林文学，将被开辟为一个广大的交叉学科。

明人杨慎的名句"青山依旧在，几度夕阳红"（《廿一史弹词》），靠着通俗讲史小说《三国演义》的引用为人所知，又靠着现代影视的改编，几乎家喻户晓。有人说这两句应该倒置着说：几度夕阳红？青山依旧在。但杨慎真要这样写的话，就落入了刘禹锡已有的窠臼："人世几回伤往事，山形依旧枕寒流。"（《西塞山怀古》）

还是黄庭坚能做翻案文章，他在《王厚颂二首》（其二）中说："夕阳尽处望清闲，想见千岩细菊斑。人得交游是风月，天开图画即江山。"由江山如画，到江山即画，再到江山如园，江山即园，是园林艺术史上的另外一个重大话题，即山水的作品化过程。在这一过程中，自然中的山水、诗文中的山水、园林中的山水、绘画中的山水，究竟是如何互相启发、互相影响，又是如何开拓出各自的别样时空和独特境界的？这里面仍有很多值得深入思考的话题。我们希望在本丛书的第二辑、第三辑能够更多地拓宽视野，研讨园林文化领域更深入专精的问题。作为介绍这一辑园林文学文献丛书的一篇短文，已经有些跑题了，就此打住吧。

2023 年 12 月 28 日草成

目　录

绪　论

　　园林是一种具有实用价值的空间艺术，运用自然界的沙、石、水、土、植被和动物等，在有限的空间内塑造出山体、水体、建筑和花木等景观；而文学则是一种源于文字、基于视听感觉的想象占主导的艺术样式。看似不相干的二者却有着深刻的相似之处，拿宋词来说，"词和园有着密切的、相互影响的美学关系，它常常以园作为抒情环境，而园林美学也常常可以从词中得到某种有益的启示"①。二者相互激发，有着共同的文化根源，展现出相似的美感特色。"尽管有些野外景色比任何人为的景物更能引起欣赏，我们仍然觉得，大自然的作品越是肖似艺术作品就越能使人愉悦。因为，在这种情况下，我们的快感发自一个双重的本源：既由于外界事物的悦目，也由于艺术作品中的事物与其他事物之间的形似。我们观察两者和比较两者之美时，同样获得快感……"②园林和文学都是模仿自然而生成的，人们在对其品赏的过程中，会获得同样的审美愉悦，二者也源于此，有了许多的相通之处，处于一种互相作用和互相影响的共生状态。

　　园林，像是一首无言、有形、凝固的诗，不过它的构建手段是依托建筑、山水、泉石、花木诸物质要素，人们在品赏园林时常不自觉地吟诵起某句诗、某首词，就是类似情境从文字到实景的再现引起了诗意的联想。而

---

① 金学智：《中国园林美学》，江苏文艺出版社，1990年，第439页。
② 艾迪生：《旁观者》，见伍蠡甫、蒋孔阳编：《西方文论选》上卷，上海译文出版社，1979年，第567页。

诗词等文学作品，又何尝不可以说是用文字搭建起的"纸上园林"？人们阅读《红楼梦》，如身临其境，如在大观园中徜徉，一年四季的景物尽览，春花秋月均没有错过；人们阅读唐诗宋词，如沐春风，如临胜地，也是一样的道理，只不过更需要源于经验的审美想象。那它们之间真正的相通之处是什么呢？模仿自然固是一个方面，可那几乎是所有艺术的共同点。还是陈从周先生说得好："文学艺术作品言意境，造园亦言意境。王国维《人间词话》所谓境界也。"①园林风格各异，或富丽，或清雅，或曲折，文学作品的风格也不同，而它们之所以都能勾连起来，正是因为有这样一个重要的共同点——意境。

　　"虽由人作，宛自天开"的自然与人工的最佳结合可谓是中国园林的最高境界。园林意境之美包括了非常丰富的内容：因地制宜，天然自成，韵律秀美，气韵生动，象外有象、小中见大，有无相成、虚实相生、显隐并存等。恽格论画云："潇洒风流谓之韵，尽变奇穷谓之趣。"②气韵流动，妙趣横生，亦是一座经典的古典园林带给人的体验。古典文学也特别擅长发现和表现园林意境之美："庭院深深深几许，杨柳堆烟，帘幕无重数。"③（欧阳修《蝶恋花》）"袅晴丝吹来闲庭院，摇漾春如线"，"朝飞暮卷，云霞翠轩。雨丝风片，烟波画船"。（汤显祖《牡丹亭·惊梦》）以诗词为主的文学艺术中描写园林及用品赏园林的眼光去描写自然，是对园林美的再发现与再创造，同时，这些发现与创造又反过来影响园林美的发现与创造，如此，二者形成了一个良性、友好的循环，并且，在艺术的链条上处于一种互相影响但又彼此独立的境地，可谓"妙境双生"。

---

① 陈从周：《说园（三）》，见陈从周：《梓翁说园》，北京出版社，2004年，第26页。
② 恽格：《瓯香馆集》卷一二，商务印务馆，1935年，第220页。
③ 本书所引宋词均见唐圭璋编：《全宋词》，中华书局，1965年。

一、文学对园林的影响

文学元素在中国古典园林中无处不在，主要表现在匾额、题注、对联中的诗词对园林美的点醒与阐发。尤侗在《百城烟水序》中指出："夫人情莫不好山水，而山水亦自爱文章。文章藉山水而发，山水得文章而传，交相须也。"[①]苏州的枫桥、寒山寺，正是以张继的《枫桥夜泊》诗为境并名扬天下的。在自然空间中的园林，它的美在不同的季节、时段、角度，甚至欣赏者不同的心情之下，所产生的意境也是迥异的。如果没有适时恰当的文辞作为点景所需，园林中流动不居需要细心体察才能发现的美感很大程度就会被忽略。选取那些能凝缩园林之境而又能帮助欣赏者发现和体悟园林之美的字句加以高度概括，突出景点精华，就是园林艺术中的点景手法。这一点，离开文学的独特的洗练、含蓄的特质是很难做到的。苏州网师园，有亭名"月到风来"，该亭处于整个小巧别致的园林的最佳赏景位置，题名点出其最美的景应是在晚间，清风徐来，朗月当空，亭前的池水中有月，亭中的镜面上有月，赏月者心中眼中有月，天地之间最美的风与月，俱被一小小亭子所吸纳。"月到风来"就有这样点明意境的功效。

匾额、题注、对联是体现园林美不可或缺的一部分。"亭榭之额真是赏景的说明书，拙政园的荷风四面亭，人临其境，即无荷风，亦觉风在其中，发人遐思。而联对文辞之隽永，书法之美妙，更令人一唱三叹，徘徊不已。镇江焦山顶的'别峰庵'，为郑板桥读书处，小斋三间，一庭花树，门联写着'室雅何须大，花香不在多'，游者见到，顿觉心怀舒畅，亲切地感到景物宜人，博得人人称好，游罢个个传诵。至于匾额，有砖刻、石刻，联屏有板对、竹对、板屏、大理石屏，外加石刻书条石，皆少用画，比具体的形象来得曲折耐味。"[②]还有《红楼梦》中第十七回"大观园试才题对额"，描写大观园工程告竣，各处亭台楼阁要题对额，贾政说："偌大景致，若干亭榭，

---

① 徐崧、张大纯纂辑：《百城烟水》，薛正兴校点，江苏古籍出版社，1999年，第1页。

② 陈从周：《说园》，见《梓翁说园》，第4页。

无字标题，也觉寥落无趣，任有花柳山水，也断不能生色。"这一回中描写了宝玉一行边游赏边题词的情形，便是最好的文学点园林之景的例证。园林的美和趣在经过文学之笔的点染、凝固之后，宛若新生。薛昂夫说得好："一样烟波，有吟人景便多。"（薛昂夫《殿前欢》）再如西湖的意境美，就离不开文人的题咏。如果没有白居易的《春题湖上》《钱塘湖春行》，苏轼的《饮湖上初晴后雨》《望湖楼醉书》，杨万里的《晓出净慈寺送林子方》，等等，游览西湖带给人们的审美体验也会消减。

　　游览者在文学品题的导引之下可能会获得更为丰富、细致的审美感受。陈从周曾这样描述自己游览瘦西湖"月观"的体验："余小游扬州瘦西湖，舍舟登岸，止于小金山'月观'，信动观以赏月，赖静观以小休，兰香竹影，鸟语桨声，而一抹夕阳，斜照窗棂，香、影、光、声相交织，静中见动，动中寓静，极辩证之理于造园览景之中。"①文学点题和园林风光的结合，加深了意境。"名山遇赋客，何异士遇知己，一入品题，情貌都尽。后之游者，不待按诸《图经》，询诸樵牧，望而可举其名矣。"②如拙政园的"与谁同坐轩"，建筑本身的设计固然巧妙，各个主要侧面都呈扇形，掩映于绿树之中，摇曳在水影之上，体现了一种特别的形式美，但如仅欣赏至此，还只是一种较低层次的审美，静坐其中，吟诵苏轼的"与谁同坐，明月清风我"，才会真正体会到江山风物的可贵、闲适自在的心情和一种达观开朗的境界，对园林的品赏才达到了一个较高的层次，从视觉、感觉的愉悦上升到心灵的自由。金学智把这种颇具创造性却不无道理的品题称为"诗意的集体的暗示"。他这样说道："集体的暗示正是如此，作为文化史的不断积淀，作为一种客观存在和精神背景，它往往包孕着富于诗意的情思内涵，增添着风景的意境之美，并对品赏者的诗心起着启迪、引导、规范、拓展、深化的作用，从而使之沿着接受定向逍遥游荡。"③"与谁同坐轩"的品题之妙，正是建立在古典审美与古代哲学的积淀与交融之上。

---

① 陈从周：《说园（三）》，见《梓翁说园》，第21页。
② 董其昌：《画禅室随笔》卷三，屠友祥校注，上海远东出版社，1999年，第171页。
③ 金学智：《中国园林美学》，第423页。

造园家常常从文学作品的意境中汲取养分并将其用在园林景观的设计营造中。陈从周曾呼吁："'小红桥外小红亭，小红亭畔，高柳万蝉声。''绿杨影里，海棠亭畔，红杏梢头。'这些词句不但写出园景层次，有空间感和声感，同时高柳、杏梢，又都把人们视线引向仰观。文学家最敏感，我们造园者应向他们学习。"①吸取文学的精华以充实园林意境，古典园林中有许多佳例，如苏州拙政园东部原为"归田园居"，王心一在《归田园居记》中写道："峰之下有洞，曰'小桃源'，内有石床、石乳。南出洞口，为'漱石亭'，为'桃花渡'……余性不耐烦，家居不免人事应酬，如苦秦法，步游入洞，如渔郎入'桃花源'，见桑麻鸡犬，别成世界"②。就是模仿陶渊明《桃花源记》中隐居之所的隔绝感与自然特点。圆明园曾根据诗意设计了"杏花春馆"景区，有山有池，还有"春雨轩""杏花村"等建筑群，突出"杏花春雨江南"的感受。李白《秋登宣城谢朓北楼》云："江城如画里，山晚望晴空。两水夹明镜，双桥落彩虹。"这一优美的诗情画意，在圆明园里也凝固为物质景观造型——"夹镜鸣琴"景区。

可以说，文学品题使得自然景物之美与人文之美在园林中更加紧密而巧妙地结合起来。"中国园林，能在世界上独树一帜者，实以诗文造园也……中国园林能于有形之景，兴无限之情，反过来又产生不尽之景，觥筹交错，迷离难分，情景交融的中国造园手法……情能生文，亦能生景，其源一也。"③

① 陈从周：《说园》，见《梓翁说园》，第3页。
② 王心一：《归田园居记》，见陈植、张公弛选注：《中国历代名园记选注》，陈从周校阅，安徽科学技术出版社，1983年，第229页。
③ 陈从周：《中国诗文与中国园林艺术》，载《扬州师院学报（社会科学版）》1985年第3期，第42页。

二、园林作用于文学

园林对文学的影响，主要表现在为文学的感发提供合适的场域、契机，贡献意象、主题、题材等。英国著名建筑理论家查尔斯·詹克斯的《中国园林之意义》以后现代的视野这样描述中国园林空间的美学特性："中国园林是作为一个线性序列而被体验的，使人仿佛'进入幻境的画卷'，趣味无穷……使内部的边界做成不确定和模糊，使时间凝固，而空间变成无限。显而易见，它远非只是复杂性和矛盾性的美学花招，而是取代仕宦生活，有其特殊意义的令人喜爱的别有天地——它是一个神秘自在、隐匿绝俗的场所。"①在古典园林中，充满了与自然节律与时序相配合的韵律美，园林空间充满了生机勃勃的情态，并且可以利用建筑与水、石、花、木的关系创造出园林的近景、中景和远景，加深园林内涵与美感的深度与广度。正是这样的文化与审美的基础，使得园林与文学的关系密不可分。

文学的兴发感动有赖于具体事物的启迪与激荡。刘勰《文心雕龙·原道》中说："日月叠璧，以垂丽天之象；山川焕绮，以铺理地之形：此盖道之文也。"把自然之象与人文之道联系起来，前者为后者的表征，后者依靠前者启发。张戒《岁寒堂诗话》就明确提出"世间一切皆诗"的命题，认为"一切物，一切事，一切意，无非诗者"，②指出了事物与诗意的普泛联系。魏源《〈诗比兴笺〉序》中说："鱼跃鸢飞，天地间形形色色，莫非诗也。"③也重在说自然对诗人的感发。园林是自然和人工精心安排、巧妙结合的产物，其中美的元素比自然界中的要集中得多，其排列形式更合审美产生机制。唯美的倾向更突出，文化的氛围更浓郁，更适合诗兴的产生。乾隆《圆明园四十景·碧桐书院》诗序很好地阐释了这样的产生机制："前接平桥，环

---

① 查尔斯·詹克斯：《中国园林之意义》，赵冰、夏阳译，冯纪忠校，见《建筑师》编辑部编辑：《建筑师》第27期，中国建筑工业出版社，1987年，第205页。
② 张戒：《岁寒堂诗话》，见丁福保辑：《历代诗话续编》，中华书局，1983年，第464页。
③ 魏源：《〈诗比兴笺〉序》，见魏源：《魏源集》，中华书局，1976年，第231页。

以带水，庭左右修梧数本，绿荫张盖，如置身清凉国土，每遇雨声疏滴，尤足动我诗情！"具备听觉、视觉等美感元素、充满自然律动和文化底蕴的园林是强烈的诗情的引发物。园林中引发诗情的"物"的集中，更形成了园林的诗歌场域。圆明园有品诗堂、绮吟堂、朗吟阁、吟懒亭、展诗应律殿等，北京清漪园中就云楼之东为"寻诗径"，紫禁城宁寿宫花园也有"寻诗径"，这些命名都表明了诗与景的高度契合。南方园林中，常熟燕园有十六景之一的赏诗阁，扬州瘦西湖有王渔洋们的流风遗韵——"红桥修禊"、冶春诗社，至今仍存冶春园，袁枚的随园有"诗世界"，浙江吴兴南浔小莲庄有"净香诗窟"。"诗窟"二字之妙，足以说明园对于诗兴的感发、诗情的涌动、诗境的促成都有着显著的作用。[1] 诗词作品多由园林景物引起，园林景点的提名嵌以"诗""吟""咏"等字，是园林的诗歌场域效应的表现。

园林中雅洁精美的景物为文学的创作提供了取之不尽的意象群，园林中闲适优雅的生活也为文学创作提供着丰富的题材和主题。清代江湜有诗云："我要寻诗定是痴，诗来寻我却难辞。今朝又被诗寻着，满眼溪山独去时。"说的正是当一颗有储备的诗心遭遇美妙的溪山风光时抑制不住的创作激情与灵感。园林与诗歌原本就是同根共生在中国传统文化和审美积淀上的两颗果实。园林在设计、建筑之初已融入文人的审美情趣，呈现出的并非孤立的自然风景之美，亦非独立的建筑美，而是建筑、山水、花木、人文巧妙融合而构成的境界之美，与诗词的意境有着异曲同工之妙。而诗人们往往能因园林美景生情，以情观景，在景物的细致描写中融入情思，创造出情景交融的完美诗境。他们擅于捕捉意境氛围，善于发现新奇视角，常以亭、台、楼、阁还有窗、户、帘、檐、栏作为取景之处，摄取山川风物、园苑风光于眼底笔端。甚至中国文学批评阐发文学境界也离不开园林意境，如司空图的《二十四诗品》、郭麐的《词品》、杨伯夔的《续词品》[2] 等均是以优美的园景来直观地展现姿态各异的文学意境。除了诗词等抒情文

---

① 金学智：《中国园林美学》，第423页。
② 郭麐：《灵芬馆词话》卷二，见唐圭璋编：《词话丛编》，中华书局，2005年，第2版，第1524页。

体，戏曲、小说等叙事文体也受到了园林空间的影响。如《红楼梦》当中的园林空间已成为小说不可或缺的叙事、审美和精神空间："曹雪芹对庭园小说创作的一大贡献是在《红楼梦》中引进中国园林艺术，从而使作品充满园林的审美艺趣和文化意识。小说具有园林空间的流动性、多变性与灵活性特点，表现了园林艺术的空间思维和建筑的结构美。小说的时间结构具有园林的时间移步换景的运动性和流逝性，表现出园林的自然时间观和自然悲剧性。"①再如《牡丹亭》中的南安府后花园更是杜丽娘内心孤独而又丰富的青春体验的外化。

园林与文学，正是以情境相生为共同的艺术特征和审美追求又互相作用和影响的异质同构的艺术胜景。园林和宋词以意境为沟通点，存在异质同构的关系，二者相辅相成，主要体现在以下三个方面：宋词和园林具有异质同构的审美特征；园林对宋词具有强大的感发和生成作用；宋词对园林意境的营造也起着相当重要的作用。明代著名画家董其昌曾说："诗以山川为境，山川亦以诗为境。"②正可用来说明园林和文学互妙相生的状态。园林是物质性元素和精神性元素相互交融的复合系统，它那错杂繁复、流动变化的意境客体，需要审美主体全身心、多角度地去感受、捕捉、体味、领略、思索、深化、再创造……从而转化为审美主体的意中之境——文学作品，已生成的文学作品又可以指导园林的创造和欣赏。园林风光中，形体、色彩、声响、气味流动不已，流动里有美、有生命的韵律，而园中人"宠辱不惊，看庭前花开花落；去留无意，看天上云卷云舒"（洪应明《菜根谭》）。四季和生命的轮回在品园者的笔端化为灵动细腻的美。陈从周先生说得好："'春见山容，夏见山气，秋见山情，冬见山骨。''夜山低，晴山近，晓山高。'前人之论，实寓情观景，以见四时之变，造景自难，观景不易，'泪眼问花花不语'，痴也。'解释春风无限恨'，怨也。故游必有情，然后有兴，钟情山水，知己泉石，其审美与感受之深浅，实与文化修养有关。故我重申：不

① 张世君：《〈红楼梦〉的园林艺趣与文化意识》，载《东莞理工学院学报》1995年第2期。
② 董其昌：《画禅室随笔》卷三，屠友祥校注，第171页。

能品园，不能游园；不能游园，不能造园。"①

中国古典园林，有"虽由人作，宛自天开"的美称，其与文学之间的关系可谓源远流长。从上古的神话、《诗经》、楚辞、汉赋，到唐宋诗词，明清的戏曲、小说，自封建时代阡陌纵横、人居与农田混处的园圃进化到曲水流觞、庭院深深的私家园林，自帝王高耸入云、上与神通的楼台演变到奇花异草与叠山理水争艳的皇家苑囿，文学与园林在各自成熟的道路上共生互映，既玉成对方，又照亮自身。

保留在《山海经》《淮南子》等书中的上古神话，描绘了世人想象中神仙的玄圃和上古帝王的苑囿。从周文王的灵囿、殷纣王的鹿台、楚王的章华台到秦代的阿房宫、兰池宫，园林的功能由通天、通神走向追求长生和世俗游冶。不论是《诗经》对于周文王灵囿的描写，还是《楚辞》对于楚王章华台的描写，都已粗略具备了园林的基本要素：精心选培的动植物与人工雕饰的建筑物。正如长生永远是历代帝王的梦想，一池三山成为皇家园林固定的模式，玄圃更是成为日后文学对于神仙园林想象的源头。屈原在《九歌》中写过河伯的宫殿"鱼鳞屋兮龙堂，紫贝阙兮朱宫"，是浪漫的想象还是基于真实的描绘，如没有出土文物的印证实难推测。1987年湖北潜江章华台遗址发掘出一条宽约2.4米、长约10米的径道，全以紫贝缀砌而成，平面呈鱼鳞状排布，穿门而过，直到宫殿遗址的台基。可见，旧日章华台的宫殿样貌是屈原灵感的来源，使得他笔下的楚宫恢宏艳丽又充满神秘色彩。

汉代称得上园林文学的，是描写宫殿园囿的汉魏辞赋，最具代表性的是司马相如的《上林赋》，其所描写的上林苑是典型的秦汉园林形态。上林苑，位于今天陕西西安以西至周至、鄠邑区范围内，本是秦代旧苑，汉武帝时对其进行重修扩建，纵横三百里，有灞、浐、泾、渭、沣、滈、涝、潏八水出入其中，其广大壮丽、丰繁豪奢的风格与汉代大赋相得益彰。司马相如的《上林赋》中虽有对帝王奢侈之风的批判："苑囿之大，欲以奢侈相胜，荒淫相越，此不可以扬名发誉，适足以贬君自损也。"但更多的还是极尽能

① 陈从周：《说园（五）》，见《梓翁说园》，第44页。

事地描绘此皇家园林之"巨丽"。其占地之广、宫殿之多、山川之奇、动植物之繁盛、物产之富，可谓独一无二，在精神上有"三山一岛"的长生追求，又有大同俱归我有的帝王豪气，在功能上是集农耕、狩猎、演武、享乐等于一体的庄园式园林。

魏晋时期，是中国文化史重要的转折点，园林和诗歌也同步向艺术与生命的纵深处迈进。皇家园林有芸林苑、西游园、华林园等。简文帝说"会心处不必在远，翳然林水，便自有濠、濮间想也，觉鸟兽禽鱼自来亲人"，已将皇家园林原本崇尚奢华、长生的品格提升到意境深远的文人私赏层面，其间更蕴藏着山水画、山水诗方兴未艾的韵致。"公子敬爱客，终宴不知疲。清夜游西园，飞盖相追随。"邺城的西园，建安名士"怜风月，狎池苑，述恩荣，叙酣宴，慷慨以任气，磊落以使才"，成就了许多辞赋文章。金谷园、兰亭中，魏晋名士们的生命、诗情与园林小环境所昭示的宇宙大环境的生机一起律动。北周庾信的《小园赋》、东晋陶渊明的《归园田居》，更是跳出了园林及文学的皮相之美，揭示田园、故乡及归隐之路之于乱世中的知识分子回归生命本真的意义。此期的园林艺术，由于建筑、绘画艺术的长足发展变得劲健而优美，此期的园林文学，也由于儒释道思想的融合，向内发现生命的本体之美、向外揭示人生之于宇宙的坐标及意义，开始具有了士大夫文人的特有品格。

唐代相较魏晋南北朝，门阀制度逐渐被打破，普通的文人阶层营建园林的能力逐渐提高。拥有自家园林也不再只是皇族与权贵的特权，虽比不上汉代的梁园奢华，但普通文人拥有园林实体的比例确是大大提高。与此同时，文人的园林观也逐渐形成，并与文学的表现密切相关。主要体现在以下三类：第一类，以王维和他的辋川别业、辋川诗为代表。园主艺术、审美地栖息于园林，敏锐、细致地感受人与环境之和谐及园林四时变化之美感，心灵似乎也在禅定中归于平静。"涧户寂无人，纷纷开且落。""行到水穷处，坐看云起时。"王维的辋川别业因此也成为后世追踪的文学坐标。第二类以李德裕的园林为代表，园主以近乎狂热的态度搜罗世间的奇花异草、异兽名禽装点自己的园林，将它们汇集在平泉山庄，并珍重地写下《平泉山居戒子孙记》，想要千秋万代地保有名园，却因宦海沉浮一生极少在园中居住，耿耿于胸中的情结化成了多篇吟咏、怀念园中之物的诗篇和文章，于深情之中，毕竟难逃贪酷和聚敛的嫌疑。后贬死崖州，被目为功成未能身退、占有而未拥有的反面典型，遭后人讥评。第一类是对后世影响最大的一类，以白居易的园林观及园林诗为代表。白居易是中唐转捩期的关键人物之一，是在思想和审美上开风气之先的人物。他的仕隐观、人生观，对中唐乃至宋代的士人心态起到垂范作用。他所开创的"中隐"模式恰好与园林闹中取静、以小见大的文化品格、审美范式相契合。在文化姿态上，他保持着可退可进的状态，在审美眼光上，是"壶中天地"映出江湖丘壑的境界。白居易的园居生活、园林观念及园林诗歌为宋代士大夫在追模陶渊明的道路上提供了一个参考性更强的过渡。可以说，唐代园林与文学的关系，已初步奠定了仕与隐、物欲与心境、自然与禅定等问题的典型范式。

宋代园林的文人化程度进一步加深。宋代文官制度发达，能够在经济和政治层面提供给文人一种保障，使得大多数文人可以有宽松的环境、充裕的金钱和闲暇的时间来游赏甚至营建园林。在此基础上，宋代休闲文化大行其道；文化特质趋向雅致、内敛；文人的文化品格渐趋成熟，审美日常化与对所居环境精神化的诉求加深。宋代文人赏园和造园的热情极高，只要具备一定的经济能力，大多数宋代士大夫都会营建园墅。因此，宋代文人园林演进的速度、普及的程度、涵盖的地域，大大超过了唐代。从空间角度来看，园林为宋代文人雅集吟咏提供了必要和适合的场所。从北宋到南宋，从宋诗到宋词，许多优秀作品诞生于文人园池集会之际，这也是园林"诗场"效应的体现。洛阳城中钱幕文人集会、平山堂"坐花载月"的诗酒风流、湖州前后"六客会"、西园雅集等，在园林诗意的空间里，士大夫们宴饮集会，构成了宋代诗歌史上鲜明、丰富的文学景观。宋代诗歌及其评论接受园林意境那种散发艺术气氛、包蕴神情韵味、负载意趣情思、暗含景外之景的影响，产生新的审美意义，以有限表现无限，以实境表现虚境，传承自先秦汉魏，唐代又有其新变，并对明清产生重要影响，成为中国传统文学的一项重要质素。司马光的独乐园、苏舜钦的沧浪亭、东坡的雪堂、稼轩的带湖与瓢泉等，宋人从对园林的观照中寻求自己的生命本质与人格力量,为园林赋予更多的文化家园和精神栖息的含义。北宋、南宋文人的园林观念与园林生活也有着明显的区别。北宋以李格非为代表的文人尚保持着对大规模营建园林并非国家兴盛之兆的警惕、理性的态度,其园居活动也较为俭朴;南宋文人的园林观则趋向审美、享乐、逃避,他们在园林中的优游更加惬意、恣肆,园林与文学、国运、个人的命运在此期结合得更为紧密。

明清时期,园林艺术走向成熟,以明代计成的《园冶》为标志,园林营建技术更加精细和实用化。与此同时,园林雅集和文人结社成为文人园林活动的主流。如元明之际杨维桢的草玄阁、倪瓒的清闷阁、顾瑛的玉山草堂是江南著名的文人集会之地,其核心人物几乎包括了当时所有的东南名流,决定了此际文学的面貌和走向。清代,以李渔的《闲情偶寄》为代表,园林审美与世俗享乐融为一体,园林技法与绘画、建筑互为表里,展示了通俗美学的新气象。就文体而言,园林意境的再现从诗文领域转移到了戏曲、小说领域,最具代表性的就是《牡丹亭》与《红楼梦》。《牡丹亭》里脍炙人口的"游园""惊梦"发生在南安府衙的一座废园中,作者继承了花间范式闺怨词中园林典型空间的写法,但深明花间精髓又深弃花间糟粕。借助园林,作者不但大胆地给了幽闭空间的丽人一场春梦,并在现实的时空中将它实现。《红楼梦》中,人与园的结合,达到了空前理想的境界,但因美好而脆弱。大观园中的一年四季,有其象征意义,春夏秋冬,荣衰枯朽,就过尽了人的一生,也使这园与人,成为一场少年终生难忘的梦。园境从诗文转移到戏曲小说,明清人的园林观念也趋向世俗、实用与享受,过于纤巧、细腻,过于沉溺个人的物欲与享受,也使园林逐渐失去了山林意趣和质朴的生气。

古典之园林,正是瞥见古人之生活、照见古典之人性的宝镜。古典园林与文学,也在时代的推移和文体的演进中逐渐影响和改变着彼此的样态,同时又形成互映生辉、妙境双生的跨界现象。文人心态、作品生成、士林风尚、时代风气、女性存在、隐逸文化、审美空间等文学问题均可从园林角度入手。研究文学与园林的关系可以使我们更清晰地认识到具有民族特性的文学美和园林美，及其背后更为深广的文化基础、精神气韵的内涵与特质。

最早提出中国园林与中国文学的关系值得深入探讨的学者是园林、古建筑学家陈从周先生，他的《说园》，融文史哲艺与园林建筑于一炉，明确提出"研究中国园林，应先从中国诗文入手"。他的《中国诗文与中国园林艺术》[载《扬州师院学报（社会科学版）》1985年第3期]指出"园之筑出于文思，园之存赖文以传，相辅相成，互为促进"，堪称园林与文学结合研究的纲领性文字。夏承焘先生的《西湖与宋词》[载《杭州大学学报（哲学社会科学版）》1959年第3期]将宋代著名的公众园林西湖与词的关系做了细致入微的揭示，也为文学与园林结合的研究提供了一个精当的个案。

从美学方面介入研究园林的有金学智的《中国园林美学》（1990）、余开亮的《六朝园林美学》（2007），前者从美学角度对园林内部的规律及园林艺术与其他门类的艺术之间的关系进行了系统的探讨；后者对园林与六朝士人风尚、审美态度、时代背景等的关系进行了较为深入的探讨。这两部著作主要是从园林美学角度出发，为从园林角度探讨文学提供了理论借鉴和研究空间。

从文化角度介入研究园林的代表作当属王毅的《园林与中国文化》（1990）和曹林娣的《中国园林文化》（2005），议论精深、高屋建瓴，至今仍是园林文化方面的典范之作。此外，还有侯迺慧的《诗情与幽境——唐代文人的园林生活》（1991）、《唐宋时期的公园文化》（1997）、《宋代园林及其生活文化》（2010）等著作，主要从士大夫特有的文化品格入手探讨宋代的园林艺术成就、园林生活特质及内涵，对文学有所涉及。

园林文学文献整理方面的成果有陈诒绂的《金陵园墅志》（1933），陈植、张公弛选注的《中国历代名园记选注》（1983），陈从周、蒋启霆编选，赵厚均校订、注释的《园综》（2004），顾一平的《扬州名园记》（2011），衣学领的《苏州园林历代文钞》（2008），赵雪倩、翁经方、赵厚均、杨光辉、鲁晨海等编注的《中国历代园林图文精选》（共五辑）（2005、2006）等，收录了部分园林文学文献。

对文学与园林之间的关系做综合性研究的经典著作当属李浩的《唐代园林别业考论》(1996)。该书议论精当,考证扎实,以唐诗、唐文、唐代史书为基础,从地理学、美学、园林景观的构成、生成、意境等角度对唐代园林与文学的关系做了示范性的较为经典的综合研究,堪称园林与文学交叉领域研究的先驱与典范。李浩指导的部分博硕士学位论文是在这个总论题下从地域、文体到作家作品等角度对唐代园林文学研究的进一步细化和深化。李浩的系列论文——《微型自然、私人天地与唐代文学诠释的空间》《被遮蔽的幽境:唐代园林诗初探》议论精当,眼光宏阔,也为从园林角度探索古代文学提供了范式。在此基础上,李浩的国家社科基金重点项目和重大项目均以整理和研究中国古代园林文献为目标,为中国古代文学下的园林文学分支研究起到了开创和奠基的作用。

中国古代园林文学的研究应向纵深发展,也陆续出现从文体、时段、地域等角度入手的园林文学研究成果。本书也是希望能对以上学者的努力做一个承接性的研究,并希图从宋词这一角度介入古代园林文学的研究,从而有新的审视、新的发现。本书的主要内容包括以下几个方面:宋代园林考述;以园林为中心的宋词涉园意象的观照;以经典个案为中心对文学与园林互动关系的探讨。

"宋代园林考述"部分主要辑录有较为深厚的文化内涵且与宋代词人的创作和人生经历密切相关的三十余处园林,如辛弃疾的带湖、瓢泉居所,是英雄词人收敛雄心、暂寄江湖的心灵之所;如苏舜钦的沧浪亭,是官场失意的文人为自己觅得的一方净土;再如南宋公共园林——西湖,从中折射出的新愁与旧梦可以说是一部浓缩宋代历史。具体的体例,主要依据词前小序及词中的具体描写,并以宋代史料为主,辑录了与园林相关的主要内容,包括园林的地理位置、造园时间、园中主要景观、园主姓名等,并联系资料,简要探讨其与文人创作的关系。此外,还收录了《全宋词》中涉及宋代的其他园林。分别以具象和量化的形式展现了文人与园林的个性化渊源、个体影像及宋代园林更广阔的文化图景。

"以园林为中心对宋词中涉园意象的观照"主要以园林为观照视角,对宋词中一组较具代表性的意象进行探讨。意象是构成宋词意境的重要元素，宋词的意象层面和园林的构成要素基本相同并有意重合。从园林角度观照宋词中的审美符号，关注不同艺术形式的共通点，从艺术共性的大视角探讨宋词意境的内涵。主要从园林的实景和虚景出发分两组论述。第一组是从园林构成三要素——花木、建筑、山水（泉石）出发，考察这些要素在宋词中的反映。包括花木方面的梅、竹、苔等，建筑方面的楼、亭、栏、窗等，泉石方面的水、石等。第二组则从园林虚景角度出发，关注一系列富有情味的园林欣赏角度：声、香、色、影等，并考察这些视点在宋词当中的体现。

这里涉及这样一个问题的认定：这些宋词中或实或虚的意象并非都出现在典型的园林环境中，不加分辨地都用园林视角来考察是否欠妥？笔者认为，本书的出发点在于通过园林审美的视角，发现宋词中新的美感和内涵，所以重点是观照的视角发生了转移，因此能够以新的眼光去挖掘词作中未曾生发的意义，所以在选择材料时并未一味拘泥于词作的描写对象是否为典型的园林环境，而更注重词人观照景物的角度和眼光以及所体现出的或隐或现的园林审美意识。在探讨涉园意象时，也从文献角度做了基本的认定，选择那些更能体现园林营建意识、展现园林美的词作，而这些词作，在对《全宋词》所做的文献勘查中，所占比例非常之高，这也从正面印证了宋词与园林之间的紧密联系。钟惺在《梅花墅记》中写道："出江行三吴，不复知有江，入舟、舍舟，其象大抵园也。乌乎园？园于水。水之上下左右，高者为台，深者为室，虚者为亭，曲者为廊，横者为渡，竖者为石，动植者为花鸟，往来者为游人，无非园者。然则人何必各有其园也？身处园中，不知其为园，园之中，各有园，而后知其为园，此人情也。予游三吴，无日不行园中，园中之园，未暇遍问也。"①这种"泛园论"认可环境、自然美其实就是园林美的泛化，重要的是发现园林美的眼光。这也是本书观照宋词涉园意象的立足点。

---

① 钟惺：《梅花墅记》，见陈植、张公弛选注：《中国历代名园记选注》，陈从周校阅，第215页。

　　"以经典个案为中心对文学与园林互动关系的探讨"是笔者近年来对园林文学从不同方面所进行的探索。因笔者地处重庆，因此对巴蜀地区的唐代园林做了一番地缘性的整理。笔者试图从空间理论和女性主义入手，分析晚唐五代词特别是花间词的空间特色。花间词的地域特色人所共知，笔者深入它的直接来源——西蜀宫廷的细部去分析宫廷与文体之间的互动关系。唐五代词是宋词发展的前奏，厘清这一阶段园林与词的联系有助于对宋词园林研究的深化。对宋词与园林的个案探讨，主要集中在北宋南宋文人与园林关系的区别、文人集会园林空间与作品的辨析、女性生存空间与建筑伦理及词作辨伪、园林空间的政治色彩等方面。

　　以上这些方面并未能完全解决本课题，在探讨的过程中，总感觉意犹未尽，前路还有许多未知却有趣的课题等着笔者发现和探究。"以宇宙人生的具体为对象，赏玩它的色相、秩序、节奏、和谐，借以窥见自我的最深心灵的反映；化实景为虚境，创形象以为象征，使人类最高的心灵具体化、肉身化，这就是'艺术境界'"①，这就是宋词和园林的灵犀相通之处，也是笔者不揣浅陋不断求索的。

　　从更宽泛的意义上讲，研究宋词和园林的关系对文学、园林、艺术以及它们影响下的现实实践都有着不可低估的作用，能够解决具体而微的艺术、文学方面的问题，同时也更加清晰地认识到具有我们民族性的宋词美和园林美的内涵和特质及其背后更为深广的文化基础、艺术特征、审美情趣的内涵与特质，对当下的生存和实践具有相当程度的指导作用，并能在理论层面上阐述其在整个中国文化审美体系中的位置和意义，给当下中国的文化复兴和文化自觉以有力的支持。

---

① 宗白华：《美学散步》，上海人民出版社，1981年，第70页。

第一章 宋代园林与宋词研究基础论

宋词与园林，其连接点就在于都植根于中国传统文化的土壤，都体现出中国古典审美的特质。探究二者之间的关系，首先，能够揭示出中国古典园林这一具有民族特性的历史影像与一代文学之胜的宋词这一审美记忆之间内在、深层、多元化的联系；其次，通过园林这一视角，对宋词及有宋一代的文化做新的审视，有新的发现，从而在美学、文化、艺术、人格等方面挖掘出最具有中国特色的连接点；最后，在此联系和意义的发掘之上，对我们今天的文化生活乃至文化产品（如文学意境当中的审美元素的再认识、主题公园当中文学的渗透作用等）有推陈出新、为我所用的指导作用。

宋代园林的文人化程度加深是宋词与园林关系问题引起关注的前提条件。宋代的园林，不仅从量上而且从质上都远远超过了前代，产生了跨越性的转变。"两宋各地造园活动的兴盛情况，见诸文献记载的不胜枚举。以北宋东京为例。有关文献所登录的私家、皇家园林的名字就有一百五十余个，名不见经传的想来也不少。"[①]仅仅翻翻宋词，我们就仿佛徜徉在宋人引以为豪的大小园林中，且不说艮岳、玉津园、金明池这些巧夺天工、富丽堂皇的皇家园林，就是苏舜钦的沧浪亭、毛滂的东堂、辛弃疾的带湖新居，千载之下，也已凝入岁月，成为宋人园林的代名词。幸运的宋人确是生活在一个比前代更富园林美的世界里。宋代士人处在历史文化的特殊阶段，不

---

① 周维权：《中国古典园林史》，清华大学出版社，1990年，第95—96页。

同于唐人的开放、明朗而趋向内敛、含蓄的精神气质，更能欣赏雅致、精美、纤巧、富贵的园林美。园林既是士大夫高雅文化的结晶体，同时又是世俗生活的栖息地，唐宋间的文化转型、政治形势的变化等因素的共同作用，也使得宋人把目光由崇山峻岭、大漠穷塞收束回来，安稳而又颇具美感地生活在自家营造的园亭之间。不仅是文人，公众园林的普及和开放，也使得普通大众能更多地参与园林活动。皇家园林、郡圃、寺观、私人园林的对外开放程度都大大高于前朝。"园林的数量，表征着园林美掌握公众的程度，或者说，它是衡量园林艺术的普及性以及园林艺术发展的成熟程度的重要标尺之一。"[①]在《东京梦华录》《武林旧事》中出现的宋代最著名的公共园林西湖，真可谓人间天堂。从皇家园林到私人园林，西湖从来不乏财富、韵事、美景，上至王侯，下至百姓，都醉在一瓢西湖水中。比起同是公共园林的唐长安城中的曲江，西湖在园林美上的普及之功要大得多，毕竟，曲江春晓更多的是留在了贵族王侯、榜眼探花的记忆之中。

宋代园林的数量多，园林受众的基数大，文人对园林的鉴赏力和亲自参与设计建造的热情比起前代也大大提高了。从园林史的角度来说，宋代文人写意园从唐代的萌芽状态开始向成熟迈进。文人和园林的结合，其实就是文化、文学更加深层次、多方位地渗透进了园林。"有没有自觉出现或大量出现带有文学意味或文化色彩的题名，使作为物质建构的园林文学化、心灵化，这是宋代园林和唐代园林的质的区别之一。"[②]例如沧浪亭这个看似普通的题名，就连接起了此时姑苏城中郁郁不得志的苏舜钦与彼时被放逐于湘江泽畔的屈原的心，于是沧浪亭就成为这样一个超出了物质存在的精神之地，不仅使苏舜钦，更使当时和后来同样在宦海沉浮、名缰利锁中受难的心有了一个清净、惬意的去处。所以，王维的辋川别业、李德裕的平泉山庄，毕竟还摆脱不了在官场与隐居之间观望的尴尬和借清雅之园林玩好的名义聚敛珍奇异物的嫌疑，但到了宋代，园林，真的已同诗文一样，成为士大夫文人朝夕揣摩、心之所系的精神家园，完成了一个质的飞跃。

---

① 金学智：《中国园林美学》，第25页。
② 金学智：《中国园林美学》，第43页。

一、宋词与园林在文化层面的共通特征：休闲与趋雅

宋词与园林在文化和审美属性上的相似与趋同是探讨其关系的理论原点。宋词和园林的相似和趋同主要体现在以下方面：以休闲文化为基础，以雅文化为追求；休闲文化与雅文化以意境为沟通点，存在异质同构的关系。

（一）宋词与园林同为休闲文化的一支

林语堂认为："文化是闲暇的产物，而中国人已有三千多年充足的悠闲去发展文化。在这三千年中，他们有足够的时间一边喝茶，一边冷静地观察生活。从这一席茶话中，他们提炼出了人生的真谛。他们有足够的时间讨论他们的列祖列宗，仔细品味祖先的成就，研究艺术与人生的一系列变化。通过漫长的过去，他们又看到了自己。从这些茶话和思考中，历史开始具有某种伟大的意义：人们说它是一面镜子，它反映了人类生活的经验，供当代人借鉴；它又好比是一条越来越大的溪流，不受阻遏，奔流不息。历史书于是成了最为严肃的文学样式，成了最为雅致的精神发泄……他们认为这个问题可以思考、可以讨论；他们这么做，一半是认真的，一半是开玩笑——这样，他们跨过了所有艺术的门槛，进入了人生艺术的殿堂，艺术和生活融为一体。他们达到了中国文化的顶峰——生活的艺术。这也是人类智慧的最终目的。"① 颇为精辟地说出休闲与中国文化的深刻渊源：生活的艺术和艺术化的生活都是休闲文化的体现。所谓休闲，就是精神与肉体都处在自由、放松状态的非功利而又具有审美倾向的生活，它是与日常的机械劳作和缺乏创意的简单休息相对立的，富有审美性和精神生活内涵的、有创意的休息。对中国古人来说，很多时候，这种休息本身就是文化

---

① 林语堂：《中国人》，浙江人民出版社，1988年，第141页。

活动的参与和创造。我们来看"休闲"二字的原始构形。《说文解字》:"休,息也,从人依木。"《五经文字》:"休,象人息木阴。""休"即倚木而息,强调摆脱劳作的自由;"休闲"的"闲"的繁体按其意思理解应是"閒"。《说文解字》:"閒,隙也。"徐锴注曰:"夫门夜闭。闭而见月光,是有闲隙也。"从"空隙"义引申为"空置""没使用"等,就产生了"空闲""闲暇""休闲"等义。"休"和"闲",两者都有人的精神与肉体暂从当下此在的生活中解脱出来、做一个生活的旁观者的意味,从这个意义上来说,"休闲"是身心自由的状态,这也是最佳的审美心理状态。有"休"状才有"闲"貌。[1] 休闲所表现的是一种超然宁静的审美欣赏与创造的态度,也是一种独特的生命境界。在这种态度与境界中,有闲适的心灵、超脱的宁静,也有在适意恬静中氤氲流动的生机与创意。庄子的哲学就特别强调非功利、虚静状态在体悟"道"与创造当中的重要性。中国人的衣食住行、诗词歌赋、琴棋书画,无一不是休闲文化的产物。园林和宋词,两者皆来自以休闲文化为主的物质基础。休闲文化在宋代发展到了一个前所未有的高度,这是由政治、思想、经济等多方面因素决定的。

政治上的原因是多元的,包括宋代实行"崇文抑武"国策、宋代文人地位提高、宋代官吏俸禄优厚等。建隆二年(961),宋太祖赵匡胤对其臣属石守信等提出:"人生如白驹之过隙,所为好富贵者,不过欲多积金钱,厚自娱乐,使子孙无贫乏耳。尔曹何不释去兵权,出守大藩,择便好田宅市之,为子孙立永远不可动之业,多置歌儿舞女,日饮酒相欢以终其天年。我且与尔曹约为婚姻,君臣之间,两无猜疑,上下相安,不亦善乎!"[2] 皇帝的倡导是出于巩固政权的考虑,但从另一方面也给予了官员营建园墅的便利条件,营造了相应的文化氛围。《续资治通鉴长编》卷二五雍熙元年(984)"己丑"条载:"召宰相近臣赏花于后苑,上曰:'春风喧和,万物畅茂,四方无事,朕以天下之乐为乐,宜令侍从词臣各赋诗。'赏花赋诗自此始。"[3]

① 丁福保编纂:《说文解字诂林》第20册,中华书局,1988年,第818、392页。
② 李焘:《续资治通鉴长编》卷二,中华书局,2004年,第2版,第50页。
③ 李焘:《续资治通鉴长编》卷二五,第575—576页。

又据《续资治通鉴长编》卷二六雍熙二年（985）夏四月"丙子"条载："是日，召宰相，参知政事，枢密，三司使，翰林，枢密直学士，尚书省四品、两省五品以上，三馆学士，宴于后苑，赏花钓鱼，张乐赐饮，命群臣赋诗、习射。自是每岁皆然。赏花钓鱼曲宴，始于是也。"①赏花赋诗、钓鱼宴饮，这些倡导庭院休闲的主张和行为来自皇家，也势必引起朝廷上下的效仿，更是促进官员士大夫参与园林营建、倾向园居生活的潜在动因。宋代奉行"高俸以养廉"的政策。宋太宗说："廪禄之制，宜从优异，庶几丰泰，责之廉隅。"（《宋史·职官志十一》）范仲淹也在"庆历新政"施政纲领中提出："养贤之方，必先厚禄，禄厚然后可以责廉隅、安职业也。"（《范文正公集·答手诏条陈十事》）关于高俸可以养廉，史学界有不同看法，如清代赵翼就认为："给赐过优，究于国计易耗。恩逮于百官者，惟恐其不足，财取于万民者不留其有余：此宋制之不可为法者也。"（《廿二史札记·宋制禄之厚》）再加上宋代后期对贪赃的处理愈加敷衍，高俸非但未能养廉，反倒使得民困国穷，官员群体中更易出现贪贿肆虐之风气。宋徽宗常给大臣赐宅第，其中，要属蔡京赐第最为宽敞，宅园内树木如云，又在宅的西边毁民屋数百间建造西园。居民的房屋被强拆，无不泪下。时人评曰："东园如云，西园如雨（指百姓泪下如雨）。"而园林的营建与享受正是建立在物质充盈、财力雄厚的基础上的，这导致北宋政治弊病的"高俸"却为宋代园林的兴起打下了物质和经济基础。当然，"高俸"也是要视具体时段和具体阶层而言的，并非整个宋代都适用。相对而言，北宋中期中级以上官员更适合这样的说法。宋代官吏的假日之多，在中国历史上也是较为突出的，这些都促进了休闲文化在宋代的发展。

　　思想方面。统摄中国古代社会的儒、道、释三家学说发展到宋代，都出现了一些非同寻常的变化："这种内圣外'宦'的理学是一种地道的伦理主体性本体论学说，它关心的是追求'孔颜乐处、民胞物与、浩然正气'理想的'内圣'人格的构建，它注重于知性反省，造微于心性之间，它用代表

---

① 李焘：《续资治通鉴长编》卷二六，第595—596页。

对封建纲常、人生情趣、生活理想作自觉心理追求的'理'取代了旧儒学中的'礼'。"①宋代理学更趋向于"内圣",从汉唐更注重外在行仪与注解经典的"外王"模式转移到了更注重内心修为、自主精神的模式。外在的事功固然重要,内心的充实也是宋代士大夫非常看重的人生境界。"不以物喜,不以己悲。""处庙堂之高,则忧其民;处江湖之远,则忧其君。"(范仲淹《岳阳楼记》)于是宋代的士大夫普遍具有了一种进退出处间的从容与了然,仿佛人生步入不惑亦不惧的中年。这种由外而内的转变使得宋代士大夫更注重保持精神境界的相对独立与相对自由,于是前代那些比较突出地拥有这些特质的诗人便成为他们追慕的对象,比如陶渊明、白居易。二人相较,陶渊明给宋代士大夫的启示主要是精神层面的,现实中士大夫们并不会真正踏上陶渊明的归田之路,陶渊明对宋代文人在诗与词方面的影响各不相同。"平淡自然"直接影响了宋诗的风格,而精神上的影响则遍及诗词。就个体而言,举苏轼为例,他有先是宗柳进而宗陶的接受轨迹,跟柳"未为达理","其忧悲憔悴之叹,发于诗者,特为酸楚"相关,而陶渊明在宋人看来是"超世遗物者"②。钱锺书在《谈艺录》中说过:"渊明文名,至宋而极。"③宋代文人对陶渊明的推崇从诗歌风格的追随到人格的推崇,而园林,成了他们在精神上向往陶渊明但在物质层面却有自己时代选择的一种替代品和象征物。对陶渊明、白居易处世、行为方式的追慕和向往使得宋人推崇"中隐""朝隐"等生活方式。宋人当然也心存天下,注重事功名节,但他们的价值趋向却逐渐趋向多元,他们有更大的自由度去选择自己想要的生活方式。对善于享受生活的宋人来说,隐于一个属于自己的园池不失为最佳选择,在那里他们不仅可以体验现世人生的美好与心灵、与自然相契合的喜悦,又可以暂时逃避现实生活带来的种种沉重与负累,同时不至于像过真

---

① 徐清泉:《文化享乐:宋代审美文化的社会动因》,载《上海大学学报(社会科学版)》1997年第5期。

② 蔡启:《蔡宽夫诗话·子厚乐天渊明之诗》,见郭绍虞辑:《宋诗话辑佚》下,中华书局,1980年,第393页。

③ 钱锺书:《谈艺录》(补订本),中华书局,1984年,第88页。

正的田园生活那样困窘清贫。园林，可谓将城市生活的便捷舒适、隐逸生活的恬淡宁静、山水行旅的绝妙风景颇为巧妙地融合在了一起，使他们足不出户，就能感受多重的人生体验与诗意生活。"士大夫们接受了禅宗的人生哲学、生活情趣，心理愈加内向封闭，性格由粗豪转为细腻，由疏放转为敏感，借以调节心理平衡的东西，由立功受赏、浴血扬名、驰骋疆场、遨游山林等外在活动转向自我解脱，忍辱负重等自我内心活动，因此，审美情趣也发生了潜移默化的演变，向着静、幽、淡、雅，向着内心细腻感受的精致表现，向着超凡脱俗、忘却物我的方向发展"①。这些思想层面的变化，也是休闲文化以及营建园林在宋代大行其道的原因。园林所代表的，正是外部世界向内部世界的卷缩，心性的内敛、沉静以及审美的细腻、雅致的具体呈现。这些细节及其代表的意义在休闲中被放大，一拳山，一瓢水，都具有了特定的意义。

　　商品文化在宋代的繁荣发展也与休闲文化的兴起有着密切关系。两宋商业文化崛起并呈飞跃式发展，引起文化格局和文化观念的巨大转变，词正是在这样的新型商业文化生态圈中出现的新的传播形式，其接受者和传播者也具有了与以往诗歌体裁不同的商业娱乐特性。市民大众的文化消费要求蓬勃兴起，城市文艺需要新鲜血液加入，早期即来自民间、浸染着民间唱词的娱乐休闲气息的词，与商业文化观念的结合愈加紧密。北宋词人一般都兼擅雅俗，在此期间更诞生了划时代的市民词人——柳永。同时，商业文化的潜在作用也使得南宋词具有了商业化倾向。正是用处在文化冲突和文学转型视野中的新型文体这一观点来看待词，才可以明白词是在娱乐休闲之风日盛的时代背景下日益繁荣的新型文体这一事实②。"天下无事，许臣寮择胜燕饮"，"市楼酒肆往往皆供帐为游息之地"。③北宋时期，社会的稳定、城市经济的繁荣、宵禁制度的取消、城市格局的改变、商业城市的普遍形成、市民阶层的空前壮大，为人们提供了比前代更为便捷和易

---

① 葛兆光：《禅宗与中国文化》，上海人民出版社，1986年，第124—125页。
② 参见王晓骊：《唐宋词与商业文化关系研究》，中国社会科学出版社，2004年。
③ 沈括：《梦溪笔谈》卷九，金良年点校，中华书局，2015年，第97页。

得的休闲娱乐环境与条件，大量供市民阶层消费享乐的场所出现了，如勾栏瓦肆，茶坊酒楼。拿最具市民习气的柳永的词为例："是处小街斜巷，烂游花馆，连醉瑶卮"（柳永《玉蝴蝶》），"有笙歌巷陌，绮罗庭院"（柳永《洞仙歌》）。而听歌观舞，更是宋人日常生活中不可或缺的一项重要内容。"九衢三市风光丽，正万家、急管繁弦……笑筵歌席连昏昼，任旗亭、斗酒十千"（柳永《看花回》），"遍锦街香陌，钧天歌吹"（柳永《透碧霄》）。歌妓"靓妆迎门，争妍卖笑，朝歌暮弦，摇荡心目"（周密《武林旧事》），享乐中的人们甚至希望用长绳"且把飞乌系。任好从容痛饮，谁能惜醉"（柳永《长寿乐》）。到了南宋，偏安一隅，市民和上层社会重享乐之风有增无减，前期或出于苟安的麻痹，后期有末世狂欢的味道。南宋杭州娱乐活动丰富多彩，节庆活动繁多，有七十多个时序性节日、宗教性节日、政治性节日。周密《武林旧事》卷三"西湖游幸"条记载："西湖天下景，朝昏晴雨，四序总宜。杭人亦无时而不游，而春游特盛焉……而都人凡缔姻、赛社、会亲、送葬、经会、献神、仕宦、恩赏之经营，禁省台府之嘱托，贵珰要地，大贾豪民，买笑千金，呼卢百万，以至痴儿呆子，密约幽期，无不在焉。日糜金钱，靡有纪极。故杭谚有'销金锅儿'之号，此语不为过也。"[①] 市民和贵族共同推波助澜，把这种享乐之风推到极致。

在冶游之风盛行与休闲文化大行其道的宋代，园林和宋词以不同的面貌迅速地发展着。园林是休闲文化的产物，它的营建基础是金钱与时间。而文人园林，更是休闲文化的精品代表。它往往是士大夫们为了满足自己能在公余或晚年足不出户就能享受林泉之趣的需求而建造的，是士大夫休闲文化的集体选择与标志性表征。郭熙在《林泉高致集》中曾说："丘园，养素所常处也；泉石，啸傲所常乐也；渔樵，隐逸所常适也；猿鹤，飞鸣所常观也。尘嚣缰锁，此人情所常厌也；烟霞仙圣，此人情所常愿而不得见也……然则林泉之志，烟霞之侣，梦寐在焉，耳目断绝，今得妙手郁然出之，不下堂筵，坐穷泉壑，猿声鸟啼，依约在耳，山光水色，滉漾夺目，斯

---

① 周密：《武林旧事》，傅林祥注，山东友谊出版社，2001年，第46页。

岂不快人意，实获我心哉！此世之所以贵夫画山水之本意也。"①郭熙所说的文人对于山水画的欣赏维度与审美需求，也同样可以用在文人园林的领域。物质的搜罗、建筑的营建，在文人园林领域的最终目的是为了畅志、娱神，而拥有一颗闲适宁静、适于审美的心，则是品味山水画和园林美的关键。

南宋画家刘松年的《四景山水图》形象地展现了缙绅士宦们的园墅生活。《四景山水图》共分四幅，分别描绘春、夏、秋、冬四季景色，取景于杭州西湖畔富贵之家的园林、别墅，构思奇巧，画法精妙。将园亭别墅置于湖光山色之中，园外有景、景中设园，园日涉以成趣，而园外的秀丽江山也无不昭示着那随季节、明晦阴晴不断变换的魅力；园主人既可以享受自然与人工的巧妙结合、园亭与山水的双重惊喜，还有四时不同的文化艺术活动丰富着园居生活：踏青赏春、纳凉观荷、品茗听秋、踏雪寻梅。那精细、美好到极致的生活细节却也暗示着某种强健的外向型生命活力的丧失，耽溺于审美的生活和生活的审美，让人不禁感到这样的生活过于轻逸，忽略和逃避了一些沉重和琐碎的东西，而这样的生活尽管充满意趣，但确实并非普通的财力、物力、时间所能达到的，若非达官显宦、世胄名门，是很难做到的，刘松年图画中展示的也只是一种典型的理想生活的样本而已。南宋文及翁的《贺新郎·西湖》中所展现的正是这样一种重新审视缙绅士大夫的西湖园墅生涯的眼光："一勺西湖水。渡江来、百年歌舞，百年醉酣。回首洛阳花世界，烟渺黍离之地。更不复、新亭堕泪。簇乐红妆摇画艇，问中流、击楫谁人是。千古恨，几时洗。余生自负澄清志。更有谁、磻溪未遇，傅岩未起。国事如今谁倚仗，衣带一江而已。便都道、江神堪恃。借问孤山林处士，但掉头、笑指梅花蕊。天下事，可知矣。"见微知著，由今日西湖遍布的园亭想到当日名花名园满城的洛阳，清高冷淡的孤山处士们，所倚仗的不过是长江天堑。风雅背后的空虚、士大夫们不恤国事的现状都被揭示出来。当年李格非在《书洛阳名园记后》中的忧虑一次次变成

① 郭思编：《林泉高致集》，见朱易安、傅璇琮等主编：《全宋笔记》第8编第10册，大象出版社，2017年，第154页。

事实："且天下之治乱，候于洛阳之盛衰，而知洛阳之盛衰，候于园圃之废兴而得"①。

无独有偶，《武林旧事》里就用文字的形式描述了南宋士大夫是如何在自家的园林里优游度日的，卷十中《张约斋赏心乐事》细致入微地描写了这一切：

正月孟春

岁节家宴　立春日迎春春盘　人日煎饼会　玉照堂赏梅　天街观灯诸馆赏灯　丛奎阁赏山茶　湖山寻梅　揽月桥看新柳　安闲堂扫雪

二月仲春

现乐堂赏瑞香　社日社饭　玉照堂西赏缃梅　南湖挑菜　玉照堂东赏红梅　餐霞轩看樱桃花　杏花庄赏杏花　群仙绘幅楼前打球南湖泛舟　绮互亭赏千叶茶花　马塍看花

三月季春

生朝家宴　曲水修禊　花院观月季　花院观桃柳　寒食祭先扫松　清明踏青郊行　苍寒堂西赏绯碧桃　满霜亭北观棣棠　碧宇观笋　斗春堂赏牡丹芍药　芳草亭观草　宜雨亭赏千叶海棠　花苑蹴秋千　宜雨亭北观黄蔷薇　花院赏紫牡丹　艳香馆观林檎花　现乐堂观大花　花院尝煮酒　瀛峦胜处赏山茶　经寮斗新茶　群仙绘幅楼下赏芍药

四月孟夏

初八日亦庵早斋，随诣南湖放生、食糕糜　芳草亭斗草　芙蓉池赏新荷　蕊珠洞赏茶　满霜亭观橘花　玉照堂尝青梅　艳香馆赏长春花　安闲堂观紫笑　群仙绘幅楼前观玫瑰　诗禅堂观盘子山丹餐霞轩赏樱桃　南湖观杂花　鸥渚亭观五色罂粟花

五月仲夏

清夏堂观鱼　听莺亭摘瓜　安闲堂解粽　重午节泛蒲家宴　烟

---

① 吕祖谦编：《宋文鉴》，齐治平点校，中华书局，1992年，第1837页。

波观碧芦　夏至日鹅炙　绮互亭观大笑花　南湖观萱草　鸥渚亭观五色蜀葵　水北书院采苹　清夏堂赏杨梅　丛奎阁前赏榴花　艳香馆尝蜜林檎　摘星轩赏枇杷

六月季夏

西湖泛舟　现乐堂尝花白酒　楼下避暑　苍寒堂后碧莲　碧宇竹林避暑　南湖湖心亭纳凉　芙蓉池赏荷花　约斋赏夏菊　霞川食桃　清夏堂赏新荔枝

七月孟秋

丛奎阁上乞巧家宴　餐霞轩观五色凤儿　立秋日秋叶宴　玉照堂赏玉簪　西湖荷花泛舟　南湖观稼　应铉斋东赏葡萄　霞川观云珍林剥枣

八月仲秋

湖山寻桂　现乐堂赏秋菊　社日糕会　众妙峰赏木樨　中秋摘星楼赏月家宴　霞川观野菊　绮互亭赏千叶木樨　浙江亭观潮　群仙绘幅楼观月　桂隐攀桂　杏花庄观鸡冠黄葵

九月季秋

重九家宴　九日登高把萸　把菊亭采菊　苏堤上玩芙蓉　珍林尝时果　景全轩尝金橘　满霜亭尝巨螯香橙　杏花庄筈新酒　芙蓉池赏五色拒霜

十月孟冬

旦日开炉家宴　立冬日家宴　现乐堂暖炉　满霜亭赏蚤霜　烟波观买市　赏小春花　杏花庄挑荠　诗禅堂试香　绘幅楼庆暖阁

十一月仲冬

摘星轩观枇杷花　冬至节家宴　绘幅楼食馄饨　味空亭赏蜡梅　孤山探梅　苍寒堂赏南天竺　花院赏水仙　绘幅楼前赏雪　绘幅楼前雪煎茶

十二月季冬

绮互亭赏檀香蜡梅　天街阅市　南湖赏雪　家宴试灯　湖山

探梅　花院观兰花　瀛峦胜处赏雪　二十四夜饷果食　玉照堂赏梅　除夜守岁家宴　起建新岁集福功德①

从这个详细的"游乐单"中可以看出，张镃是非常细致地享受园林生活的有心人，正如他自己所说："余扫轨林扃，不知衰老，节物迁变，花鸟泉石，领会无余。每适意时，相羊小园，殆觉风景与人为一。闲引客携觞，或幅巾曳杖，啸歌往来，澹然忘归。"之所以将十二月宴游之事排比成章，是怕遗忘，"非有故，当力行之"。张镃的游赏活动可以称为南宋文人园林休闲生活的典型，虽然这样的休闲意识和活动在宋代社会是比较普遍的，但到了南宋，时局的黯淡、仕途的无望、割裂的现状使得南宋文人的日常生活日趋精细。这精细当中固然有很值得肯定的一面：真情投入，品味高雅，感触细腻，摆脱简单、低级的感官享受，进入了一个更加自由的审美境地；但从另外一方面来说，确实是对现实的一种逃避和不负责任。

再说宋词。词体诞生于花间、樽前，是因享乐休闲而滋生的流行歌曲的副产品。北宋初年人们对词的看法也同样如此，认为它非常适合描绘游赏宴乐之情。宫廷宴乐尤其如此，如此例："景德中，夏公（竦）初授馆职，时方早秋，上夕宴后庭，酒酣，遽命中使诣公索新词。公问：'上在甚处？'中使曰：'在拱宸殿按舞。'公即抒思，立进《喜迁莺》。词曰：'霞散绮，月沉钩，帘卷未央楼。夜凉河汉截天流，宫阙锁新秋。瑶阶曙，金茎露，凤髓香和云雾。三千珠翠拥宸游，水殿按梁州。'中使入奏，上大悦。"②皇帝在宫中吟赏宴乐时最宜听的就是有同样休闲品味、细腻优雅、文辞婉丽的宋词，因此才会在酣畅淋漓的宴乐之时"遽命中使诣公索新词"，而夏竦则审时度势，想象当时的歌舞、气氛以及皇家园林的美景，写出一首华丽典雅、悠闲富贵的《喜迁莺》，大大佐助了皇帝的宴乐之兴。这也说明，此时的词，在这种欢歌醉舞、游宴赏乐的享乐风习中，承担起娱宾遣性、讴歌风月的角色功能。比起面目方正、秉性严肃的格律诗，词更适宜在这个享乐嬉游风气日益浓厚的朝代充当一个推波助澜的角色，同时，也成就和发展了自身。

---

① 周密：《武林旧事》，傅林祥注，第184—187页。
② 吴处厚：《青箱杂记》卷五，李裕民点校，中华书局，1985年，第48—49页。

在文学创作中获得心灵快感以至娱乐，是宋人对文学功能的新认识，这一认识过程是对以往文学言志、载道功能的进一步拓展，使之更趋多元化。宋词正是在这种文化环境中，出于宋人对宴游之乐的特殊理解及对文学表现出此"乐"的特殊功能和价值的认识，成为这种休闲享乐文化的重要载体，在宋人的文化生活中发挥着越来越重要的作用。晏殊《清平乐》里描绘的富贵清雅亦可作为此种认识和理解的具体而经典的表达："金风细细。叶叶梧桐坠。绿酒初尝人易醉。一枕小窗浓睡。紫薇朱槿花残。斜阳却照阑干。双燕欲归时节，银屏昨夜微寒。"词中似于不经意间透露出的清雅、富贵、闲适、细腻，正可作为宋人休闲生活的理想型。宋代士大夫的生活普遍趋向既重视物质层面的精致细腻又注重精神层面的闲适悠游的文化型享乐，"这一代文人既过着纵情欢娱的'酣玩'生活，又不乏对于人生的诗意消遣和精细品尝"①。

　　从宋代文人多以庭园书斋为号也可看出此时期休闲成分在文人生活中所占比重增多，而文人的号也多表现其理想人格与自我期许。与唐代对比，唐代诗人除名和字外，号还没有完全普及，有号的诗人也多以自己的好尚、信仰、郡望、居地等起号，如：李白，号青莲居士；贺知章，晚号四明狂客；杜甫，号少陵野老；李商隐，号玉溪生；白居易，晚号香山居士；陆龟蒙，号天随子；等等。而宋代士大夫大多有号，号比起由家族长辈定的名和字来说，更多了彰显自我个性和闲逸出尘的味道。北宋有些士大夫还是沿袭着唐代的习惯起号，如苏轼以贬地黄州东坡为号，欧阳修以自己兴趣调侃取号六一居士。也有些宋代士大夫以自己的园林、寓所、斋室名作为别号，这一点南宋比北宋尤甚。苏舜钦寓居苏州购地筑建沧浪亭，自号沧浪翁；李清照以青州居所归来堂的名字自号易安居士；辛弃疾居江西上饶筑稼轩，自号稼轩居士；毛滂以自己任浙江武康县令所修葺改建的衙署园林自号东堂居士；杨万里，南宋抗金名将张浚曾以"正心诚意"勉励他，宋光宗曾亲书"诚斋"赐给他，杨万里用诚斋为书斋名，也把它作为自

---

① 杨海明：《唐宋词与人生》，河北人民出版社，2002年，第224页。

己的号来砥砺自己。即使有些没有能力自置园亭的南宋文人，也习惯用"窗"——这一建筑构件以及庭院审美的重要视角来取号，如：吴文英，号梦窗；周密，号草窗。从号的演变可以看出，宋代诗人由于时代背景、审美个性、价值趋向的新特点等，自我期许由外在事功的实现逐渐回缩到庭院园墅的闲适之中。词产生的环境最初是酒宴歌席，或者是红袖漫招、曲房无数的青楼，后来逐渐转移至文人士大夫的庭院。宋词吟咏四时的良辰美景、清风丽日，中间夹杂些闺中女子的寂寞心事和文人们的惆怅情怀，再伴着丝竹，由歌女缓声唱出。"况西湖之胜概，擅东颍之佳名。虽美景良辰，故多于高会，而清风明月，幸属于闲人。"（欧阳修《采桑子·西湖念语》）苏轼在黄州也表达了同样的意思："临皋亭下不数十步，便是大江，其半是峨嵋雪水，吾饮食沐浴皆取焉，何必归乡哉！江山风月，本无常主，闲者便是主人。"①（苏轼《临皋闲题》）辛弃疾《行香子·博山戏简昌父、仲止》："少日尝闻。富不如贫。贵不如、贱者长存。由来至乐，总属闲人。且饮瓢泉，弄秋水，看停云。"陆游《点绛唇》（采药归来）："醉弄扁舟，不怕黏天浪。江湖上，遮回疏放，作个闲人样。"北宋诗人常常提及的"闲人"是有自主寻觅的精神自足与审美趋向的，而南宋诗人所说的"闲人"则带有了自我放逐与难得糊涂的无奈选择与疏离际遇。

　　休闲文化，可以说是宋词与园林联结的重要纽带之一。休闲文化在宋代迈向了高峰。从文化根源上说，宋词与园林属于同一阵营。徐复观把艺术分为两类，一类如西方艺术，是"对现实犹如火上加油"；另一类如中国艺术，"则有如在炎暑中喝下一杯清凉的饮料……但由机械、社团组织、工业合理化等而来的精神自由的丧失，及生活的枯燥、单调，乃至竞争、变化的剧烈，人类是需要火上加油性质的艺术呢？还是需要炎暑中的清凉饮料性质的艺术呢？我想，假使现代人能欣赏到中国山水画，对于由过度紧张而来的精神病患，或者会发生更大的意义"②。宋词和园林所共同归属的休闲

---

① 苏轼：《东坡志林》卷四，见朱易安、傅璇琮等主编：《全宋笔记》第1编第9册，大象出版社，2003年，第84页。

② 徐复观：《中国艺术精神》，商务印书馆，2010年，第8页。

文化，其性质更类于"炎暑中的清凉饮料"，怡情悦志，有助于疗救人们疲惫不堪的心灵。

（二）宋词与园林两者同属雅文化

宋代是士大夫精英阶层的高雅文化发展的极盛时期，书法、绘画、园林、词等各种文艺样式都有极高的成就。宋代士大夫普遍在学术、艺术方面有极高的造诣，这也导致宋代文艺具有互通性和一定的共性。如，宋代书家的代表有苏（苏轼）、黄（黄庭坚）、米（米芾）、蔡（蔡京或蔡襄）四大家，及薛绍彭、欧阳修、李建中、林逋等人，绘画上则有李成、范宽、关仝、王希孟、张择端、苏轼、米芾、黄庭坚、文同、李唐、萧照等名家出现，这都寓示着宋代艺术发展的繁盛与成熟。而这些书家和画家当中，同时兼为诗人、词人、散文家、思想家、史学家、金石学家的也大有人在。园林与绘画、书法、音乐、建筑、文学等直接相关，宋词的起源和发展与音乐密不可分，其意象与意境又与绘画、建筑等有相通之处，园林与宋词在宋代的交叉与际遇，便是以体现士大夫的审美情趣、爱好的雅文化为共同基础的。

对园林来说，山水画和建筑艺术的发展对其有直接影响。进入宋代，画院隆盛，画家特多。宋徽宗独钟绘事，是造诣极高的画家，豪奢至极的万岁山艮岳就是依照徽宗的意图而建成的，是宋代假山园林中非常精美的一处。山林岩壑、亭榭楼阁不可胜数，四方所产的花草竹木和各样奇石尽萃集于此，珍禽异兽无所不有。从传世的宋代院体绘画作品中，可以窥见当时的面貌。宋人将山水画、花鸟画也发展到了很高的水平，讲求"外师造化，中得心源"，追求"象外传神"的意境。对于绘画的欣赏也已经发展到相当的高度，这一切都为宋代园林的发展提供了可能。童寯先生认为宋代画作对园林有较大的影响，并提出"园林不过是一幅立体图画"①的观点；周维权先生也提出这样的观点："（绘画与造园的）关系历经长久的发展而

① 童寯：《江南园林》，见童寯：《童寯文集》第1卷，中国建筑工业出版社，2000年，第239页。

形成'以画入园、因画成景'的传统","山水诗、山水画、山水园林互相渗透的密切关系,到宋代已经完全确立"①。郭熙在《林泉高致集》中提出"春山淡怡而如笑,夏山苍翠而如滴,秋山明净而如妆,冬山惨淡而如睡"等表现景物的观点。这一时期的绘画创作观念,强调画家深入自然对描绘对象进行研究,能体察四时朝暮、阴晴雨雪景色之不同。如宋代的笔记中提到:画牡丹时,早上的牡丹和晚上的牡丹不同;画猫时,正午的眼睛和下午的眼睛不同;等等。这种严谨的态度在画史上被称为"宋人格法"。郭熙提出的四季变化也是宋人格法的体现。同时,文人山水画注重对意境的追求,画面布局、主题提炼、空间构成与园林营建均有相通之处。虽然对于人工和自然的表现侧重不同,但山水画和园林对二者的结合均有独到的表现力,自然之趣与可游可居是至关重要的两点。郭熙提出:"山水有可行者、有可望者、有可游者、有可居者"②。虽是针对山水画而言,但对园林的功能、构成、布局等也造成了深远的影响。此外,在宋代,盆景和园林携手并进,得到了长足的发展。苏轼曾在扬州获得两块奇石,渍以盆水,置于几案间。③这一成熟的水石盆景作品,是和宋代园林中爱石品石之风同位同步的。范成大爱玩英石、灵璧,题有"小峨嵋""烟江叠嶂"等,这又是和宋代园林题名之风炽盛相应的。太湖石、灵璧石、黄石在宋代都得到了充分的审美与文化方面内涵的挖掘,如灵璧石的出现与流行,就成为一个现象级的文化话题④。"宋代在建筑史上是一个重要的时期,中国传统木结构建筑经过数千年的发展至唐代达到极盛,以宋代为转折点,古代建筑的发展进入后期……宋代建筑则普遍追求一种柔美精雅的形象","建筑的内外檐装修通常称'小木作',是指建筑中的各种门窗、栏杆和室内的各种隔扇、罩、屏、博古架、天花等,'小木作'的高度发达和极尽精美是中国古代建筑在其发展后期的重要特点……唐代建筑并不十分着意追求内外檐装修的精

---

① 周维权:《中国古典园林史》,第95页。

② 郭思编:《林泉高致集》,见朱易安、傅璇琮等主编:《全宋笔记》第8编第10册,第155页。

③ 姚华:《苏轼诗歌的"仇池石"意象探析》,载《文学遗产》2016年第3期。

④ 李贵:《灵璧兴替:宋代文学中的小县镇与大时代》,载《文学遗产》2018年第6期。

美……北宋以后的情况则完全不同了:'北宋时代小木作极为流行'"。①建筑艺术趋向精美和重视门窗之类的"小木作",跟园林艺术在宋代的繁荣是一致的。

自宋元以来,在世俗生活中追求一种高雅的韵味成了中国封建文人生活的一个显著特点。宋人的生活方式是既俗又雅的。他们的生活态度常常反映出他们的艺术态度。他们的生活常常和艺术统一在一起,既不是入世的,又不是出世的,而是审美的,是审美的艺术与审美的人生的有机统一,这就是宋词和园林所归属的"雅"文化的内涵。"将日常生活艺术化"和"在世俗生活中追求高雅的韵味"是士大夫园林生活的最大特征,也是宋词所极力表现的主题与意境。可以说,宋词和园林是宋朝士大夫雅文化之树上结出的两枚形态各异、本质相同的果实。词在宋代也快速地发展起来,成为宋人须臾不能离开的文体,展现了宋人生活的方方面面:饮茶、赏花、观潮、品画、对弈、打猎、赌博、猜谜、节庆、寿诞、嫁娶、悼亡、咏物、游仙、炼丹、读经……无不显示出宋人是多么热爱物质生活本身,但同时也体现出他们比前人发展得更为细腻并陶醉其中的生活情趣和创造性的审美感受。词正好成为他们追求在现实生活中时时刻刻不忘寻找文化雅趣的审美化、艺术化、雅化的人生的最好载体。具体来看,宋词的"雅"主要体现在意象的选择上讲究雅洁精美,字面的锤炼上用心经营,园林的雅主要表现在有诗意,有文化内涵,二者共同点是雅得精致,雅中有俗。正像赏读宋词须见词心一样,品读园林,也需要去找寻藏在其中的一份匠心,这便是园林与宋词俗中的雅。因此,可以说,宋词和园林都属于士大夫雅文化链条上不可或缺的一环,都是士大夫"精品意识"下的"精品文化产物"。

---

① 王毅:《中国园林文化史》,上海人民出版社,2004年,第148—149页。书中引宋人重视"小木作"的例子:《宋朝事实类苑》卷六一"杭人好饰门窗竹器"条:"杭人素轻夸,好美洁,家有百金,必以太半饰门窗。"《景定建康志》卷二八亦称南宋时修造御书阁之工匠分五等,其中就有专门负责"刻栏雕枅,制木之小者"的小木作工匠。

二、宋词与园林在生成层面的互动关系：相互生发

宋词产生于园林环境之中，园林对宋词的感发和生成作用是相当明显的。宋词中为抒情主人公塑造的经典环境往往是庭院、园林的涓滴变化、生灭动静，这样的"纸上园林"拥有和现实中的园林近似的美学风格，又带给宋词的抒情空间以别样的韵味。同时，宋词所传达、表现的情感、思想诸方面也都深受园林环境影响：女子的闺情，士大夫的闲情，在日常生活中顿生的感悟，对宇宙人生瞬间的领会，对历史沧海桑田的沉痛认识，等等。

园林对宋词意境美的生成有非常重要的启迪和感发作用。中国古典园林是在一定的空间里依照园林艺术原则进行创作而形成的保留着自然因素之美的生活境域，通过综合运用各类艺术语言（空间组合、比例、尺度、色彩、质感、体型等）造成鲜明的艺术形象，引起人们的共鸣和联想。它表现出一种典型化的自然，这种典型化的自然本身就是一种高妙的艺术境界，与宋词所要表达的意境有着相通之处。园林艺术既是空间艺术，又是时间艺术。园林风景是以三维的空间形象呈现的，生物性的园林要素和园林水景流动变化，天象因素瞬息万变，晨昏四时与一年四季循环更替。园林艺术的时间特性作用在特定的空间上，是灵动活泼、生生不息地演进着的。这些特性就导致作用于园林艺术的审美体验是一种五官协同并且需要全身心投入的综合性感受。具体到宋代，园林环境在促发诗人、词人的创作方面作用显著，并且在特定的作者那里，还对其诗歌特色和作者的精神世界起着重要的塑型和奠基作用。就普遍意义而言，大量诗歌产生在作者游赏园林之际，如欧阳修早期在洛阳的诗词创作，就离不开洛阳城市与园林环境的激发；苏轼在定惠院、临皋亭、东坡、雪堂、栖霞楼等空间的创作也构成了他黄州创作高峰的主体部分；苏舜钦退居苏州后所营建的沧浪亭就成为他的心灵归宿与创作源泉；李清照词中的自然、庭院、闺房等典型环境也离不开园林场域的作用；陆游在《入城至郡圃及诸家园亭游人甚盛》

中写道"太平有象人人醉，造物无私处处春"，也写出了宋代公众园林的繁盛与影响；杨万里更是因为园林、自然的激发对自己的诗学理念改弦更张，重新树立起取法自然的诗歌观念，因此才有了独树一帜的"诚斋体"。园林环境有时不只对艺术起到激发作用，在哲学领域，宋代的理学家们也常常能从园林的环境中受到启迪，如程颐在《秋日》中说："万物静观皆自得，四时佳兴与人同。道通天地有形外，思入风云变态中。"理学家往往能从自然摇曳万变的状态中体察道之所在，感受生命底蕴，而园林恰好就是这样一个微缩且易得的壶中天地。周敦儒不除窗前青草，独爱花中君子莲花，也是将自己以"生意"为特征的宇宙观具象化的行为。朱熹也以半亩方塘中领略天光云影的妙处比喻读书的乐处："半亩方塘一鉴开，天光云影共徘徊。"（《观书有感》）哲学家们又从园林美当中体味出了更多的思想之趣。

　　连接园林和宋词的关键点正是意境。意境，是中国艺术创作和鉴赏方面的一个极其重要的美学范畴。中国园林艺术由于有诗书画交融的艺术综合性、三维空间的形象性和流动性，其意境内涵的显现更为明晰、生动，意与境、情与景、神与物的关系都在园林营造和品赏的过程中起着决定性的作用，而这些关系组同样也是文学特别是诗词艺术重视和赖以成立的核心。园境是一种利用具体形象负载意趣、情思的完美、生动的艺术画面，散发艺术气氛，包蕴神情韵味，暗示着景外之景。宋词意境的基本特征也继承了中国传统诗歌美学的艺术精神：以有形表现无形，以有限表现无限，以实境表现虚境，使有限的具体形象和想象中无限的丰富形象相统一，使再现的真实景物与它所暗示、象征的虚境融为一体，是为情景相生。寓情于景，倾注景物以人格灵性与思想内蕴，追求鲜明、生动、突出的情景交融的美学效果，是宋词和园林共同的追求。刘勰在《文心雕龙·物色》里说："是以诗人感物，联类不穷。流连万象之际，沉吟视听之区。"园林对宋词的感发作用，主要就体现在其为词人提供了丰富精美的"象"，并且这种"象"经过巧妙的加工、选择、组合和营建，浸染着感情色彩和诗意，听有声、视有色、嗅有香、感有情，必能引起词人的"流连"与"沉吟"，遂"写气图貌，既随物以宛转；属采附声，亦与心而徘徊"。① 黄宗羲说："诗人萃天地之清气，以月露风云花鸟为其性情，其景与意不可分也。月露风云花鸟之在天地间，俄顷灭没，而诗人能结之不散。"② 诗人、词家既"能以奴仆命风月"，又"能与花鸟共忧乐"。③ 宋词的大部分作品都展示了词人主动发现园林美与用园林眼光观赏自然风景的特点："故灼灼状桃花之鲜，依依尽杨柳之貌，杲杲为出日之容，漉漉拟雨雪之状，喈喈逐黄鸟之声，嘤嘤学草虫之韵。"④ 如欧阳修的《十二月鼓子词》、洪适的《盘洲词》都描写了他们喜爱和熟悉的园林在一年间的风物流动之美。正是由于有着共同的审美追求——意境，源自实体的园林美对宋词才有了如此强大的感发作用。试举晏几道的《蝶恋花》为例："庭院碧苔红叶遍，金菊开时，已近重阳宴。日日露荷凋绿扇，粉塘烟水澄如练。试倚凉风醒酒面，雁字来时，恰向层楼见。几点护霜云影转，谁家芦管吹秋怨。"词中从色彩、声音、自然物象、人文建筑等方面用文字再现了一个纸上的园林。若没有现实当中的园林美的感发，很难想象会有这样细致出色的描写。"红梅清艳两绝，昔独盛于姑苏。晏元献始移植西冈第中，特称赏之……"⑤ 虽然晏殊"性刚简，奉养清俭"⑥，但他也在汴京城里有自己的园庭，并对园林风貌有自己独到的认识。晏殊曾以"气象"论文学，并提出"富贵"二字加以概括："晏元献公虽起田里，而文章富贵，出于天然。尝览李庆孙《富贵曲》云'轴装曲谱金书字，树记花名玉篆牌。'公曰：'此乃乞儿相，未尝谙富贵者。'故公每吟咏富贵，不言金玉锦绣，而唯说其气象。若'楼台侧畔杨花过，帘幕中间燕子飞。''梨花院落溶溶月，柳絮池塘淡淡风'之类是也。故公自以此句语人

① 刘勰著，范文澜注：《文心雕龙注》，人民文学出版社，1958年，第693页。
② 黄宗羲：《景州诗集序》，见吴光主编：《黄宗羲全集》第10册，平慧善校点，浙江古籍出版社，2012年，第16页。
③ 王国维：《人间词话》，见唐圭璋编：《词话丛编》，第4253页。
④ 刘勰著，范文澜注：《文心雕龙注》，第693—694页。
⑤ 宛敏灏：《二晏及其词》，商务印书馆，1935年，第49页。
⑥ 脱脱等：《宋史》卷三一一，中华书局，1985年，第10197页。

曰：'穷儿家有这景致也无？'。"①所谓的"富贵气象"，正是建立在有闲、有钱、有品位的基础上，不是赤裸裸的镶金带玉，而是不动声色、低调内敛的精致和修饰；具体在园林环境上是这样，精心选择的植物搭配合适的建筑物与风景，在词作上，则是凸显主人庭院生活的优雅与闲趣，而富贵有闲正是它背后的物质基础。

园林对宋词的生成作用还体现在：宋词的意象系统基本与园林景物的构成元素重合。缀风月、弄花草、流连物色，可谓宋代词人的写照。宋人喜欢写咏物词，而且咏物词中又以咏花草、树竹、禽虫者为多，特别是咏花卉。今存宋代词选中，黄大舆的《梅苑》收录咏梅词十卷，《乐府补题》则是以收集情兼风雅、寄托遥深的咏物词为旨归的遗民词集，陈景沂的《全芳备祖》虽是宋代有关花卉的类书，其中也收有不少吟咏花卉的词作。一些词人的创作也集中在花卉植物上，如南宋文人王十朋现存词作，全都是咏花草之作，有海棠、桂、菊、荼蘼、兰、梅等多种花草。宋代的咏花卉词往往同整个大的园林环境联系在一起，很少有孤立的描摹，充满园林情调的景物便成为宋词意象群中重要的部分。宋代词人笔下写园林观赏石的也非常多，后文有述。宋代词人注重对园景中自然美的关注。山水（泉石）、花草、树木及鸟鱼虫兽在词中均有涉及，还注意到园林中的虚景：色彩、声音、香味、光影等。如谢逸的这首《菩萨蛮》："縠纹波面浮鸂鶒，蒲芽出水参差碧。满院落梅香，柳梢初弄黄。衣轻红袖皱，春困花枝瘦。睡起玉钗横，隔帘闻晓莺。"这首典型的闺怨词，通过鸂鶒、蒲芽、梅香、柳黄、莺声展现了园林的生机。如果没有这些元素的参与，就无法构建一个幽静但相对封闭的园林空间，就无法表现闺中女子静谧、寂寞的生活。在这样的空间里，时间仿佛凝滞，变得悠长、绵延。其次，宋代词人也很关注园中建筑物，亭、台、楼、阁以及窗、帘等常成为词人观察世界的据点。如晏殊的《阮郎归》："六曲阑干偎碧树，杨柳风轻，展尽黄金缕。谁把钿筝移玉柱，穿帘海燕双飞去。满眼游丝兼落絮，红杏开时，一霎清明雨。浓睡觉来莺

---

① 吴处厚：《青箱杂记》卷五，李裕民点校，第46—47页。

乱语，惊残好梦无寻处。"阑干和帘幕与自然景物融合无间，增加了景深效果，也造成一种朦胧、迷离的画面，暗示着流转的情思。"小巧楼台眼界宽。朝卷帘看，暮卷帘看。故乡一望一心酸。云又迷漫，水又迷漫。天不教人客梦安。昨夜春寒，今夜春寒。梨花月底两眉攒。敲遍阑干，拍遍阑干。"（蒋捷《一剪梅·宿龙游朱氏楼》）反复的"卷帘"象征着词人急切的思乡情结，而愁苦、郁闷的内心通过拍、敲阑干展现出来。可以说，无论是观景、造境还是达意、表情，宋词都离不开对园林要素的描写。

若将宋词比作一座园林的话，那么意象就是这园林中的花木、泉石、建筑，还有那流动、氤氲的声、光、色、影、香。在构成整体艺术风貌的基本素材方面，宋词和园林有异曲同工之妙。

园林对宋词题材生成也有重要影响，以下是几种基本类型：

1. 伤今怀古

宇文所安在《追忆》一书中提出因怀念（追忆）而形成的历史："时间湮没了许多东西，磨蚀掉细节，改变了事物的面貌。除了那些知道该如何去找寻它们的人之外，对其他人来说，'以前的东西'变得看不见了"，"有一些场景可以使得回忆的行为以及对前人回忆行为的回忆凝聚下来，让后世的人借此来回忆我们"，"大自然变成了百衲衣，联缀在一起的每一块碎片，都是古人为了让后人回忆自己而划去的地盘。"[①]他说明了怀古的意义：怀古具有连锁反应般的加深思想内涵和艺术想象力的作用；正是怀古，使得寻常的风景经典化为名胜。元王恽说"山以贤称，境缘人胜"，并举例说："赤壁，断岸也。苏子再赋而秀发江山；岘首，瘴岭也，羊公一登而名垂宇宙。"[②]（王恽《游东山记》）苏轼笔下的赤壁甚至都不是历史上赤壁之战的所在，但依然不妨碍他写得精彩。孟浩然《与诸子登岘山》也表现了这样的情绪："人事有代谢，往来成古今。江山留胜迹，我辈复登临。水落鱼梁浅，天寒梦泽深。羊公碑尚在，读罢泪沾襟。"人们登临岘山，一方面是为

---

① 宇文所安：《追忆：中国古典文学中的往事再现》，郑学勤译，生活·读书·新知三联书店，2004年，第20、28、32页。
② 李修生主编：《全元文》第6册，江苏古籍出版社，1999年，第147页。

了观赏自然风光，另一方面也是为了凭吊前贤，领会其中所积淀的浓厚的人文精神。"不仅要在表面上感觉，而且要在内心攀登解释的高峰"①。三个维度的空间景象，在这里具有了幽远深邃的时间意味，风景此时成为带领读者视通万里、思接千载的独特通道。离开了苏轼，黄州赤壁只是一个普通的所在；离开了羊祜、杜预、孟浩然，岘山就不会成为著名的风景；离开了王羲之、王维、崔颢、柳宗元以及他们的诗文，兰亭、辋川、黄鹤楼、永州山水等将减却许多神韵。

宋词中的园林书写也常常如此，园林更像是一个情感与思想的"箭垛"，供人们凭古吊今。特别是时事巨变之后这种特征尤为明显。如南宋词人的家国之恨常常通过悼念故园、故都来表现，如刘辰翁、张炎、姜夔等的著名词作。最典型的例子是词人对公众园林西湖的吟咏。关于西湖的词作不胜枚举，各个阶段皆有佳作。北宋潘阆有十首《酒泉子》，柳永有《望海潮》，张矩有《应天长》十首咏西湖十景，姚勉也用不同词牌咏西湖十景，周密有《木兰花慢》十首咏西湖十景。对此，夏承焘先生曾撰专文《西湖与宋词》②梳理北宋南宋西湖词的特点及内涵，沈松勤也作《宋词中的"西湖意象"及其文化蕴涵》③一文，从政治、文化、礼俗等角度探讨西湖词的意义。西湖在宋人的文化生活中占有相当重要的地位，宋人对西湖的情感是复杂的，在不同的历史时期有不同的表现：从南渡之初的沉迷陶醉，到国事凋敝时的反思自责，再到故都故园沦陷后的刻骨相思与追忆，它反映和体现的是一段生活史、享受史、沦亡史。

2. 伤春悲秋

古典园林四季循环的自然时间契合了中国人传统的闲适、隐逸和感伤等心理。春华秋实、由盛而衰，特别容易引发悲感，甚至带来一种悲剧意识，在诗词中着重表现为伤春悲秋。"泪眼问花花不语，乱红飞过秋千去。"（欧阳修《蝶恋花》）暮春的落花，往往引起闺中女性对青春逝去的伤感；

---

① 今道友信：《关于美》，黑龙江人民出版社，1983年，第165页。
② 夏承焘：《西湖与宋词》，载《杭州大学学报（哲学社会科学版）》1959年第3期。
③ 沈松勤：《宋词中的"西湖意象"及其文化蕴涵》，载《文学遗产》2013年第5期。

"对潇潇、暮雨洒江天，一番洗清秋。"（柳永《八声甘州》）清秋的来临，意味着衰飒与苍老，提醒着人们个体生命不可逆转的残酷。宋代词人秉承了从"诗骚"继承来的伤春悲秋意识，往往在园林中触景生情，由自然物的兴衰变迁联想到人生命运的时遇之感，从而产生惊喜、怅惘、悲怆等不同层面的感情。他们也往往又由于着意细致描绘园林环境和在其间的细腻、丰富的体验，更突出和强化了这种意识。园林将最美的自然和人工呈现在人们面前，同时也将对生命思索这一难题推给了人们，生命的轮回在园林里流转，带给人们的除了感动、喜悦、惊奇，还有惆怅、迷惘、忧伤。这类词早在冯延巳等南唐词人那里就已经显露端倪，在宋代，晏殊、张先、欧阳修、秦观笔下的园林也大致是这一路。其中，晏殊的《浣溪沙》最具代表性：

> 一曲新词酒一杯，去年天气旧亭台，夕阳西下几时回？
>
> 无可奈何花落去，似曾相识燕归来，小园香径独徘徊。

天气是去年的，亭台是旧的，燕子是相识的，花落得也恰是时候，人却有了莫名的惆怅。这似曾相识的岁月章回，使敏感的词人原本闲适自足的心境，仿佛一池春水中投入了一枚石子，荡漾不止。富贵固然可以置得"梨花院落溶溶月"，也可以买得"柳絮池塘淡淡风"，却无奈岁月何。不到园林，怎知春色如许？不到园林，怎知春也易逝？宋人于园林词中反复地吟咏了"伤春悲秋"这一母题，并将它的内涵和美感发展到了一个新的高度，也沾溉了后世的诗歌。

3. 闲适隐逸

自魏晋以来兴起的山水诗歌发展到唐宋，宋人的山水情结更甚。但与汉魏六朝、唐朝不同的是，宋人描绘的更多是人文的缩微山水——园林，对自然界真实的山水反倒描摹得较前代更少了，这其中体现的其实是宋人不隐于自然山林而隐于园林的现象的普遍化。

士大夫园林本就是人们为满足山水烟霞之癖而建造的缩微的山水，宋代词人不用面对自然界中或许会危险重重、让人疲惫不堪的真山水，而只需从窗前榻上就可以亲近自然，获得享受。在他们的园林词中，隐逸和闲适是惯常书写的题材："风声从臾，云意商量，连朝滕六迟疑。茸帽貂裘，兔园准拟吟诗。红炉旋添兽炭，办金船、羔酒镕脂。问翦水，恁工夫犹未，还待何时"（王沂孙《声声慢·催雪》）；"帘卷真珠深院静。满地槐阴，镂日如云影。午枕花前情思凝，象床冰簟光相映。过面风情如酒醒。沉水瓶寒，带缓来金井。涤尽烦襟无睡兴，阑干六曲还重凭"（曹组《蝶恋花》）。这两首词分别描写了一冬一夏、文人仕女们在园林中富贵闲适的生活：红炉添暖、吟诗催雪、象床冰簟、凭栏纳凉。

4. 哲理的感悟

宋代文人深受禅宗思想的影响，而禅悟需要合适的契机来激发，宋词中许多感悟哲理的作品就是以园林风物作为感发与顿悟的契机的。黄庭坚初到晦堂处学禅，"乞指径捷处。堂曰：'只如仲尼道，二三子以我为隐乎？吾无隐乎尔者。太史居常如何理论。'公拟对，堂曰：'不是！不是！'公迷闷不已。一日恃堂山行次，时岩桂盛放，堂曰：'闻木犀华香么？'公曰：'闻。'堂曰：'吾无隐乎尔。'"①。黄山谷于是恍然大悟。苏州留园"闻木樨香轩"就出自这个公案，它位于中部西壁假山上，正是秋季赏桂花和禅悟的佳处。宋词中也有传承自杜诗的"心清闻妙香"这样的充满禅意的句子。禅宗认为，只有通过悟，方能当下识心见理，体认澄明之境。而悟作为一种特殊的思维方式，需要有启发其产生的媒介和诱因，更需要将其有效的思考，附着在一定的实体上。园林所拥有的种种趣味，都容易激发禅悟。桂香，就是晦堂借以使黄庭坚顿悟的自然天趣。禅宗公案里常常有对佛法大意究竟是什么的发问，有时大师会回答"春来草自青"，有时干脆说"妙不可言"。"对于禅宗而言，世界只是幻象，只是对自身佛性的亲证，对此，我们可以称之为色即是空的相对主义。"②苏轼曾经精辟剖析陶渊明的"悠然见南山"云："陶渊明意不在诗，诗以寄其意耳。'采菊东篱下，悠然

---

① 普济：《五灯会元》卷一七"太史黄庭坚居士"条，苏渊雷点校，中华书局，1984年，第1139页。

② 潘知常：《禅宗的美学智慧——中国美学传统与西方现象学美学》，载《南京大学学报（哲学·人文科学·社会科学）》2000年第3期。

望南山'，则既采菊又望山，意尽于此，无余蕴矣，非渊明意也。'采菊东篱下，悠然见南山'，则本自采菊，无意望山，适举首而见之，故悠然忘情，趣闲而累远，此未可于文字精粗间求之。"（晁补之《鸡肋集》卷三三《题陶渊明诗后》）对诗意背后诗情的领悟也需要如体味禅宗般透过文字或事物的表面进入其精妙的内在精神，这也是中国古代传统诗学的惯常做法。苏轼自己的作品也常常描述自己顿悟的瞬间，如苏轼的《永遇乐》"彭城夜宿燕子楼，梦盼盼，因作此词"：

> 明月如霜，好风如水，清景无限。曲港跳鱼，圆荷泻露，寂寞无人见。纮如三鼓，铿然一叶，黯黯梦云惊断。夜茫茫，重寻无处，觉来小园行遍。天涯倦客，山中归路，望断故园心眼。燕子楼空，佳人何在？空锁楼中燕。古今如梦，何曾梦觉，但有旧欢新怨。异时对，黄楼夜景，为余浩叹。

苏轼曾在凤翔修葺了被称为北方古园林代表的东湖，在杭州修缮西湖，建造苏堤，在扬州建有谷林堂。甚至在贬谪之地黄州，他也有东坡上的雪堂供己徜徉。有美堂、景疏楼、超然台、栖霞楼、摩诃池、快哉亭、定慧院，成就了他多少绝世佳作，而尤以这首夜宿燕子楼之作最为清隽超拔。园林中的风、花、水、月，似流星般闪过的池中跳鱼，如明珠般动人的荷上清露，在他的慧眼中只如庄周梦里的蝴蝶，他苦苦寻觅的并非梦中的美人，而是摆脱种种羁绊后的生命本真。此时即异时，故乡也是异乡。他的目光似已穿过生机流动的园林，告别苦苦挣扎的宿命，最终到达一个"也无风雨也无晴"的超拔境地。园林，成了他顿悟的场所，但他的一支妙笔，真是"任是无情也动人"。

不只苏轼，许多宋代词人透过园林的书写，都能在思想层面抵达哲理的彼岸。

5. 爱情见证

正如沈园之于陆游，苏州西园之于南宋词人吴文英也是一样的意义，在吴文英的词中，西园常常是他悼念爱情的场所："听风听雨过清明。愁草瘗花铭。楼前绿暗分携路，一丝柳、一寸柔情。料峭春寒中酒，交加晓梦啼莺。西园日日扫林亭。依旧赏新晴。黄蜂频扑秋千索，有当时、纤手香凝。惆怅双鸳不到，幽阶一夜苔生。"（吴文英《风入松》）爱人虽离去，却有香泽遗留，苔痕上阶，暗示着恋情的消逝与心中的绝望。

　　除了对几个主要的具体题材的生成有明显的影响，园林对宋词当中具有高度凝练性的经典主题的生成也有影响，如"望""倚（凭）栏""卷帘""登楼"等，这些都是宋词中出现频次非常高且常常被辅以特定意味的主题。举"望"为例：闺中的女子倚楼眺望、失意的文人登楼颙望是宋词中常见的场景。晏殊的《鹊踏枝》中"独上高楼，望尽天涯路"，将闺中女性思念离人的场景写得纯净、高远，其中包含的执着的深情与孤绝的境地使王国维将这句本写思妇念远的名句当作古今成大事业做大学问的第一重境界。"望"在这里，不仅是建筑的功能，也是人重新建立的建筑与自然之间的新的联系，这种联系从眼前的风景扩展到心灵和精神的层面。现实环境中再接近自然环境的园林也是狭小逼仄封闭的，亭台楼阁的修建一方面是满足实用的目的，另一方面是实现与外界沟通，满足视觉和精神上更为开阔和宏大的要求。"望"在某种程度上是将心灵的眼睛朝向外，是对园林相对狭小逼仄空间的尝试性突破，而宋词中的"望"就建立在这样的物理和空间基础上，更具有了既特别又丰厚的审美色彩和人文含义。"伤情处，高城望断，灯火已黄昏。"（秦观《满庭芳》）在专心凝望的人眼里，远方的风景、渴望看到的风景和心灵深处的风景交融为一体。"宋代的郭熙论山水画，说'山水有可行者，有可望者，有可游者，有可居者'。（《林泉高致》）可行、可望、可游、可居，这也是园林艺术的基本思想……'望'最重要。一切美术都是'望'，都是欣赏……窗子并不单为了透空气，也是为了能够望出去，望到一个新的境界，使我们获得美的感受。"[①]在宋词以"望"为主题的词作中，登楼远望，不仅有美的元素，同时，还因着空间感的变化，带来了心理和情感层面的多重体验。这也是园林建筑和人在文学中的完美结合与体现。其他主题也有着这样的意味。

----

① 宗白华：《美学散步》，第64页。

再如周密词中一再说到的西湖吟社诸友，也常常在湖光山色、名园胜景中"探题赋词"（周密《采绿吟》序）、"清弹豪吹"（周密《长亭怨慢》序）。他们经常聚吟的园亭有杨沂中环碧园、杨缵东园、张枢湖山绘幅楼，南宋灭亡后在陈恕可之宛委山房、唐艺孙之浮翠山房、吕同老之紫云山房、王易简之天柱山房、佚名（夏承焘考为王英孙）之余闲书院等唱和，同时，也产生了宋代词史上可以说首次出现的较为成熟的词社。关于这一点，肖鹏[1]、尹占华[2]等均有论述。

可以看到，宋词的生成从多个方面都受到了园林的影响。

三、宋词与园林在审美层面的"异质同构"：委曲深雅

传统园林与宋词在美感上十分相似。宋词如工笔画，精谨细腻，巧密华丽。和唐诗相比，宋词的韵律更丰富，节奏更多变，表达更自然、细致。宋词里不乏大气豪情的作品，但总体而言，已经失去唐诗的那种开阔的胸襟和进取的锐气，更多地继承了晚唐诗和五代词的风格。宋词的婉约、华丽、细腻、柔美，反映到和它同样风格的建筑、景观上，与园林这样的具象相当接近。它们有一些共同和彼此相通的审美特征，称得上是"异质同构"。

（一）曲

常言道："人贵直，文贵曲。""曲"是一个相当重要的宋词和园林的基本和互通的艺术特征。园重曲径通幽，文似看山不喜平。清代钱泳在《履园

---

① 萧鹏：《西湖吟社考》，见《词学》编辑委员会编：《词学》第7辑，华东师范大学出版社，1989年。

② 尹占华：《论周密等人西湖词社的创作活动》，载《兰州大学学报》2003年第3期。

丛话》中说："造园如作诗文，必使曲折有法，前后呼应。最忌堆砌，最忌错杂，方称佳构。"①强调了他心目中造园与作诗文中都重视"曲"的观点。"曲"不同于重沓堆砌、杂乱纷繁，是有生气的变化，是精心安排的最适合内容的外在结构，符合人求新奇变化的审美要求。具体来说，表现在词体的结构和叙述方式与园林建构、欣赏的相通性上。

宋人似乎比唐人更能发现"曲"在园景以及诗境中的独特的美感。常建《题破山寺后禅院》中"竹径通幽处，禅房花木深"历来广为传诵，而常建这首诗在流传过程中，特别是在宋代，"竹径"更多地被改为"曲径"。这句诗在流传过程中产生再创造性的"篡改"。而这种"篡改"，无疑更为鲜明地拥护着"曲"境。这其实也是宋人的逐渐趋于写意化的园林观念在诗歌鉴赏中的直接体现。冯纪忠认为中国古典园林发展到"写意"的阶段要在元以后，其特征表现在解体重组、安排自然以及人工与自然一体化。②而"曲"正是园林写意化的重要标志："构成园林的其他要素如山石、洞壑、水、驳岸、路径、桥、墙垣等，均力求蜿蜒曲折而切忌平直规整。"③宋代正处在园林观念趋于写意化的转变过程中，宋人对于"竹径"与"曲径"的区分愈加敏锐也正说明此点。

宋词在"委曲"的审美风格上与园林曲径通幽的特色相通。司空图《二十四诗品》"委曲"条："登彼太行，翠绕羊肠，杳蔼流玉，悠悠花香。力之于时，声之于羌，似往已回，如幽匪藏。"④评说了"曲"带来的诗的效果回环往复却并非单调重复，是流动摇曳、步步生姿的。这样的境界有类于在园林中巡着曲廊、沿着曲径、步过曲桥寻胜探景的感觉。而历代词论家论词也无不重"曲"，在这一点上，宋词更甚于格律诗。除个别风格的诗人外，大部分诗还是明白晓畅的，但委曲达意几乎是词家共同的追求："意之

① 钱泳：《履园丛话》，见上海古籍出版社编：《清代笔记小说大观》第4册，上海古籍出版社，2007年，第3662页。
② 冯纪忠：《人与自然——从比较园林史看建筑发展趋势》，载《中国园林》2010年第11期。
③ 彭一刚：《中国古典园林分析》，中国建筑工业出版社，1986年，第30页。
④ 祖保泉：《司空图诗品解说》（修订本），安徽人民出版社，1980年，第74页。

曲者词贵直，事之顺者语宜逆，此词家一定之理。不折不回、表里如一之法，以之为人不可无，以之作诗作词，则断断不可有也。"① "卓珂月曰：'昔人论词曲必以委曲为体，雄肆其下乎。'"② "朱彝尊论词：'词之为体，盖有诗所难言者，委曲倚之于声，竹垞之论如此。'"③

园林中的"曲"是园林建造和审美当中很重要的维度。"中国的园林就很有自己的特点。颐和园、苏州园林以及《红楼梦》中的大观园，都和西方园林不同。像法国凡尔赛等地的园林，一进去，就是笔直的通道……中国园林，进门是个大影壁，绕过去，里面遮遮掩掩，曲曲折折，变化多端，走几步就是一番风景，韵味无穷。把中国园林跟法国园林作些比较，就可以看出两者的艺术观、美学观是不同的。"④ 园林入门处讲究"曲"境的设置。如《红楼梦》中大观园入门处，一座小假山充当了屏障的作用，遮住了园内风光，这样转过假山来，才有惊喜的审美感受。因此《红楼梦》中点出园林中"曲"是"探景的第一步"。文震亨在《长物志》中说"凡入门处，必小委曲，忌太直"，⑤ 也是同样的意思。我国古典园林中的门犹如文章、诗歌的开头，往往精心设置，不令人立刻觉察其后的深意。如南京瞻园的入口，是街巷深处的一扇小门，墙上爬满藤萝，显得幽静又充满生机，入门后看见一角庭院，得经过曲廊，才能眺望到园的主体——山石、池水、建筑。这种欲露先藏的处理手法，使景物多了份令人惊喜、感动和回味悠长的审美感受。日本学者横山正在《中国园林》中这样描述中国园林："花园也是一进一进套匣式的建筑，一池碧水，回廊萦绕，似乎已至园林深处，可是峰回路转，又是一处胜景，又出现了一座新颖的中庭，忽又出人意料地看到一座大厦。推门入内，拥有小小庭院。想这里总已到了尽头，谁知又出现了一座玲珑剔透的假山，其前又一座极为精致的厅堂……这真好似在打开一层

① 李渔：《窥词管见》，见唐圭璋编：《词话丛编》，第554页。
② 王又华：《古今词论》，见唐圭璋编：《词话丛编》，第602页。
③ 郭麐：《灵芬馆词话》卷一，见唐圭璋编：《词话丛编》，第1504页。
④ 宗白华：《关于美学研究的几点意见》，载《文艺研究》1982年第2期。
⑤ 文震亨著，陈植校注：《长物志校注》，杨超伯校订，江苏科学技术出版社，1984年，第37页。

一层的秘密的套匣。"①要造成这样的审美效果，曲廊、曲径、曲室等的作用非常关键，唯有曲，才可以使视线层次丰富，才可遮蔽前方景物，使其若隐若现，造成处处生趣、景外生景的效果，给观赏者以"山重水复疑无路，柳暗花明又一村"的感觉，也为中国古典园林通常并不大的空间造成一种视觉效果上的深远幽邃。而同样的境界词中也有："庭院深深深几许"（欧阳修《蝶恋花》）；"花院深疑无路通"（贺铸《小重山》）。评词者也常注意到词家惯用的"曲"境："词家用意极浅，然愈翻则愈妙……正如剥蕉者，转入转深耳。"②"纵是花卉之类，亦须略用情意……尤宜宛转回互可也。"③

　　抛开美学不谈，单就园林的城市山林的身份，园主人为了闹中取静，避开尘嚣，入门曲折也是必要的。园林中有曲蹊、曲岸、曲堤、曲桥、曲廊、曲径、曲室，"故作迂途，以取别致"。④私家园林一般占地较少，一览无余是园林的大忌，要造成让人流连忘返、玩赏不尽的效果，就必须在"曲"字上下功夫，因此才有"径莫便于捷，而又莫妙于迂"⑤的修径之法，"宜曲宜长则胜……随形而弯，依势而曲。或蟠山腰，或穷水际，通花渡壑，蜿蜒无尽"⑥的造廊之法。它们的审美功能正如前述常建的名句——"曲径通幽处，禅房花木深"所标识的，是通向"幽""深"境界的。

　　园林和宋词要想创造深远曲折的意境，就都必然要运用"曲"的艺术手法。"命意贵远。曲则远也。"⑦试举周邦彦《兰陵王·柳》的描写手法为例。描写客中送客的情景，先用远景扫视堤上之柳行，再细腻描摹春风熏拂中绽放的柳芽如烟似雾的图景，词人睹今抚昔，想起折柳送别等种种往事，扩及以往在柳堤之上发生的多次送别，不免产生惆怅寂寥之情，再经

① 横山正：《中国园林》，钱青译，见《美学文献》编辑部编：《美学文献》第1辑，书目文献出版社，1984年，第425—426页。

② 贺裳：《皱水轩词筌》，见唐圭璋编：《词话丛编》，第702页。

③ 沈义父：《乐府指迷》，见唐圭璋编：《词话丛编》，第281页。

④ 李渔：《闲情偶寄》，张立注，陕西人民出版社，1998年，第126页。

⑤ 李渔：《闲情偶寄》，第126页。

⑥ 张家骥：《园冶全释》，山西古籍出版社，1993年，第231页。

⑦ 陆辅之：《词旨》，见唐圭璋编：《词话丛编》，第301页。

过离别宴席上离歌与悲凉气氛的烘托，涌出一腔哀怨。随离舟转换视角，又调回笔墨，写渡口斜阳日暮，自己犹徘徊不忍去的情景，复又展开对往日温馨相聚时的回忆，最后用"泪暗滴"的孤独处境和情感高潮结束。时空的转换，视角的变化，层层曲折展开，如进入古典园林，回环往复，造成一种缠绵悱恻的抒情效果，到结局"妙在才欲说破，便自咽住，其味正自无穷"①。因此词评家推崇这种曲折比格律诗更甚："倚声家以姜、张为宗，是矣。然必得其胸中所欲言之意，与其不能尽言之意，而后缠绵委折，如往而复，皆有一唱三叹之致。"②这里所推崇的"缠绵委折""如往而复""一唱三叹"正是"曲折委婉"的作词方式所造成的宋词的审美效果。

　　"曲"在园林建筑设计中的作用非常重要。园林建筑的设计不同于一般封闭方正的建筑布局形式，要尽量避免对称，要求有曲折变化，如曲径、曲桥、曲廊等，这样才能带来一种生气和美感。陈从周先生这样概括"曲"在园林设计和欣赏中所起的作用："园林中两侧都有风景，随直曲折一下，使行者左右顾盼有景，信步其间使距程延长，趣味加深。由此可见，曲本直生，重在曲折有度。"③"风景区之路，宜曲不宜直，小径多于主道，则景幽而客散，使有景可寻、可游。有泉可听，有石可留，吟想其间，所谓'入山惟恐不深，入林惟恐不密'。"④"曲"也是文学与美学思想中很重要的范畴："贵直者人也，贵曲者文也。天上有文曲星，无文直星。木之直者无文，木之拳曲盘纡者有文；水之静者无文，水之被风挠激者有文。"⑤（袁枚《与韩绍真》）在袁枚看来，"曲"是"文"与"不文"很重要的标志。恽格对山水画的一番见解倒是切中了园林和宋词相联系的关键所在："意贵乎远，不静不远也；境贵乎深，不曲不深也。一勺水亦有曲处，一片石亦有深处。"⑥深远的意境，正是二者共同的追求，其间，正好由画境将它们联系起来。

① 陈廷焯：《白雨斋词话》，见唐圭璋编：《词话丛编》，第3787页。
② 郭麐：《灵芬馆词话》卷二，见唐圭璋编：《词话丛编》，第1524页。
③ 陈从周：《说园》，见《梓翁说园》，第5页。
④ 陈从周：《说园（三）》，见《梓翁说园》，第27页。
⑤ 袁枚：《小仓山房尺牍》，世界书局，1936年，第274页。
⑥ 恽格：《瓯香馆集》卷一一，第177页。

古典园林中有以"曲"命名的园林——曲园。曲园是清末朴学大师俞樾的故居。俞樾亲自设计，利用弯曲的地形凿池叠石，栽花种竹，建屋三十余楹，取《老子》"曲则全"句意，将其命名为曲园，并自号为曲园老人。俞樾更在曲园中寄寓了自己的情志与思想，曲园也因此带有学者园林的性质。限于地势、资金、面积等缘故，曲园并不以格外精致秀丽的景致出名，而是以俞樾朴学家的敏锐和深致赋予曲园的深刻内涵著称。俞樾在《曲园记》里说过："曲园者一曲而已，强被园名，聊以自娱者也。"曲园中有一处建筑，俞樾将它命名为"达斋"，他解释道："艮宦之西，修廊属焉。循之行，曲折而西，有屋南向，窗牖丽楼，是曰'达斋'。曲园而有达斋，其诸曲而达者欤？"[1]"曲"与"达"的对举，体现了俞樾具有辩证性的哲学思考与乐天知命的生命体验，于是，在俞樾的曲园里，不仅有"曲"所体现的回旋含蓄之美，如俞樾自己对曲园的题咏所展现出的独特的风景："园中一曲柳千条，但觉扶疏绿荫绕。为惜明月无可坐，故于水面强为桥。平铺石板俨成路，俯倚红栏刚及腰。处置梯桄通小阁，差堪布席置茶铫。"同时，也具有了有风景之"曲"所抵达的人生境界和哲学高度，人生之路虽"曲"却必"达"。曲园中由"乐天知命"而命名的"乐知堂"与由俞樾名句"花落春犹在"命名的"春在堂"也从侧面印证着这样的体悟："然比来杜门撰述，已及八十卷，虽名山坛坫，万不敢望，而穷愁笔墨，倘有一字流传，或亦可言春在乎？此则无赖之语，聊以解嘲，因颜所居曰'春在堂'。"[2]"曲"的境界直达家族、学术、使命的传承。俞樾的曲园因此成为园林"曲"境更高层次的存在，不愧为学者园林的代表。

当然，曲折不失自然是园林和宋词的共同追求。"有些曲桥，定要九曲，既不临水面（园林桥一般要低于两岸，有凌波之意），生硬屈曲，行桥宛若受刑，其因在于不明此理（上海豫园前九曲桥即坏例）。"[3]这样做作的曲桥，就如宋词当中一些故作晦涩的词。

---

① 俞樾：《春在堂全书》第4册，凤凰出版社，2010年，第55页。
② 俞樾：《春在堂全书》第4册，第397页。
③ 陈从周：《说园》，见《梓翁说园》，第5页。

（二）深

具体来说，体现在园林和宋词都重视空间深邃感的生成、含蓄不尽的韵味的产生、静谧辽远的环境的营造。

先看深远的空间感。

为了营造深邃、有层次的空间感，主动地分隔空间是园林营造中常用的手法："园林与建筑之间，隔则深，畅则浅，斯理甚明，故假山、廊、桥、花墙、屏、幕、槅扇、书架、博古架等，皆起隔之作用。旧时卧室用帐，碧纱橱，亦起同样效果。日本居住之室小，席地而卧，以纸槅小屏分之，皆属此理。"①园林空间的大小是相对的，不是绝对的，有意识地分隔空间，可以造成咫尺壶中天地间能包容宇宙四季、以有限面积呈现无限空间感的观之不足的审美感受。因此，园林中的建筑物，假山、水面、回廊、围墙、花窗、屏风、窗帘、帷幕等都能作为阻隔物造成深静空间。"遮隔具有深化园境、造成景深的审美功能。"②无独有偶，在诗词中特别是词中这些阻隔物也是经常运用的。与园林营建相同，阻隔物在词中的书写也是为了造成悠远深邃的词境，正如宗白华先生所说："中国画堂的帘幕是造成深静的词境的重要因素，所以词中常爱提到。韩持国的词句：'燕子渐归春悄，帘幕垂清晓。'况周颐评之曰：'境至静矣，而此中有人，如隔蓬山，思之思之，遂由静而见深。'董其昌曾说：'摊烛下作画，正如隔帘看月，隔水看花！'他们懂得'隔'字在美感上的重要。"③除了帘幕，还有屏风、窗、门、杨柳、花丛、树荫等，皆在宋词中承担了分隔空间、造成深远意象的角色。欧阳修《蝶恋花》是最经典的例子："庭院深深深几许？杨柳堆烟，帘幕无重数。"《蓼园词评》说："首阕因杨柳烟多，若帘幕之重重者，庭院之深以此。"唐代戴叔伦说："诗家之景，如蓝田日暖，良玉生烟，可望而不可置于眉睫之前也。象外之

---

① 陈从周：《说园（四）》，见《梓翁说园》，第34页。
② 金学智：《中国园林美学》，第297页。
③ 宗白华：《美学散步》，第22页。

象，景外之景，岂容易可谈哉！"① 帘幕、杨柳可以产生朦胧隐约的审美感觉，可以增添要眇、幽约的味道。它们的加入，使得庭院环境时隐时现、不可全窥，增添了距离美和朦胧美，并增添了读者主动探询的审美愿望；对遮隔物的留意和描写，是词非常重视的部分，究其缘由，也是因为它们独具功效。在这一点上，园林环境和诗词意境实现了很好的沟通。

中国古典园林中的建筑，楼、台、亭、阁等的建造，也有助于扩大空间，使游览者能够在相对狭小的园林空间里"仰观""俯察""登高望远"，从而丰富游览者对于空间的不同层次和角度的美的感受。以"窗"为例。计成在《园冶》中说："轩楹高爽，窗户虚邻，纳千顷之汪洋，收四时之烂熳。"②园林建筑之所以能使游览者从有限的实际空间感受到无限的审美空间，窗起了很大的作用。"窗户虚邻"，这个"虚"字，就使外界无限、广大的空间都被吸纳到观赏点——窗中，造成虚实相生、以小见大的效果。除了"窗"，"亭"的作用也非常重要。中国古典园林中通常都少不了亭子，它的作用就在于为游览者提供一个可以吸纳和欣赏外界更大空间的景色的停驻地点和欣赏视角。宗白华先生指出，"仰观""俯察"是中国古代哲人、诗人观照世界的特殊方式。"天高地迥，觉宇宙之无穷；兴尽悲来，识盈虚之有数。"（王勃《滕王阁序》）中国园林建筑的意境，就在于可使游览者"仰观宇宙之大，俯察品类之盛"，"胸罗宇宙，思接千古"，从有限的时间与空间进入无限的时间与空间。无论是古典园林实景，还是宋词中描写的亭、台、楼、阁，都具备这样的审美功能。"江山无限景，都聚一亭中。"（张宣题倪云林画《溪亭山色图》）确实，元代画家倪瓒的山水画中多置空无一物的简陋亭子，如《秋亭嘉树图》《江岸望山图》等。在萧瑟的山水和秀拔的树木之间，亭子仿佛在吐纳和汇聚着天地之间的灵气。恽格说："元人幽亭秀木，自在化工之外。一种灵气。"（《南田画跋》）也是看到了自倪瓒之后元人山水画中"亭"与山水相结合的普遍范式。计成在《园冶》中说："亭者，停也。所

---

① 司空图：《司空表圣文集》卷三《与极浦书》，见《景印文渊阁四库全书》第1083册，台湾商务印书馆，1983年，第501页。
② 张家骥：《园冶全释》，第168页。

以停憩、游行也。"精炼地概括出亭子与景物结合后产生的人工与自然的和谐与天人合一的巧妙。"惟有此亭无一物,坐观万景得天全"(苏轼《涵虚亭》)说的正是这虚实结合,空纳万境的特点。关于楼,苏轼也有"赖有高楼能聚远"(《单同年求德兴俞氏聚远楼诗》)的经典诗句,概括出建筑营造空间感的妙用,其间的道理,与亭类似。

江南园林由于空间狭窄、面积较小,常利用设置镜面、对角线布局等视觉效果想尽办法强化观赏者对空间的感受。如在园中设镜,不但可以造成空间加大的感觉,而且因为镜中景物与实际景物的差异以及光影的作用,会使游览者觉得镜中景比起眼前实景更为有趣。如苏州拙政园"香洲"之镜,映出对岸的倚玉轩、枫杨、曲桥;网师园"月到风来亭"镜,映出开阔的池面及对岸景色。古代园论称之为"镜借"和"镜游"。扬州曾有棣园,焦东周生《扬州梦》写道:"棣园假山,对楹装镜面屏十二扇,天光云影,幅幅画图,顷刻变幻。冬时雪霁,梅花盛开,但对屏风,如入孤山,如游庾岭,如到玻璃世界。"[1] 棣园此景已不存,但《扬州梦》中的描述令人遐想古人"镜游"之妙。沧浪亭中翠玲珑馆为三进房间的布局,房间以角落相接,这种特点在古建筑中比较少见,有利用视觉和景深增大空间感的效果。

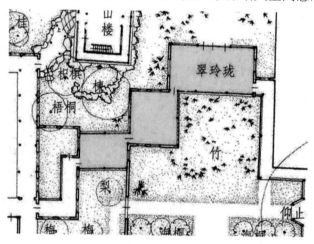

图1-1 沧浪亭翠玲珑馆三进房间布局图

---

① 焦东周生:《扬州梦》卷三《梦中事》,见李保民、胡建强、龙聿生主编:《明清娱情小品撷珍》,学林出版社,1999年,第1013页。

此外，还有各种方式的借景。"借者，园虽别内外，得景则无拘远近，晴峦耸秀，绀宇凌空，极目所至，俗则屏之，嘉则收之，不分町疃，尽为烟景，斯所谓'巧而得体'者也。"（《园冶》卷一《兴造论》）"借"来的或曲折幽深或辽远迷蒙的景致，往往也成为园林婉丽深邃的意境的加持。"曲折尽致"是童寯先生在《江南园林志》中谈到的造园三境界中的第二境界。中国美学非常重视想象空间。东晋顾恺之提出"迁想妙得"的理论，后来又有所谓"神与物游""思与境偕"等语。宋词中塑造的庭院也同样追求这样的空间感。"景阑昼永，渐入清和气序。榆钱飘满闲阶，莲叶嫩生翠沼。遥望水边幽径，山崦孤村，是处园林好。"（柳永《诉衷情近》）"琼楼珠阁，恰正在、柳曲花心。"（王诜《花发沁园春》）"今岁花时深院，尽日东风，荡扬茶烟。但有绿苔芳草，柳絮榆钱。"（苏轼《雨中花》）"楼观青红倚快晴。惊看陆地涌蓬瀛。南园花影笙歌地，东岭松风鼓角声。"（范成大《鹧鸪天》）"小园曲径，度疏林深处，幽兰微馥。竹坞无人双翠羽，飞触珊珊寒玉。"（赵鼎《双翠羽》）"园林幕翠，燕寝凝香。华池缭绕飞廊。"（贺铸《凤求凰》）"池草抽新碧，山桃褪小红。寻春闲过小园东。春在乱花深处、鸟声中。"（陈亮《南歌子》）"城畔芙蓉，爱吹晴映水，光照园庐。清霜乍雕岸柳，风景偏殊。登楼念远，望越山、青补林疏。人正在，秋风亭上，高情远解知无。"（张镃《汉宫春》）"西园斗结秋千了。日漾游丝烟外袅。小桥杨柳色初浓，别院海棠花正好。粉墙低度莺声巧。"（陈允平《玉楼春》）以上所举宋词材料，都着力于构建有层次、有景深、具备深远意境的园林空间。在这一点上，实体园林和"纸上园林"的追求是一致的。

再看深邃含蓄的特点。

中国诗歌一贯重含蓄，讲究言外之意、弦外之音、景外之景、象外之象，比兴寄托更是从《诗经》时代流传至今的重要表现手法。在众多文体中，词的境界以含蓄为高，历代词家、词评家均据此评词。"李世英《蝶恋花》句云：'朦胧淡月云来去。'欧公《蝶恋花》句云：'珠帘夜夜朦胧月。'二语一律，不知者疑欧出李下。予细较之，状夜景则李为高妙，道幽怨则欧为蕴藉。盖各适其趣，各擅其极，殆未易优劣也。"①词评家认为，之所以欧词写情更为高妙，是因为他在景中添入了抒情主人公的主观感觉，"夜夜"暗示了闺中女子的寂寞和孤独，并因纯以所见之景烘托出这种感情而显得更加含蓄蕴藉。"词要不亢不卑，不触不悖，蓦然而来，悠然而逝。立意贵新，设色贵雅，构局贵变，言情贵含蓄，如骄马弄衔而欲行，粲女窥帘而未出，得之矣。"②此评价也是从含蕴不尽、呼之欲出的韵味入手评词。"晏幾道《减字木兰花》（长亭晚送）轻而不浮，浅而不露，美而不艳，动而不流。字外盘旋，句中含吐。小词能事备矣。"③晏幾道的《减字木兰花》（长亭晚送）："长亭晚送，都似绿窗前日梦。小字还家，恰应红灯昨夜花。良时易过，半镜流年春欲破。往事难忘，一枕高楼到夕阳。"整首词以虚写实，吞吐回环，以梦境、形象、动作等烘托藏蓄其中的情感，颇受评词家好评。

词的结尾讲究"煞得住"。其实就是怎样的结尾才能产生余音袅袅、体味不尽的含蓄美感的问题。宋人论结句："结句须要放开，含有余不尽之意，以景结情最好。如清真之'断肠院落，一帘风絮'，又'掩重关，遍城钟鼓'之类是也。或以情结尾亦好。往往轻而露，如清真之'天便教人，霎时厮见何妨'，又云'梦魂凝想鸳侣'之类，便无意思，亦是词家病，却不可学也。"④重视以景结尾，也是希图使词获得一种语虽终而情未了的蕴藉滋味。于是，在众多的标准中，词家论词特重含蓄。他们评价说，唐末五代乐章"造语有思致"，欧阳修词"风流蕴藉，一时莫及，而温润秀洁，亦无其比"，赵德麟、李方叔"赵婉而李俊"，晏叔原"秀气胜韵，得之天然"。⑤其中，"有思致""蕴藉""婉""秀"，这些都是表含蓄之意。

为了造成含蓄的效果，词人在字面上下功夫，讲究"咏物不可直说"：

---

① 陈霆：《渚山堂词话》卷二，见唐圭璋编：《词话丛编》，第368页。

② 沈谦：《填词杂说》，见唐圭璋编：《词话丛编》，第635页。

③ 先著、程洪撰，胡念贻辑：《词洁辑评》卷一，见唐圭璋编：《词话丛编》，第1344页。

④ 沈义父：《乐府指迷》，见唐圭璋编：《词话丛编》，第279页。

⑤ 王灼：《碧鸡漫志》卷二，见唐圭璋编：《词话丛编》，第83页。

"炼句下语,最是紧要:如说桃,不可直说破桃,须用'红雨'、'刘郎'等字。如咏柳,不可直说破柳,须用'章台'、'灞岸'等字。又咏书,如曰'银钩空满',便是书字了,不必更说书字。'玉箸双垂',便是泪了,不必更说泪。如'绿云缭绕',隐然鬐发,'困便湘竹',分明是簟。正不必分晓,如教初学小儿,说破这是甚物事,方见妙处。往往浅学俗流,多不晓此妙用,指为不分晓,乃欲直捷说破,却是赚人与耍曲矣。如说情,不可太露。"① "词中用事,使人姓名,须委曲得不用出最好。清真词多要两人姓名对使,亦不可学也。如《宴清都》云:'庾信愁多,江淹恨极。'"②诗固然也有比类、代字,但显然追求含蓄境界的词将这种曲折表达的手法用得更彻底,词评家更是以这个标准将词与曲等俚俗之语区别开来。

园林也是如此,陈从周先生说道:"(昆曲)重以婉约含蓄移人,亦正如园林结构一样,'少而精','以少胜多',耐人寻味。《牡丹亭·游园》唱词的'观之不足由他遣'。'观之不足',就是中国园林精神所在,要含蓄不尽。"③古典园林通过对人工与自然、大与小、虚与实、藏与露等一系列对立范畴的巧妙运用,也追求着"尽者景之美可收眼底,不尽者景外有景"的含蓄美。因此才有了"品园""读园"的说法。园林的景与味,也需像品赏诗词一样去细细地揣摩吟哦,走马观花、大而化之的游园,都不适合细腻、纤秀的古典园林。

古典园林往往追求"一峰则太华千寻,一勺则江湖万里"(文震亨《长物志》)的审美境界,以一当十、以少胜多的设计原则也是造成园林含蓄之美的根源所在。中国古典园林的发展深受山水画、山水诗、山水文学及古代书法、音乐的影响,通过建筑构件、布局、形态、借景、集聚与分散、参差与整齐、明与暗、向与背等造园手段总合园林中的景物成诗情画意的空间④,再结合富有诗意的匾额和对联,揭示出该空间的诗意,达到"心与物

---

① 沈义父:《乐府指迷》,见唐圭璋编:《词话丛编》,第280页。
② 沈义父:《乐府指迷》,见唐圭璋编:《词话丛编》,第282页。
③ 陈从周:《书带集》,花城出版社,1984年,第176—177页。
④ 蓝凡:《中国古典园林艺术的一个重要特征——含蓄》,载《人文杂志》1983年第6期。

游”的赏心境界。陈从周先生在说园时常常以词拟园："园之佳者如诗之绝句，词之小令，皆以少胜多，有不尽之意，寥寥几句，弦外之音犹绕梁间（大园总有不周之处，正如长歌慢调，难以一气呵成）。"① 可见，含蓄的确是园和词共同追求的境界。

此外"深"还离不开"静"境。"楼敬思云：'词到工处，未有不静细者'。"② "前人言'诗是无形画，画是有形诗'，哲人多理之谈，此言吾人所师。余因暇日阅晋唐古今诗什，其中佳句有道尽人腹中之事，有装出目前之景，然不因静居燕坐，明窗净几，一炷炉香，万虑消沉，则佳句好意亦看不出，幽情美趣亦想不成，即画之生意亦岂易有及乎！境界已熟，心手已应，方始纵横中度，左右逢原。"③ 这段话重在阐释"静"境对于诗词意境生成感受的重要性。而同样的"静"也是营造园林美和品赏园林美所必须到达的境地，唯有在静中，才能体会园林中细微、美妙的生机之动和含蕴不尽的美感。

（三）雅

宋词和园林在追求"雅"的层面上也颇为一致。

宋词的"雅"主要体现在对意象的选择上讲究雅洁精美，品味上也要脱离市井气，追求士大夫的雅致情味。当然，这是就主流和趋势而言的，并非能够绝对定性。宋词虽是伴随商业文化、市井生活发展成熟起来的，但由于其主要创作人员是文人士大夫，即便是描写歌女艳情，也要求尽可能地雅致，不要太过偏离文人的审美传统。北宋词史上对柳永的评价就能够显示出宋代文人的这个倾向。柳永的词作突破了北宋士大夫写词的风尚和畛域，朝向市民阶层，用俚俗之语描写市民阶层的情感，因此常被批评

① 陈从周：《说园》，见《梓翁说园》，第6页。
② 许昂霄：《词综偶评》，见唐圭璋编：《词话丛编》，第1552页。
③ 郭熙：《林泉高致集》，见《景印文渊阁四库全书》第812册，第579页。

为"浅近卑俗，自成一体"。"柳何敢知世间有离骚？"①同样落拓浪荡但书卷气较足的晏幾道词则被称为"狭邪之大雅，豪士之鼓吹"（黄庭坚《小山集序》）。与柳永身世、经历类似，也擅长描写歌女题材的周邦彦词在宋代的评价却非常高："凡作词，当以清真为主。盖清真最为知音，且无一点市井气。下字运意，皆有法度，往往自唐宋诸贤诗句中来，而不用经史中生硬字面，此所以为冠绝也。"②因此可以判断出，所谓的"雅""俗"在这一阶段并没有题材上的过多区分，并非写歌女艳情就是俗，而是从腔调、语句、情感、思想、阶层等角度区分的。词人们尽可以描写各类爱情、女性、艳遇等不太多见于正统诗文的题材，但风格却要尽量含蓄文雅。"词虽宜艳冶，亦不可流于秽亵。"③"词不嫌秾丽，须要雅洁耳。"④"诗庄词媚，其体元别。然不得因媚辄写入淫亵一路。媚中仍存庄意，风雅庶几不坠。"⑤"词不同乎诗而后佳，然词不离乎诗方能雅。"⑥否则就会像柳永一样遭到批评："施梅川音律有源流，故其声无舛误。读唐诗多，故语雅澹。间有些俗气，盖亦渐染教坊之习故也。""孙花翁有好词，亦善运意。但雅正中忽有一两句市井句，可惜。"⑦

宋词对雅的要求体现在选择腔调上："古曲谱多有异同，至一腔有两三字多少者，或句法长短不等者，盖被教师改换。亦有嘌唱一家，多添了字。吾辈只当以古雅为主，如有嘌唱之腔不必作。且必以清真及诸家目前好腔为先可也。"⑧"诗有诗之腔调，曲有曲之腔调，诗之腔调宜古雅，曲之腔调宜近俗，词之腔调，则在雅俗相和之间。"⑨还表现在字面的挑选上："下字欲其雅，不雅则近乎缠令之体。用字不可太露，露则直突而无深长之味。发意

① 王灼：《碧鸡漫志》卷二，见唐圭璋编：《词话丛编》，第84页。
② 沈义父：《乐府指迷》，见唐圭璋编：《词话丛编》，第277—278页。
③ 王又华：《古今词论》，见唐圭璋编：《词话丛编》，第600页。
④ 贺裳：《皱水轩词筌》，见唐圭璋编：《词话丛编》，第708页。
⑤ 王又华：《古今词论》，见唐圭璋编：《词话丛编》，第606页。
⑥ 查礼：《铜鼓书堂词话》，见唐圭璋编：《词话丛编》，第1482页。
⑦ 沈义父：《乐府指迷》，见唐圭璋编：《词话丛编》，第278页。
⑧ 沈义父：《乐府指迷》，见唐圭璋编：《词话丛编》，第283页。
⑨ 李渔：《窥词管见》，见唐圭璋编：《词话丛编》，第549页。

不可太高，高则狂怪而失柔婉之意。"① 这些细节归结起来，主要是要符合文人士大夫的雅致趣味。宋词也一直是在雅化的道路上前进，尽管北宋和南宋，甚至具体到不同的时期，词人对雅化的认识和理解是不同的，但这样的趋势是贯穿始终的。当然，词的雅化的概念和内涵，也是一个动态发展和相对成立的问题。

中国古典园林，也是以"雅"为主，典雅、雅趣、雅致、雅淡、雅健等等，莫不突出"雅"。文震亨的《长物志》在谈到家具制作时说道："随方制象，各有所宜，宁古无时，宁朴无巧，宁俭无俗；至于萧疏雅洁，又本性生，非强作解事者所得轻议矣。"②体现了他的"崇雅"思想。园林设计整体追求"雅"更是不争的事实。园林本就是与中国传统书法、绘画、音乐、建筑同源的存在，园林设计中要有诗意、有主题，更要有基本的内涵。"雅"的形式体现了中国文化的内涵，包括通过文化元素的留存、收藏和展现来体现园林的审美价值、文化意味。"雅"也是园林建筑的格调、意境，是人们对园林建筑形象、色彩、气氛的一种感受，幽雅、雅朴、雅致都是这种感受的表达。"以人为之美入天然，故能奇；以清幽之趣药浓丽，故能雅。"（朱启钤《重刊园冶序》）中国园林不以壮丽浓艳取胜，而是以小巧、雅致见长，尤其是文人园林。清代李渔在《闲情偶寄》中说，建筑造型"贵精不贵丽，贵新奇大雅，不贵纤巧烂漫"③。园林的精美雅致不是局部的雕虫小技，而是一种风貌，从整体到细部都能和谐地组织在一种美的韵律之中，这一点，与文学作品一脉同源。园林和宋词的"雅"是文雅、柔雅，偏向南方文化、女性美，同时也有取向文人审美的清雅、雅健、雅趣。正如陈从周先生所说："余尝谓苏州建筑及园林，风格在于柔和，吴语所谓'糯'，扬州建筑与园林，风格则多雅健，如宋代姜夔词，以'健笔写柔情'，皆欲现怡人之园景，风格各异，存真则一。"④不同地域的园林文化也呈现出不同的审美特点和追

---

① 沈义父：《乐府指迷》，见唐圭璋编：《词话丛编》，第277页。
② 文震亨著，陈植校注：《长物志校注》，杨超伯校订，第37页。
③ 李渔：《闲情偶寄》，第126页。
④ 陈从周：《说园（五）》，见《梓翁说园》，第45页。

求，但总体都不离"雅"。

宋词的"雅"与"俗"处在发展变化和相对的坐标体系中，即便是同一位作者，他的作品风格应该也兼备雅俗，如柳永、苏轼等，均是如此。举晏几道为例。黄庭坚在《小山集序》中称誉小山词为"狭邪之大雅，豪士之鼓吹"。"小山词的'狭邪'，是指其词离正统文化之经，叛传统诗文儒家人伦之道，一味表现情场悲欢离合的创作倾向……小山词也是'雅'的。这表现在其遣词造句的文士色彩和表情达意的含蓄内敛，是其不同于柳永词的个性之一……他们在曲子词这种新型的文化载体上，寄托面对文化观念重新选择时的迷惘与苦闷，是因为作为'新声'的词，它能载负起上层士绅精英文化与下层庶民世俗文化交流碰撞时所产生的情绪骚动和精神彷徨。"①的确如此，小山词的形式既艳丽又哀伤，虽是艳情的壳子，但却有着悲凉的人生况味作为内核，在"雅"与"俗"间保持着某种平衡。园林也是如此，它是实用的，承载着日常生活的功用，但又是与现实人生保持距离的；它是实体，但它的意义又在于虚实结合；它常常紧挨闹市，但却保持着一种独立和疏离，成为人精神层面的隔离带。伟大的词人，即使在写花间意、儿女情时，也往往能借绮语写出人世间物与物、物与人的相通之处，使人在目摇神荡的读词体会中，悟出一份深情与哲思。而美好的园林，既可以是坐卧举动皆舒适、所见所闻俱美妙的生活场所，也可以是能使人的精神诗意地栖居的家园。因此，在"雅"与"俗"之间，宋词与园林也勾连起了往复不绝的通道。

除了上述三个相通的特征，在作词和筑园的整体布局与手法、改园和改词的过程等方面宋词和园林也有相似之处。"艺术家改变各个部分的关系，一定是向同一方向改变，而且是有意改变的，目的在于使对象的某一个'主要特征'，也就是艺术家对那个对象所抱的主要观念，显得特别清楚。"②宋词和园林就是这样两种虽然分属不同门类但却有相似的"主要特征"的艺术。

---

① 沈家庄：《宋词的文化定位》，湖南人民出版社，2005年，第99页。
② 丹纳：《艺术哲学》，傅雷译，人民文学出版社，1963年，第22页。

第二章　宋词中的园林考述

　　宋词中涉及的园林数目众多,本书所辑录的这些园林只是其中很小的一部分。考述的部分,主要试图展现宋代具有代表性的文人与园林的个性化渊源,以及园林的独特影像;列表部分,则以量化的形式说明宋代园林在文人生活中的重要性,展现了更为广阔的园林文化图景。

　　基于这样的目的,考述园林的时候主要讨论园林的地理位置、造园时间、园中主要景观、园主姓名等,试图勾勒出该处园林的独特景观与文化内蕴;考述对象主要选取与宋代主要词人、重要词作、词史演变等相关的私家园林和部分公共园林、寺庙园林、衙署园林;列表部分辑录的园林主要以是否具备园林的基本构成要素(泉石、花木、建筑)为标准,辑录的内容主要依据词前小序及词中的具体描写,并参考宋及以后的诗、文集、方志、笔记等。所录园林尽量区别于一般意义上的名胜古迹,但因二者实有交叉,古典园林流传至今,大都已属于名胜古迹的范畴,而名胜古迹一般又都具备典型的园林环境,所以难免重复。有些词人的园宅,从规模和园林要素而言,算不上真正意义上精致、完美的园林,但因其在该词人创作生涯中的重要作用,故也将其一并录入。两宋时期的园林,有不少是以馆、阁、亭、台命名的,但从描绘它们的诗文及相关记载来看,这些馆、阁、亭、台,并不是孤立的建筑,而是一座园林的主体构造,因此也属园林。考述的园林前 24 个为私家园林,后 12 个为皇家、公共、衙署园林,基本都以造园时间为序,造园时间不可考的园林,则以涉及的词人年辈先后为序。

一、宋词中的主要园林考述

无论简朴或是豪华，宋代词人都赋予了园林以更具象征意味的内涵，他们在精神上与园林贴合得更为紧密，这使得我们在结合词作讨论园林时可以挖掘得更深。

1.苏舜钦沧浪亭

苏舜钦，字子美，景祐元年（1034）进士。曾任大理评事、集贤校理、监进奏院。因用故纸钱置酒召客被除名，后居苏州，买水石，作沧浪亭以自适。有《沧浪集》。

沧浪亭是苏州名胜，原是中吴节度使孙承祐的池塘，后废为寺，后寺又废，苏舜钦用四万钱买得。《吴郡志》："沧浪亭，在郡学之南，积水弥数十亩，傍有小山，高下曲折，与水相萦带。"①《石林诗话》："以为钱氏时广陵王元璙池馆，或云其近戚中吴军节度使孙承祐所作。既积土为山，因以潴水。庆历间，苏舜钦（子美）得之，傍水作亭，曰'沧浪'。欧阳文忠公诗云：'清风明月本无价，可惜只卖四万钱。'沧浪之名始著。子美死，屡易主。后为章申公家所有，广其故地，为大阁，又为堂。山上亭北跨水有名'洞山'者，章氏并得之。既除地，发其下，皆嵌空大石，人以为广陵王时所藏。益以增累其隙，两山相对，遂为一时雄观。建炎狄难，归韩蕲王家。"

苏舜钦出身名门，个性刚烈，儒家"温柔敦厚"的习教在他身上似乎不甚明显。他在朝就勇于言事，自我期许甚高，对身边的亲友也常以国事相勉励。庆历四年（1044）因"进奏院案"被除名后，他做出了一个非常选择，即离开亲友众多、居住多年的汴京，举家南下，到曾匆匆经过的苏州定居，这样的选择在当时的士大夫中并不多见。可以想见，除名一事对拥有高远志向、行事高蹈激进的苏舜钦是何等的刺激。从汴京到苏州，对苏舜钦而

---

① 本章所引史料除做说明外，均出自《景印文渊阁四库全书》，台湾商务印书馆，1983年。

言，虽只是空间的转移，但不啻生命的转折。在汴京，苏舜钦曾和友人在他居所中的竹轩激昂唱和："惜哉嵇阮放，当世已不容。吾侪有雅尚，千载挹高踪。"（苏舜钦《竹轩》）朱弁有记："苏子美竹轩之集，皆当世名士。王胜之赋诗，人皆属和。"（朱弁《风月堂诗话》）除名之际，他不给自己留任何回旋的余地，也难于面对昔日的亲友及同僚，便决绝出京，照他自己的话说是"缄口远遁"。但内心沸腾，并不因远离政治中心而平静，也不因选择了风景优美的苏州而恬淡，"遭此构陷，累及他人，故愤懑之气不能自平，时复嵘岈于胸中，一夕三起，茫然天地间无所赴愬"。（《与欧阳公书》）而沧浪亭，正是他寓居苏州彷徨无依时最大的慰藉。

苏舜钦在《沧浪亭记》中描述自己买地营建园林的经过及心路历程：

> 始僦舍以处，时盛夏蒸燠，土居皆褊狭，不能出气，思得高爽虚辟之地，以舒所怀，不可得也。一日过郡学，东顾草树郁然，崇阜广水，不类乎城中。并水得微径于杂花修竹之间。东趋数百步，有弃地，纵广合五六十寻，三向皆水也。杠之南，其地益阔，旁无民居，左右皆林木相亏蔽。访诸旧老，云钱氏有国，近戚孙承祐之池馆也。坳隆胜势，遗意尚存。予爱而徘徊，遂以钱四万得之，构亭北碕，号"沧浪"焉。前竹后水，水之阳又竹，无穷极。澄川翠干，光影会合于轩户之间，尤与风月为相宜。予时榜小舟，幅巾以往，至则洒然忘其归。觞而浩歌，踞而仰啸，野老不至，鱼鸟共乐。形骸既适则神不烦，观听无邪则道以明。返思向之泪泪荣辱之场，日与锱铢利害相磨戛，隔此真趣，不亦鄙哉！

对喜爱竹子的苏舜钦而言，沧浪亭给了他一个新的安放心灵的空间，比起在汴京时一众名士时常雅集的竹轩，这里似乎萧条冷清，但却可以使他暂时平息心灵的伤痛，忘却过去的经历。因此，其友人欧阳修也注意到，旅居苏州时沧浪亭于苏舜钦诗歌新的进境甚至于其人生不同阶段的意义："君携妻子居苏州，买水石作沧浪亭，日益读书，大涵肆于六经，而时发其愤闷于歌诗，至其所激，往往惊绝。"（欧阳修《湖州长史苏君墓志铭（并序）》）也有看似相反的意见："苏子美歌行雄放于圣俞，轩昂不羁如其为人，及蟠屈为吴体，则极平夷妥帖。"①其实苏舜钦旅居苏州后的诗歌，看似平妥精深，却有无限曲折不平之意，这一点，其好友欧阳修或许更能体会到其中的转变。"曾以文章上石渠，忽因谗口出储胥。致君事业堆胸臆，却伴溪童学钓鱼。"（苏舜钦《西轩垂钓偶作》）细细读来，真有后来辛弃疾"却将万字平戎策，换得东家种树书"的无奈与不平。

苏舜钦有《水调歌头·沧浪亭》：

> 潇洒太湖岸，淡伫洞庭山。鱼龙隐处，烟雾深锁渺弥间。方念陶朱张翰，忽有扁舟急桨，撇浪载鲈还。落日暴风雨，归路绕汀湾。
> 丈夫志，当景盛，耻疏闲。壮年何事憔悴，华发改朱颜。拟借寒潭垂钓，又恐鸥鸟相猜，不肯傍青纶。刺棹穿芦荻，无语看波澜。

与其诗、文互看，显示出作者细致、丰富的归隐心路：烟雨苍茫的太湖尽管成为功成身退的地理标志，但作者以盛年归隐为耻，一方面怨自己机心缠绕，另一方面，并不能以远离政治风波释怀，内心充满隐忧与无奈，并未真正获得渴望已久的平静。

吴文英也有著名的《金缕歌·陪履斋先生沧浪看梅》，是借沧浪亭感慨国事：

> 乔木生云气。访中兴、英雄陈迹，暗追前事。战舰东风悭借便，梦断神州故里。旋小筑、吴宫闲地。华表月明归夜鹤，叹当时、花竹今如此。枝上露，溅清泪。遨头小簇行春队。步苍苔、寻幽别坞，问梅开未。重唱梅边新度曲，催发寒梢冻蕊。此心与、东君同意。后不如今今非昔，两无言、相对沧浪水。怀此恨，寄残醉。

沧浪亭虽以亭为名，但却是完整的园林，这也是宋代园林的特点之一。沧浪亭更重要的意义是其文化价值，它取自《楚辞·渔父》，代表着一种追求精神独立的理想。尽管苏舜钦在追求精神独立的过程中痛苦迷茫，他的英年早逝恐也与这种煎熬相关，但他毕竟做出了自己的努力。沧浪水的清浊是他不能改变的，但他有权力选择是濯缨还是濯足。尹洙的《水调歌

---

① 刘克庄：《后村诗话》，王秀梅点校，中华书局，1983年，第23页。

头·和苏子美》就写出了对这种理想的理解和向往：

> 万顷太湖上，朝暮浸寒光。吴王去后，台榭千古锁悲凉。谁信蓬山仙子，天与经纶才器，等闲厌名缰。敛翼下霄汉，雅意在沧浪。晚秋里，烟寂静，雨微凉。危亭好景，佳树修竹绕回塘。不用移舟酌酒，自有青山渌水，掩映似潇湘。莫问平生意，别有好思量。

2. 王安石半山园

王安石，字介甫，临川人，生于天禧五年（1021）。庆历二年（1042）进士。神宗朝，除翰林学士，拜同中书门下平章事，加尚书左仆射，兼门下侍郎，封舒国公，改封荆国公。晚居金陵，自号半山老人。半山园，是王安石第二次罢相后定居之所。变法失败，长子病死，王安石便辞去宰相职务，作为府判退居江宁。次年（1077），又辞去府判而"居钟山南"（《王文公文集》卷五八），即半山园，度过了他生命中的最后时光。《景定建康志》卷二一："半山园在今报宁禅院。是其地，王荆公营居半山园。有诗《示蔡天启》备述其事，所谓'今年钟山南，随分作园圃'者是也。又有《次吴氏女子》诗注云'南朝九日台，在孙陵曲街傍，去吾园只数百步'"。而半山园清简至极，甚至给人以简陋之感："所居之地，四无人家，其宅仅蔽风雨，又不设垣墙，望之若逆旅之舍。"（魏泰《东轩笔录》）但王安石却颇为珍惜和自得，王安石在给女儿的诗中这样描述自己的小园："吾庐所封殖，岁久愈华青。岂特茂松竹，梧楸亦冥冥。芰荷美花实，弥漫争沟泾。"（《寄吴氏女子》）"青遥遥兮缅属，绿宛宛兮横逗，积李兮缟夜，崇桃兮炫画，兰馥兮众植，竹娟兮常茂，柳蔼绵兮含姿，松堰蹇兮献秀，鸟跂兮上下，鱼跳兮左右。"（《寄蔡氏女子二首》）

半山园因处在江宁府城东门白下门至钟山十四里的半道而得名。这里原是东晋名相谢安（字安石）的住所——谢公墩。王安石曾风趣地写下了《争墩诗》："我名公字偶相同，我屋公墩在眼中。公去我来墩属我，不应墩姓尚随公。"（王安石《谢公墩二首》）王安石晚年也曾以半山老人为其别号。王安石有《渔家傲》记述在半山园的生活：

灯火已收正月半。山南山北花撩乱。闻说涝亭新水漫。骑款段。穿云入坞寻游伴。却拂僧床襄素幔。千岩万壑春风暖。一弄松声悲急管。吹梦断。西看窗日犹嫌短。

距半山园不远的钟山定林寺昭文斋是他日常下榻的别馆，他时时在那儿著书、读书，接待客人，也经常到附近的山林溪壑间登览野游。黄庭坚《菩萨蛮》(半烟半雨溪桥畔)序说："王荆公新筑草堂于半山，引入功德水作小港，其上垒石作桥。"序中所引王安石《菩萨蛮》所记园居生活更为闲适："数间茅屋闲临水。窄衫短帽垂杨里。花是去年红。吹开一夜风。梢梢新月偃。午醉醒来晚。何物最关情。黄鹂三两声。"他在《游钟山》中写道："终日看山不厌山，买山终待老山间。山花落尽山长在，山水空流山自闲。"钟山，慰藉了他在政治上的失意，屏蔽了宦海风波，也告慰了包括失子之痛在内的人生伤痛。"在王安石眼里，钟山亘古如斯的悠悠白云，是与城市的万丈红尘相对立的，它代表着山林的清静、隐逸的高洁，代表着另一方面的价值取向"，"半山园不偏不倚，恰好处在山林与城市的中间地带，既在山中，又在山外，妙在若即若离。'半'是王安石精心选择的字眼也是他晚年心理的一个象征……'割我钟山一半青'，只要一半，便显得谦抑冲退，绰有余地，在昔时的城市和今日的山林之间，便有了回旋进退的宽绰自如"。①了解了王安石的一生，再到过蓊蓊郁郁的钟山，就会觉得"半山夕照"实在是对王安石和他的半山园很对题的概括。半山园于前期头角峥嵘、叱咤风云的王安石来说，可谓是晚年的安憩之所，尽管并不精致富丽，但主人在这里的生活却闲散自由，如出岫之云："平日乘一驴，从数僮，游诸山寺；欲入城，则乘小舫，泛潮沟以行，盖未尝乘马与肩舆也。"(魏泰《东轩笔录》)叶梦得《避暑录话》卷上："王荆公不耐静坐，非卧即行。晚卜居钟山谢公墩，自山距州城适相半，谓之半山。畜一驴，每食罢，必日一至钟山，纵步山间，倦则即定林而睡，往往至日昃乃归，率以为常。有不及终往，亦必跨驴中道而还，未尝已也。"在这种心情之下，才写得出"北

---

① 程章灿：《半山夕照——王安石与南京（下）》，载《古典文学知识》2005年第2期。

山输绿涨横陂，直堑回塘滟滟时。细数落花因坐久，缓寻芳草得归迟"（王安石《北山》）这样的诗句吧。还有这首《半山春晚即事》："春风取花去，酬我以清阴。翳翳陂路静，交交园屋深。床敷每小息，杖屦或幽寻。惟有北山鸟，经过遗好音。"没有题咏暮春景物常见的伤感，反而有一种珍视物华、宁静恬然的自足之感。

此期，也是王安石诗风变化的重要时期。陈衍在其《石遗室诗话》中写道："荆公佳句皆山林气重而时觉黯然销魂者，所以虽作宰相，终为诗人也。"早年意气风发，个性气质和诗风都近韩愈，而晚年颇重李商隐，诗风婉丽，又于钟山中颇得山林之趣，"始尽深婉不迫之趣"（叶梦得《石林诗话》）。此期王安石与禅僧的交往也很频繁，于诗境中归趣佛禅之味，也是此期诗歌的特点。虽未能完全从过去的人生中全然抽身，但也尽可能地达到自在无碍、"近于无心"的境地，其晚年的闲适诗颇能体现这一点："霜筠雪竹钟山寺，投老归欤寄此生。"吴之振评价晚年的王安石及其诗歌颇为知音："论者谓其有工致无悲壮，读之久则令人笔拘而格退。余以为不然，安石遣情世外，其悲壮即寓闲澹之中。"（吴之振《宋诗钞》卷一八）

苏轼写在南京拜访王安石："骑驴渺渺入荒陂，想见先生未病时。劝我试求三亩宅，从公已觉十年迟。"（苏轼《次荆公韵》）宋神宗元丰七年（1084），王安石生了一场大病，宋神宗得知后即"遣国医诊视"。康复后，为祝宋神宗"圣寿"而舍宅为寺，神宗应其请求赐寺名。宋神宗赐寺名为"报宁禅寺"，并亲书匾额。王安石舍宅建寺后，离开半山园，两年后病故，埋葬在半山寺后。

3. 王诜西园

王诜，字晋卿，开封人，能诗善画。熙宁二年（1069），选尚英宗女蜀国长公主，拜左卫将军、驸马都尉。"诜博雅该洽，以至弈棋图画，无不造妙。写烟江远壑、柳溪渔浦、晴岚绝涧、寒林幽谷、桃溪苇村，皆词人墨卿难状之景。而诜落笔思致，遂将到古人超轶处。又精于书，真行草隶，得钟鼎篆籀用笔意。即其第乃为堂曰'宝绘'，藏古今法书名画。常以古人所画山水置于几案屋壁间，以为胜玩，曰：'要如宗炳，澄怀卧游耳。'"①王诜的画作现存世的有《溪山秋霁图》《烟江叠嶂图》《渔村小雪图》。他的画作是宋代文人画特别是山水画的代表，擅画清寒、荒寒、野寒的山水境界。苏轼评价王诜的画："驸马都尉王晋卿画山水寒林，冠绝一时，非画工能仿佛。"（苏轼《答宝月大师二首》之二）

《宋会要辑稿·帝系》提到赐公主第宅："凡主第皆遣八作工案图造赐，有园林之胜。又引金明涨池，其制度皆同。"②公主和王诜曾被赐予能引入金明池水且具有园林之胜的宅第，这很可能就是王诜词中一再对之加以描绘的园林，也可能就是常常汇集京城名流的西园。王诜的这首《蝶恋花》描绘了它的风致：

> 小雨初晴回晚照。金翠楼台，倒影芙蓉沼。杨柳垂垂风袅袅。
> 嫩荷无数青钿小。似此园林无限好。流落归来，到了心情少。坐到
> 黄昏人悄悄。更应添得朱颜老。

玩其词意，这首词应写于王诜受"乌台诗案"牵连被贬及公主去世后被贬逐的经历过后，回归京城自家园亭时。

园林对宋代词人雅集吟咏产生了重要的影响，"西园雅集"就是著名的园林文化聚会。李公麟的《西园雅集图》展现了这样的场景：松桧梧竹，小桥流水，极园林之胜。宾主风雅，或写诗，或作画，或题石，或拨阮，或看书，或说经，极宴游之乐。王诜、苏轼、苏辙、黄庭坚、秦观、李公麟、米芾、蔡肇、李之仪、郑靖老、张耒、王钦臣、刘泾、晁补之以及僧圆通、道士陈碧虚等共十六人出现在画面上。米芾为此图作记，即《西园雅集图记》："水石潺湲，风竹相吞，炉烟方袅，草木自馨。人间清旷之乐，不过如此。嗟乎！汹涌于名利之域而不知退者，岂易得此耶？"此西园是否尚英宗女蜀国长公主，拜左卫将军、驸马都尉的王诜的园林，学界并未有定论，但许多证据指向王诜的西园。元代虞集为赵孟頫摹李公麟的《西园雅集图》所作的跋里写道："西园者，宋驸马都尉王诜晋卿延东坡诸名士宴游之所

---

① 潘运告主编：《宣和画谱》卷一二，岳仁译注，湖南美术出版社，1999年，第261—262页。
② 徐松：《宋会要辑稿》第4册，中华书局，1957年，第165页。

也……即图而观，云林泉石，倏然胜处也。"①王诜与苏轼关系密切，是以苏轼为核心的元祐文人集团的重要成员。苏轼、晁补之、秦观、王诜等所作的词中都提到了"小王都尉席上""王晋卿都尉宅""西园"等，可见，王诜宅以及他的西园可能是元祐文人经常聚会活动的地方。美国学者梁庄爱伦从北宋文献中未涉李公麟做《西园雅集图》等推出，该图为后人伪作。王水照先生结合衣若芬等人的研究，给出了公允的结论："此图乃是一种艺术创作，它不是对苏轼等十六人某次聚会的照相式的如实记录，而是把苏门聚会常有的或挥毫，或作画，或听弹阮琴，或题石，或讨论佛理（画面即分此五个单元）的场景艺术地再现出来。"并认为："苏门的全面状况乃至苏轼被后代所接受的详细过程，均可从围绕《西园雅集图》的继续探讨中，从某一方面或角度，得到更深入切实的阐述。"②园林雅集，不仅直接对文人创作具有生发作用，并且从文化特质、政治变迁、艺术衍生等角度丰富了我们对文学史和艺术史的认识。

王诜不仅自己能诗善画，精于收藏，在宅园中辟出专门收藏书画的宝绘堂，并且以艺术为媒介、以园林为空间，与以苏轼为首的京城名士们进行以文化交流为主的雅集活动，在艺术水准方面也极力追求清雅、写意的文人风貌和美学原则。由于雅集的主体都是当时文坛、书画等领域的开风气之先的领袖人物，他们所提倡的黜俗求雅等风气影响极大。而王诜与苏轼的关系也是"西园雅集"话题中非常值得重视的一个衍生问题。后来苏轼的"乌台诗案"审讯中，"供状"（审讯结果）第一条就是"与王诜往来诗赋"。而"北宋的规矩，不许士大夫和皇亲国戚交往过于密切，所以御史台把苏轼和王诜相关的诗文当做审讯的重点……为了增强反对的力度，御史台在'供状'稿已经提交后，还继续挖掘苏轼的更多'罪状'，尤其是与驸马王诜交往中的'非法'事实。鉴于官员与贵戚交结的危险性，御史台此举的用心不难窥见"③。因此，苏轼和王诜的交往也成为政治事件和祸端。除

---

① 孔凡礼：《苏轼年谱》，中华书局，1988年，第853页。
② 王水照：《走近"苏海"——苏轼研究的几点反思》，载《文学评论》1999年第3期。
③ 朱刚：《"乌台诗案"的审与判》，载《北京大学学报（哲学社会科学版）》2018年第6期。

了政治事件上的联系，王诜与苏轼还有"仇池石之争"和相关的"诗战"，论者以为"作为物的仇池石并非众人现实欲望的对象，而是引发诗歌议论的话题与承载精神交游的物质媒介"[①]，是作为狂热的书画、文物、奇石收藏者的王诜与将"仇池石"视为归隐之梦象征的苏轼之间的观念的碰撞与交流，而非真正意义上的关于奇石的抢夺与被抢夺。

刘后村（刘克庄）《西园雅集图跋》云："本朝戚畹，惟李端愿、王晋卿二驸马，好文喜士，世传孙巨源'三通鼓'、眉山公'金钗坠'之词，想见一时风流蕴藉。"后人则更是带着对以苏轼为代表的这些诗书画兼擅、惊才绝艳的前辈们的崇敬和对西园集会所代表的风流雅趣的追慕，纷纷用文字（出现大量题《西园雅集图》诗）和画笔（出现大量同题画，马远、刘松年、赵孟頫、钱舜举、唐寅、尤求、李士达、原济、丁观鹏等，都曾画过《西园雅集图》）想象和复现，以至"西园雅集"成了一种文化人格、理想生活的较高境界的象征。而这种境界的达成，是以园林环境所赐予的"清旷之乐"为基础的。围绕"西园雅集"问题的探讨，能将宋代士大夫清游园林及园林博物之风予以廓清。

4. 平山堂（在扬州瘦西湖园林群）

"两堤花柳全依水，一路楼台直到山。"这就是平山堂所坐落的扬州瘦西湖之特色。清代沈复在《浮生六记》中赞道："奇思幻想，点缀天然，即阆苑瑶池、琼楼玉宇，谅不过此。其妙处在十余家之园亭合而为一，联络至山，气势俱贯。"清代钱泳《履园丛话》卷二〇记自己游平山堂的感觉："扬州之平山堂，余于乾隆五十二年秋始到，其时九峰园、倚虹园、筱园、西园曲水、小金山、尺五楼诸处，自天宁门外起直到淮南第一观，楼台掩映，朱碧鲜新，宛入赵千里仙山楼阁。"尽管宋以后的平山堂几经修复之后，成为瘦西湖上颇为富丽堂皇的园林建筑，但真正赋予它精神气质，同时又通过它赋予扬州城精神气质的却是它最初质朴无华的模样以及营建它的人——欧阳修。平山堂，在蜀冈中峰大明寺内，始建于宋仁宗庆历八年

---

① 姚华：《苏轼诗歌的"仇池石"意象探析》，载《文学遗产》2016年第3期。

（1048），当时知扬州的欧阳修，极赏这里的清幽古朴，乃筑平山堂作讲学、游宴之所。"平山堂，东南胜处也……六一居士一览而得之，撤僧庐之败屋，作为斯堂"①，它的妙处在于选址，坐此堂上，江南诸山，历历在目，似与堂平，平山堂因而得名。驻足平山堂观景，以开阔取胜。欧阳修《朝中措·送刘仲原甫出守维扬》中咏叹道："平山栏槛倚晴空，山色有无中。"虽是借王维诗句来写平山堂景致，却因贴切被苏轼盛赞："认得醉翁语，山色有无中。"（苏轼《水调歌头·黄州快哉亭赠张偓佺》）还引起了宋人的困惑和讨论。

宋叶梦得称赞此堂"壮丽为淮南第一"。这里的"壮丽"更多的是就处于平山堂所观景物而言，并非指建筑本身。②叶梦得还渲染了欧公在这里的诗酒风流的生活："欧阳文忠公在扬州作平山堂，壮丽为淮南第一。堂据蜀冈，下临江南数百里，真、润、金陵三州隐隐若可见。公每暑时，辄凌晨携客往游。遣人走邵伯取荷花千余朵，以画盆分插百许盆，与客相间。遇酒行，即遣妓取一花传客，以次摘其叶，尽处则饮酒。往往侵夜载月而归。余绍圣初始登第，尝以六七月之间馆于此堂者几月。是岁大暑，环堂左右，老木参天，后有竹千余竿，大如椽，不复见日色。苏子瞻诗所谓'稚节可专车'是也。寺有一僧，年八十余，及见公，犹能道公时事甚详。迩来几四十年，念之犹在目。今余小池植莲，虽不多，来岁花开，当与山中一二客修此故事。"如今悬在堂上的"坐花载月""风流宛在"的匾额正是为了追怀欧公的流风雅韵。王安石虽在政见上与欧公难合，甚至为了实施"青苗法"而将欧公贬谪出京，但在凭吊平山堂时也抑制不住内心的钦敬："城北横冈走翠虬，一堂高视两三州。淮岑日对朱栏出，江岫云齐碧瓦浮。墟落耕桑公恺悌，杯箸谈笑客风流。不知岘首登临处，壮观当年有此不？"（《平山堂》）把游平山堂同登岘山观羊祜"堕泪碑"相提并论，足见欧公的风范

---

① 楼钥：《扬州平山堂记》，见曾枣庄、刘琳主编：《全宋文》第265册，上海辞书出版社，2006年，第21页。

② 王兆鹏：《欧阳修对扬州平山堂景观的建构与书写》，载《新疆大学学报（哲学人文社会科学版）》2017年第3期。

感人之深。平山堂像一块磁石，因着欧阳修的道德和文章的魅力，将宋代乃至以后的文人聚集到一起，如梅尧臣、刘敞、刘颁、王令、苏辙、苏轼、沈括、吴潜、楼钥等。借着反复的吟咏，欧公借修建平山堂所提倡的宽简为政、清雅风气以及平山堂遗迹与欧阳修生命轨迹相重合带来的"对生命本质的追问和体认"①得以加强和深化。难怪清代知府伊秉绶在题平山堂联时要大为感慨："几堆江上画图山，繁华自昔。试看奢如大业，令人讪笑，令人悲凉。应有些逸兴雅怀，才领得廿四桥头箫声月色；一派竹西歌吹路，传诵于今。必须才似庐陵，方可遨游，方可啸咏。切莫把秋花浊酒，便当作六一翁后，余韵流风。"（江苏扬州平山堂联）平山堂留下了欧公遗迹，道德文章冠古今的欧公也为平山堂造就了千载声名。

在欧阳修之后这众多以平山堂为主题的作品中，苏轼的《西江月·平山堂》最为深刻：

　　三过平山堂下，半生弹指声中。十年不见老仙翁，壁上龙蛇飞动。欲吊文章太守，仍歌杨柳春风。休言万事转头空，未转头时皆梦。

莫砺锋先生说："欧词中充满着岁月迁逝、感伤怀旧的情愫，东坡词亦桴鼓相应，但主旨则深入一层……东坡词的末尾二句承接欧公词意而来，虽亦有人生如梦之意，但境界更为开阔。上句断然否定万事皆空的消极思想，下句则隐含'知其不可而为之'的积极意义……欧、苏吟咏平山堂的两首词作，在诗酒风流的表面之下，其实蕴含着深刻的文化意义。"②确实如此，师生之间的呼应在情感的真挚和思想的深度方面高度契合。平山堂北的谷林堂建于北宋元祐年间，系苏东坡由颍州徙知扬州时，为纪念欧阳修而建，取东坡"深谷下窈窕，高林合扶疏"诗句中的"谷林"两字为堂名，见证着他与欧公的师生情谊。

平山堂的建造和存在，还提升了扬州的城市文化的格调，"欧阳修知扬

---

① 崔铭：《雅兴、豪情与生命的喟叹——平山堂之于扬州的意义》，载《扬州大学学报（人文社会科学版）》2012年第1期。

② 莫砺锋：《每到平山忆醉翁——简论苏轼与扬州平山堂》，载《中国文学研究》2021年第1期。

州不过一年，其政治权力是短暂的、有限的，但他所秉持的文学文化话语权却具有全国性、永久性影响力，因而也远远超越其政治话语权的地方性、暂时性影响……从文人享乐型、情色风流型、军事化商业型的唐型扬州形象，到士大夫仁政型、儒雅风流型、知识型文化型扬州形象，北宋的文臣们付出了艰辛的努力。全方位比较之下，欧阳修比张祜、杜牧更有政治权力，比杜衍、韩琦更学术渊博，比刘敞更有文章声誉，其多重身份和声誉交互作用，从整体上改造了唐型扬州形象"①。

5. 苏轼雪堂

北宋神宗元丰三年（1080），苏东坡因"乌台诗案"被贬黄州（今湖北黄冈），至元丰七年（1084）离去，在黄州生活四年又四月，计作诗 220 首、词66 首、赋 3 篇、文 169 篇、书信 288 封，让黄州从此在文学史上留下重要的一笔。而其中，雪堂更是尤可关注的他在黄州的重要物质空间和精神支点。《方舆胜览》卷五〇"雪堂"条："在州治东百步，蜀人苏子瞻谪居黄三年，故人马正卿为守，以故营地数十亩与之，是为东坡。以大雪中筑室，名曰雪堂。绘雪于堂之壁。西有小桥，堂下有暗井。七年，移汝州，去黄之日，遂以雪堂付潘大临兄弟居焉。崇宁壬午，党禁既兴，堂遂毁。"

《东坡全集》中《东坡先生年谱》："（元丰）五年（1802）壬戌，先生年四十七，在黄州，寓居临皋亭，就东坡筑雪堂，自号东坡居士。以《东坡图》考之，自黄州门南至雪堂四百三十步，《雪堂问》云：'苏子得废圃于东坡之胁，号其正曰雪堂。以大雪中为之，因绘雪于四壁之间，无容隙。起居偃仰，环顾睥睨，无非雪者。'其名盖起于此，先生自书'东坡雪堂'四字以榜之。试以《东坡图》考雪堂之景。堂之前则有细柳，前有浚井，西有微泉，堂之下则有大冶长老桃花茶、巢元修菜、何氏丛橘，种秔稌，莳枣栗，有松期为可斫，种麦以为奇事。作陂塘，植黄桑，皆足以供先生之岁用，而为雪堂之胜景云耳。以长短句《拟斜川》观之：'元丰壬戌之春，予躬耕东坡，筑雪堂以居之，南挹四望亭之后，西控北山之微泉，慨然而叹，此亦斜

---

① 吕肖奂：《欧阳修的多重身份与扬州形象的宋型建构——从唐型扬州到宋型扬州的转变》，载《西北民族大学学报（哲学社会科学版）》2021年第3期。

川之游也，作《江城子》词'。"词中写道：

> 梦中了了醉中醒。只渊明。是前生。走遍人间，依旧却躬耕。
> 昨夜东坡春雨足，乌鹊喜，报新晴。雪堂西畔暗泉鸣。北山倾。小溪
> 横。南望亭丘，孤秀耸曾城。都是斜川当日境，吾老矣，寄余龄。

苏轼《哨遍》序云："陶渊明赋《归去来》，有其词而无其声。余治东坡，筑雪堂于上，人俱笑其陋。独鄱阳董毅夫过而悦之，有卜邻之意。乃取《归去来》词，稍加檃括，使就声律，以遗毅夫。使家僮歌之，时相从于东坡，释耒而和之，扣牛角而为之节，不亦乐乎？"可见雪堂的景观是简陋的，但这毫不妨碍苏轼在此实现自己的归隐之梦：

> 为米折腰，因酒弃家，口体交相累。归去来，谁不遣君归。觉
> 从前皆非今是。露未晞。征夫指予归路，门前笑语喧童稚。嗟旧菊
> 都荒，新松暗老，吾年今已如此。但小窗容膝闭柴扉。策杖看孤云
> 暮鸿飞。云山无心，鸟倦知还，本非有意。噫。归去来兮。我今忘
> 我兼忘世。亲戚无浪语，琴书中有真味。步翠麓崎岖，泛溪窈窕，
> 涓涓暗谷流春水。观草木欣荣，幽人自感，吾生行且休矣。念寓形
> 宇内复几时。不自觉皇皇欲何之。委吾心、去留谁计。神仙知在何
> 处，富贵非吾志。但知临水登山啸咏，自引壶觞自醉。此生天命更
> 何疑。且乘流、遇坎还止。

《东坡全集》卷一〇四"卜居"条："范蜀公呼我卜邻许下，许下多公卿，而我蓑衣箬笠，放荡于东坡之上，岂复能事公卿哉？"透露出东坡、雪堂生活于他心灵上的解放。苏轼著名的《后赤壁赋》就是在这样的情景之下诞生的："是岁十月之望，步自雪堂，将归于临皋。二客从予过黄泥之坂。霜露既降，草木尽脱。人影在地，仰见明月，顾而乐之，行歌相答。"雪堂的确算不上经典细致的园林，甚至更像农家的院舍，但立于旧圃，有泉有桥。雪堂是有主题的代表建筑，更重要的是，在苏轼雪泥鸿爪的生涯当中，雪堂生活算得上可堪书写的一笔。黄州，既是苏轼的贬谪之地，也是他创作上的"福地"。从被贬之初"寂寞沙洲冷"（《卜算子・黄州定慧院寓居作》）的抑郁难适到后来的"无所往而不乐"（《超然台记》），雪堂作为他的精神

家园的作用是相当突出的。《浪淘沙·赤壁怀古》《赤壁赋》《后赤壁赋》《记承天寺夜游》这四篇绝世佳作就都是在从城外雪堂到城中临皋亭（当时他每天来往这两处）这段路上诞生的。此外,《浣溪沙》(山下兰芽短浸溪)、《定风波》(莫听穿林打叶声)、《临江仙》(夜饮东坡醒复醉)等清新脱俗、蕴涵哲理的名篇也诞生在此时此地。

《东坡全集》卷一〇四"亭堂"条中有著名的"江山风月,本无常主,闲者便是主人"的论断,充分体现出他此时闲适自足的心态。但能达到这种状态,也是经过一番挣扎的。这一条中有一篇相当长的就是前面提到过的《雪堂问》,采用主客问答的形式,细腻、生动、思辨地写出苏轼寓居雪堂时的心理。"客"认为"人之为患以有身,身之为患以有心。是圃之构堂,将以佚子之身也。是堂之绘雪,将以佚子之心也。身待堂而安,则形固不能释,心以雪而警,则神固不能凝。子之知既焚而烬矣,烬又复然",于是责问苏子:"圃有是堂,堂有是名,实碍人耳,不犹雪之在凹者乎?"苏子则不以为然:"子以为登春台与入雪堂,有以异乎?以雪观春,则雪为静。以台观堂,则堂为静。静则得,动则失。黄帝,古之神人也,游乎赤水之北,登乎昆仑之丘,南望而还,遗其玄珠焉。游以适意也,望以寓情也,意适于游,情寓于望,则意畅情出……余之此堂,追其远者近之,收其近者内之,求之眉睫之间,是有八荒之趣。人而有知也。"并作歌道其乐,歌曰:"雪堂之前后兮,春草齐。雪堂之左右兮,斜径微。雪堂之上兮,有硕人之颀颀。考槃于此兮,芒鞋而葛衣。挹清泉兮,抱瓮而忘其机。负顷筐兮,行歌而采薇。"其中透露出的"齐物我"、适自然天趣、以闲静心态忘机的理念是苏轼的重要哲学观念之一。

6. 韦许独乐堂、寄傲轩

《万姓统谱》卷六:"韦许,芜湖人,从李之仪学。不事科举,筑室,榜曰独乐,陈了翁为作堂记。元祐间诸公遭贬逐,虽素所亲密,亦畏祸不敢相闻。许遇有过江上者,必款接,且周其急,朱文公每称之。自号湖阴居士。"

《四朝闻见录》丙集:"韦名许,字深道。世为芜湖人,从姑溪居士李之仪学,不事科举。筑室于溪上,榜曰独乐,藏书数千卷。"《江南通志》卷一六九：“宋韦许，字深道，芜湖人。从李之仪学，不事科举，筑室，榜曰独乐。陈瓘为作记，黄庭坚至邑，与之游。绍兴初，高宗特命以官，不受，自号芜阴居士。”

陈瓘有《减字木兰花·题韦深道独乐堂》：

> 世间拘碍。人不堪时渠不改。古有斯人。千载谁能继后尘。
>
> 春风入手。乐事自应随处有。与众熙怡。何似幽居独乐时。

《减字木兰花·题深道寄傲轩》：

> 结庐人境。万事醉来都不醒。鸟倦云飞。两得无心总是归。
>
> 古人逝矣。旧日南窗何处是。莫负青春。即是升平寄傲人。

李之仪有《减字木兰花·次韵陈莹中题韦深道独乐堂》：

> 触涂是碍。一任浮沈何必改。有个人人。自说居尘不染尘。
>
> 谩夸千手。千物执持都是有。气候融怡。还取青天白日时。

《减字木兰花·次韵陈莹中题韦深道寄傲轩》：

> 莫非魔境。强向中间谈独醒。一叶才飞。便觉年华太半归。
>
> 醉云可矣。认著依前还不是。虚过今春。有愧斜川得意人。

从上述材料和词作中可知，韦许的独乐堂和寄傲轩可能是一个园林中的两个建筑，独乐堂应该是这个园林中的主要建筑，坐落在今天的安徽芜湖。而韦许其人，淡泊从容，其高风亮节，从不避嫌疑救助元祐贬谪的党人这件事上可见一斑。他还和黄庭坚、李之仪、陈瓘等有师友之谊，是一个真正懂得隐逸精神的达人高士。这些，从他给自己的园林建筑所取的名字——“独乐”“寄傲”上也可感受到。

7. 晁补之东皋

晁补之，字无咎，济州巨野人。宋陈鹄撰《耆旧续闻》卷三：“晁无咎闲居济州金乡，葺东皋归去来园，楼、观、堂、亭，位置极潇洒，尽用陶语名之，自画为大图，书记其上，书尤妙。”《大清一统志》卷一四四：“归来园，在巨野县南。宋晁补之自主管鸿庆宫还家，葺归来园，自号归来子。”《山东通志》卷九：“归来园，在巨野县城南。宋晁补之别业，自号归来子。”晁补之《永遇乐·东皋寓居》还写到了“松菊堂”“芰荷池”“苍菅径”等处景物，

《木兰花》中写到了"遐观楼",都是归来园中的景观。

晁补之还乡之后,于金乡东皋葺归来园,自号归来子。暇日徜徉其间,以著述文墨为乐。然而他看似潇洒恬淡的绍陶隐居背后也是有着辛酸的心路历程的。据《宋史》卷四四四,晁补之出身于旧家大族:"太子少傅迥五世孙,宗悫之曾孙也。父端友,工于诗。"而他自己更是"聪敏强记,才解事即善属文。王安国一见奇之。十七岁从父官杭州,稡钱塘山川风物之丽,著《七述》以谒州通判苏轼。轼先欲有所赋,读之叹曰:'吾可以阁笔矣!'又称其文博辩隽伟,绝人远甚,必显于世,由是知名。举进士,试开封及礼部别院,皆第一。神宗阅其文曰:'是深于经术者,可革浮薄'"。由这样一段辉煌的历史,可以想象早年的他具备怎样的抱负。

《宋史》卷四四四:"补之才气飘逸,嗜学不知倦。文章温润典缛,其凌厉奇卓出于天成,尤精《楚词》,论集屈、宋以来赋咏为《变离骚》等三书。安南用兵,着《罪言》一篇,大意欲择仁厚勇略吏为五管郡守,及修海上诸郡武备,议者以为通达世务。"晁补之的政绩也是相当突出的,可见他是一个能学以致用的人。

从一开始的天才横溢,到后来的坐党籍流放,晁补之的经历,在"苏门四学士"及元祐诸臣中具有一定的代表性:晁补之早年仕途平顺,青年时期曾经研读孙、吴之书,颇通其说,因而他慷慨好言兵,这方面的代表作有《上皇帝论北事书》和《上皇帝安南罪言》;中年迁谪,虽没有像苏轼、黄庭坚、秦观那样远谪岭南,但也屡遭放逐;晚年返乡闲居金乡八年。周济评论秦观词"将身世之感打并入艳情",而晁补之词则当得上"艳者固不妨于骚"(徐渭语)。晁补之的诗词当中,特别是词,有着很深的《离骚》情结,这源于他相当深厚的楚辞修养,他曾著《重编楚辞》《续楚辞》《变离骚》三种,对楚辞学史的诸多问题做了有益的探索。他对《离骚》的喜爱,也跟自身及友人的身世遭际有关:"小雅思深志不悲,反骚未与昔人违。五年谩苦君何益,三径都荒我未归。"(《鸡肋集》卷一六《己酉六月赴上饶之谪,醇臣以诗送行,次韵留别》)

晁补之的归去来园援用《归去来兮辞》,而"庐舍登览游息之地,一户一牖，皆欲致归去来之意"（《鸡肋集》卷三一）。晁闲居词中题为"东皋寓居"的达十三首之多。对归来园于他晚年的意义，他在诗中这样写道："四海一居何处卜，北窗只取见家山。要无名利来心曲，便有园林出世间。拙宦莫兴三黜叹，老归未厌百年闲。先君余庆期之子，吾驾如今不可还。"（《鸡肋集》卷一八《元符戊寅与无致弟卜居缗城东述情》）功名之心早已在多年的迁谪当中淡去，他开始渐渐地远离离骚而归向陶潜。张耒说他："居乡间，以学行为乡人所敬，而尤好晋陶渊明之为人。"（张耒《晁无咎墓志铭》）晁补之写了不少闲居词，但他毕竟不同于陶潜，陶公的闲居是他自己选择的，补之的闲居则是不得已而为之的，是有悖于他的初衷的。绍陶，是晁急欲忘情仕进的根本原因。晁补之极力想将自己贴近陶渊明，一举一动都无不欲肖陶，从他给自己园林中景点的命名全用陶诗可看出这一迹象，可正是这近于机械可笑、过犹不及的举动体现出他实际上还有着一颗不平静的心。清陈廷焯谓："晁无咎则有意蹈扬湖海，而力又不足。于此中真消息，皆未梦见。"（《白雨斋词话》卷一）话虽刻薄，但也道出了些许真谛。陶渊明固有扬厉奋发的一面，但更多的是甘于贫苦，真正做到了清静恬退，而晁补之的心中，还有对自己苦学多年陷于党争、抱负未成的不平，对曾经繁华荣耀生活的不忘。"幼豪迈，英爽不群。"（张耒《晁无咎墓志铭》）初入馆职，尝自谓"犹将奋发于有为"（《鸡肋集》卷五六）。黄庭坚称"晁子胸中开典礼，平生自期莘（指伊尹）与渭（指姜太公）。故用浇君磊隗胸，莫令鬓毛雪相似"①。故晁词中虽有闲居生涯之乐，更多的还是表明内心不平之气："谁信轻鞍射虎，清世里、曾有人闲。"（《凤凰台上忆吹箫》）"君如未遇元礼，肯抽身盛时，寻我幽隐。"（《万年欢》）"懒读诗书，欠伸扶杖，几案任生尘。"（《少年游》）字里行间都隐隐露出了不得已而为之的愤懑无聊情绪。同时，晁补之精研楚辞，屈原骨子里的大喜大悲、热情冲动不能不影响他。透过他，离骚和陶渊明这两个情结，也延至南宋的辛弃疾身上。杨海明师的《晁补之词浅论》就已通过具体的词作比较得出晁补之的"闲

---

① 《以小团龙及半挺赠无咎并诗用前韵为戏》，见黄庭坚：《黄庭坚全集》，刘琳、李勇先、王蓉贵校点，四川大学出版社，2001年，第94页。

居词"与辛弃疾的隐居题材的词在精神实质上的一致性。

这首《摸鱼儿·东皋寓居》堪称晁补之写东皋的代表之作：

> 买陂塘、旋栽杨柳，依稀淮岸江浦。东皋嘉雨新痕涨，沙觜鹭
> 来鸥聚。堪爱处。最好是、一川夜月光流渚。无人独舞。任翠幄张
> 天，柔茵藉地，酒尽未能去。

> 青绫被，莫忆金闺故步。儒冠曾把身误。弓刀千骑成何事，荒
> 了邵平瓜圃。君试觑。满青镜、星星鬓影今如许。功名浪语。便似
> 得班超，封侯万里，归计恐迟暮。

词的上片描绘"东皋寓居"的美好风景，表达了乐隐田园、优游湖山的闲情逸致。下片追述自己的仕宦经历，抒发了儒冠误身、岁月蹉跎的深沉感愤。又如《行香子》（前岁栽桃）一词也是这样，一方面抒写了"微行清露，细履斜晖……但酒同行，月同坐，影同嬉"的隐逸情趣，另一方面又发泄了"何妨到老，常闲常醉，任功名、生事俱非"的满腹牢骚与不平情绪。晁补之的隐逸词几乎都是自己闲居生活的真实反映，而且多为长调和中调，他的贡献也使宋代隐逸词发展到一个较为成熟的地步。

8. 毛滂东堂

毛滂，字泽民，衢州人。哲宗元祐间为杭州法曹，元符二年（1099）知武康县（今浙江湖州德清县）。《四库全书总目提要》卷一五五集部八别集类八："滂尝知武康县，县有东堂，故以名其集也。"《武康县志》载，毛滂在任时"慈惠爱下，政平治简，暇则游山水，咏歌以自适"。

毛滂的经济情况一直不佳，这也是他尽管天性风雅，却从没有拥有过一个属于自己的园林的原因。晚年，他在给蔡京的上书中屡屡提到自己糟糕的经济状况，乞求蔡京的垂怜："妻孥三十口而不饱糟糠……"（《上时相书》）"家无一金产，子弟无一人有升斗之禄，而四十口之家须某圭撮以活身。"（《重上时相书》）与北宋、南宋其他文人营建园林的性质不同，毛滂并没有经济实力营建自己的私园。他关于园林的书写主要集中在担任武康县令时所营建的衙署园林——东园之上，而同时，任武康县令时期，也是毛滂词创作的高峰。这说明，武康生涯特别是营建东堂对于毛滂的重要意义。

词集取名为《东堂词》，就是为了纪念在武康衙署尽心堂之上营建的衙署园林——东堂，而《东堂词》中有五十多首词写于此期，占整个词集的四分之一，且有相当多的名篇佳作。而"毛滂后期的诗词皆以诔颂为主，表现高情雅趣的词作可以确定的只有政和年间外任秀州时的三首，而代表其潇洒词风的作品则几乎全部产生于其前期"①。因此，武康东堂，于毛滂的意义很是重大。毛滂终其一生，也没有拥有自己的园林，武康东堂，是在他困顿、挣扎的一生中相当重要的安顿之所，也是他放置自己天性中固有的爱好风雅闲适倾向的精神之所，之前和之后，他都没有拥有过这样一个所在。而他武康时期的词作也清新明朗，这是在不担忧基本生存状态下的潇洒明净。武康时期在东堂生活徜徉的毛滂，真正实现了吏与隐的结合。他曾在诗中说"皂盖铜章久污人，青鞋布袜亦生尘。今朝独向秋云里，幻出林泉自在身"（《雨中采石菖蒲》），表达了自己的人生取向。而衙署园林——东堂恰恰一方面满足了他任职、养家的生计、功利的需求，另一方面，给了他一段公务之余轻松、惬意的闲适与风雅生活。

关于营建东堂的始末，还是毛滂自己在《蓦山溪》前的小序中说得最为清楚："东堂，武康县令舍尽心堂也，仆改名东堂。治平中，越人王震所作。自吴兴刺史府与五县令舍，无得与东堂争广丽者。去年仆来，见其突兀出翳荟间，而菌生梁上，鼠走户内，东西两便室，蛛网黏尘，蒙络窗户。守舍者云：前大夫忧民劳苦，眠饭于簿书狱讼间。是堂也，盖无有大夫履声，姑以为田廪耳。又县圃有屋二十余间，倾挠于蒿艾中，鸱啸其上，狐吟其下，磨镰淬斧，以十夫日往夷之，才可入。欲以居人，则有覆压之患。取以为薪，则又可怜。试择其蝼蚁之余，加以斧斤，乃能为亭二，为庵、为斋、为楼各一，虽卑隘仅可容膝，然清泉修竹，便有远韵。又伐恶木十许根，而好山不约自至矣。乃以生远名楼，画舫名斋，潜玉名庵，寒秀、阳春名亭，花名坞，蝶名径。而叠石为渔矶，编竹为鹤巢，皆在北池上。独阳春西窗得山最多，又有醾醄一架。仆顷少时喜笔砚浅事，徒能诵古人纸上语，未尝

---

① 李朝军：《论毛滂的词风及其文化意蕴》，载《内蒙古大学学报（人文社会科学版）》2004年第2期。

与天下史师游，以故邑人甚愚其令，不以寄枉直。虽有疾苦，曾不以告也。庭院萧然，鸟雀相呼，仆乃得饱食晏眠，无所用心于东堂之上。戏作长短句一首，托其声于蓦山溪云。"词云：

> 东堂先晓，帘挂扶桑暖。画舫寄江湖，倚小楼、心随望远。水边竹畔，石瘦藓花寒，秀阴遮，潜玉梦，鹤下渔矶晚。藏花小坞，蝶径深深见。彩笔赋阳春，看藻思、飘飘云半。烟拖山翠，和月冷西窗，玻璃盏，蒲萄酒，旋落酴醾片。

这首词的巧妙之处就在于词人用爱赏的眼光——描述自己亲自营建的庭园的每一处，同时用诗化的语言将各处景致的名字嵌入其中：共有亭二座，庵、斋、楼各一。"画舫寄江湖"一句，以"画舫"名斋，也寄寓了啸傲山水的志趣；"倚小楼、心随望远"，给楼命名"生远"，营造了高远寥廓的物境与心境；潜玉庵、寒秀亭、阳春亭、花坞、蝶径等处景致都——扫描过来，并不生硬繁沓。而细腻的笔触更连缀了无数自己所珍爱的园林细节：石叠的渔矶，翩舞的鹤，从窗间望去云烟缥缈、青翠欲滴的山，把酒吟诗的静谧瞬间面前旋落的荼蘼花瓣。因名所造之景与亲眼所见之景合而为一，虚实结合，写出了一首优美的园林词，更显示出词人的爱园之情。

毛滂《东堂词》中写自己在东堂中的雅趣清乐很多，如《清平乐》"东堂月夕小酌，时寒秀亭下娑罗花盛开"、《浣溪沙》"仲冬朔日，独步花坞中，晚酌萧然，见樱桃有花"、《夜游宫》"仆养一鹤，去田间以属郑德俊家。今县斋新作阳春亭，旁见近山数峰，因德俊归，以此语鹤，便知仆居此不落寞也"、《摊声浣溪沙》"天雨新晴，孙使君宴客双石堂，遣官奴试小龙茶"等。薛砺若把毛滂归为潇洒一派，并这样评价他："泽民的作风很潇洒明润，他与贺方回适得其反。贺氏浓艳，毛则以清疏见长；贺词沉郁，毛则以空灵自适。他有耆卿之清幽，而无其婉腻；有东坡之疏爽，而无其豪纵；有少游之明畅，而无其柔媚。他是一个俯仰自乐、不沾世态的风雅作家。"[1]"风雅作家"这个称号实在下得确切。毛滂在观赏园林时的确有非常敏锐细腻的

---

[1] 薛砺若：《宋词通论》，上海书店，1985年，第130页。

感觉，并总是保持着审美的惊喜与感动，这一点是欣赏日新月异的园林美非常重要的一个素质，也为他的词增添了清新灵动的色彩。如他的《浣溪沙·泛舟还余英馆》：

> 烟柳风蒲冉冉斜。小窗不用著帘遮。载将山影转湾沙。略彴断
> 时分岸色，蜻蜓立处过汀花。此情此水共天涯。

这首词就注意到了在移动的船上借助窗观赏移动的山和水中的倒影，还有汀花上立着的蜻蜓。《摊声浣溪沙》的序中则详细描述了砍掉遮蔽视线的柳树而借窗观山景的事件："冬至日，天气晏温，从孙使君步至双石堂，北望山中微雪，因开窗倚目。适二柳当前，使君命伐之，霍然遂得众山之妙。"[1]

曾枣庄先生认为，"毛滂是苏轼重要门人之一"[2]。毛滂与苏轼、苏辙兄弟颇有渊源。苏轼因"乌台诗案"被贬黄州时，苏辙被贬筠州（今江西高安），时任筠州知州就是毛滂的父亲毛国镇。他与苏辙十分相得。毛国镇为政宽简，"陶情诗酒"，"居官似隐"[3]。由于苏辙的缘故，苏轼与毛国镇亦有交情。由于毛滂妻子是赵抃孙女，而赵抃与苏轼兄弟又是忘年交，苏轼与毛滂的交往也是在上述毛、赵、苏三家的关系背景上展开的。苏轼评价毛滂诗文"闲暇自得，清美可口"（《答毛泽民七首》），"保举堪充文章典丽可备著述科"，还曾在《答毛滂书》中指点、鼓励毛滂，在《次韵毛滂法曹〈感雨〉诗》中劝诫、鼓励毛滂勇于自守。绍圣元年（1094），毛滂任衢州推官时，曾寄诗、赋、文给贬谪惠州的苏轼，其中文就是《双石堂记》。苏轼赞其"韶濩之余音"，可"追配骚人"。

毛滂可以说是后苏轼时代受元祐党争影响的一代人的代表。毛滂后期卷入了北宋党争的漩涡之中。建中靖国元年（1101），他先被宰相曾布所赏识，入馆阁任删定官。后曾布被蔡京迫害出贬润州，毛滂"坐党与得罪"，官职被削，流落东京四五年，这是毛滂人生中最为困顿的时期。大概也是在这一时期，他人生的选择和取向发生动摇，不得不向生活低头，做

---

① 双石堂也是武康县治内的名胜。《浙江通志》卷四八："在州治厅左，宋绍圣中守孙贲建。"
② 曾枣庄：《苏轼与毛滂》，载《文学评论》1985年第3期。
③ 曾枣庄：《苏轼与毛滂》，载《文学评论》1985年第3期。

出一些妥协与放弃。毛滂向蔡京投书并献谀词，书中，他描述自己的生活："子越趋笔砚间，老之将至矣。宦游二十年，而不出州县，妻孥三十口而不饱糟糠。"（毛滂《上时相书》）并向蔡京献上十首谀词，"甚伟丽，而骤得进用"。后因言获罪，晚景悲凉。毛滂也被目为趋炎附势、晚节不保之徒。毛滂失节事蔡，固然是事实，显示了他人格上的不坚定，心性中过于浪漫、散淡的因子在困难时期就成为依违和首鼠两端，却又在妥协之后显得不甘与痛苦。这其实并不是毛滂一人的问题，显示出北宋末期政局的黑暗与腐败，使得落魄文人需要靠出卖和背叛自己的人格才能生存。北宋末年，士大夫之中隐逸之风愈加兴盛，同时世风败落："百物踊贵，只一味士大夫贱，盖指奔竞者。"宋徽宗也说："今士大夫方寡廉鲜耻。"个人要与时代的风气对抗，显然是无力的。更何况毛滂天性中的纤弱和依违在此时也发生了作用。毛滂早年曾很深刻地批评过文人为了进阶立身而时学苏轼时学王安石的见风使舵的行为："学王氏之学，盖将以为进取之阶、宫室之奉、妻孥之养、哺啜之具。"（《上苏内翰书》）这种为追名逐利而选择的标准没有特操，最后导致"今日甘者，他日未必不吐；今日学者，他日未必不弃"（《上詹司业运使书》）。而毛滂，也不幸地沦为自己所曾经批判过的人。既是自己的性格驱使而成，也是时势造就。

9. 叶梦得石林

叶梦得，字少蕴，苏州吴县人。晚年居吴兴（今浙江湖州）弁山，自号石林居士。太湖有弁山，盛产奇石，色类灵璧。叶梦得绍兴年间因受投降派排斥，在任福建安抚使兼知福州时，主动上疏告老，归隐卞山石林故居。他在此地购地盖堂，称庭园为"石林"，又建有"石林精舍""兼山堂"。叶梦得对石林、奇石、太湖石很有研究。石林精舍北临太湖，风景秀美，又有藏书万卷。他终日读书赏景，啸咏自娱，《避暑录话》写成于此，《石林燕语》也大部分成书于此，此外，他还写下了诸多具有"山家风味"的隐逸词。叶梦得和辛弃疾的出处进退较为相似：中年退居后又曾在晚年出仕；壮年蹉跎但心中报国之志从未泯灭。

叶梦得被视为蔡京门生，但论者认为他"并非一味阿附，曾多次借召对的机会抨击时政，极论朋党之弊……又曾竭力反对蔡京重用童贯。"①叶梦得在《避暑录话》中谈到自己出外任后的心态："吾自大观后，叨冒已多，未尝不怀归，而家旧无百亩田，不得已，犹为汝南、许昌二郡正，以不能无资如（阮）裕所云。"这表明叶梦得先后出知蔡州和颍昌的动机主要是日后致仕能够养老，有经济方面的考量，但这也并不妨碍他在这两任知州任上做了许多有益当地百姓的举措：在许昌因水患开常平仓赈济灾民，上奏侵吞民田的官吏，等等。最终因为屡次违拗当权者之意而被落职提举洞霄宫。宣和三年（1121）归乡开始读书隐居生涯。两年过后，在湖州卞山筑石林精舍。南渡之后，建炎元年（1127）至绍兴十八年（1148），他出仕为国效力，担任户部尚书，施展自己财政管理的才能，解决了南宋建立之初的财政危局，还提出一系列行之有效的抗金御侮、江防练兵之计。王兆鹏先生评价他说："后来挣脱了蔡京的牢笼，南渡后在军政方面颇有建树。"②

叶梦得对苏轼的态度常被批评为"阴抑"。如方回称叶梦得《石林诗话》专主半山，而阴抑苏黄，非正论也"。四库馆臣也评价他说："惟本为蔡京之门客，不免以门户之故，多阴抑元祐而曲解绍圣。"③叶梦得对苏轼的态度不能离开当时大环境的制约。"叶梦得为绍圣之党，受蔡京举荐入朝，于徽宗朝先后为编修官、起居郎、翰林学士。此间虽有因内讦招致受贬之经历，但其主持王安石之学的心态并未改变。而在彼时，尊王与尊苏大有形同水火之势。叶梦得是这段历史的过来人，排斥苏学之举与其所处环境有直接关系。"④客观来说，此期的叶梦得从思想上倾向王学。但南宋高宗时期，元祐学术和文学重新成为显学，宋高宗说过"朕最爱元祐"⑤，"就连秦桧也很喜欢张耒、陈师道等苏门文人的文章，从而形成了崇苏热。叶梦得在上述形势的夹缝中选择了转向学习苏轼，这对力倡'事有缓急，必当从权

---

① 蒋哲伦：《〈石林词〉和南渡前后词风的转变》，载《文学评论》1985年第5期。
② 王兆鹏：《宋南渡词人群体研究》，文津出版社，1992年，第32页。
③ 永瑢等：《四库全书总目》，中华书局，1965年，第1041页。
④ 许兴宝：《从"阴抑苏黄"到"顾抑苏氏之余波"——论叶梦得早期贬苏与后期学苏的必然性》，载《内蒙古民族大学学报（社会科学版）》2012年第2期。
⑤ 李心传：《建炎以来系年要录》卷七九，中华书局，1988年，第1289页。

（一定要听从权变）’的叶梦得来说，不可不谓适时之举”①。从动态的过程来看，叶梦得有这样的变化和选择也是必然之举。从总体上来看，叶梦得学术渊源的秉承、生活旨趣的趋同、文学创作的倾向以及在他的著述中提及的频率及内容来看，并无明显的阴抑苏黄的倾向。"叶梦得对苏轼的后人、门人和追随者，存在着诸多学缘、血缘和情缘的关系。相比较而言，叶梦得与王安石之间没有这样的复杂关系和特殊的‘情结’，不过，在叶梦得的心目中，王安石和苏轼同是伟人，并无明显轻重厚薄之分。"②

叶梦得的词作也能说明他倾慕苏轼。叶梦得词学习苏轼非常明显，王灼《碧鸡漫志》把叶梦得归为"学东坡者"。他中年退隐时的词作有明显的学习苏轼的痕迹，也创作有多首次韵东坡词，此期体现旷达胸襟和超尘情怀的词作有些甚至被后人误编入《东坡乐府》，可见二者精神和风格的相通。而在南渡之后出仕时期，他所创作的词作则更多地继承了苏词慷慨、豪放的风格，关心时政，充满爱国激情。他继承了苏词豪放、激情的一面，也开创了在新的时代背景下咏史怀古、针砭时弊的手法，给词作注入了时代特有的深沉悲慨的风格。因此，有学者也十分认同这样的结论："叶梦得不仅接受苏轼的影响在先，他那寓壮怀于清旷的词风，恰恰显示了由苏词向辛词过渡的最初迹象。"③

除了词风的承上启下，叶梦得在仕与隐以及选择建造有个人审美特色的园林作为人生最后归宿方面在北宋、南宋士大夫之间所起的模范意义也值得探讨。他在园林中寻求一种风雅的生存方式，并将这种方式与前人的诗酒风流联系起来。在《避暑录话》中记载有，他在小池里种莲，花开时节与友人效法欧阳修当年在平山堂的传花饮酒的做法。他将自己的园林命名为"石林"，对"石林"的精心营构与对"石"气骨之美的推崇尤为突出。

---

① 许兴宝：《从"阴抑苏黄"到"顾掇苏氏之余波"——论叶梦得早期贬苏与后期学苏的必然性》，载《内蒙古民族大学学报（社会科学版）》2012年第2期。
② 潘殊闲：《叶梦得与苏轼——兼与王安石比较》，载《宁夏大学学报（人文社会科学版）》2007年第3期。
③ 蒋哲伦：《〈石林词〉和南渡前后词风的转变》，载《文学评论》1985年第5期。

"每旦起，从一仆夫负榻，择泉石深旷、松竹幽茂处，偃仰终日。"①他笔下的卞山："今余东西两岩略有亭堂十余所，比年松竹稍环合。每杖策登山，奇石森耸左右，诘曲行云霞中，不知视鸿居为如何。"②石林"万石环之"，"自行此壑，刳剔岩洞与藏于土中者，愈得愈奇。今岩洞殆十余处，而奇石林立左右不可以数计，心犹爱之不已，岂非余之癖哉"（叶梦得《岩下放言》卷中）。石林分南山和西山两部分，南山借弁山峰峦，可以登高临眺："绝顶参差千嶂列，不知空水相浮。下临湖海见三州。落霞横暮景，为客小迟留。"（叶梦得《临江仙》）西山则以人工垒置的奇石取胜："山畔小池台。曾记幽人著意栽。乱石参差春至晚，徘徊。素景冲寒却自开。"（叶梦得《南乡子》）就是在位任职期间，他也不忘自己的林泉之梦，曾将数十枚太湖石植于西斋亭下，有《西斋初成廨中旧有太湖石数十枚因植之庭下》记载此事。西山同时遍植梅花、松树、杉树、桐树等四时花木，使得石林中植物与奇石常年形成奇妙的风景。更借园外太湖、苕溪、雪溪之水景，园内还有流泉、池水，水与石相得益彰。"他用词这一文体来写山水景物和山水情趣，所占比例之高，且风格突出，在当时却是少见的。这就与同是诗词兼长的其他作家不同，他人是多以诗写山水景物，而以词写山水，却还并不占据这一文体的主流。梦得却改变了这种情况。因此大量以词写山水，梦得是北宋苏轼以后到南宋张孝祥、辛弃疾、张炎等的山水词发展中的一个相当重要的词人。"③叶梦得大量创作以石林为中心的山水词作，他的石林和隐居生活也成为南宋文人观摩和向往的模板。范成大《骖鸾录》记载了自己于乾道壬辰（1172年）十二月十九日游石林的情景，李纲、张元幹、李弥逊等人，都曾前往石林参观，并产生钦慕及效法之意。周密在《癸辛杂识》前集和《吴兴园林记》中也记载了叶梦得石林的具体情况。可以说，他的出处进退

---

① 叶梦得：《避暑录话》，见朱易安、傅璇琮等主编：《全宋笔记》第2编第10册，大象出版社，2006年，第223页。

② 叶梦得：《避暑录话》，见朱易安、傅璇琮等主编：《全宋笔记》第2编第10册，第228页。

③ 李亮伟：《论叶梦得的山水情怀与山水词》，载《宁波大学学报（人文科学版）》2011年第5期。

的选择与对石林的经营以及生活方式，对整个南宋一代文人都有启示的作用。"叶少蕴早年贵显，退居石林，累年常以吟咏自娱。每遇风和日暖，辄以数婢子肩小车，且携酒罇、食盒自随，遇其意适处，即下车酌酒赋诗。"①还曾与强少逸同游道场山，方舟中流之际命乐工吹笛，载月而归，也极似当年苏轼等人的赤壁之游，与他所记载的王安石骑驴游钟山的轶事有一脉相承之雅致。他在石林隐居生活的诗意化方式上向欧阳修、王安石、苏轼等的学习和致敬使得他成为结北开南的人物。特别是他对"石"景观美感和特色的重视与挖掘，使得他在园林美学和文学在宋代不断被加强和细化的序列中处于十分重要的位置。

叶梦得是北宋、南宋之交在政治和文化方面很有影响的人物，他在复杂的政治斗争中受到不少冲击。南渡以后，高宗委以重任，但叶梦得归心渐长，多次上章请老未允。他的思想发生重大变化，"吾少受《易》先君"，"中岁，稍求老庄"，"晚从佛氏学"。②毛晋《石林词跋》说："石林词一卷，与苏柳并传，绰有林下风，不作柔语人，真词家逸品也。"在102首词当中，严格意义上的隐居词达25首之多。叶梦得并非一般不食人间烟火的飘飘然的高雅，而是一种壮志难酬的悲愤和孤高。如退隐初期所作的《水调歌头》：

秋色渐将晚，霜信报黄花。小窗低户深映，微路绕敧斜。为问山翁何事，坐看流年虚度，拼却鬓双华。徙倚望沧海，天净水明霞。

念平昔，空飘荡，遍天涯。归来三径重扫，松竹本吾家。却恨悲风时起，冉冉云间新雁，边马怨胡笳。谁似东山老，谈笑静胡沙。

上片写山居生活的闲适，末尾两句甚是精警，在对美景的观赏中流露出年华虚度的感伤；下片写壮志未酬的苦闷，抒发了系念国事的忧愤。全篇在隐逸与忧国的矛盾中，表达了作者深沉的爱国感情。此词语言明快，格调悲凉，字里行间透出壮怀逸气，正如关注所评："能于简淡处时出雄杰，合处不

---

① 佚名：《东南纪闻》，见朱易安、傅璇琮等主编：《全宋笔记》第8编第6册，大象出版社，2017年，第278页。

② 叶梦得：《岩下放言》，见朱易安、傅璇琮等主编：《全宋笔记》第2编第9册，大象出版社，2006年，第326页。

减靖节、东坡之妙。"(《题石林词》)即使到了归隐后期，叶梦得所作隐逸词也时有一股抑郁不平之气，只是锋芒多有收敛罢了。再如《江城子》：

> 生涯何有但青山，小溪湾，转潺湲，投老归来，终寄此山间。茅
> 舍半欹风雨横，荒径晚，乱榛菅。
>
> 强扶衰病上巉巅。水云闲，伴跻攀。湖海茫茫，千里在吴关。漫
> 有一杯聊自醉，休更问，鬓毛斑。

从文字表面看来，寄傲山林，优游放达，舒心适意，但骨子里却暗藏着不甘归隐赋闲、徒伤老大无成的悲愤之情。还有《水调歌头》(秋色渐将晚)、《水调歌头·次韵叔父寺丞林德祖和休官咏怀》均头角峥嵘，内有不平之气，一如他石林中众奇石的风骨。

《八声甘州》"甲辰承诏堂知止亭初毕工，刘无言相过"描写了石林精舍较为齐全的风貌：

> 寄知还倦鸟，对飞云、无心两难齐。漫飘然欲去，悠然且止，
> 依旧山西。十亩荒园未遍，趁雨却锄犁。敢忘邻翁约，有酒同携。
>
> 况是岩前新创，带小轩横绝，松桂成蹊。试凭高东望，云海与
> 天低。送沧波、浮空千里，照断霞、明灭卷晴霓。君休笑，此生心
> 事，老更沉迷。

此外还有《满庭芳》"三月十七日雨后极目亭寄示张敏叔、程致道"、《临江仙·诏芳亭赠坐客》、《虞美人》"逋堂睡起，同吹洞箫"、《水调歌头·湖光亭落成》、《浣溪沙·意在亭》、《临江仙·西园右春亭新成》、《千秋岁》"小雨达旦，东斋独宿不能寐，有怀松江旧游"、《卜算子》"五月八日夜，凤凰亭纳凉"、《菩萨蛮·湖光亭晚集》都描写了石林精舍中的独特景色。张元幹有《念奴娇》"丁卯上巳，燕集叶尚书蕊香堂赏海棠，即席赋之"：

> 蕊香深处，逢上巳、生怕花飞红雨。万点胭脂遮翠袖，谁识
> 黄昏凝伫。烧烛呈妆，传杯绕槛，莫放春归去。垂丝无语，见人浑
> 似羞妒。　修禊当日兰亭，群贤弦管里，英姿如许。宝靥罗衣，应
> 未有、许多阳台神女。气涌三山，醉听五鼓，休更分今古。壶中天
> 地，大家著意留住。

在人生的晚境，与辛弃疾一样，叶梦得也被朝廷重新启用。他于绍兴八年（1138）被任命为江东安抚制置大使兼知建康府、行宫留守，时年已六十二岁。

杜绾《云林石谱》："湖州西门外十五里，有卞山，在群山最为崭崒。顷朱先生所居之。产石奇巧，罗布山间，巉岩礧硊，色类灵璧而清润尤胜。叶少蕴得其地，盖堂以就其景，因号'石林'"。

吴垧《五总志》："《伊阙杂志》载：……既辞政路，结屋雪川山中，凡山中有石隐于土者，皆穿剔表出之。久之，一山皆玲珑空洞，日挟策其间，自号石林山人。"

周密《吴兴园林记》"叶氏石林"条："右丞叶少蕴之故居，在卞山之阳，万石环之，故名。且以自号。正堂曰'兼山'，傍曰'石林精舍'，有'承诏''求志''从好'等堂，及'净乐庵''爱日轩''跻云轩''碧琳池'，又有'岩居''真意''知止'等亭。其邻有朱氏'怡云庵''涵空桥''玉涧'，故公复以'玉涧'名书。大抵北山一径，产杨梅，盛夏之际，十余里间，朱实离离，不减闽中荔枝也。此园在雪最古，今皆没于蔓草，影响不复存矣。"

《浙江通志》卷四二"叶氏石林园"条："《癸辛杂识》：'左丞叶少蕴之故居，在卞山之阳，万石环之，正堂曰兼山，有从好、承诏、求志等堂，及净乐庵、爱日轩、跻云轩、碧琳池，又有岩居、真意、知止等亭，总榜曰石林精舍。'《吴兴园林记》：'其邻有朱氏怡云庵、涵空桥，桥下为玉涧，故少蕴以玉涧名其书。'刘一止《访石林精舍诗》：'山行不用瘦藤扶，度石穿云意自徐。夜过西岩投宿处，满身风露竹扶疏。'谨按石林辞有《题意仕亭》，又《西园右春亭新成》，其自撰《石林山堂记》云：'榜其厅之东西两寿曰近仁、近智，而厅曰乐寿'，则石林中堂轩之名正多矣。"

可惜叶梦得石林与他的藏书后来都因火灾荡然无存。王明清《挥尘后录》记载道："南渡以来，惟叶少蕴少年贵盛，平生好收书，逾十万卷，置之雪川卞山山居，建书楼以贮之，极为华焕。丁卯冬，其宅与书俱荡一燎。"[①]

---

① 王明清：《挥尘后录》，见朱易安、傅璇琮等主编：《全宋笔记》第6编第1册，大象出版社，2013年，第182页。

10.曾诚园亭

曾诚,名存之,其园亭在颍昌府。① 颍昌,在今河南许昌一带。叶梦得《临江仙》"十一月二十四日同王幼安、洪思诚过曾存之园亭":

> 学士园林人不到,传声欲问江梅。曲阑清浅小池台。已知春意近,为我著诗催。急管行觞围舞袖,故人坐上三台。此欢此宴固难陪。不辞同二老,倒载习池回。

叶梦得《浣溪沙》"次韵王幼安,曾存之园亭席上":

> 物外光阴不属春,且留风景伴佳辰,醉归谁管断肠人。柳絮尚飘庭下雪,梨花空作梦中云,竹间篱落水边门。

秦观《答曾存之》:

> 环堵萧然汝水隈,孤怀炯炯向谁开。青春不觉书边过,白发无端镜上来。

张耒《次韵曾存之直舍种竹》:

> 曾郎风尘表,不似宰官身。吏舍数竿竹,凿池水粼粼。此君不可疏,亦复未易亲。虚心儻相授,颇似南郭邻。我知王子猷,正是君辈人。

叶梦得《石林诗话》:"曾存之家池中岛上亦有海棠十许株,余为守时,岁亦与王幼安诸人席地屡饮。"

11.向子𬤮芗林

向子𬤮,字伯恭,出身河内向氏一族,为真宗朝宰相向敏中五世孙,神宗朝钦圣宪肃皇后是其再从姑,宋徽宗是其姑表兄弟。向子𬤮二十七岁至三十岁暂居宛丘(宋时县名,今河南周口市淮阳区),自号芗林居士。四十四岁时避靖康之乱暂居清江(今属江西),后出仕。五十六岁致仕后又居清江十五年,仍号芗林居士。后卒于清江。毛晋《酒边词跋》:"晚忤秦桧意,乃致仕。卜筑清江杨遵道故第,竹木池馆,占一都之胜。又绕屋手植岩桂。颜堂曰芗林。"

---

① 王兆鹏:《两宋词人年谱》,文津出版社,1994年,第179—180页。

　　向子諲为两宋之交具"宏才伟绩、精忠大节"(胡寅《向芗林酒边集后序》)的爱国名臣。向子諲以门荫入仕,为官耿介忠直,在绍兴初年任徽猷阁直学士兼知平江府,南渡后,力主抗战。靖康之难后,他曾请康王率诸将渡河出其不意以救徽、钦二帝。建炎三年(1129),金兵进犯湖南长沙,向子諲亲率军民与金人血战八昼夜,寡不敌众而落败。陈与义写《伤春》称赞:"稍喜长沙向延阁,疲兵敢犯犬羊锋。"绍兴九年(1139),他终因坚决反对议和而触怒秦桧,辞官归隐,归隐时的心态应该也是颇不平静的,写于这一年的名篇《鹧鸪天》"有怀京师上元,与韩叔夏司谏、王夏卿侍郎、曹仲谷少卿同赋"透露了复杂难言的心绪:"紫禁烟花一万重,鳌山宫阙倚晴空。玉皇端拱彤云上,人物嬉游陆海中。星转斗,驾回龙。五侯池馆醉春风。而今白发三千丈,愁对寒灯数点红。"

　　由于此前在江西的仕宦及游历的经历,向子諲卜居清江五柳坊。"旧史载白乐天归洛阳,得杨常侍旧第,有林泉之致,占一都之胜。芗林居士卜筑清江,乃杨遵道光禄故居也……尝为绝句以纪其事。"(《鹧鸪天》自序)"莫问清江与洛阳,山林总是一般香。两家地占西南胜,可是前人例姓杨。"(《鹧鸪天》)向氏清江之居所乃杨遵道之故居,而五柳坊之命名,亦仰陶渊明而制,向子諲有《上梁文》,云:"坊名五柳,仰陶令之高风;洲号百花,乃东坡之遗事。"陈与义《芗林四首》其四也道出了其来源:"驱使小诗酬晓露,绝胜辛苦广骚经。""芗",即"香草",向子諲在芗林营造了一片香花香草之林,芗林各处风景的命名,夹杂着向子諲思想中禅宗的味道。他在其间讽咏徘徊,表面退归隐居的状态隐藏不了骨子里对现实的关注和内心的不平。向子諲归隐清江芗林别墅后,将积蓄三百万悉捐郡学,为养士藏书之费,[①]还效仿范仲淹设立义庄。虽然他表面上优游度日,醉心于林泉逸趣,但将词集名为《酒边词》,还是可以看出其借酒浇愁、面对时局沉闷无力的内心:"酒阑。听我语,平生半是,江北江南。"(向子諲《满庭芳》)退闲十五年以终,卒年六十八岁。

---

① 汪应辰:《文定集》卷二一《徽猷阁直学右大中大夫向公墓志铭》,见《景印文渊阁四库全书》第1138册,第793页。

　　向子諲的《酒边词》，存词 170 余首，分"江南新词"和"江北旧词"。
"江北旧词"所录是徽宗政和至宣和年间的早期词作，多写男女情思、酒宴
赠答、人生感怀之类，词风绮丽柔婉、明丽小巧。在历尽社稷沦亡的磨难
后，词人词风也为之大变，深挚沉郁的家国隐恨浸于笔端，故"江南新词"
颇显沉雄豪放。胡寅《题酒边词》所谓"以枯木之心，幻出葩华"就是指这
类词。词人自将"新词"置于"旧词"前，编为上卷，亦可见其推举之意。
最具代表性的此期词作为《西江月》，序曰：

> 　　政和间，余卜筑宛丘，手植众芗，自号芗林居士。建炎初，解
> 六路漕事，中原侬扰，故庐不得返，卜居清江之五柳坊。绍兴癸
> 丑，罢帅南海，即弃官不仕。乙卯起，以九江郡复转漕江东，入为
> 户部侍郎。辞荣避谤，出守姑苏。到郡少日，请又力焉，诏可，且
> 赐舟曰泛宅，送之以归。己未暮春，复还旧隐。时仲舅李公休亦辞
> 春陵郡守致仕，喜赋是词。

词云：

> 　　五柳坊中烟翠，百花洲上云红。萧萧白发两衰翁，不与时人同梦。
> 　　抛掷麟符虎节，徜徉江月林风。世间万事转头空，个里如如不动。

　　这首词是词人第二次辞官重归清江五柳坊之后创作的。对词序的看重
也体现了向词以诗为词的倾向，同时，词序中也透露出他出身贵胄的讯息，
高宗亲赐题名"泛宅"的小舟送归。与向子諲关系密切的舅舅李公休此时
亦致仕，这带着荣耀与欣喜的隐逸宣言背后，依然是并不平静的内心世界。
这首词展示了云红烟翠的百花洲、五柳坊中，有两个与"时人"格格不入的
白发衰翁，他们一个年岁已到退休时节，一个"辞荣避谤"、失望于国事，
只好徜徉在江月林风之间。最后两句是本词点题之笔，"世间万事转头空"
化自苏轼《西江月·平山堂》中的"休言万事转头空"，反用其意，表现了
主动要求退居这一行为背后的迷茫与失望，而"个里如如不动"一方面"是
用禅语说明他们在禅宗影响下的清净平和心态，'如如不动'意谓自性的湛
然圆满、永远清净"，另一方面，也是一种不甘、无奈心态下的自我调节与
暗示，并非真的能够以佛学修为抵御内心的风暴，同时解决真实人生中的

核心问题。

向子諲词作的总体风格是"宗苏"。胡寅在《题酒边词》中说:"芗林居士步趋苏堂而哜其胾者也。"刘扬忠先生曾说:"在南渡词人中,被公认为有意学习苏轼、风骨格调能登'苏堂'者,首推叶梦得和向子諲二人。"① 向子諲"江南新词"几乎都作于清江芗林,芗林于向词,可以说是非常重要的空间场域。朱熹评价向子諲的诗时说:"一觞一咏,悠然若无意于工拙,而其清夷闲旷之姿、魁奇跌宕之气,虽世之刻意于诗者,不能有过也。"② 他的词既有苏轼的清雄旷放,又兼具杜甫的沉郁隐痛,是个人特色与时代情况的合一。他词中学苏与化杜的情况也比较普遍,同时因为具有佛学素养,也充满禅宗意味,并能把这几点结合起来,形成独特的词风。

芗林的营建和存在,有多重意义。它直接促成了任诏盘园的落成。周必大《跋临江军任诏盘园高风堂记》:"清江,江西一支郡耳,而士大夫未至者,必问向氏芗林如何,任氏盘园如何,其至则未有不朝芗林而夕盘园也……任侯子严,出于名家,自少年已负隽声,下笔辄数百言,位官所至辨治,盖尝亲炙向公,不但慕蔺相如于后世也,惟其才高志大不肯少下人,以是屡起屡仆,在官之日少,闲居之日多,敛藏智略,尽力斯园,殆与芗林为鸿雁行。"芗林和盘园,犹如清江园林中的双子星座,以它们主人的声望、园林的佳景以及由此形成的文化合力,吸引着当时的文人。范成大的《骖鸾录》中就记载了自己雨中畅游芗林及盘园的情形:"独冒微雨游芗林及盘园。芗林,故户部侍郎向公伯恭所作。本负郭平地,旧亦人家阡陇,故多古木修篁,厅事及芗林堂皆为樾荫所遍,森然以寒。宅傍入圃中,步步可观。梅台最有思致,丛植大梅,中为小台,四面有涩道,梅皆交枝覆之。盖自梅洞中蹑级而登,则又下临花顶,尽赏梅之致矣。企疏堂之侧,海棠一径,列植如樨篱,位置甚嘉,其他处所,自有图本行于世,不暇悉纪。没后诸子复葺墙后园池,搴芳诸亭,亦不草草,大率无水,仅有一派入园作小池

---

① 刘扬忠:《唐宋词流派史》,中国社会科学出版社,2007年,第287页。
② 朱熹:《〈向芗林文集〉后序》,见曾枣庄编:《宋代序跋全编》第7册,齐鲁书社,2015年,第4299页。

及涧泉之类，所谓虎文者，亦不能详考。出芗林，对门又有荒园，甚广，未及葺。中有古岩桂大数围，江乡无双者，伯恭欲为堂，亦不果。"芗林匠心独具的"梅台"令他赞赏不已。辛弃疾《水龙吟》（断崖千丈孤松）词序也将这两个园林并提："盘园任帅子严安抚挂冠得请，取执政书中语，以'高风'名其堂，来索词，为赋《水龙吟》。芗林，侍郎向公告老所居，高宗皇帝御书所赐名也，与盘园相并云。"

林岩谈道："'退居士大夫'的大量出现，其实是南宋时期的一个普遍现象。"①的确如此，南宋时期特殊的政治形势造就了士大夫们有一种普遍的趋势，即在年富力强时退隐林泉，将本应付诸国事的精力与时间消磨在营建园林和依园度日上，这本身就是一种非常态的生存方式，于是就形成了这样一个状况：园林确乎因为有着既来自于日常生活又能超脱于日常生活之上的除生存之外的诗意的栖居的意义，能满足士大夫内心某一方面的精神需求。这种需求趋向于归隐、田园、山水、在野，但同时，这种诗意的栖居毕竟替代不了外界广阔、丰富、真实的生活，特别是国事日萎，南北分裂，退居士大夫们的内心往往焦灼、矛盾、挣扎、无奈，形成了一种"集体无意识"的模式。刘克庄、向子諲、陆游、辛弃疾等词人，就是这样的代表。而这样的退居词人越多，也越说明园林退居的退无可退，整体局势的日益衰败，可以说，是另一种形式的"饮鸩止渴"。于个人和时代，都是一种无奈与不幸的选择。"恨人生、时乎不再。未转头、欢事已沉空。"（《八声甘州·丙寅中秋对月》）"谁知沧海成陆，萍迹落南州。忍问神京何在，幸有芗林秋露，芳气袭衣裘。断送余生事，惟酒可忘忧。"[《水调歌头》（闰余有何好）]"醉失桃源，梦回蓬岛，满身风露。到而今江上，愁山万叠，鬓丝千缕。"（《水龙吟》"绍兴甲子上元有怀京师"）这是向子諲们的悲哀。

向子諲的芗林，成为清江词人群体的精神中心，再扩而大之，与辛弃疾的带湖、瓢泉等共同构成了江西退居词人的圈层，与退居浙江、江苏的词人们的园林形成映带之势。向子諲作为其间较早的践行者，其词其人其

---

① 林岩：《身份、文体与地方社会：刘克庄文学活动的多面相——评侯体健著〈刘克庄的文学世界——晚宋文学生态的一种考察〉》，载《中华文史论丛》2015年第3期。

园，都有其意义。

12. 洪适盘洲

洪适，字景伯，鄱阳人，洪皓之长子。政和七年（1117）生，绍兴十二年（1142）与弟遵同举博学宏词科。洪适致仕后，退而回乡，在县城北郭购地筑屋，并称之为盘洲，家居十六年，以著述吟咏自娱，自号盘洲老人。洪适的园林称为盘洲。其弟洪遵在饶州门外筑有"小隐园"，洪迈在盘洲旁筑有"野处园"。

从洪适的《盘洲记》可知，盘洲约有百亩，夹在两溪之间，水源充足。园内有洗心阁、有竹轩、双溪堂、舣斋、云叶（奇石名）、啸风岩、践柳桥、鹅池、墨沼、一咏亭、索笑亭、野绿堂、楚望楼等多处景点、建筑。盘洲最大的特征是植物种类多，庐陵的金柑、上饶的绣橘、赤城的脆橙。植物有各种颜色，白色的有梅桐、玉茗、素馨、茉莉、水栀、山樊、聚仙；红色的有佛桑、杜鹃、丹桂、山茶、海棠、月季；黄色的有木樨、棠棣、蔷薇、儿莺、迎春、蜀葵、秋菊；紫色的有含笑、玫瑰、木兰、凤薇。此外，还有芍药、石榴、木藁、海仙、郁李、山丹、水仙、红蕉、石竹、鸡冠等。园中以木瓜为径，桃李为屏，西瓜有坡，木鳖有棚，葱薤姜芥，土无旷者。园中沃桑盈陌，横枝却月，苍槐挺拔。山有蕨，野有芥，林有笋。就在这个园中，洪适早出晚归，陶醉其间，不胜其乐。（据《盘洲记》）洪适以盘洲景物为题，作《盘洲杂韵》诗200余首，并作12首《盘洲好》词咏盘洲十二月风物。时人及后人的评论常将盘洲与唐代名相李德裕的平泉山庄相提并论，因为洪适也曾任宰相之职，也因为这二人都对自己的园林寄予深厚的情感。李的诗集、洪的诗词中都对园林的每处景致甚至每种植物加以吟咏。

《盘洲文集》卷三二《盘洲记》：

> 出北郭左行一里所，穿耕畴，趋支径，有弃地盈百亩，延旷纡坦，接西郭之衢，厥形始锐如犁，至其中浸广，末则一弓不能及。双溪披岸，泓渟湾洄，风生文漪，一眄无际，"芝泉"之所通也。岁极旱，溉汲挠之不枯。溪南则"营山"之麓，去水十许丈，限以芜城，对之若高丘然。山中寿松，蛟奋龙举。溪北有堤，堤外田可

二三顷。"芝岭"耸其东，"牛首"蹲其西，林岫相续如步障。两山之缺，"土湖"所潴，余波薄堤下，积潦骤涨，混溪湖为一。湖之外，皆堆阜，有深槛，来车去瓶，以堤为岐。

我出吾"山居"，见是中穹木，披榛开道，境与心契，旬岁而后得之。乃相嘉处，创"洗心"之阁。三川列岫，争流层出，启窗卷帘，景物坌至，使人领略不暇。两旁巨竹俨立，斑者、紫者、方者、人面者、猫头者，慈、桂、箸、笛，群分派别，厥轩以"有竹"名。东偏堂曰"双溪"。波间一壑，于藏舟为宜，作"舣斋"于檐后。泗滨怪石，前后特起，曰"云叶"，曰"啸风"。岩北"践柳桥"，以蟠石为钓矶。侧顿数椽，下榻设胡床，为息偃寄傲之地。假道可登舟，曰"西汗"。绝水问农，将营饭牛之亭于垄上。导涧自古桑由"兑桥"济，规山阴遗迹，般涧水，剔九曲，荫以并间之屋，垒石象山，杯出岩下，九突离坐，杯来前而遇坎者，浮罚爵。方其左为"鹅池"，员其右为"墨沼"，"一咏亭"临其中。水由员沼循除而西，汇于方池，两亭角力，东"既醉"，西"可止"。改席再会，则参用柳子《序饮》之法，以"水流心不竟，云在意俱迟"为签。坐上以序识其一，置签于杯而反之，随波并进，人不可私。迟顿却行，后来者或居上，殿者饮，止而沉者亦饮。当其时，或并饮，或累筹，亲宾被酒，童稚舞笑，不知落霞飞鹜之相催也。池水北流，过"薝卜涧"，又西注于北溪。自"一咏"而东，仓曰"种秫"之仓；亭曰"索笑"之亭；前有重门，曰"日涉"。背梅林，夹曲水，越竹阁，甘橘三聚，皆东嘉、太末、临汝、武陵所徙。又有营道、庐陵之金甘，上饶之绣橘，赤城之脆橙，厥亭"橘友"。禁苑、洛京、安、蕲、歙之花，广陵之芍药。白有海桐、玉茗、素馨、文官、大笑、末利（茉莉）、水栀、山樊、聚仙、安榴、衮绣之球；红有佛桑、杜鹃、颊桐、丹桂、木槿、山茶、看棠、月季。葩重者石榴、木蕖；色浅者海仙、郁李。黄有木犀、棣棠、蔷薇、踯躅、儿莺、迎春、蜀葵、秋菊；紫有含笑、玫瑰、木兰、凤薇、瑞香为之魁。两两相比，芬馥鼎来。卉则丽春、蕣金、山丹、水仙、银灯、玉簪、红蕉、幽兰，落地之锦，麝香之萱。既赤且白：石竹、鸡冠；涌地幕天：荼蘼、金沙。生意如鹜，蝶影交加，厥亭"花信"。林深雾暗，花仙所集，厥亭"睡足"。栗得于宣，梨得于松阳，来禽得于赣，于果品皆前列，厥亭"林珍"。木瓜以为径，桃李以为屏，厥亭"琼报"。西瓜有坡，木鳖有棚，葱薤姜芥，土无旷者，厥亭"灌园"。沃桑盈陌，封植以补之，厥亭"茧瓮"。启"六枳关"，度"碧鲜里"，傍"柞林"，尽"桃李蹊"，然后达于西郊。荛蘼弥望，充仞四泽，烟树缘流，帆樯下上，类画手铺平远之景，柳子所谓"迤延野绿，远混天碧"者，故以"野绿"表其堂。有轩居后：曰"隐雾"，九仞巍然，岚光排闼，厥名"豹岩"。陟其上，则"楚望"之楼，厥轩"巢云"。古梅鼎峙，横枝却月，厥台"凌风"。右顾高柯，昂霄蔽日，下有竹亭，曰："驻屐"。"玭洲"接畛，楼观辉映，无日不寻棠棣之盟。跨南溪有桥，表之曰"濠上"，游鱼千百，人至不惊……（其余略）

《江西通志》卷四一"洪枢密别墅"条："《名胜志》：郡北朝天门外，有洪遵别墅名曰小隐，又名盘洲庵，又有云竹庄、琼花圃，皆诸洪别墅。"

王士禛《居易录》卷一二："洪文惠适《盘洲集》十三卷，有诗无文。按《经籍志》集八十卷，此非其全也。文惠与弟文安遵、文敏迈同登馆阁，文名满天下，号称三洪。时朋、刍、炎兄弟亦称三洪，而功名爵位远不及。此集十卷以下皆挽歌、乐章、诗余，无足录。八卷九卷皆杂咏盘洲山水草木，拟李卫公平泉诸咏。"

周必大《文忠集》卷六八："公素不营产业，自越归，得负郭地百亩。因列岫双溪之胜，复置台榭，引水流觞，种花艺竹，命曰盘洲。一椽一卉，题咏殆遍。安居十有六年，身名俱荣，子孙满前，近世备福，鲜及公者。淳熙十一年辛酉，薨于正寝，前自撰遗表上之，享年六十有八……"

许纶《涉斋集》卷一三《题洪子恂所画〈盘洲图〉》："林塘天遗得，花木地宜栽。细纪平泉咏，挥毫落海苔。"

洪适有《生查子·盘洲曲》十二首咏盘洲景物：

　　带郭得盘洲，胜处双溪水。月榭间风亭，叠嶂横空翠。团栾情话时，三径参差是。听我一年词，对景休辞醉。

又

　　正月到盘洲，解冻东风至。便有浴鸥飞，时见潜鳞起。高柳送青来，春在长林里。绿萼一枝梅，端是花中瑞。

又

　　二月到盘洲，繁缬盈千萼。恰恰早莺啼，一羽黄金落。花边自在行，临水还寻壑。步步肯相随，独有苍梧鹤。

又

　　三月到盘洲，九曲清波聚。修竹荫流觞，秀叶题佳句。红紫渐阑珊，恋恋莺花主。芍药拥芳蹊，未放春归去。

又

　　四月到盘洲，长是黄梅雨。屐齿满莓苔，避湿开新路。极望绿阴成，不见乌飞处。云采列奇峰，绝胜看庐阜。

又

　　五月到盘洲，照眼红巾蔗。勾引石榴裙，一唱仙翁曲。藕步进新船，斗楫飞云速。此际独醒难，一一金钟覆。

又

　　六月到盘洲，水阁盟鸥鹭。面面纳清风，不受人间暑。彩舫下垂杨，深入荷花去。浅笑擘莲蓬，去却中心苦。

又

　　七月到盘洲，枕簟新凉早。岸曲侧黄葵，沙际排红蓼。团团歌扇疏，整整炉烟袅。环坐待横参，要乞蛛丝巧。

又

　　八月到盘洲，柳外寒蝉懒。一掬木犀花，泛泛玻璃盏。蟾桂十分明，远近秋毫见。举酒劝嫦娥，长使清光满。

又

九月到盘洲，华发惊霜叶。缓步绕东篱，香蕊金重叠。橘绿又橙黄，四老相迎接。好处不宜休，莫放清尊歇。

又

十月到盘洲，小小阳春节。晚菊自争妍，谁管人心别。木末簇芙蓉，禁得霜如雪。心赏四时同，不与痴人说。

又

子月到盘洲，日影长添线。水退露溪痕，风急寒芦战。终日倚枯藤，细看浮云变。洲畔有圆沙，招尽云边雁。

又

腊月到盘洲，寒重层冰结。试去探梅花，休把南枝折。顷刻暗同云，不觉红炉热。隐隐绿蓑翁，独钓寒江雪。

又

一岁会盘洲，月月生查子。弟劝复兄酬，举案灯花喜。曲终人半酣，添酒留罗绮。车马不须喧，且听三更未。

13. 赵彦端园

赵彦端，字德庄，魏王廷美七世孙，鄱阳人。有《介庵集》，不传。《好事近·晚集后园》：

寻得一枝春，惊动小园花月。把酒放歌添烛，看连林争发。从今日日有花开，野水酿春碧。旧日爱闲陶令，作江南狂客。

《阮郎归》(岁寒堂下两株梅)、《鹊桥仙·正月二十三日秀野堂作》、《鹊桥仙·二色莲》、《鹧鸪天·白鹭亭作》分别咏园中的岁寒堂、秀野堂、藕花亭、白鹭亭等景点。

刘辰翁《须溪集》卷二《秀野堂记》：

昔者坡公之赋独乐也，曰花竹秀而野，妙语天然，岂无名园盛丽于此者，而不足以当之矣。长沙赵公，以二十年闲居，建第乌衣，粗疏种植，计今昼锦之堂岂能如前时湖南第一，群山围之甲乙，乃取温公独乐园诗语，名堂秀野，而移书庐陵记之。余得书而叹曰：忧乐时也，谓温公之乐乐耶，孰知其忧？以庆历、嘉祐之民，为青苗、保役之世，安土之流移，永乐之耗败，当其居洛，孰非幽忧憔悴之日？深衣而起，旷然与天下为元祐，而一马二童之不返。是斯园五亩，未尝识公一日太平之乐也，意其花竹犹有遗憾也。若公之秀野，岂非真所谓独乐者哉？公之新第几时矣，杨柳菀其成阴，蕙兰芳而如水，四时变态，鸣声朝暮，纷倡酬以盈卷，抚童稚则已长。然而兵出塞吾不知，朝燕坐吾弗与。每晓露观花，晚风迎月，回思往时鞭尘汗血，烽堠夜惊，蹈海之危踪，过河之枯泪，顾疏篱寒碧，道傍老树无不可爱，欲憩焉息焉而不可得。今北窗昼倦，雪深起晚，时时毡骑过门，羽书如电，世之事吾不得为，吾之事非世所慕，不知乡社之耆英，山林之仙隐，其风流兴寄何如也。则今秀野其不乐于昔之秀野者耶？而又欲为彼耶？虽先代大贤，理无相胜，吾独悲温公之时之志，而又以庆此堂此日遂初之不可及者，以其生无事之世，而当无用之时也，即公之父祖可知已。彼宅成秉烛，日驿平安，虽贤愚相远，然以忧患之长途，易功名之不朽，后之君子有闵焉于此者。吾闻此堂日用修香谱，理琴事，如不及，区区栖迟相望，约公游岳且十年而不往……

似有责其于乱世独善之讽谏意。

14.沈园

沈园，又名沈氏园，位于今浙江绍兴市延安路和鲁迅路之间，本系沈氏私家花园，故名。清乾隆《绍兴府志》引旧志："在府城禹迹寺南会稽地，宋时池台极盛。"①原占地70余亩，是南宋时江南著名园林。相传，南宋爱国诗人陆游初娶唐氏，伉俪情深，后被迫离异。绍兴二十一年（1151）二人邂逅于沈园并同题《钗头凤》，吴熊和先生已有令人信服的辨伪，陆游的《钗头凤》更有可能是怀念在蜀陕一代时所结识的歌妓。署名唐琬之作则为明人敷衍二人情事之伪作。②但陆游数访沈园并赋诗述怀确有其事。绍

---

① 李亨特总裁、平恕等修：《绍兴府志》卷七二，成文出版社有限公司，1983年，第1785页。
② 吴熊和：《唐宋词通论》，上海古籍出版社，2010年，第439页。

熙三年（1192），陆游六十八岁时，重游沈园，赋诗一首，在诗题中写道："禹迹寺南有沈氏小园，四十年前，尝题小阕于石，读之怅然。"他的诗歌抒发了对求而不得的爱情的遗憾："林亭感旧空回首，泉路凭谁说断肠。"陆游于庆元五年（1199）年七十五岁时又写了著名的《沈园二首》，八十二岁时写《城南》，八十四岁时写《春游》，其中都有沈园和唐氏的影子，甚至诗人在梦中也曾做沈园之游，如他八十一岁时写的《十二月二日夜梦游沈氏园亭》。

我们还应注意到，陆游这段令他难以释怀的感情和记忆中的人是和沈园的梅花分不开的。吴熊和先生提道："陆游沈园怀人诗总是和梅花联系在一起的。《诗稿》卷六五《十二月二日夜梦游沈氏园亭》二绝：'香穿客袖梅花在，绿蘸寺桥春水生。''城南小陌又逢春，只见梅花不见人。'"①概沈园和开放在沈园的梅花是陆游与唐氏共同拥有过的美好记忆。

15. 范成大石湖别墅

范成大，字致能，号石湖居士，谥文穆，有《石湖集》。范成大在苏州筑石湖别墅，其中有寿栎堂等建筑。

宋周密《齐东野语》卷十《范公石湖》："文穆范公成大，晚岁卜筑于吴江盘门外十里，盖因阖闾所筑越来溪故城之基，随地势高下而为亭榭。所植多名花，而梅尤多。别筑农圃堂对楞伽山，临石湖，盖太湖之一派，范蠡所从入五湖者也，所谓姑苏前后台，相距亦止半里耳。寿皇尝御书'石湖'二大字以赐之。公作《上梁文》，所谓'吴波万顷，偶维风雨之舟；越戍千年，因筑湖山之观'者是也。又有北山堂、千岩观、天镜阁、寿乐堂，他亭宇尤多，一时名人胜士，篇章赋咏，莫不极铺张之美。乾道壬辰三月上巳，周益公以春官去国，过吴，范公招饮园中，夜分，题名壁间云：'吴台、越垒，距门才十里，而陆沉于荒烟蔓草者千七百年。紫薇舍人，始创别墅，登临得要，甲于东南。岂鸱夷子成功于此，扁舟去之，天闶绝景，须苗裔之贤者，然后享其乐邪？'为击节，而前后所题尽废焉。"

---

① 吴熊和：《唐宋词通论》，第444页。

范成大《水调歌头》序："淳熙己亥重九,与客自阊门泛舟,径横塘。宿雾一白,垂垂欲雨。至彩云桥,氛翳豁然,晴日满空,风景闲美,无不与人意会。四郊刈熟,露积如缭垣。田家妇子着新衣,略有节物。挂帆溯越来溪,潦收渊澄,如行玻璃地上。菱华虽瘦,尚可采。舣棹石湖,扳紫荆,坐千岩,观下菊丛中,大金钱一种已烂熳秾香,正午熏入酒杯,不待轰饮,已有醉意。其傍丹桂二亩,皆盛开,多栾枝,芳气尤不可耐。携壶度石梁,登姑苏后台,跻攀勇往,谢去巾舆筇杖,石陵草滑,皆若飞步。山顶正平,有坳堂藓石可列坐,相传为吴故宫闲台别馆所在。其前湖光接松陵,独见孤塔之尖。少北,墨点一螺为昆山。其后西山竞秀,萦青丛碧,与洞庭、林屋相宾。大约目力逾百里,具登高临远之胜。始余使虏,是日过燕山馆,赋《水调》,首句云:'万里汉家使。'后每自和,桂林云:'万里汉都护。'成都云:'万里桥边客。'明年,徘徊药市,颇叹倦游,不复再赋。但有诗云:'年来厌把三边酒,此去休哦万里词。'今年幸甚,获归故园,偕邻曲二三子,酬酢佳节于乡山之上,乃复用旧韵。"首句云:"万里吴船泊,归访菊篱秋。"下缺。

词序中之"千岩",正是石湖别墅中的建筑——千岩观。由周密的叙述中和该词序中,可以看出,石湖别墅是与自然风物结合得异常紧密的私家园林。这些,在范成大的词中也屡有表现,如《念奴娇》数首,都是写石湖别墅所在的得天独厚的真山水。而范成大对石湖的情感,也是久已存在:"臣少长,钓游其间,结茅种木,久已成趣。"(范成大《御书石湖二字跋文》)范成大营建石湖别墅,历时也比较长,最早从宋孝宗乾道二年(1166)开始,断断续续长达数十年。石湖别墅的具体景观究竟如何?写于淳熙十三年(1186)的《三月十六日石湖书事三首》中写道:"种木二十年,手开南野荒。苒苒新岁月,依依旧林塘。"从范成大关注这片山水开始,已过去了二十年。在镇西南诸地、出使金国的浮宦生涯中,他也一直惦念着石湖别墅的不断完善与营建。出使金国归来的乾道六年(1170),范成大经过扬州买到了芍药名品,他在《石湖芍药盛开向北使归过维扬时买根栽此因记旧事二首》回忆道:"万里归程许过家,移将二十四桥花。石湖从此添春色，莫把蒲萄苜蓿夸。"《梅谱》自序中说："余于石湖玉雪坡，既有梅数百本，比年又于舍南买王氏蹴舍七十楹，尽拆除之，治为范村，以其地三分之一与梅。"石湖玉雪坡和范村的三分之一，都种植了梅树，并非一时可就，是长久的积累和喜爱才能经营出的。宋孝宗御赐"石湖"二字，宋光宗御赐"重奎堂"三字，都表明了朝廷对范成大政治贡献的肯定和对其人品的推重。他出而能居庙堂之高、完成朝廷使命，退则能在文化传统的深邃与精微处不断开拓和精进，同时对自己所处的地方文化能在博观与专精的基础上有所创获。他在致仕之后还完成了《吴郡志》的编写。

杨万里："孤塔鸥边迥，千岩镜里看。"（《从范至能参政游石湖精舍坐间走笔》）从杨万里的诗歌可以看到，石湖别墅的景观非常大气自然，与周边的山水融为一体，本就不是在狭小格局和局促面积中精雕细刻地走精致小巧路线的那类城市园林。因为周边湖山的特点，石湖别墅是和辛弃疾的带湖居所等相同性质的山林别墅，难怪许多关于范成大石湖居所的研究者都认为，范成大很少去描绘石湖别墅中实体的、具体的景观，而更多地在描写整个景观的气势、风貌等。有论者认为，这是由于他将对景观的关注点由物质层面转到了精神层面，确实如此，但最基础的原因也在于，石湖别墅这种山林园林的特点，建筑本身的精巧与否、微观景观的精妙与否，与更加磅礴大气的湖山胜景、连绵浩瀚的梅林以及它们所连接起的吴越文化的联系，特别是范蠡归隐太湖的传说与范成大退归石湖的联系。于是，范成大的石湖书写就不再局限于对园林微观景物的反复刻画与精微描摹，这是显而易见的。《北山草堂千岩观新成徐叔智运使吟古风相贺次韵谢之》中描写北山堂和千岩观："北山松竹堪怡颜，千岩观前多好山。谁云都无卓锥地，亦尚有此茅三间。"于是，在这样的理念下，点缀于山水之间的建筑物本身之精粗美丑便退居其次，其坐落于山水之间的选址和落点，成为更为重要的存在。在这类山水庄园中，能够找到一个静观山水、俯瞰山下的绝妙落点，则成为园林营建者们的重心所在。而对这类园林的欣赏，也从日日夜夜在城市园林中与园林景致耳鬓厮磨变成偶一为之的雅兴。如范成大的这首《中秋后两日自上沙回闻千岩观下岩桂盛开复舣舟石湖留赏一日赋两绝》诗所展现的生活："金粟枝头一夜开，故应全得小诗催。篮舆缓缓随儿女，引入天香洞里来。千岩观下碧瑶林，岁晚青青共此心。隐士归兮花未老，每年来把一杯深。"一年当中最多在桂花盛放时留赏一天，当然这也是由于范成大自身的年龄和身体状况所限。此外，范成大对梅、菊等植物谱系、美感的发展，范成大石湖场域的凝聚力，杨万里、陆游、周必大、姜夔等与石湖的渊源，范成大石湖与吴文化的渊源联系，五湖和北窗成为范成大处理出处进退关系的典范象征等问题，都值得关注。

如下面这首词写石湖：

> 吴波浮动，看中流翻月，半江金碧。醉舞空明三万顷，不管姮娥愁寂。指点琼楼，凭虚有路，鲸背横东极。水云飘荡，阑干千丈无力。家世回首沧洲，烟波渔钓，有鸥夷仙迹。一笑闲身游物外，来访扁舟消息。天上今宵，人间此地，我是风前客。涛生残夜，鱼龙惊听横笛。

这首词写西山：

> 水乡霜落，望西山一寸，修眉横碧。南浦潮生帆影去，日落天青江白。万里浮云，被风吹散，又被风吹积。尊前歌罢，满空凝淡寒色。人世会少离多，都来名利，似蝇头蝉翼。赢得长亭车马路，千古羁愁如织。我辈情钟，匆匆相见，一笑真难得。明年谁健，梦魂飘荡南北。

不仅自然风物描写得寥廓壮美，也写出了自己徜徉湖山之间闲适恬退的心情。若没有园林美的熏陶，就没有范词中许多充满园林情调的佳作。《秦楼月》数首，尤以这首为出色：

> 楼阴缺。阑干影卧东厢月。东厢月。一天风露，杏花如雪。隔烟催。漏金虬咽。罗帏暗淡灯花结。灯花结。片时春梦，江南天阔。

词中以对"影"的敏锐捕捉为美感的凝聚点。

16. 杨万里诚斋

杨万里，字廷秀，吉水人，学者称为其诚斋先生。杨万里有比较浓厚的园林审美意识和比较高深的生活美学造诣。他游览过许多园林，写下大量的游园诗。他的充满自然天趣的优秀诗作很大程度上受到园林审美的影响。他在《泉石膏肓记》中自谓"平生无他好,独好泉石……膏肓,有法可艾也;泉石膏肓,无法可艾也。有法可艾,予亦不艾也"。杨万里在给张镃的诗中写道:"莺花世界输公等,泉石膏肓叹病身。"(《谢张功父送近诗集》)

杨万里因上书谏阻江南诸郡行使铁钱会子得罪宰相韩侂胄被改职,不赴,于绍熙三年壬子(1192)九月十六日,回归故里(今江西吉水)。绍熙四年癸丑(1193)正月自辟东园,垒假山,凿小池,开九径,取名为"三三径"。《泉石膏肓记》中对新开园进行了详细描述。《吉水县志》记载:"东园,宋杨文节公万里所营址,在东山下。内开九径,江梅、海棠、桃、李、橘、杏、红梅、碧桃、芙蓉,九种花木,各植一径,命曰三三径。有万花谷,小斋状似舟,名曰:钓雪舟。又有云卧庵、诚斋。"

"诚斋"的来历更是具有传奇色彩,宋光宗御书赐予杨万里,刻于精石之上,立于"钓雪舟"之前,同时又因其富有理学的色彩,也成为东园的象征与杨万里思想的结晶。"诚斋"的来历,源于张俊。杨万里担任零陵县丞时,拜谒了张浚,"浚勉以正心诚意之学,万里服其教终身,乃名读书之室曰诚斋"[1]。在《幽居三咏·诚斋》诗中,他回忆此事,将"诚"作为自己树立的人生目标:"浯溪见了紫岩回,独笑春风尽放怀。谩向世人谈昨梦,便来唤我作诚斋。"从此,"诚斋"也成为杨万里的精神标志。

诗歌理论方面,杨万里提出富有个性感悟的阐释"兴"的诗歌理论:"我初无意于作是诗,而是物是事适然触乎我,我之意亦适然感乎是物是事,触先焉,感随焉,而是诗出焉。我何与哉?天也!斯之谓'兴'。"(《答建康府大军库监门徐达书》)可以说,杨万里的"兴"论沟通了生活、自然与诗歌创作的桥梁,将深陷蹈袭泥淖也将杨万里陷入创作困境的"江西诗风"重新引回到更宽广的路径上来。同时,他的诗歌又保存了深邃的理趣和文人化的审美倾向。江西诗派的"活法"是从"点铁成金""夺胎换骨"

---

[1] 脱脱等:《宋史》卷四三三,第12863页。

这种层面的意义而来的，而杨万里创作中所形成的"活法"作诗又引入了活泼的生活原态，是诗外的功夫，用他自己的话说，就是要"发造化之秘"（《雪巢小集后序》），给自然赋予了真挚、诚恳、个性化的感情色彩。同时，他能以"观物体道""格物致知"的理学素养观照自然，自然与诗歌，作为一个纽带，将杨万里的理学思想和诗学思想连接到了一起。在对自然的观照中，他既有对"物理"的体察和关怀，又有以仁者之心体会万物之"乐"的眼光和视角。据统计，他笔下的意象是最为细微、丰富的："如果对诚斋诗中出现的意象作一统计的话，则特称意象将十倍于泛称意象。宋代的诗人中没有哪一位比杨万里的诗歌意象更具体细微的。"[①]

　　莫砺锋先生曾探讨杨万里诗歌风格转变的阶段性特征，认为其创作的四期中，最为关键的转折点就是"戊戌三朝"的转变。而《〈诚斋荆溪集〉序》则用杨万里自己的认知解释其中最重要的一次转变："戊戌三朝时节，赐告少公事，是日即作诗。忽若有寤，于是辞谢唐人及王、陈江西诸君子，皆不敢学，而后欣如也。试令儿辈操笔，予口占数首，则浏浏焉，无复前日之轧轧矣。自此每过午，吏散庭空，即携一便面，步后园，登古城，采撷杞菊，攀翻花竹，万象毕来，献予诗材，盖麾之不去，前者未雠，而后者已迫，涣然未觉作诗之难也。"在淳熙四年丁酉（1177）四月，杨万里赴常州知州任之前，将自己的少作整理之后编成《江湖集》。杨万里说："予少作有诗千余篇，至绍兴壬午七月皆焚之，大概江西体也。"因此他的存诗始于三十六岁时。在常州的第二年，淳熙五年戊戌（1178）正月，政务渐暇，他忽然进入了全新的创作状态，从《荆溪集》开始，与自然相接的"后园""古城"对他启发颇深。"杨诗从自然景物中汲取灵感的倾向加强了。应该指出，在现存杨诗中，重视以自然景物为诗材的倾向是始终存在的。"[②]从这个层面上说，他诗风的变化正是与他对自然的认识深度及其与诗歌结合的紧密度相联系的。他本身热爱自然，姜夔曾有诗评价他："年年花月无闲日，处处山川怕见君。"正如莫砺锋先生所言："以自然为诗歌题材的渊薮，以

---

① 张瑞君：《杨万里评传》，南京大学出版社，2002年，第119—120页。
② 莫砺锋：《论杨万里诗风的转变过程》，载《求索》2001年第4期。

自然为诗歌灵感的源泉，这是'诚斋体'的主要特征。然如上所述，杨万里进入这个境界并不是一蹴而就的，而是经历了一个渐变过程的。而其转变的关键时期则确实是在'戊戌三朝'前后。"①随着他对创作认识的加深，他想从自然中汲取力量来对抗以往从黄庭坚、陈师道等诗人那里受到的影响。戊戌三朝，是他顿悟的时节，但若想从设想变为现实、从理念形成行为，还需不断地摸索与实践，这个过程，是较为漫长的。这期间，他努力打破文字的壁垒，寻求从庭院、自然界、山水等处获取的直接的力量去改善自己的创作。"诗家不愁吟不彻，只愁天地无风月。"(《云龙歌调陆务观》)"城里哦诗枉断髭，山中物物是诗题。"(《寒食雨中同舍约游天竺得十六绝句呈陆务观》)淳熙十四年丁未(1187)作《记梦三首》序曰："梦游一山寺，山水清美，花草芳鲜。未见寺而闻钟，梦中作三绝，觉而记之。"《记梦三首其一》："水动花梢动，花摇水影摇。不知各无意，为复两相招。"可见，园林风光和热爱自然的情趣对杨万里的艺术创作有着至关重要的感发和启迪作用。

《好事近·七月十三日夜登万花川谷望月作》：

> 月未到诚斋，先到万花川谷。不是诚斋无月，隔一林修竹。
>
> 如今才是十三夜，月色已如玉。未是秋光奇绝，看十五十六。

《昭君怨·赋松上鸥》"晚饮诚斋，忽有一鸥来泊松上，已而复去，感而赋之"：

> 偶听松梢扑鹿。知是沙鸥来宿。稚子莫喧哗。恐惊他。俄顷忽然飞去。飞去不知何处。我已乞归休。报沙鸥。

17. 辛弃疾带湖居所

辛弃疾，字幼安，号稼轩，历城人，生于绍兴十年(1140)。辛弃疾带湖居所位于江西信州(今江西上饶)附郭带湖之畔、灵山之隈，约于淳熙八年(1181)左右落成。从孝宗淳熙九年(1182)迄光宗绍熙二年(1191)，前后十年时间辛弃疾一直隐居在带湖。对带湖新居(或别墅)景观记述最可靠的资

---

① 莫砺锋：《论杨万里诗风的转变过程》，载《求索》2001年第4期。

料当属洪迈的《稼轩记》，而最翔实的则是辛弃疾自己在这阶段的词作。

带湖位于信州城北一里许，是一个狭长的湖泊。其地"三面傅城，前枕澄湖，如宝带，其纵千有二百三十尺，其衡（横）八百有三十尺。截然砥平，可庐以居。……（辛弃疾）一旦独得之，既筑室百楹，度财占地什四。乃荒左偏以立圃，稻田泱泱，居然衍十弓。意它日释位得归，必躬耕于是。故凭高作屋下临之，是为稼轩。而命田边立亭曰植杖，若将真秉耒耨之为者。东冈西阜，北墅南麓，以青径欹竹，以锦路行海棠，集山有楼，婆娑有堂，信步有亭，涤研有渚"（洪迈《稼轩记》）。陈亮赞其"甚宏丽"，并说朱熹"潜入去看，以为耳目所未曾睹"（《陈亮集》卷二九《与辛幼安殿撰书》）。但在南宋庆元二年（1196），因一场大火化为瓦砾。"朱文公与稼轩手书有云：'公所居带湖，一夕而烬。'"（洪迈《清客集》）[①]

辛弃疾关于带湖的主要词作有《清平乐·检校山园书所见》、《谒金门·和廓之五月雪楼小集韵》、《踏莎行》"庚戌中秋后二夕，带湖篆冈小酌"、《沁园春·带湖新居将成》、《水调歌头·盟鸥》、《菩萨蛮》（稼轩日向儿童说）等。下面这首《沁园春·带湖新居将成》可见带湖新居概貌：

> 三径初成，鹤怨猿惊，稼轩未来。甚云山自许，平生意气，衣冠人笑，抵死尘埃。意倦须还，身闲贵早，岂为莼羹鲈鲙哉。秋江上，看惊弦雁避，骇浪船回。东冈更葺茅斋。好都把轩窗临水开。要小舟行钓，先应种柳，疏篱护竹，莫碍观梅。秋菊堪餐，春兰可佩，留待先生手自栽。沉吟久，怕君恩未许，此意徘徊。

18．辛弃疾瓢泉居所

宁宗庆元二年（1196），辛弃疾由于带湖居所毁于火，遂徙居位于铅山（今属江西上饶）东北境的期思渡瓢泉别墅。那里有一泓清泉，其形如瓢，词人因名之为"瓢泉"。《铅山县志》："瓢泉在县东二十五里，泉为辛弃疾所得，因而名之。其一规圆如臼，其一规直如瓢。周围皆石径，广四尺许，

---

① 带湖别墅的具体情况参见李德清：《稼轩词信州古今地名续考》，林友鹤、陈启典：《带湖考略》，见周保策、张玉奇主编：《辛弃疾研究论文集》，天马图书有限公司，2003年；邓广铭笺注：《稼轩词编年笺注》，上海古籍出版社，1978年。

水从半山喷下，流入臼中，而后入瓢。其水澄渟可鉴。"绍熙十五年（1194）十月，辛弃疾从福建罢帅归，便在铅山兴建新居。庆元元年（1195）新居落成。来年，辛弃疾上饶带湖居失火被烧，秋冬之季举家迁瓢泉，且终老于此。开禧三年（1207）九月十日，辛弃疾大呼"杀贼"数声而终，享年六十八岁。

关于瓢泉，辛弃疾主要词作有《沁园春·再到期思卜筑》《浣溪沙·瓢泉偶作》《南歌子》"新开池，戏作"、《鹧鸪天·鹅湖归病起作》《蓦山溪》"赵昌父赋一丘一壑，格律高古，因效其体"、《南乡子·登一丘一壑偶成》《菩萨蛮·昼眠秋水》《瑞鹧鸪》（胶胶扰扰几时休）、《哨遍·秋水观》《六州歌头》"属得疾，暴甚……"、《水调歌头·席上为叶仲洽赋》《永遇乐》"检校停云新种杉松戏作……"、《临江仙·停云偶作》《蓦山溪·停云竹径初成》《贺新郎》"邑中园亭，仆皆为赋此词……"、《水龙吟·题瓢泉》《水龙吟》"用些语再题瓢泉，歌以饮客，声韵甚谐，客为之釂"、《行香子·博山戏简昌父、仲止》《卜算子》（欲行且起行）、《祝英台近》"与客饮瓢泉，客以泉声喧静为问……"、《贺新郎》（碧海成桑野）、《水龙吟》"用瓢泉韵戏陈仁和兼简诸葛元亮，且督和词"等。

瓢泉故居的主要景观为主宅，见丘崈《汉宫春》"和辛幼安秋风亭韵，癸亥中秋前二日"中"闻说瓢泉，占烟霏空翠，中著精庐。旁连吹台燕榭，人境清殊"句；水池、"一丘一壑"（上有山丘，下有深壑的地貌），见辛弃疾《兰陵王·赋一丘一壑》；秋风观，亦名秋水堂，飞瀑奇石，清溪曲沼，见辛弃疾《菩萨蛮·昼眠秋水》，又见徐元杰《稼轩辛公赞》"所居有瓢泉、秋水"；停云堂，应建在瓜山上，位于山巅，周围栽了不少的杉木、松树，眼界开阔，是瓢泉故居登高远眺的最佳处。"停云"取自陶渊明《停云》诗。陶潜序云："停云，思亲友也。"见辛弃疾《永遇乐》"检校停云新种杉松戏作……"。瓢泉，见辛弃疾《水龙吟·题瓢泉》等。其中，"一丘一壑"以山水相间为其特色，停云堂以山景为主，瓢泉和秋水观则以水景为主。[1] 对瓢

---

① 叶友孝：《瓢泉故居初探》，见周保策、张玉奇主编：《辛弃疾研究论文集》，天马图书有限公司，2003年；邓广铭笺注：《稼轩词编年笺注》，上海古籍出版社，1978年。

泉居所全面详尽的描述还有辛弃疾逝世（1207）二十年后，时铅山县知县章谦亨访问之后所写的《摸鱼儿》"过期思稼轩之居，漕留饮于秋水观，赋一词谢之"：

> 想先生、跨鹤归去，依然上界官府。胸中邱壑经营巧，留下午桥别墅。堪爱处。山对起、飞来万马平坡驻。带湖鸥鹭，犹不忍寒盟，时寻门外，一片芰荷浦。秋水观，环绕滔滔瀑布。参天林木奇古。云烟只在阑干角，生出晚来微雨。东道主。爱宾客、梅花烂漫开樽俎。满怀尘土。扫荡已无余，□□时上，玉峤翠瀛语。

辛弃疾的这两所园亭式住宅，在他的词作中有相当多的描写，他的许多脍炙人口的词作也诞生于这两处。他摧刚为柔，虽隐居却心存天下，园林生活带给他心灵上莫大的慰藉，内心却也从未停止过挣扎与骚动，这也是辛词这一时期的反映。缪钺先生说得好："吾国自魏晋以降，老庄思想大兴，其后与儒家思想混合，于是以积极入世之精神，而参以超旷出世之襟怀，为人生最高之境界。故居庙堂而有江湖之思，则异乎贪禄恋权之巧宦；处山林而怀用世之志，则异乎颓废疏懒之名士。稼轩平日盖有此种修养，虽怀立功雄心，而无然中躁进之弊，及退居林泉，欣赏自然，写闲适之趣，而壮志亦不消沉。稼轩作闲适之词所以能蕴含郁勃之致者，其故在此。"[①]

19. 任诏盘园

任诏，字子严。盘园，是任诏园。辛弃疾《水龙吟》"盘园任帅子严安抚挂冠得请，取执政书中语，以高风名其堂，来索词，为赋《水龙吟》。芗林，侍郎向公告老所居，高宗皇帝御书所赐名也，与盘园相并云"：

> 断崖千丈孤松，挂冠更在松高处。平生袖手，故应休矣，功名良苦。笑指儿曹，人间醉梦，莫嗔惊妆。问黄金余几，旁人欲说，田园计、君推去。叹息芗林旧隐，对先生、竹窗松户。一花一草，一觞一咏，风流杖屦。野马尘埃，扶摇下视，苍然如许。恨当年、《九老图》中，忘却画、盘园路。

---

① 缪钺：《论辛稼轩词》，见缪钺：《缪钺全集》第3卷《冰茧庵词说》，河北教育出版社，2004年，第148页。

又范成大《骖鸾录》记任诏园：

盘园者，前湖南倅任诏子严所居，去芗林里许。其始，酒家之后有古梅盘结如盖，可覆一亩，枝四垂，以木架之，如坐大酴醾下。子严以为天生尤物，未（求）买得之。时芗林尚无恙，亦极叹赏，劝子严作凌云阁以瞰之，迄今方能鸠工。梅后坡陇昀昀，子严悉进筑焉。地广过芗林，种植大盛，桂径梅坡，极其繁芜，但亦乏水，当洼下处作池积雨水而已。周旋两园，遂以抵暮，炳炬追及前顿，宿倒塔铺。始，余得吴中石湖，遂习隐焉，未能经营如意也。翰林周公子充同其兄必达子上过之，题其壁曰："登临之胜，甲于东南"。余愧骇曰："公言重，何乃轻许与如此？"子充曰："吾行四方，见园池多矣，如芗林、盘园，尚乏此天趣，非甲而何？"子上从旁赞之。余非敢以石湖夸，忆子充之言，并记于此。噫！使予有伯恭之力，子严之才，又得闲数年，则石湖真当不在芗林、盘园下耶！

《临江府志》卷四载："任诏，字子严，蜀人，历令守部使，所至有政绩，后退居清江，筑圃于富寿冈之旁，扁曰盘园，堂曰高风，有《盘园集》《高风录》，皆郡贤所赋咏云。"

范成大《梅谱》："去成都二十里，有卧梅，偃蹇十余丈，相传唐物也，谓之梅龙，好事者载酒游之。清江酒家有大梅如数间屋，傍枝四垂，周遭可罗坐数十人。任子严运使买得，作凌风阁临之，因遂进筑大圃，谓之盘园。余生平所见梅之奇古者，惟此两处为冠，随笔记之，附古梅后。"

周必大、张镃也有诗、文记游盘园或寄盘园主人，足见其园之盛与园主之令名。

20. 张镃桂隐林泉

张镃，字功甫，号约斋，西秦（在今陕西）人，居临安，有《南湖集》《玉照堂词》。张镃出身贵胄，曾祖父是循王张俊。张镃颇有诗名，官至右司郎，他酷爱园林，他营建的桂隐林泉"在钱塘为最胜"（史浩《题南湖集十二卷后》），"名士大夫莫不交游"（周密《齐东野语》），陆游、辛弃疾、杨万里、尤袤、姜夔等都曾到他的园中游赏或诗词酬和。戴表元在《牡丹燕席诗序》中记录了当时燕集酬唱的盛况："循王孙张功父使君以好客闻天下。当是时，遇佳风日，花时月夕，功父必开玉照堂置酒乐客……明日，醉中唱酬诗或乐府词累累传都下，都下人门抄户诵，以为盛事。"

张镃营建十四年才完成桂隐园第，其间筹划施工、种植花木等，都是亲自指导。园第主要由以下几部分组成：东寺（舍为寺），有真如轩；西宅，供生活起居，有现乐堂、安闲堂、丛奎阁、柳塘花院、绮互亭、瀛峦胜处、应铉斋、约斋等；北园是举办家宴和宴请宾客的地方，有群仙绘幅楼（题匾"桂隐"在此楼下）、清夏堂、锦池、玉照堂、苍寒堂、艳香馆、碧宇、芳草亭、味空亭、揽月桥、蕊珠洞、芙蓉池、珍林、涉趣门、安乐泉、杏花庄、水北书院等；众妙峰山，由涉趣门可登山，有诗禅堂、绿昼轩、景白轩、餐霞轩、楚佩亭、宜雨亭、满霜亭、菖蒲涧等，以山景为妙；南湖，可泛舟湖上，湖边有斗春堂、鸥渚亭、烟波观处，以烟水为趣。并且，以上精心营建的园林小品，无不掩映于名花异树之中。其中，玉照堂、约斋、绘幅楼等更已成为桂隐林泉的典型景观。张镃也深以为荣，自号约斋，词集名《玉照堂词》，绘幅楼更成为众人向往的林泉胜景的代名词。张镃《梅品》序记载了玉照堂得名的缘由："居宿其中，环洁辉映，夜如对月，因名曰玉照。"玉照堂东西两轩，有古梅数十散，红梅数百本，千叶缃梅、红梅各一二十章，因此，这玉照堂的营建，不仅风雅，契合了宋代文人爱梅的雅致风韵，而且富贵，并非一般爱梅人士所能做到的。因此，也可以理解，姜夔《喜迁莺慢·功父新第落成》中所说："玉珂朱组，又占了道人，林下真趣。"既有艳羡之情，又暗示张镃以富贵之身占尽风雅之乐甚至出尘之趣的多重身份。张镃、张炎是张氏家族由武转文的重要人物，张镃更是如此。因此他的出处，实际上也反映出某种矛盾性。他虽然爱好诗歌创作，喜爱清雅生活，但并未真正远离政治中心，虽然归隐南湖，但以南湖为中心，常常与朝廷中的官员交游宴饮。张镃营建的南湖别业，是以其曾祖父张俊赐第的方位为地理选址的。张俊赐第的方位，"南湖一名白洋池，在杭州城北隅。宋张俊赐第，四世孙镃别业，据湖之上。湖在宅南,因名南湖"(《四库全书总目》卷七六《南湖纪略稿》提要)。这样的园林,固然是祖业,但看张镃的园居生活,优雅中透着豪奢,貌似淡然却从未远离官场,一有机会便深度卷入宫闱斗争、政变、谋杀、皇权的政治事件中。

看一首他写园林的代表作《昭君怨·园池夜泛》:

> 月在碧虚中住。人向乱荷中去。花气杂风凉。满船香。云被歌声摇动。酒被诗情掇送。醉里卧花心。拥红衾。

不仅有富贵气,而且有欣赏自然的真趣。此外还有《柳梢青·适和轩》、《好事近·拥绣堂看天花》、《玉团儿》"香月堂古桂数十株著花,因赋"、《感皇恩·驾霄亭观月》、《感皇恩·挟翠桥》、《鹧鸪天·自兴远桥过清夏堂》、《念奴娇·宜雨亭咏千叶海棠》、《祝英台近·邀李季章直院赏玉照堂梅》、《满江红》"小圃玉照堂赏梅,呈洪景卢内翰"、《烛影摇红·灯夕玉照堂梅花正开》、《朝中措》"重葺南湖堂馆,小词落成"等。

园林极致地追求风雅与享受成为一种极端和桎梏,富贵与享乐走向了隐逸的反面,成为士大夫的负累,成为精神不自由、被物质束缚的典型,而人,也在其中迷失了自己。时间的铺排显得日常生活与审美异常地烦琐,失去了灵动和随意,奢华的生活方式使得人在其间的能动性丧失。园林空间本来也无所谓好坏,但人的选址和风格也体现了某种价值取向。张镃的诗歌创作、《南湖集》的编撰及诗歌风格都与南湖别业密切相关。张枢,为张镃之孙,张炎之父。[1]枢字斗南,一字云窗,号寄闲,居临安,善词名世。从其词中可见,同他祖父一样,他也过着悠游园亭、富贵闲适的生活。《壶中天》"月夕登绘幅堂,与笋房各赋一解":

> 雁横迥碧,渐烟收极浦,渔唱催晚。临水楼台乘醉倚,云引吟情闲远。露脚飞凉,山眉锁暝,玉宇冰奁满。平波不动,桂华底印清浅。应是琼斧修成,铅霜捣就,舞霓裳曲遍。窈窕西窗谁弄影,红冷芙蓉深苑。赋雪词工,留云歌断,偏惹文箫怨。人归鹤唳,翠

---

[1] 杨海明:《张炎词研究》,齐鲁书社,1989年,前言第2页。

帘十二空卷。

周密词中有与张枢唱和之作,《瑞鹤仙》序:"寄闲结吟台出花柳半空间,远迎双塔,下瞰六桥,标之曰,湖山绘幅,霞翁领客落成之。初筵,翁俾余赋词,主宾皆赏音。酒方行,寄闲出家姬侑尊,所歌则余所赋也。调闲婉而辞甚习,若素能之者。坐客惊托敏妙,为之尽醉。越日过之,则已大书刻之危栋间矣。"建堂名"湖山绘幅",可见其追慕其祖遗风之意,结交诗友,鼓吹清弹,不在张镃之下。

张炎在金亡后,写了不少过故居的词:《凄凉犯·过邻家见故园有感》《忆旧游·过故园有感》《长亭怨·旧居有感》。

《长亭怨·旧居有感》:

> 望花外、小桥流水,门巷愔愔,玉箫声绝。鹤去台空,佩环何处弄明月。十年前事,愁千折、心情顿别。露粉风香谁为主,都成消歇。凄咽。晓窗分袂处,同把带鸳亲结。江空岁晚,便忘了、尊前曾说。恨西风不庇寒蝉,便扫尽、一林残叶。谢杨柳多情,还有绿阴时节。

《思佳客·题周草窗〈武林旧事〉》:

> 梦里蠾腾说梦华,莺莺燕燕已天涯。蕉中覆处应无鹿,汉上从来不见花。今古事,古今嗟。西湖流水响琵琶。铜驼烟雨栖芳草,休向江南问故家。

其哀怨惜慕之情、沉沦悼伤之意,溢于言表。张炎所追慕的"故家""旧居",很可能就是张镃南园的一部分。

从《武林旧事》卷十《约斋桂隐百课》可见到张镃南园的面貌:

> 淳熙丁未秋,余舍所居为梵刹,爰命桂隐堂馆桥池诸名,各赋小诗,总八十余首。逮庆元庚申,历十有四年之久,匠生于心,指随景变,移徒更葺,规模始全,因删易增补,得诗凡数百。纲举而言之,东寺为报上严先之地,西宅为安身携幼之所,南湖则管领风月,北园则娱燕宾亲。亦庵,晨居植福,以资净业也;约斋,昼处观书,以助老学也。至于畅怀林泉,登赏吟啸,则又有众妙峰山,

包罗幽旷，介于前六者之间。区区安恬嗜静之志，造物亦不相负矣。或问余曰："造物不负子，子亦忍负造物哉？释名宦之拘囚，享天真之乐适，要当于筋骸未衰时。今子三仕中朝，颠华齿堕，涉笔才十二旬，如之何则可？"余应之曰："仕虽多，不使胜闲日，余之愿也，余之幸也，敢不勉旃。"壬戌岁中夏，张镃功父书。

东寺（敕额"广寿慧云"）：大雄尊阁（千佛铁像）、静高堂（寝室）、真如轩（种竹）。

西宅：丛奎阁（安奉被赐四朝宸翰）、德勋堂（祖庙。以高宗御书二字名）、儒闻堂（前堂。用告词字取名）、现乐堂（中堂。用朱岩壑语）、安闲堂（后堂）、绮互亭（有小四轩）、瀛峦胜处（东北小堂。前后山水）、柳塘花院、应铉斋（筮得鼎卦，故名）、振藻（取告词中字名）、宴颐轩、尚友轩、赏真亭（山水）。

亦庵：法宝千塔（铁铸千塔，藏经千卷）、如愿道场（药师佛坛）、传衣庵、写经寮（书《华严》等大乘诸经）。

约斋：泰定轩。

南湖：阆春堂（牡丹、芍药）、烟波观、天镜亭（水心）、御风桥（十间）、鸥渚亭、把菊亭、泛月阙（水门）、星槎（船名）。

北园：群仙绘幅楼（前后十一间，下临丹桂五六十株，尽见江湖诸山）、桂隐（诸处总名、今揭楼下）、清夏堂（面南，临池）、玉照堂（梅花四百株）、苍寒堂（青松二百株）、艳香馆（杂春花二百株）、碧宇（修竹十亩）、水北书院（对山，临溪）、界华精舍（梦中得名）、抚鹤亭（近松株）、芳草亭（临池）、味空亭（蜡梅）、垂云石（高二丈，广十四尺）、揽月桥、飞雪桥（在梅林中）、蕊珠洞（茶蘼二十五株）、芙蓉池（红莲十亩，四面种芙蓉）、珍林（杂果小园）、涉趣门（总门，入松径）、安乐泉（竹闲井）、杏花庄（村酒店）、鹊泉（井名）。

众妙峰山：诗禅堂、黄宁洞天、景白轩（真香山画像并文集）、文光轩（临池）、绿昼轩（木樨临侧）、书叶轩（柿二十株）、俯巢轩（高桧旁）、无所要轩、长不昧轩、摘星轩、餐霞轩（樱桃三十余株）、读易轩、咏老轩（《道德经》）、凝熏堂、楚佩亭（兰）、宜雨亭（千叶海棠二十侏，夹流水）、满霜亭（橘五十余株）、听莺亭（柳边，竹外）、千岁庵（仁皇飞白字）、恬虚庵、凭晖亭、弄芝亭、都微别馆（诵《度人经》处，经乃徽宗御书）、水湍桥、漪岚洞、施无畏洞（观音铜像）、澄霄台（面东）、登啸台、金竹岩、古雪岩、隐书岩（石函仙书在岩穴中，可望不可取）、新岩、叠翠庭（茂林中，容十许人坐）、钓矶、菖蒲涧（上有小石桥）、中池（养金鱼在山涧中）、珠旒瀑、藏丹谷、煎茶磴。

右各有诗在集中，此不繁录。

《西湖游览志余》卷十：

张镃，功甫，号约斋。忠烈王诸孙，能诗，一时名士大夫莫不交游。其园池，声妓服玩之丽甲天下。尝于南湖园作驾霄亭，于四古松间以巨铁絙悬之空中，而羁之松身。当风月清夜，与客梯登之，飘摇云表，真有挟飞仙、遡紫清之意。王简卿侍郎尝赴其牡丹会云："众宾既集，坐一虚堂，寂无所有。俄问左右云：香已发未？答云：已发。命卷帘，则异香自内出，郁然满座。群妓以酒肴丝竹，次第而至，别有名妓数十辈，皆衣白，首饰衣领皆绣牡丹，首戴照殿红。一妓执板，奏歌侑觞，歌罢乐作乃退。复垂帘，谈论自如，良久，香起，卷帘如前，别数十妓易服与花而出。大抵簪白花则衣紫，紫花则衣鹅黄，黄花则衣红，如是十杯，衣与花凡十易，所讴者皆前辈牡丹名词。酒竟，歌者乐者无虑百数十人，列行送客，烛光香雾，歌吹杂作，客皆恍然如仙游也。"功甫于诛韩侂胄有力，赏不满意，又欲以故智去弥远，事泄，谪象台而殂。

张功甫为梅园于湖上，作堂其间曰"玉照堂"。其自叙云：梅花为天下神奇，而诗人尤所酷好。淳熙岁乙巳，予得曹氏荒圃于南湖之滨，有古梅数十，散轶地十亩，移种成列，增取西湖北山别圃红梅，合三百余本，筑堂数间以临之，又夹以两室，东植千叶缃梅，西植红梅，各一二十章，前为轩楹，如堂之数。花时居宿其中，环洁辉映，夜如对月，因名曰玉照。复开涧环绕，小舟往来，未始半月，舍去，自是客有游桂隐者，必求观焉。顷者太保周益公秉钧，子尝造东阁坐定，首顾予曰，一棹径穿花十里，满城无此好风光。盖予旧诗尾句，众客相与散艳，于是游玉照者，又必求观焉。值春凝寒，又能留花，过孟月始盛，名人才士，题咏层委，亦可谓不负此花矣。但花艳并秀，非天时清美不宜，又标韵孤特，若三闾、首阳二子，宁槁山泽，终不肯俯首屏气，受世俗湔拂。间有身亲貌悦，而此心落落不相领会，甚至于污亵附近，略不自揆者。花虽眷客，然我辈胸中空惆，几为花呼叫称冤，不特三叹而足也。因审其性情，思所以为奖护之策，凡数月，乃得之。今疏花宜称、憎嫉、荣宠、屈辱四事，总五十八条，揭之堂上，使来者有所警省，且世人徒知梅花之贵，而不能爱敬也。使以予之言传布流诵，亦将有愧色云。花宜称凡二十六条，为淡阴，为晓日，为薄寒，为细雨，为轻烟，为佳月，为夕阳，为微雪，为晚霞，为珍禽，为孤鹤，为清溪，为小桥，为竹边，为松下，为明窗，为疏篱，为苍崖，为绿苔，为铜瓶，为纸帐，为林间吹笛，为膝上横琴，为石枰下棋，为扫雪煎茶，为美人淡妆簪戴；花憎嫉凡十四条，为狂风，为连雨，为烈日，为苦寒，为丑妇，为俗子，为老鸦，为恶诗，为谈时事，为论差除，为花径喝道，为对花张绯幕，为赏花动鼓板，为作诗用调羹驿使事；花荣宠凡六条，为烟尘不染，为铃索护持，为除地镜净、落瓣不淄，为主人旦夕留盼，为诗人阁笔评量，为妙妓淡妆雅歌；花屈辱凡十二条，为主人不好事，为主人悭鄙，为种富家园内，为与粗婢命名，为蟠结作屏……

元戴表元《剡源文集》卷十《牡丹燕席诗序》：

　　人之于交游会合谈燕之乐，当其乐时，不知其可慕也，事去而思之，则始茫然有追拔不及之叹。渡江兵休久，名家文人渐渐修还承平馆阁故事，而循王孙张功父使君，以好客闻天下。当是时，遇佳风日，花时月夕，功父必开玉照堂，置酒乐客。其客庐陵杨廷秀、山阴陆务观、浮梁姜尧章之徒，以十数，至辄欢饮浩歌，穷昼夜忘去。明日醉中唱酬诗或乐府词累累传都下，都下人门抄户诵，以为盛事。然或半旬十日不而，则诸公嘲讶问故之书至矣。嗟夫！此非故家遗泽，余所谓追扳而不获者耶！大德戊戌春，功父诸孙之贤而文者，国器甫复寻坠典，自天目山致名本牡丹百余归第中，以三月九日大享客，瓶罍设张，屏筵绚辉，衣冠之华，诙谐之欢，咸曰："自多事以来，所未易有。是乐也，不可以无述。"于是国器甫与永嘉陈某等，各探韵赋诗，通得古律若干篇，而命前进士剡源戴表元序其卷端云。

《浙江通志》卷三九"南湖园"条："《西湖游览志》：'宋张镃功父作。'《嘉靖仁和县志》：'即今城内南湖，称白洋池者是也。张既以园为寺，今称张家寺，旧碑犹存。'"

21. 郑清之安晚堂

郑清之，字德源，初名燮，字文叔，号安晚，鄞县（今浙江宁波）人。有《安晚堂集》七卷。安晚堂在今浙江宁波。

吴潜《满江红·郑园看梅》："安晚堂前，梅开尽、都无留萼。依旧是、铁心老子，故情堪托。长恐寿阳脂粉污，肯教摩诘丹青摸。纵沉香、为榭彩为园，难安著。高节耸，清名邈。繁李俗，粗桃恶。但山矾行辈，可来参错。六出不妨添羽翼，百花岂愿当头角。尽暗香、疏影了平生，何其乐。"

22. 薛师石瓜庐

薛师石，字景石，永嘉（今浙江温州）人，生于淳熙五年（1178）。隐居不仕，筑屋会昌湖西（今浙江温州），名曰瓜庐。绍定元年（1228）卒，年五十一。有《瓜庐集》。

徐照《题薛景石瓜庐》："近舍新为圃，浇锄及晚凉。因看瓜蔓吐，识得道心长。隔沼嘉蔬洁，侵畦异草香。小舟应买在，门外是渔乡。"

23. 岳珂研山园（岳园）

岳珂，字肃之，号亦斋、东几，晚号倦翁，岳飞之孙。研山园在今江苏镇江。

《大明一统志》卷一一一："在府治东南。宋米芾以研山从薛绍彭易此地为宅。绍定中，淮东总领岳珂即其地筑园，因以研山名，内有亭馆之胜，后废。"

《江南通志》卷三二："研山园，在丹徒县，千秋桥西，灵建寺东。米芾故居，中有致爽轩、宝晋斋。宋绍定初，岳珂辟为燕游之所。"

蒋捷《解连环·岳园牡丹》：

> 妒花风恶。吹青阴涨却，乱红池阁。驻媚景、别有仙葩，遍琼甃小台，翠油疏箔。旧日天香，记曾绕、玉奴弦索。自长安路远，腻紫肥黄，但谱东洛。天津霁虹似昨。听鹃声度月，春又寥寞。散艳魄、飞入江南，转湖渺山茫，梦境难托。万叠花愁，正困倚、钩阑斜角。待携尊、醉歌醉舞，劝花自乐。

24. 牟子才南漪小隐

牟子才，字存叟。南漪小隐在今浙江湖州。

周晋《点绛唇·访牟存叟南漪钓隐》：

> 午梦初回，卷帘尽放春愁去。昼长无侣。自对黄鹂语。絮影苹香，春在无人处。移舟去。未成新句。一砚梨花雨。

据《吴兴掌故集》所载，牟氏先人井研人，因为爱好吴兴山水清远，遂家居湖州南门。又据周密《癸辛杂识》记载，南漪小隐是牟存叟家花园的名字，园中有硕果轩、元祐学堂、芳菲二亭、万鹤亭、双李亭、桴舫斋、岷峨一亩宫诸景。

而皇家、公众、衙署园林更具备文化坐标、历史遗址和场域背景的意味，公共空间的特性使得园林成为一个承载着时间魔力的文学和文化磁场。

1. 灵岩（馆娃宫）

吴文英《八声甘州·陪庾幕诸公游灵岩》：

渺空烟四远，是何年、青天坠长星。幻苍崖云树，名娃金屋，
残霸宫城。箭径酸风射眼，腻水染花腥。时靸双鸳响，廊叶秋声。
宫里吴王沉醉，倩五湖倦客，独钓醒醒。问苍波无语，华发奈山
青。水涵空、阑干高处，送乱鸦、斜日落渔汀。连呼酒，上琴台
去，秋与云平。

《百城烟水》卷二："灵岩山，去城西三十里，馆娃宫遗址在焉。其突起
者名琴台，山有二井（圆象天，八角象地），石室一（传西施洞），池四（浣
花、上方、洗砚、浣月），石之奇巧者十有八（石鼓二，石射珊，醉僧石，石
罋，寿星石，佛日岩，'披云'、'望月'二台，石楼，袈裟石，石髻，石城，灵
芝石，石马，槎头石，献花石，藏经石幢，猫儿石）。"

《宋平江城坊考》卷五城外"灵岩山"条："《吴地记》：胥葬亭东二里有
馆娃宫，吴人呼西施作娃，夫差置，今灵岩山是也。山上有池，旱亦不涸，
中有菇，甚美，夏食之则去热，吴中以为佳品。《吴郡图经续记》：'砚石山，
在吴县西二十一里。山西有石鼓，亦名石鼓山。'《越绝书》云：'吴人于砚
石置馆娃宫。'扬雄《方言》：'吴人呼美女为娃。'盖以西子得名耳。《吴都
赋》云'幸乎馆娃之宫，张女乐而娱群臣'，即谓此也。山顶有三池，一曰
月池，曰砚池，曰玩华池，虽旱不竭。其中有水葵，甚美，盖吴时所凿也。
山上旧传有琴台。又有响屧廊，或曰鸣屧廊，以梗梓藉其地，西子行则有
声，故以名云。下有石室，今存，俗传吴王囚范蠡之地。山相连属，有巇
村，其山出石，可以为砚，盖砚石之名不虚也。尝登灵岩之巅，俯具区，瞰
洞庭，烟涛浩渺，一目千里，而碧岩翠坞，点缀于沧波之间，诚绝景也。或
曰晋陆玩施宅为寺，即灵岩寺也。"

2. 金陵乌衣园

乌衣园，在建康（今江苏南京）乌衣巷之东，为晋代王谢等贵族故宅遗
址，宋代此地成为游乐场所。《景定建康志》卷二二："乌衣园在城南二里乌
衣巷之东，王谢故居。一堂匾曰来燕，岁久倾圮。咸淳元年五月，马公光
祖撤而新之。堂后植桂，亭曰绿玉香中，梅花弥望。堂曰百花头上。其余
亭馆曰更屡、曰颖立、曰长春、曰望岑、曰挹华、曰更好，左右前后，位置

森列，佳花美木，芳荫蔽亏，非复曩时寒烟衰草之陋矣。"

吴潜的《满江红·金陵乌衣园》堪称咏乌衣园中的佳作：

> 柳带榆钱，又还过、清明寒食。天一笑、满园罗绮，满城箫笛。
> 花树得晴红欲染，远山过雨青如滴。问江南、池馆有谁来，江南客。
> 乌衣巷，今犹昔。乌衣事，今难觅。但年年燕子，晚烟斜日。抖擞一
> 春尘土债，悲凉万古英雄迹。且芳樽、随分趁芳时，休虚掷。

吴潜此词的好处就在于以轻盈的笔触描绘出春景之妩媚可喜，而又
有在此妩媚可喜当中颓园废址所引发的伤感苍凉。此外吴潜还有《满江
红·乌衣园》，其弟吴渊亦有两首《满江红》和作咏乌衣园。乌衣园并非宋
代园林，但王谢风流、诗豪佳句，已将其深深烙入中国文人的灵魂之中，成
为一种见证时间的无坚不摧、岁月的世态炎凉以及刻意的悼古伤今等种种
复杂心绪的"乌衣情结"。

3. 摩诃池（蜀宫）

《方舆胜览》："跃龙池。隋开皇中欲伐陈，凿大池以教水战。隋蜀王
秀取土筑广子城，因为池。有胡僧见之曰：'摩诃宫毗罗。'盖胡僧谓摩诃
为大宫，毗罗为龙，谓此池广大有龙耳，或云萧摩诃所开。"由此可知，前
蜀时摩诃池又名"跃龙池"。隋唐时期摩诃池为公共园林，前后蜀辟为皇宫
所在，依水营建宫宇。陆游《剑南诗稿》中《摩诃池》诗自注："蜀宫中旧泛
舟入此池，曲折十余里至。今府后门虽已为平陆，然犹号水门。"在唐宋人
的记忆中，摩诃池与成都的关系一度如同西湖和杭州的关系。从公共园林
到皇家园林，从兴盛到废弃，它见证了成都的唐风和宋雨。摩诃池在唐代
初建时有500多亩。在五代时被扩建至1000多亩。[①]杜甫有《晚秋陪严郑
公摩诃池泛舟得溪字》："湍驶风醒酒，船回雾起堤。高城秋自落，杂树晚
相迷。坐触鸳鸯起，巢倾翡翠低。莫须惊白鹭，为伴宿清溪。"写出了一片
水雾弥漫、水鸟繁多、空蒙开阔的公共水域。陆游的《摩诃池》："摩诃古
池苑，一过一消魂。春水生新涨，烟芜没旧痕。年光走车毂，人事转萍根。

---

① 陈渭忠：《摩诃池的兴与废》，载《四川水利》2006年第5期。

犹有宫梁燕，衔泥入水门。"则写出了繁华过后、萧瑟荒芜的废池旧宫。陆游的《水龙吟·春日游摩诃池》也是同样地借废池空馆表达自己天涯飘零的心迹：

> 摩诃池上追游路，红绿参差春晚。韶光妍媚，海棠如醉，桃花欲暖。挑菜初闲，禁烟将近，一城丝管。看金鞍争道，香车飞盖，争先占、新亭馆。
>
> 惆怅年华暗换。黯销魂、雨收云散。镜奁掩月，钗梁拆凤，秦筝斜雁。身在天涯，乱山孤垒，危楼飞观。叹春来只有，杨花和恨，向东风满。

摩诃池的辉煌的鼎盛时期，应属前后蜀时期了。特别是在一位女性的笔下，这位女性以其身份和地位带来的特殊的视角，用她非常明快又简洁的口吻，从好像不带任何感情色彩的客观的角度，表现出前蜀宫苑的特色："杨柳阴中引御沟，碧梧桐树拥朱楼。金陵城共滕王阁，画向丹青也含羞。""旋移红树斸青苔，宣使龙池再凿开。展得绿波宽似海，水心楼殿胜蓬莱。""龙池九曲远相通，杨柳丝牵两岸风。长似江南好风景，画船来去碧波中。"宫中帝王的享乐、嫔妃的日常，甚至饮食，都离不开这一汪碧水："苑东天子爱巡游，御岸长堤枕碧流。新教内人供射鸭，长将弓箭绕池头。""翠辇每从城畔出，内人相次簇池边。嫩荷花里摇船去，一阵香风逐水仙。""傍池居住有渔家，收网摇船到浅沙。预进活鱼供日料，满筐跳跃白银花。"此时已改名跃龙池的摩诃池，在前蜀花蕊夫人的笔下，是最鲜活、最现实的存在。花蕊夫人也带着较为客观的笔触书写这一切，不沉溺、不疏离、不批判、不反思，仿佛如画工般如实展示。

跟摩诃池关系甚密的女性是花蕊夫人。前后蜀有两位花蕊夫人，一位是在她的百首宫词中大量描写已改名为跃龙池的前蜀的花蕊夫人，一位则是苏轼在《洞仙歌》中塑造的超凡脱俗、明慧冷静的后蜀的花蕊夫人。关于苏轼的这首词，从北宋开始就有若干说法。

清冯金伯《词苑萃编》卷十《纪事一》：

> 蜀主孟昶令罗城上尽种芙蓉，盛开四十里。语左右曰："古以

蜀为锦城，今观之，其锦城也。"尝夜同花蕊夫人避暑摩诃池上，作《玉楼春》词云："冰肌玉骨清无汗。水殿风来暗香满。绣帘一点月窥人，欹枕钗横云鬓乱。起来琼户启无声，时见疏星渡河汉。屈指西风几时来，只恐流年暗中换。"

再如清叶申芗《本事词》卷上《唐五代北宋》：

> 后蜀主孟昶，令罗城上尽种芙蓉，周四十里，盛开。时语左右曰："古以蜀为锦城，今观之，真锦城也。"尝夜同花蕊夫人避暑摩诃池上，因作《玉楼春》云："冰肌玉骨清无汗。水殿风来暗香满。绣帘一点月窥人，欹枕钗横云鬓乱。起来琼户启无声，时见疏星渡河汉。屈指西风几时来，只恐流年暗中换。"此即苏长公因忆朱姓老尼所述，而衍为《洞仙歌》者。乃赵闻礼《阳春白雪》又载，蜀帅谢元明，因浚摩诃池，得古石刻。孟主《洞仙歌》原词云："冰肌玉骨，自清凉无汗。贝阙琳宫恨初远。玉阑干倚遍。怯尽朝寒。回首处，何必留连穆满。芙蓉开过也，楼阁香融，千片红英泛波面。洞房深深锁，莫放轻舟瑶台去，甘与尘寰路断。更莫遣流红到人间，怕一似当时，误他刘阮。"是盖传闻异辞，姑录之以备考云。

笔者倾向于王水照先生在《苏轼选集》中此词的笺注，认为所谓的孟昶《玉楼春》和《洞仙歌》原词为伪，苏轼的《洞仙歌》不存在隐括之说。苏轼在词中营造了一位明慧恬淡的花蕊夫人形象："起来携素手，庭户无声，时见疏星渡河汉。"更是借着孟昶与花蕊夫人在摩诃池纳凉一事写出了在不居的岁月当中不断流动的时间这一维度："但屈指西风几时来，又不道流年，暗中偷换。"苏轼的这一升华，将摩诃池与孟昶、花蕊夫人以及读词的所有读者，都脱离了暑往寒来的苦恼，置于澄明、宁静的心灵境地。前一位花蕊夫人，客观、冷静地写照摩诃池中的宫苑与人事，后一位花蕊夫人，因苏轼，而成为这如烟往事中一抹明亮的色彩。

如今的摩诃池早已隐入了历史的沉烟，但考古工作者却勾勒出了它的遗迹："考古队在成都体育中心发掘点发现了隋代摩诃池遗址。考古现场负责人易立告诉记者，除了在成体中心发现唐代建筑基址外，还首次确认了摩诃池东南部的走向、范围和堆积情况。"①旧日摩诃池所在、今天的东华门遗址，出土了秦代的石犀、汉代的画像砖、隋代的摩诃池护壁、唐代的莲花纹瓦当、宋代的摩诃池拼花石子路②……令人遐想不已。

4. 凝碧池（在禁苑中）

凝碧池，唐与北宋禁苑中皆有。《汴京遗迹志》卷八："凝碧池，在陈州门里、繁台之东，南唐为牧泽，宋真宗时改为池。"这个普通的池因为王维成为勾连唐宋人，伤感却倔强、忠诚的故国情怀的象征。《唐才子传》卷二："禄山爱其（王维）才，逼至洛阳，供旧职，拘于普施寺。贼宴凝碧池，悉召梨园诸工合乐。维痛悼，赋诗曰：'万户伤心生野烟，百官何日再朝天？秋槐花落空宫里，凝碧池头奏管弦。'时闻行在所，贼平后，授伪官者皆定罪，独维得免，仕至尚书右丞。"故国虽已沦陷敌手，但气节却未消沉，这是王维其诗其行的意义。

宋人也有多首词借描写凝碧池及禁苑展示这种心情。如辛弃疾《声声慢·赋红木犀》"余儿时尝入京师禁中凝碧池，因书当时所见"："管弦凝碧池上，记当时、风月愁侬。翠华远，但江南草木，烟锁深宫。"柴望《念奴娇·山河》："闻道凝碧池边，宫槐叶落，舞马衔杯酒。旧恨春风吹不断，新恨重重还又。燕子楼高，乐昌镜远，人比花枝瘦。伤情万感。暗沾啼血襟袖。"刘辰翁《忆旧游·和巽吾相忆寄韵》："渺山城故苑，烟横绿野，林胜青油。甚相思只在，华清泉侧，凝碧池头。故人念我何处，堕泪水西流。念寒食如君，江南似我，花絮悠悠。"最为伤感警策的要数刘辰翁的《沁园春·送春》：

> 春汝归欤，风雨蔽江，烟尘暗天。况雁门阨塞，龙沙渺莽，东连吴会，西至秦川。芳草迷津，飞花拥道，小为蓬壶借百年。江南好，问夫君何事，不少留连。江南正是堪怜。但满眼杨花化白毡。看兔葵燕麦，华清宫里，蜂黄蝶粉，凝碧池边。我已无家，君归何

---

① 《成都发现隋代摩诃池遗址，证实古籍描述成都古代城市河湖水系布局》，载《光明日报》2014年5月26日第7版。

② 吴亦铮：《一座东华门，半部成都史》，载《成都日报》2023年5月22日第8版。

里，中路徘徊七宝鞭。风回处，寄一声珍重，两地潸然。

5. 金明池、琼林苑

金明池，是北宋汴京著名的苑囿。据孟元老《东京梦华录》卷七记载，其地在城西顺天门外街北，东西两岸，皆垂杨蘸水，烟草铺堤。《汴京遗迹志》卷八"金明池"条："在城西郑门外西北，周回九里余。周世宗显德四年，欲伐南唐，始凿，内习水战。宋太平兴国七年，太宗尝幸其池，阅习水战。徽宗政和中，于池内建殿宇。池门内南岸西去百余步，有临水殿。北去百余步，有仙桥，朱漆栏楯，下排雁柱，中央隆起，如飞虹之状。桥尽处而殿正在池中，四岸石甃。南有高台，上有横观，广百丈许，曰宝津楼。楼之南有宴殿，殿西有射殿，南有横街、牙道、柳径，乃都人击毬之所。车驾临幸，观骑射百戏于此，后毁于金兵。"位于金明池南侧的琼林苑，是北宋东京城皇家四御园之一。苑中主要建筑除宝津楼外，还有高数丈的华觜岗、月池、梅亭、牡丹亭等。因琼林苑在新郑门外，俗称西青城。自三月一日至四月八日闭池，虽风雨亦有游人，略无虚日。

《东京梦华录》卷七《驾幸琼林苑》："琼林苑，在顺天门大街面北，与金明池相对。大门牙道皆古松怪柏，两傍有石榴园、樱桃园之类，各有亭榭，多是酒家所占。苑之东南隅，政和间，创筑华觜冈，高数十丈。上有横观层楼，金碧相射，下有锦石缠道，宝砌池塘，柳锁虹桥，花萦凤舸。其花皆素馨、末莉、山丹、瑞香、含笑、射香等，闽、广、二浙所进南花。有月池、梅亭、牡丹之类，诸亭不可悉数。"琼林苑是皇家重要的游乐场所。北宋帝王每年春天都要到金明池主持"开池"仪式，观军士水嬉。然后到琼林苑，由教坊奏乐，大宴群臣。太宗时，皇帝亲自在琼林苑中宴请新科进士，名曰"琼林宴"，此后成为定制。王尧臣、王拱辰、吕蒙正等及第进士，都曾在这里享受过琼林宴。在宴会上，皇帝还要赐袍、赐诗、赐书。新科进士在享受赐宴之日，还可享受一项特权，即可在苑中摘鲜花佩戴于冠顶。北宋宣和年间进士王之道有《庆清朝·追和郑毅夫及第后作》略述其盛：

> 晓日彤墀，春风黄伞，天颜咫尺清光。恩袍初赐，一时玉质金

相。济济满廷鹓鹭，月卿映、日尹星郎。鸣鞘绕，锦鞯归路，醉舞
醒狂。追随宝津琼苑，看穿花帽侧，拂柳鞭长。临流夹径，参差绿
荫红芳。宴罢西城向晚，歌呼笑语溢平康。休相恼，争揭疏帘，半
出新妆。

秦观有《千秋岁》追忆昔年琼林、金明之游：

> 水边沙外。城郭春寒退。花影乱，莺声碎。飘零疏酒盏，离别
> 宽衣带。人不见，碧云暮合空相对。忆昔西池会。鹓鹭同飞盖。携手
> 处，今谁在。日边清梦断，镜里朱颜改。春去也，飞红万点愁如海。

据秦瀛《淮海先生年谱》，哲宗绍圣二年乙亥（1095），少游"尝游（处
州）府治南园，作《千秋岁》词"。词中的"西池"，即金明池。《淮海集》卷
九《西城宴集》诗注云："元祐七年三月上巳，诏赐馆阁花酒，以中浣日游
金明池、琼林苑，又会于国夫人园。会者二十有六人。"秦观还有《金明
池·春游》：

> 琼苑金池，青门紫陌，似雪杨花满路。云日淡、天低昼永，过
> 三点、两点细雨。好花枝、半出墙头，似怅望、芳草王孙何处。更
> 水绕人家，桥当门巷，燕燕莺莺飞舞。怎得东君长为主。把绿鬓朱
> 颜，一时留住。佳人唱、金衣莫惜，才子倒、玉山休诉。况春来、倍
> 觉伤心，念故国情多，新年愁苦。纵宝马嘶风，红尘拂面，也则寻芳
> 归去。

6．艮岳

艮岳是宋代的著名宫苑。宋徽宗政和七年（1117）兴工，宣和四年
（1122）竣工，初名万岁山，后改名艮岳、寿岳，或连称寿山艮岳，亦号华阳
宫。1127年金人攻陷汴京后被拆毁。宋徽宗赵佶亲自写《御制艮岳记》。
"艮"为地处宫城东北隅之意。艮岳位于汴京（今河南开封）景龙门内以
东，封丘门（安远门）内以西，东华门内以北，景龙江以南，周长约6里，面
积约为750亩。

据张淏《艮岳记》记载，苑内峰峦崛起，冈连阜属，众山环列，仅中部
为平地。其中东为艮岳，分东西二岭，上有介亭、麓云、半山、极目、箫森

等五亭。南为寿山，两峰并峙，列嶂如屏，瀑布泻入雁池。西为药寮、西庄，再西为万松岭，岭畔有倚翠楼。艮岳与万松岭间自南往北为濯龙峡。中间平地凿成大方沼，沼水东出为研池，西流为凤池。此外因境设景，还有绿萼华堂、巢云亭等，寓意得道飞升的有祈真磴、炼丹亭、碧虚洞天等。宫门位于苑的西面。

姚云文有《摸鱼儿·艮岳》：

> 渺人间、蓬瀛何许，一朝飞入梁苑。辋川梯洞层瑰出，带取鬼愁龙怨。穷游宴。谈笑里，金风吹折桃花扇。翠华天远。怅莎沼黏萤，锦屏烟合，草露泣苍藓。东华梦，好在牙樯雕辇。画图历历曾见。落红万点孤臣泪，斜日牛羊春晚。摩双眼。看尘世，鳌官又报鲸波浅。吟鞘拍断。便乞与娲皇，化成精卫，填不尽遗恨。

周密《癸辛杂识》前集"艮岳"条："艮岳之取石也，其大而穿透者，致远必有损折之虑。近闻汴京父老云：'其法乃先以胶泥实填众窍，其外复以麻筋、杂泥固济之，令圆混。日晒，极坚实，始用大木为车，致于舟中，直俟抵京，然后浸之水中，旋去泥土，则省人力而无他虑。'此法奇甚，前所未闻也。又云：'万岁山大洞数十，其洞中皆筑以雄黄及卢甘石。雄黄则辟蛇虺，卢甘石则天阴能致云雾，瀹郁如深山穷谷。后因经官拆卖，有回回者知之，因请买之，凡得雄黄数千斤，卢甘石数万斤。'"

艮岳在皇家园林里可谓名声最不好的，本是为徽宗祈子、修正风水而建，但由于大兴花石纲，劳民伤财，过于追求奢侈巨大，反而成了众人唾骂的寿山不寿、国运不祚的"罪魁祸首"。

7. 杭州西湖园林群

唐代公众园林的典型代表是曲江，而宋代便是西湖。关于西湖美景的描述，宋代的笔记史料里比比皆是。由于西湖是个庞大、密集的公众、皇家、私人交织的园林群，所以资料很多，全引篇幅过大，详见吴自牧《梦粱录》，周密《武林旧事》，耐得翁《都城纪胜》以及乾道、淳祐、咸淳三部《临安志》，可以想见当时的盛况，在此不赘引。

西湖在宋代人的文化生活中占有相当重要的地位，宋人对西湖的情感是复杂的，在不同的历史时期有不同的表现：从南渡之初的沉迷陶醉，到国事凋敝时的反思自责，再到故宫故园沦陷后的刻骨相思与追忆，西湖反映着整个南宋的历史，承载着南宋国民的感情，体现出的是一段生活史、享受史、沦亡史。对此，夏承焘先生撰专文讨论《西湖与宋词》。

对西湖进行描述的佳词非常之多，人们常常奇怪，不过就是一个湖，何以会引发如此丰富的美的联想。其中一个很大的原因就是西湖的人文和自然景观结合得非常好，如林和靖处士梅妻鹤子的高洁情怀，白居易、苏轼诸公修堤留景造福后人、吟咏佳句风雅长留，及有关飞来峰、雷峰塔等的美好的传说，足以使西湖达到雅俗共赏、引人入胜的境界。而对美的欣赏很重要的一个方面就是能引起无尽的联想，西湖本身就集中体现了江南柔美、温软的水乡气质，再有大大小小，或具皇家气派、或富贵闲雅、或清冷孤洁的园林散布其中，难怪会成为人间天堂。"上有天堂，下有苏杭"的美誉出现在宋代，也是自然而然的了。

关于西湖的词作不胜枚举，各个阶段皆有佳作。潘阆的十首《酒泉子》很负盛名，"四川和浙江严州都有它的石刻；传说苏轼也很欣赏它，把它写在翰林院的屏风上；石延年又曾经把它画作图画"[①]。柳永的名作《望海潮》，就是写杭州西湖的：

> 东南形胜，三吴都会，钱塘自古繁华。烟柳画桥，风帘翠幕，参差十万人家。云树绕堤沙。怒涛卷霜雪，天堑无涯。市列珠玑，户盈罗绮，竞豪奢。

> 重湖叠巘清嘉。有三秋桂子，十里荷花。羌管弄晴，菱歌泛夜，嬉嬉钓叟莲娃。千骑拥高牙。乘醉听箫鼓，吟赏烟霞。异日图将好景，归去凤池夸。

传说引得金主挥鞭南下的，就是词中以西湖为主景的杭州行乐图。

张矩有《应天长》十首咏西湖十景，姚勉有不同词牌的西湖十景词。周密也有"敏妙""语丽"（周密《木兰花慢》序）的《木兰花慢》十首咏西湖十

---

① 夏承焘：《西湖与宋词》，载《杭州大学学报（哲学社会科学版）》1959年第3期。

景。西湖在北宋文人的心中是花柳繁华地、温柔富贵乡，在南宋文人的心中则是故国故宫故园的象征。看文及翁的《贺新郎·西湖》：

> 一勺西湖水。渡江来、百年歌舞，百年酶醉。回首洛阳花世界，烟渺黍离之地。更不复、新亭堕泪。簇乐红妆摇画艇，问中流、击楫谁人是。千古恨，几时洗。余生自负澄清志。更有谁、磻溪未遇，傅岩未起。国事如今谁倚仗，衣带一江而已。便都道、江神堪恃。借问孤山林处士，但掉头、笑指梅花蕊。天下事，可知矣。

李格非《洛阳名园记》云："天下之治乱，候于洛阳之盛衰而知；洛阳之盛衰，候于园囿之废兴而得。"又云"高亭大榭，烟火焚燎，化而为灰烬"，这首词有意反思北宋西京洛阳名园满都、繁花满城却难逃沦丧命运的历史，影射南宋的史实。借园林胜景的变迁，折射出人事国事。"西湖在那时遗民的心目中，已成为故国故都的象征，不复仅是一个山水名胜。"[①]

8. 雪香亭（在集芳园）

杭州葛岭有集芳园，原是皇家御园，曾为宋高宗的后妃所居，理宗时赐给贾似道。贾再修筑，胜景很多，中有香雪亭，其旁广植梅花，又多古梅。周密《武林旧事》卷四"集芳园"条："葛岭，元系张婉仪园，后归太后。殿内有古梅老松甚多，理宗赐贾平章。旧有清胜堂、望江亭、雪香亭等。"《西湖游览志》卷八"集芳园"条有更加详细的描述："故张婉仪别墅也。绍兴间收属官家，藻饰益丽，有蟠翠、雪香、翠岩、绮绣、挹露、玉蕊、清胜诸扁，皆高宗卸题。淳祐间，理宗以赐贾似道，改名后乐园。楼阁林泉，幽畅咸极。古木寿藤多南渡以前所植者。积翠回抱，仰不见日。架廊叠磴，幽渺逶迤，隧地通道，抗以石梁，旁透湖滨。飞楼、层台、凉亭、燠馆，华遂精妙。前挹孤山，后据葛岭，两桥映带，一水横穿，各随地势以构筑焉。理宗为书'西湖一曲''奇勋'扁。度宗为书'秋壑''遂初''容堂'扁。又有初阳精舍、警室、熙然台、无边风月、见天地心、琳琅、步归舟、甘露井诸

---

① 夏承焘：《西湖与宋词》，载《杭州大学学报（哲学社会科学版）》1959年第3期。

胜。"宋亡之后，园亭荒废，周密来游，作《献仙音·吊雪香亭梅》：

> 松雪飘寒，岭云吹冻，红破数椒春浅。衬舞台荒，浣妆池冷，
> 凄凉市朝轻换。叹花与人凋谢，依依岁华晚。共凄黯。问东风、几
> 番吹梦，应惯识当年，翠屏金辇。一片古今愁，但废绿、平烟空
> 远。无语消魂，对斜阳、衰草泪满。又西泠残笛，低送数声春怨。

词人见证了往日的繁华胜景，又目睹今日的台荒池冷、衰草残笛，一片荒凉中的一点红梅，更加深了沧海桑田的凄凉沉痛之感。

9. 饮绿亭（在具美园）

史达祖《钗头凤·寒食饮绿亭》：

> 春愁远。春梦乱。凤钗一股轻尘满。江烟白，江波碧，柳户清
> 明，燕帘寒食。忆忆忆。莺声晓，箫声短，落花不许春拘管。新相
> 识。休相失，翠陌吹衣，画楼横笛。得得得。

《梦粱录》卷一九："杨府云洞园、西园，杨府具美园、饮绿亭，裴府山涛园，葛岭水仙庙西秀野园。集芳园为贾秋壑赐第耳。"

《浙江通志》卷三九"具美园"条："杨府园在葛岭水仙庙西，内有饮绿亭。"

《南宋集事诗》卷六："两湖胜概得佳名，饮绿亭前春水生。好是上头天气近，燕帘柳户作清明。《范石湖集》：'李翠知县，作亭西湖，予用东坡语，名曰饮绿，遂为胜概。'《梦粱录》：'清明节，凡官民子女未冠笄者，以此日上头。'史梅溪《饮绿亭》词有'柳户清明，燕帘寒食'之句。"

10. 南园（贾似道、韩侂胄均有南园）

吴文英《水龙吟·过秋壑湖上旧居寄赠》写贾似道南园：

> 外湖北岭云多，小园暗碧莺啼处。朝回胜赏，墨池香润，吟船
> 系雨。霓节千妃，锦帆一箭，携将春去。算归期未卜，青烟散后，
> 春城咏、飞花句。
>
> 黄鹤楼头月午。奏玉龙、江梅解舞。熏风紫禁，严更清梦，
> 思怀几许。秋水生时，赋情还在，南屏别墅。看章台走马，长堤种
> 取，柔丝千树。

吴文英还有《金盏子·赋秋壑西湖小筑》，因与贾似道有关被疑名节。

韩侂胄也有南园，张炎《高阳台》序中说："庆乐园即韩平原南园。戊寅岁过之，仅存丹桂百余株，有碑记在荆榛中，故未有亦犹今之视昔之感，复叹葛岭贾相之故庐也。"词云：

> 古木迷鸦，虚堂起燕，欢游转眼惊心。南圃东窗，酸风扫尽芳尘。鬓貂飞入平原草，最可怜、浑是秋阴。夜沉沉。不信归魂，不到花深。吹箫踏叶幽寻去，任船依断石，袖裹寒云。老桂悬香，珊瑚碎击无声。故园已是愁如许，抚残碑、却又伤今，更关情。秋水人家，斜照西泠。

极亡国哀悼之情。陆游作《南园记》被指"不能全晚节"（《宋史》本传）；刘过预南园之宴，并为韩侂胄纳妾而赋词被后人讥；史达祖更被认为甘作权相堂吏，导致身败名裂。两个南园，均与士人名节息息相关。

11. 美兰堂、齐云楼（吴郡圃）

唐宋时的吴郡治是一处规模宏大的官署园林，有齐云楼、初阳楼、东楼、西楼、木兰堂、东亭、西亭、东斋、双莲堂、池光亭、郡圃、西园、思贤堂、瞻仪堂、四照亭、通判厅等。西园内有松竹芳草，白居易有诗赞咏。然而，这样的胜地佳景在元末被张士诚的军队烧毁。

龚明之《中吴纪闻》卷四"双莲堂"条："双莲堂在木兰堂东，旧芙蓉堂是也。至和初，光禄吕大卿济叔，以双莲花开，故易此名。杨备郎中有诗云：'双莲倒影面波光，翠盖风摇红粉香。中有画船鸣鼓吹，瞥然惊起两鸳鸯。'政和中，盛密学季文作守，亦产双莲。范无外赋《木兰花》词云：'美兰堂昼永，晏清暑、晚迎凉。控水槛风帘，千花竞拥，一朵偏双。银塘。尽倾醉眼，讶湘娥、倦倚两霓裳。依约凝情鉴里，并头宫面高妆。莲房。露脸盈盈，无语处、恨何长。有翡翠怜红，鸳鸯妒影，俱断柔肠。凄凉。芰荷暮雨，褪娇红、换紫结秋房。堪把丹青对写，凤池归去携将。'"

张镃《念奴娇》"登平江齐云楼，夜饮双瑞堂，呈雷吏部"：

> 东吴名胜，有高楼直在，浮云齐处。十二阑干邀远望，历历斜阳烟树。香径人稀，屡廊山绕，往事今何许。一天和气，为谁吹散

疏雨。知是兰省星郎，朱轮森戟，与风光为主。暇日登携多雅致，容我追随临赋。小宴重开，晚寒初劲，还下危梯去。烛花红坠，瑞堂犹按歌舞。

吴潜《汉宫春·吴中齐云楼》：

> 楼观齐云，正霜明天净，一雁高飞。江南倦客徒倚，目断双溪。凭阑自语，算从来、总是儿痴。青镜里，数丝点鬓，问渠何事忘归。幸有三椽茅屋，更小园随分，秋实春菲。几多清风皎月，美景良时。陶贤乐圣，尽由他、歧路危机。须信道，功名富贵，大都磨蚁醯鸡。

《姑苏志》卷二二："（郡圃）在州宅正北，前临池光亭大池，后抵齐云楼城下，甚广袤。按：唐有西园，旧木兰堂基正在郡圃之西。其前隙地，南宋为教场，俗呼后教场，疑即古西园之地。郡治旧有齐云、初阳及东、西四楼。木兰堂东、西二亭，北轩，东斋等处，建炎兵后惟齐云、西楼、东斋、为旧制，余皆补造。端平初，张嗣古改郡圃名同乐园。嘉定十三年，綦奎新浚府宅后方池，环以土山，辇西斋之石益而为之，立四小亭于上，曰棱玉、苍霭、烟岫、清漪，皆取昔贤郡中赋咏而名。齐云楼前有芍药坛，每岁花开，太守必宴客，号芍药会。"

12. 虎丘

虎丘，是自然山水与园林巧妙结合的风景名胜，宋代词人吟咏甚多。吴文英《木兰花慢》"虎丘陪仓幕游。时魏益斋已被亲擢，陈芬窟、李方庵皆将满秩"：

> 紫骝嘶冻草，晓云锁、岫眉颦。正蕙雪初销，松腰玉瘦，憔悴真真。轻藜渐穿险磴，步荒苔、犹认瘗花痕。千古兴亡旧恨，半丘残日孤云。开尊。重吊吴魂。岚翠冷、洗微醺。问几曾夜宿，月明起看，剑水星纹。登临总成去客，更软红、先有探芳人。回首沧波故苑，落梅烟雨黄昏。

《吴地记》："虎邱山，避唐太祖讳改为武邱山，又名海涌山，在吴县西北九里二百步。阖闾葬此山中，发五郡之人作冢，铜椁三重，水银灌体，金银为坑。《史记》云：'阖闾冢在吴县阊门外，以十万人治冢，取土临湖。葬经三日，白虎踞其上，故名虎邱山。'《吴越春秋》云：'阖闾葬虎邱，十万人治葬，经三日，金精化为白虎，蹲其上，因号虎邱。'秦始皇东巡至虎邱，求吴王宝剑。其虎当坟而踞。始皇以剑击之，不及，误中于石。（遗迹尚存）其虎西走二十五里，忽失，于今虎疁。唐讳虎，钱氏讳镠，改为浒墅。剑无复获，乃陷成池，故号剑池。池旁有石，可坐千人，号千人石。其山本晋司徒王珣与弟司空王珉别墅。咸和二年，舍山宅为东西二寺。立祠于山。寺侧有真娘墓，吴国之佳丽也。行客才子多题诗墓上。有举子谭铢作诗一绝，其后人稍稍息笔。"

《吴地记》又评虎丘："山绝岩纵壑，茂林深篁，为江左丘壑之表。"宋朱长文《虎丘山有三绝》："望山之形，不越岗陵，而登之者，风见层峰峭壁，势足千仞，一绝也；近邻郛郭，叠起原隰，旁无连续，万景都会，四边穹窿，北垣海虞，震泽沧州，云气出没，廓然四顾，指掌千里，二绝也；剑池泓淳，彻海浸云，不盈不虚，终古湛湛，三绝也。"明代可流芳《虎丘有九宜》："宜月、宜雪、宜雨、宜烟、宜春晓、宜夏、宜秋爽、宜落木、宜夕阳。"

二、《全宋词》中涉及的其他园林名录

除了以上 30 余个园林有较为详细的资料，《全宋词》中还有或知园名、或知园主、或知坐落方位的其他园林，在此录出。需要说明的是，录出的一些园林名为"亭"或"堂"，很有可能是因为该"亭"或"堂"为该园林的代表建筑，因为涉及这些亭、堂的词往往描写的是一个完整的园林环境，而非孤立的建筑。从广义的园林范畴来说，哪怕是为欣赏自然山水而建立的孤立的亭、台、楼、阁，也属于园林，但按照这样的观点，本书的选录就会过于泛，因此，本书还是尽量选择明显是完整的园林环境或虽以孤立建筑物为题，但所咏仍为整个园林的词。当然，除了这些较为明确的指出名字的园林,《全宋词》中还有大量泛化的咏园之作, 在此就不一一录出。

柳永

《三台令》: 鱼藻池、芙蓉苑;《多丽》: 蒲葵亭

张先

《更漏子》: 流杯堂;《喜朝天》: 清暑堂;《木兰花》: 晏观文画堂;《木兰花》: 南园;《倾杯》: 青澜堂

苏轼

《定风波》: 秋香亭;《南歌子》: 怀民小阁;《望江南》: 超然台;《减字木兰花》: 西湖藏春坞;《浣溪沙》: 徐州藏春阁园;《减字木兰花》: 无咎之随斋;《永遇乐》: 燕子楼

李之仪

《怨三三》: 姑熟堂;《好事近》: 当涂花园;《雨中花令》: 王德循东斋

舒亶

《点绛唇》: 周园;《虞美人》: 蒋园

黄裳

《喜迁莺》: 表海亭;《宴春台》: 芙蓉堂

黄庭坚

《念奴娇》: 张宽夫园

仲殊

《南徐好》: 花山李卫公园亭, 沈内翰宅百花堆, 刁学士宅藏春坞, 陈丞相宅西楼, 苏学士宅绿杨村

晁补之

《洞仙歌》: 温园

毛滂

《踏莎行》: 会宗园

谢薖

《定风波》: 莫莫堂

葛胜仲

《鹧鸪天》：夏氏林亭；《临江仙》：海昌王氏园；《临江仙》：章圃；《临江仙》：锦熏阁

李光

《渔家傲》：黎氏园

吴则礼

《声声慢》：凤林园

江纬

《向湖边》：江纬读书堂

万俟咏

《安平乐慢》：都门池苑

周紫芝

《水龙吟》：梦云轩

赵鼎

《双翠羽》：南园

洪皓

《忆仙姿》：汪德邵园池

蔡伸

《婆罗门引》：仙潭薛氏园亭

李弥逊

《滴滴金》：老山堂

张元幹

《念奴娇》：叶尚书蕊香堂；《永遇乐》：鸥盟轩；《青玉案》：燕赵端礼堂

王之道

《蝶恋花》：魏园

朱松

《蝶恋花》：郑氏阁

杨无咎

《朝天子》: 周师从小阁

史浩

《临江仙》: 戏彩堂

仲并

《水调歌头》: 浮远堂

黄公度

《满庭芳》: 恩平郡西园

曾协

《酹江月》: 叶叔范新第

毛开

《念奴娇》: 曾氏溪堂;《燕山亭》: 睡红亭

洪适

《鹧鸪天》: 梅园;《思佳客》: 钱漕池亭

韩元吉

《好事近》: 郑德与家小园;《虞美人》: 叶梦锡园

张抡

《浣溪沙》: 谢氏小阁

侯寘

《蓦山溪》: 建康郡圃;《青玉案》: 东园

赵彦端

《画堂春》: 赵渊卿容光堂

曹冠

《凤栖梧》: 秋香阁

管鉴

《醉落魄》: 张园;《青玉案》: 张叔信后堂;《鹊桥仙》: 向氏江东二园

陆游

《汉宫春》: 张园, 故蜀燕王宫;《月上海棠》: 成都城南蜀王旧苑

王质

《一斛珠》：桃园

张孝祥

《菩萨蛮》：清心阁

丘崈

《蝶恋花》：西堂竹阁

吕胜己

《瑞鹤仙》：小渭川（吕之园林名）

楼锷

《浣溪沙》：双桧堂

赵长卿

《虞美人》：清婉亭；《点绛唇》：青云楼；《画堂春》：长新亭；《清平乐》：忠孝堂。（以上景点均属赵的私园）《洞仙歌》：朱去年三兄弟东园

京镗

《醉落魄》：碧鸡坊王园

辛弃疾

《木兰花慢》：上饶郡圃翠微楼；《贺新郎》：赵兼善东山园小鲁亭；《贺新郎》：傅岩叟悠然阁；《贺新郎》：君用山园；《水调歌头》：永丰杨少游提点一枝堂；《水调歌头》：子似瑱山经德堂；《水调歌头》：晋臣真得归、方是闲二堂；《归朝欢》：三山郑元巢经楼，楼之侧有尚友斋；《雨中花慢》：浮石山庄，辛弃疾友月湖道人何同叔之别墅；《哨遍》：赵成父池亭；《千年调》：庶庵小阁

赵善括

《念奴娇》：岚光亭；《鹊桥仙》：安福刘氏园

程垓

《蝶恋花》：蟆颐渚园；《瑞鹧鸪》：南园

赵师侠

《酹江月》：足乐园；《促拍满路花》：信丰黄师尹跳珠亭；《清平乐》：萍

乡必东馆;《南柯子》:朱辰州千方壶小隐;《卜算子》:筹安堂

陈亮

《一丛花》:溪堂

张镃

《朝中措》:南湖堂馆

刘过

《祝英台近》:东园

卢炳

《念奴娇》:曲水园

姜夔

《忆王孙》:番阳彭氏小楼;《一萼红》:长沙别驾之观政堂

郭应祥

《鹧鸪天》:王园;《鹧鸪天》:野堂;《虞美人》:稽古堂

韩淲

《浣溪沙》:仲明小轩;《浣溪沙》:野色轩;《蝶恋花》:野趣轩;《谒金门》:方斋

汪晫

《水调歌头》:荷净亭

程珌

《沁园春》:椿堂

魏了翁

《水调歌头》:虞永康刚简美功堂

卢祖皋

《洞仙歌》:东楼假山;《贺新郎》:彭传师于吴江三高堂之前作钓雪亭

张侃

《感皇恩》:洪宣慰山园

黄机

《沁园春》:西园;《夜行船》:京口南园

葛长庚

《霜天晓角》：绿净堂

刘克庄

《贺新郎》：水东周家花园

赵以夫

《摸鱼儿》：荷花归耕堂

吴潜

《蝶恋花》：吴中赵园；《水调歌头》：袁氏园；《满江红》：郑园；《霜天晓角》：安晚园；《满江红》：碧沚；《满江红》：苍云堂；《满江红》：进思堂；《行香子》：逸老堂；《水调歌头》：老香堂

李曾伯

《沁园春》：静斋叔溪堂；《满江红》：雷园

李昴英

《摸鱼儿》：五羊郡圃壮猷堂

吴文英

《解连环》：西池（"西池"，在吴文英关于苏州情事的词中多次提到，可能即词人寓所阊门外西园之内的池）；《庆春宫》：越中钱得闲园；《扫花游》：瑶圃万象皆春堂；《西河》：袁园；《浪淘沙慢》：李尚书山园；《大酺》：荷塘小隐；《江南春》：张药翁杜衡山庄；《念奴娇》：德清县圃明秀亭；《秋思》：括苍听雨小阁；《江神子》：碧沼小庵；《风入松》：麓翁园堂；《声声慢》：郭希道池亭；《绛都春》：郭清华池馆；《三姝媚》：总宜堂；《秋霁》：云麓园长桥；《花心动》：郭清华新轩；《新雁过妆楼》：李方庵月庭；《青玉案》：溪葵园；《水龙吟》：云麓新葺北墅园池

翁元龙

《齐天乐》：胡园

李彭老

《天香》：宛委山房；《摸鱼子》：紫云山房

李莱老

《木兰花慢》：苏壁山房

黄升

《鹧鸪天》：张园

杨泽民

《蕙兰芳》：赣州推厅新创池亭、画桥

陈允平

《木兰花慢》：张寄闲家圃；《昼锦堂》：北城韩园；《瑞龙吟》：吴丞相（吴潜）双溪墅

刘辰翁

《乳燕飞》：剑南宣华园；《声声慢》：寿乐园

周密

《大圣乐》：东园；《采绿吟》：西湖之环碧；《长亭怨慢》：啸咏堂（周密父之堂）；《瑞鹤仙》：寄闲（张枢）吟台；《凤栖梧》：生香亭；《少年游》：泾云轩；《西江月》：茶阁；《清平乐》：横玉亭；《朝中措》：东山棋墅；《祝英台近》：揽秀园；《祝英台近》：日熙堂；《甘州》：疏寮园

赵文

《瑞鹤仙》：刘氏园；《塞翁吟》：黄园；《扫花游》：李仁山别墅

汪元量

《洞仙歌》：毗陵（今江苏常州）赵府

王沂孙

《长亭怨》：中庵（刘敏中）故园

黄公绍

《汉宫春》：郡圃

姚云文

《玲珑玉》：半闲堂

王易简

《水龙吟》：浮翠山房；《齐天乐》：余闲书院

唐艺孙

《桂枝香》：天柱山房

张炎

《忆旧游》：大都长春宫，即旧之太极宫；《三姝媚》：海云寺；《扫花游》：高疏寮东墅园；《甘州》：赵药牏山居，见天地心、怡颜、小柴桑，皆其亭名；《摸鱼儿》：高爱山隐居；《台城路》：章静山别业；《西河》：依绿庄；《庆清朝》：韩亦颜归隐之园；《一萼红》：周密志雅堂及园；《真珠帘》：近雅轩；《大圣乐》：华春堂；《木兰花慢》：丹谷园；《壶中天》：养拙园；《壶中天》：秀野园清晖堂；《一萼红》：束季博园池，在平江文庙前；《霜叶飞》：澄江吴立斋园，南塘、不碍、云山，皆其亭名；《壶中天》：陆性斋小蓬壶；《壶中天》：周静镜园池；《摸鱼儿》：陆起潜皆山楼；《风入松》：蒋道录溪山堂；《忆王孙》：谢安棋墅

无名氏

《花心动》：连昌宫

尹公远

《尉迟杯》：卢石溪响碧琴所

第三章　以园林为中心对宋词中涉园意象的观照

　　意象符号在文学中起着相当重要的作用。莱辛说："意象是诗人醒着的梦。"艾略特这样讲："意象来自他从童年就开始的整个感性生活。我们所有人，在一生的所见、所闻、所感之中，某些意象（而不是另外一些）屡屡重现，充满着感情，情况不就是这样吗？"①意象符号和一个人的生命记忆及过程关系如此密切，可以说，没有意象符号的产生，就不会有诗的生命。中国传统文论的看法也是如此，通往艺术最高境界——意境的路上，意象是必不可少的一环，因此有"超以象外，得其环中""境生象外"的经典表述。意象是诗歌中最基本的符号，它具有一种符号特质。任何一个符号，一方面是物质的呈现，另一方面又是一种精神的外观，是主客体的统一物。

　　意象符号的魅力究竟何在？意象是沾染作家独特灵性的艺术创造物，虽来自自然，却胜于自然。荣格在《论分析心理学与诗歌的关系》中说："每一种原始意象中都有着人类精神和人类命运的一块碎片，都有着在我们祖先的历史中重复了无数次的欢乐和悲哀的一点残余，并且总的说来始终遵循同样的路线。它就象心理中一道深深开凿过的河床，生命之流在这条河床中突然奔涌成一条大江，而不是象先前那样在宽阔然而清浅的溪流中漫淌。"②简言之，意象是文化的积淀物，是意识的表征物，是美感的引发

---

① 艾略特：《观点》，见《诗探索》，四川人民出版社，1981年第2期，第104页。
② 荣格：《心理学与文学》，冯川、苏克译，生活·读书·新知三联书店，1987年，第121页。

物，而这三者，都是构成高妙艺术境界的不可或缺的元素。意象于诗十分重要："诗也者，有象之言，依象以成言；舍象忘言，是无诗矣，变象易言，是别为一诗甚且非诗矣。"① 同样以意境为最高追求的宋词当然也少不了意象的助力。王国维说："词以意境为最上。有境界则自成高格，自有名句。五代北宋之词所以独绝者在此。"②

如果说内敛、细致的宋型文化和倾向于内省的宋代文人从骨子里就接纳了具有同样气质的园林，那么宋词在意象的选择上就更加不可避免地选择了园林意象群。词人塑造了独特的审美心态，即有别于诗的"词心"。这种新的审美心态"以细腻取代了疏放，尖敏取代了大而化之，物理世界的观照功能让位于心理世界的敛缩性、内在咏叹和发抒"③。由这样的词心引导，词的境界常常偏向窄、深、细。在宋词中，心境和物境互相对应的关系取得了更为一致的形式，以幽微婉曲之心去感受精美雅洁之对象。具体来说，词体内在的写作范式有重比兴的特点。词中很少有"敷陈其事而直言之"的作品。一种心态、一瞬意绪大都通过比兴而客体化。比兴多，遂使词的意象显得葱茂，感性特征鲜明。追求艺术创新的宋代词人自不会满足于前代人已发掘出的旧意象，这就要求有更多、更新的意象的出现。园林是词人日常居住、游逸、聚会之所，园中四时不同、日新月异的景致，正好提供了素材。其次，词体本身对所写意象的美学风貌上的要求较诗、文特别：精致、柔美、香艳、富丽、纤小。④ 这些都与园林的美学风格相似。无怪乎宋词中处处弥漫着"园林情调"。再有，宋词的题材也以闺情、闲适为主，这和园林的主要功能一致。最后，词人把他们的目光凝伫在园林中，用一己的匠心，将园境化为词境。他们不但是园林美的发现者，还是宋词美的创造者，也因此，将园林和宋词深深地连接在了一起。正如缪钺先生所说："词之所言，既为人生情思意境之尤细美者，故其表现之方

① 钱锺书：《管锥编》第1册，中华书局，1979年，第12页。
② 王国维：《人间词话》，见唐圭璋编：《词话丛编》，第4239页。
③ 吴功正：《中国文学美学》中卷，江苏教育出版社，2001年，第574页。
④ 参见杨海明：《唐宋词美学》，江苏教育出版社，1998年。

法，如命篇、造境、选声、配色，亦比求精美细致，始能与其内容相称。"①
因此，对园林和宋词来说，构成各自艺术特征的基本符号（在园林为其构
成要素，在宋词为意象）在美感和文化内涵上是相似相通的，有很大的
交集。

宋词中的审美意象，是园林美的再创造。审美意象通常产生于物我猝
然相遇的一刹那，而园林是最能够呈现和提供这种意象的场所。词人游园
时或用园林审美的眼光观照自然界，从而产生初步的审美意象，创造了审
美意境的雏形。在物我相遇的一刹那，词人对于拥有独特意味的审美对象
的认知、感觉、理解，产生了具有综合性的整体。一个意象诞生，一个意境
呈现，往往就在一闪而过的念头之中蕴藏了持久恒定的印象，物我产生共
感、共振和共鸣，"艺术家平素的精神涵养，天机的培植，在活泼泼的心灵
飞跃而又凝神寂照的体验中突然地成就"②。词人由美妙的园景触发想象和
情感，创作时通过对各种感觉（如听觉、嗅觉、视觉等）的综合、整理、排
列、组合，运用园林要素所提供给词人的种种意象，绘制出一幅幅完整生
动、流畅的画面，等于是对园林美的再创造，又添加了更多的艺术想象、虚
构和个性。"无可奈何花落去，似曾相识燕归来。"（晏殊《浣溪沙》）"曲港
跳鱼，圆荷泻露。寂寞无人见。"（苏轼《永遇乐》）描述的便是这种物我相
遇的审美瞬间。最终，形成这样的审美意象：既保留着自然事物郁勃的生
机，又蕴含着主体的真情实感。成功的词作，都将形而下的物色与情愫，
上升为形而上的超越，从而使园林及自然物也得遇知音，达到了美的再
创造。

宋词中与园林要素有关的意象主要分为两类。一类是与园林实景相
对应的实在的意象，按照园林构成基本要素来划分，主要有：山水（泉石）
类——水体、假山、观赏石等；建筑类——亭、台、楼、阁及其附属物（栏
杆、帘幕、窗、门等）；花木类——梅、兰、竹、菊等植物。另一类是从园
林虚景（即品赏园林的不同角度）来划分，本章结合园林品赏的角度和宋

① 缪钺：《论词》，见《缪钺全集》第3卷《冰茧庵词说》，第5页。
② 宗白华：《美学散步》，第73页。

词检索的结果定为：听觉——声意象；视觉——色彩、色意象，光影、影意象；嗅觉——香意象。本章运用园林品赏知识、美学、艺术共性方面的理论分别选取代表，来剖析这七个方面在宋词中的意象表现。

泉石类：园林中代替自然山水的水池、小型瀑布和假山、观赏石等，简称泉石。它们代表着园林自然形态中很重要的一方面，规定着园林的整体造型、景观设计，并营造着园林的情调和气氛。以山为主的园林气质较为刚健，如沧浪亭，门外虽有一泓碧水流过，但园内的水却少得近乎无，站在位于山顶的沧浪亭，真如身处山林，极得野趣。而大部分园林则以水为主，如小巧别致的网师园，景观均是围绕园中小池，精美雅致的亭、轩、阁、桥与水波融合无间，共同展示着水的柔性之美。而宋词中的水意象也是异常重要的审美元素，并且，宋词中水意象的分量远远大于山（石）意象，这也是宋词主流的柔婉风格得以形成的一个重要因素。《老子》称水为"天下之至柔"。"大凡写到山的诗歌，往往多表现为一种北国的、刚性的美感，而大凡写到水的诗歌，则往往多表现为一种南国的、柔性的美感"，"水乡柔美的景物首先'柔化'着词人的心理，然后又通过作者心理的变化再影响到词的意境"。① 对宋词中的水意象，研究者们已经做了较为充分深入的揭示。因此本章选取一个未被宋词研究者们注意的意象——石，从园林角度探讨其美学及文化内涵及该意象对宋词风格产生的意义。

建筑类：堂、厅、楼、阁、馆、轩、斋、榭、舫、亭、廊、桥、墙等。建筑和园林的处理艺术，是处理空间的艺术。老子就曾说："凿户牖以为室，当其无，有室之用。""室之用"是由于室中之空间。而"无"在老子即是"道"，即是生命的节奏。宋词中对园林建筑的描写几乎遍及以上所说的所有类型，但最具审美意义的还是楼、廊和亭。宋词中的小楼，是宋代词人观察世界的重要出发点，与宋词中"望"的主题密切相关："小巧楼台眼界宽。朝卷帘看。暮卷帘看。"（蒋捷《一剪梅》）廊，本身是一种"虚"的建筑

---

① 杨海明：《唐宋词论稿》，浙江古籍出版社，1988年，第40、42页。

形式，形式通透别致，造型曲折错落，便于移步换景，是一个过渡的空间。亭，体积小巧，造型别致，可建于园林的任何地方，其主要用途是供人休息、避雨。"亭者，停也，所以停憩游行也。"①宋词中的回廊、小亭也是美不胜收的。"宋代的郭熙论山水画，说'山水有可行者，有可望者，有可游者，有可居者'。(《林泉高致》)可行、可望、可游、可居，这也是园林艺术的基本思想。园林中也有建筑，要能够居人，使人获得休息。但它不只是为了居人，它还必须可游，可行，可望。'望'最重要。一切美术都是'望'，都是欣赏。不但'游'可以发生'望'的作用，就是'住'，也同样要'望'。窗子并不单为了透空气，也是为了能够望出去，望到一个新的境界，使我们获得美的感受。"②本章选择"窗"作为建筑类的代表。窗虽只是建筑物的附件，但其美学意义及开拓空间的功能却相当大。

　　花木类："有名园而无佳卉，犹金屋之鲜丽人。"(陈扶摇《花镜》)利用植物花色、叶色的变化，花型、叶状各异，使园林中四时有景。中国古典园林中的植物，常有比德意义，如松的苍劲、竹的潇洒、海棠的娇艳、杨柳的多姿、蜡梅的傲雪、芍药的尊贵、牡丹的富华、莲荷的如意、兰草的典雅等。传统园林中或善用植物比德，如"岁寒然后知松柏之后凋"；或利用其形态和在季相变化中色、香、声的发生，营造某种意境，如"留得枯荷听雨声""万绿丛中一点红"。宋词也宛似一个百花盛开、万木欣欣的园囿，梅花、海棠、竹、菊等竞相斗奇，但本着避熟就新的原则，本章选取一个植物群中毫不起眼的小角色——"苔"作为代表，阐发其在园林及宋词中的意蕴和美感。

　　朱自清说："想象的素材是感觉，怎样玲珑飘渺的空中楼阁都建筑在感觉上。"③词的一个重要审美特征是重视官能感觉。除上述三种实在的物化意象之外，宋词中还有由直观感觉而来的另一些较为抽象的意象。"似与不

---

① 张家骥：《园冶全释》，第227页。
② 宗白华：《美学散步》，第64页。
③ 朱自清：《诗与感觉》，见朱自清：《新诗杂话》，生活·读书·新知三联书店，1984年，第15页。

似之间的关系其实就是具象与抽象之间的关系。我国传统绘画中的气韵生动是什么？同是表现山水或花鸟，有气韵生动与气韵不生动之别，因其间有具象和抽象的和谐或矛盾问题，美与丑的元素在作祟，这些元素是有可能抽象出来研究比较的。音乐属听觉，悦耳或呕哑嘈杂是关键，人们并不懂得空谷鸟语的内容，却能分析出其所以好听的节奏规律。美术属视觉，赏心悦目和不能卒视是关键，其形式规律的分析正同于音乐。将附着在物象本身的美抽出来，就是将构成其美的因素和条件抽出来，这些因素和条件脱离了物象，是抽象的了，虽然它们是来自物象的。"①如上所论，抽象意象来源于具体的物象，但它们正代表了一种气韵，是美感生成的重要元素。本章选取的抽象意象（或称"虚意象"）为形、色、声、香，它们也同样是园林美意识的反映，常常体现在一种造园媒介上或多种园林景致中，同时作用于观赏者的视觉、听觉和嗅觉，构成感官的联觉美。范景文《集李戚畹园》："色声香互发，红紫绿平敷。密每望难竟，疏教画可图。"

来看一段《老残游记》中对济南大明湖风景的描写："到了铁公祠前，朝南一望，只见对面千佛山上，梵宇僧楼，与那苍松翠柏，高下相间，红的火红，白的雪白，青的靛青，绿的碧绿，更有那一株半株的丹枫夹在里面，仿佛宋人赵千里的一幅大画，做了一架数十里长的屏风。正在叹赏不绝，忽听一声渔唱。低头看去，谁知那大明湖业已澄净的同镜子一般，那千佛山的倒影映在湖里，显得明明白白。那楼台树木格外光彩，觉得比上头的一个千佛山还要好看，还要清楚。这湖的南岸，上去便是街市，却有一层芦苇，密密遮住。现在正是着花的时候，一片白花映着带水气的斜阳，好似一条粉红的绒毯，做了上下两个山的垫子，实在奇绝。"这段生动、精彩的描写，正是透过老残的眼，观察山林风景中那些飘忽浮动、转瞬即逝却又无比关键的元素：声（渔唱）、影（千佛山的倒影）、色（苍、翠、火红、雪白、靛青、碧绿、丹、白、粉红）。郑板桥有这样一段话："十笏茅斋，一方天井，修竹数竿，石笋数尺，其地无多，其费亦无多也。而风中雨中有声，

———————————

① 吴冠中：《关于抽象美》，见吴冠中：《吴冠中文集》第1卷，文汇出版社，1998年，第30页。

日中月中有影,诗中酒中有情,闲中闷中有伴,非唯我爱竹石,即竹石亦爱我也。"①形象地说明了园林虚景(声、影等)在园林鉴赏中的作用。鉴赏者所品味到的园林意境,正是虚实结合、情景相生的产物。鉴赏者融情于物,物也以其在自然中摇曳生姿的活力亲近鉴赏者:"留得枯荷听雨声"(李商隐《宿骆氏亭寄怀崔雍崔衮》)、"疏影横斜水清浅,暗香浮动月黄昏"(林逋《山园小梅》)、"更谁情浅似春风。一夜满枝新绿、替残红"(秦观《虞美人》),分别抓住枯荷之于雨声,梅花之于香影,春残之于色彩转变等特点,声、香、色、影也成为构成其意境的重要元素。

那么,具体说来,触觉、听觉、视觉等诸种感觉与词的意境构成有何联系呢?王国维在《人间词话》中认为:"词以境界为最上。有境界则自成高格,自有名句。""境界"是词所形成的最高审美标准。"唯有由眼、耳、鼻、舌、声、意六根所具备的六识之功能而感知的色、声、香、味、触、法等六种感受,才能称为'境界'。由此可知,所谓'境界'实在乃是专以感觉经验之特质为主的。换句话说,境界之产生全赖吾人感受之作用,境界之存在全在吾人感受之所及"②"词的'境界'在实际上是词人感受、感觉的经验现象,是一种体验到和领略到的感性心态,它把物理结构转化为经验现象。"③上述几种对词的境界的解说,都鲜明地表现出感觉经验在词境形成中的重要作用。特别是叶先生的论述,更具体到了从"六根"出发的六种感受。可见,感性的经验对宋词意境的形成有着非常重要的作用,没有从实物实事而来的种种感觉,宋词的意境就不复有存在的基础。"诗以运意为先,意定而征声选色,相附成章,必其章、其声、其色,融洽各从其类,方得神采飞动。"④在词中运用这些感觉经验得来的声、香、色、影等元素,就是以虚写实。如果说实意象是"象",那么要做到"境生象外",对虚意象

① 郑板桥:《板桥题画》,见卞孝萱编:《郑板桥全集》,齐鲁书社,1985年,第223页。
② 叶嘉莹:《王国维及其文学批评》,广东人民出版社,1982年,第220页。
③ 吴功正:《中国文学美学》中卷,第578页。
④ 李重华:《贞一斋诗话》,见王夫之等:《清诗话》下册,上海古籍出版社,1978年,第921页。

的描摹和关注则是一条必经之途。吴冠中说："抽象，那是无形象的，虽有形、光、色、线等形式组合，却不表现某一具体的客观实物形象。"[①] 正是抽象的形象，才造成了艺术范畴中的"虚"，才有涵咏不尽的"味外之味"。正如宗白华先生的一段话："以宇宙人生的具体为对象，赏玩它的色相、秩序、节奏、和谐，借以窥见自我的最深心灵的反映；化实景为虚境，创形象以为象征，使人类最高的心灵具体化、肉身化，这就是'艺术境界'"[②]。虚意象对词体尤为重要。郭麐《词品·秾艳》："杂组成锦，万花为春。五酝酒酽，九华帐新。异彩初结，名香始熏。庄严七宝，其中天人。饮芳食菲，摘星抉云。偶然咳唾，名珠如尘。"《填词杂说》："白描不可近俗，修饰不得太文，生香真色，在离即之间，不特难知，亦难言。""填词结句，或以动荡见奇，或以迷离称隽，著一实语，败矣。"[③] 要构成活色生香、迷离动荡的词境，离不开虚意象所营造的意境美和带来的感官享受。本章就分别从视觉、听觉、嗅觉等方面对从宋词中提炼出的四种具有典型性的意象——声、香、色、影进行探讨，这四种意象同时也是重要的鉴赏园林美的角度。

一、以园林为中心看宋词中的"石"：骨力之美与人格映照

石在中国文化和文学史上有着不可忽略的地位。历代文学作品中，女娲补天中的五彩石，《西游记》中孕育精灵的巨石，《红楼梦》中青埂峰下的弃石等众多的石头形象，均并非冥顽不灵的混沌之辈，都是有着天地灵气、生命之光的石头，这样的石头，是切之磋之、琢之磨之才得来的精神、灵魂的璞玉。它们所象征的文化精神上的内涵远远大过其形象本身。

---

① 吴冠中：《关于抽象美》，见《吴冠中文集》第1卷，第27页。
② 宗白华：《美学散步》，第70页。
③ 沈谦：《填词杂说》，见唐圭璋编：《词话丛编》，第629、633页。

（一）士大夫的爱石情结：介石如君子

来追溯石的历史。仅一部《山海经》，就有许多关于石的记载："天地初不足，故女娲氏炼五色石以补其阙，断鳌足以立四极。"其中透露的是先民建立在对自然现象探索之上的石崇拜意识。"石者，金之根甲。石流精以生水，水生木，木含火。"[①]先民将石看作各种物质滋生的源泉。《山海经·五藏山经》中记载的447座山中出产了许多种类的矿物玉石，如金玉、水玉、白玉、苍玉、玄玉、藻玉、瑾瑜、青碧、金石、博石、采石、石涅、青石、磬石等，表现出先民对石头的认识和喜爱而从魏晋南北朝开始，人物品评就已有拿石特有的品质与人的精神气质相沟通的了。《世说新语》中有不少这样的例子："世目周侯'嶷如断山'。""王公目太尉：'岩岩清峙，壁立千仞。'""山公曰：'嵇叔夜之为人也，岩岩若孤松之独立；其醉也，傀俄若玉山之将崩。'"[②]山石瘦硬、峭拔的特征象征了士人风神的清峻、人格的独立和精神的倔强。无怪乎自唐代以降，文人士大夫对石的喜爱经久不衰。唐代文人的爱石以牛僧孺、李德裕、白居易、张祜等为代表。[③]爱石、赏石在唐代已成为一种风气，并且，文人们已经开始有意识地探讨石的美学意义，如白居易在《太湖石记》中说："岂造物者有意于其间乎？将胚浑凝结，偶然而成功乎？然而自一成不变已来，不知几千万年。"这是注意到了石所蕴含的"古"意。还有在诗文当中将自己的人格期许和石的特征联系起来的，

---

① 张华著，祝鸿杰译注：《博物志全译》，贵州人民出版社，1992年，第15、20页。

② 刘义庆：《世说新语》，刘孝标注，上海古籍出版社，1982年，第251、246、326页。

③ 牛僧孺"洛都筑第归仁里。任淮南时，嘉木怪石，置之阶廷，馆宇清华，竹木幽邃"，僚属"多镇江湖，知公之心，惟石是好，乃钩深致远，献瑰纳奇，四五间年，累累而至。公于此物，独不廉让，东第南墅，列而置之"。（《旧唐书·牛僧孺传》）李德裕平泉山居中有"日观、震泽、巫岭、罗浮、桂水、严湍、庐阜、漏泽之石"，"台岭、茅山、八公山之怪石，巫峡、严湍、琅琊台之水石"，"仙人迹、马迹、鹿迹之石"。（李德裕《平泉山居草木记》）白居易"罢杭州刺史时，得天竺石一"，"罢苏州刺史时，得太湖石"，后将二石置于履道里宅园中，自言"灵鹤怪石，紫菱白莲，皆吾所好"。（白居易《池上篇（并序）》）张祜"性嗜水石，常悉力致之，从知南海间罢职，载罗浮石笋还"。（陆龟蒙《和过张祜处士丹阳故居（并序）》）

如李德裕诗赋中的"石":"块然天地间,自是孤生者"(《题奇石》)、"何以似我心,亭亭孤且直"(《海上石笋》)、"念前世之独立,知君子之难遇,如介石者袁、杨,制横流者李、杜"(《大孤山赋》),就有他自己的影子。

宋人爱石丝毫不逊于唐人。苏轼常在游历名山胜水时以觅石为乐,所藏有"壶中九华""中山雪浪""白绿仇池""小九华石""小洞天石""袖中东海"等多种名石。他还曾因失一异石而十分惆怅,吟出"尤物已随清梦断"之句,足见其对奇石的情深义重。米芾在无为洲看到一块奇形怪状、十分丑陋的巨石,换上朝服,虔敬地向那块石峰作揖下拜,并高呼"石兄"。[①]叶梦得的故居,"在弁山之阳,万石环之",故名石林,"且以自号"。[②]杜绾更是著了第一部专门记载石头种类、鉴赏品评石头的《云林石谱》,主要从色、质(性)、形、纹(理)、音、体量等方面对各地所产的名石进行品赏。此外宋代还有常懋的《宣和石谱》、范成大的《太湖石志》、渔阳公的《渔阳公石谱》等。对石的欣赏跟中国园林中特有的"以石代山"的园林审美文化和造园技法有关。泉石、花木、建筑,在园林构成的三大要素中,石不可缺。文震亨在《长物志·水石》中说:"石令人古,水令人远。园林水石,最不可无。"[③]园林中的石,又不仅仅是石本身,还是缩微的山,是士大夫心中烟霞之癖、丘壑之梦在园林中具体而微的满足与实现:"深意画图,余情丘壑。"[④]"幽斋磊石,原非得已,不能致身岩下与木石居,故以一卷代山,一勺代水,所谓无聊之极思也。"[⑤]石与其他景物配合,营造着一个具有自然意趣的壶中天地:"刹宇隐环窗,仿佛片图小李;岩峦堆劈石,参差半壁大痴。"[⑥]"令乔木参差山腰,蟠根嵌石,宛若画意。"[⑦]园林中的石是造景、构园

① 叶梦得:《石林燕语》卷十,中华书局,1984年,第155页。
② 周密:《吴兴园林记》,见陈植、张公弛选注:《中国历代名园记选注》,陈从周校阅,第95页。
③ 文震亨著,陈植校注:《长物志校注》,杨超伯校订,第102页。
④ 张家骥:《园冶全释》,第288页。
⑤ 李渔:《闲情偶寄》,第155页。
⑥ 张家骥:《园冶全释》,第168页。
⑦ 张家骥:《园冶全释》,第154页。

的重要材料，或堆叠假山，或置石立峰，或砌阶铺院，但最具审美意味的还是前二者。技艺精湛、胸有丘壑的园艺师堆叠出的假山，有如诗如画般涵咏不尽的妙处："百仞一拳，千里一瞬。"陈从周先生评价一代名匠戈裕良的作品——环秀山庄的假山为李、杜①，就是因它古拙淳厚中蕴藏着朴茂深秀的美感。如果说堆叠假山是"片山有致"，那么置石立峰则有着"寸石生情"②的韵致。这样的石头又多被称为"孤赏石"，如被称为江南三大奇石的冠云峰、皱云峰和玉玲珑。孤赏石以各自不同的特征，被赋予不同的审美意义，如冠云峰有"东方维纳斯"之美称。有的奇石更被赋予一定的人格寓意，如"石兄"之于米芾等。可见，无论是从文化还是从审美方面而言，石都有着极为丰富的内涵，也正因此，从宋代开始，石与园林紧密地结合了起来，而善于描写园林情调的宋词当中更是少不了石的一席之地。

（二）"石"意象的作用：助词以峥嵘意气

一些宋代词人的字号、集以石命名：赵时行，号石洞；郭居安，号梅石；姜夔，号白石道人；叶梦得，号石林居士；陆凝之，号石室；史隽之字子声，一字石隐；谢枋得，号叠山……体现出他们的爱石情结。"歌烦舞倦朱成碧。春草池塘凌谢客。共君商略老生涯，归种玉田秧白石。"（黄庭坚《木兰花令·次前韵再呈功甫》）玉是石中的极品，温润含蓄、怀朴抱素，几经切磋琢磨，是士大夫精神、人格到达浑化大成的象征。"归种玉田秧白石"，构想奇妙，后世两个著名词家——张炎、姜夔的号亦是从此而来。"风流三径远，此君淡薄，谁与伴清足。岁寒人自得，傍石锄云，闲里种苍玉。"（陈允平《三犯渡江云》"旧平声，今改入声，为竹友谢少保寿"）认为竹与石同样堪称清峻淡薄人格的写照，所以种竹须佐以立石才相得益彰。

---

① 陈从周《苏州环秀山庄》："环秀山庄假山，允称上选，叠山之法具备。造园者不见此山，正如学诗者未见李、杜，诚占我国园林史上重要之一页。"（见陈从周：《园林谈丛》，上海文化出版社，1980年，第50页）
② 张家骥：《园冶全释》，第183页。

"池碎瀑声荷捧雨，径涵秋影簋筛月。唤石君、错落坐庭前，红尘绝。"（李昂英《满江红·和刘朔斋节亭韵》）对石称君，足见文人对石的期许之高，有引为同类的惺惺相惜之感。"算知心惟有，青松瘦竹，白石苍苔。"（陈允平《木兰花慢·丙辰寿叶制相》）松竹取其劲节，苔石取其苍古，只有这些事物，才能和文人的高致相配。"一纸素书来问我，数峰苍玉何如昨。更几时、夜雨落檐花，同春酌。"（李壁《满江红》"知府丈宠教和蒋洋州乐府，蒋亦有书遗某，问所赠石君无恙。辄次韵上呈，并以寄洋州也"）将石头视为知己的情感表露无遗。宋代词人爱石，更多的如《云林石谱》中所记载的查氏："先生重交游，广声妓，想当酒酣耳热，舞阕歌阑之际，此石如高人逸士，傲兀其间，先生必将顾而乐之，效袍笏之拜。"[1] 是取石的一点清冷幽古之气，来冲淡扰攘红尘中的热闹繁俗。宋词主调的温柔婉媚，原是和石的品质不大相宜的，但因为宋代词人爱石，宋词中出现的石意象并不少，据《全宋词》检索系统，"石"共出现了756次。这当中，除了有道家炼丹养生意味的"煮石"、感叹生命脆弱的"金石"等习用之外，大多数则是写园林或庭院中的石，或是以园林审美、裁剪入画的眼光看待大自然中的石，或是借赏石、写石一抒自己心中之块垒。

宋词中关于裁山立石的记载不少："旋叠云根，半开竹径。"（吴文英《水龙吟·云麓新葺北墅园池》）"槛前叠石翠参差。"（石孝友《临江仙》）"栽花春烂漫，叠石翠巃屼。小亭相对倚，数峰寒。"（赵师侠《促拍满路花·信丰黄师尹跳珠亭》）"苜蓿盘中初日上，不把虀腌充俎，和月栽松，饶云买石，只此为家务。"（葛郯《念奴娇·再和咏杜庵高君忻聚画屏》）"清溪上、小山秀洁。便向此、搜松访石，葺屋营花，红尘远避风月。"（吴文英《江南春·赋张药翁杜衡山庄》）"晓山时看飞云过。拥石栽梅，疏池傍竹，剪除芜污。"（张矩《水龙吟·丁经之用韵咏园亭》）可见叠石造山在宋代的造园中已经运用得相当广泛，成为必不可少的手段。更有以石为主题的园林建筑，如毛滂的双石堂，健而古的双石，宛如蛟龙："双石健，含古色，照新

---

① 杜绾：《云林石谱》，见《丛书集成初编》，商务印书馆，1936年，第33页。

堂。百年乔木阴下，僵立两蛟苍。目送千山爽气，帘卷一城风月，杖屦合彷徉。他日峨眉秀，相望隔明光。"（毛滂《水调歌头·登衢州双石堂呈孙八太守公素》）"健"，体现出生命力、阳刚之气，"古"，则与回忆和想象有关，所谓"发思古之幽情"，石仿佛是一个远古的梦，在词人新砌的堂前带给他苍茫生动的名山气象。"石笋埋云，风篁啸晚，翠微高处幽居。"（李彭老《高阳台·寄题荪壁山房》）词人们已经完全认同，对石的欣赏是园林鉴赏中一个很重要的部分："自此归从泥诏，去指沙堤，南屏水石，西湖风月，好作千骑行春，画图写取。"（张先《破阵乐·钱塘》）苏轼曾在扬州获得两块奇石，渍以盆水，置于几案间。这一成熟的水石盆景作品，是和宋代园林中爱石品石之风同位同步的。范成大爱玩英石、灵璧，题为"小峨嵋""烟江叠嶂"等。对自然山水的向往，是欣赏园石或盆景石的本源，"片山有致，寸石生情"到底还是一种对烟霞之癖的补偿。

　　宋词中写到的孤赏石也有许多：神运石、藏春石、瑞雪石、九曜石、龙脊石等。其中尤以九曜石为著名。该石原在五代南汉主刘龑的宫苑"九曜园"中，"石凡九，高八九尺，或丈余，嵌岩崿兀，翠润玲珑，望之若崩云，既堕复屹，上多宋人铭刻。一石上有掌迹，长尺二寸，旁有米元章诗；一石白色中空，一圆石为顶，若牛头，大可五尺，身中直通至顶，四旁有十余窦相穿……一石通身有小孔，如水泡沫；一石独大，合三石为之，下有数萌长三尺许，□璀如雪"①，现在仍可见。洪适的《番禺调笑》中就写到了它："传闻南汉学飞仙。炼药名洲雉堞边。炉寒灶毁无踪迹，古木闲花不计年。惟余九曜巉岩石。寸寸沦漪湛天碧。"神运石以高为其特点："巍峨万丈与天高。"（邢俊臣《临江仙·神运石》）据说它奇大无比，几十条大船首尾连在一起，才能勉强运送；藏春石温润似君子，又苍翠郁勃："青润奇峰名韫玉，温其质并琼瑶。中分瀑布泻云涛。双峦呈翠色，气象两相高。"（蔡伸《临江仙·藏春石》）龙脊石则写入了人格特点："素养浩然之气，铁石心肠谁拟。蒿目县前江，不逐队鱼游戏。藏器。藏器。只等时乘奋起。"（冯镕《如梦

---

① 翁方纲辑：《粤东金石略》，见新文丰出版公司编辑部：《石刻史料新编》第17册，新文丰出版公司，1982年，第12458页。

令·题龙脊石》）再看这首写瑞雪石的词：

> 曾向泗滨浮玉质，也居十二峰前。飞来藓发尚如拳，郁纷因出岫，巧镂是谁镌。挈榼凭栏成胜赏，老夫亦自颓然。坐疑霭霭上瑶天。已为苏旱雨，却放老龙眠。（史浩《临江仙》"戏彩堂立石名曰瑞雪，弥大作词，因用其韵"）

词中对石的出处进行了奇妙的想象：它出自名山，来自洪荒；生动刻画了石上的苔藓，藓发如拳，更增添了石的古意，而"颓然"二字，则点出了审美者在面对触动人灵魂的审美对象时那种无可奈何的怅惘之感。词人对石风神的敏锐捕捉和空灵寂静的赏石心境跃然纸上。

张潮在《幽梦影》中写道："梅边之石宜古，松下之石宜拙，竹傍之石宜瘦，盆内之石宜巧。"① 石与其他意象的搭配在园林中体现的种种美感形态也常被写入词中。苔与石："画幛经梅润，罗衣尚麦寒。古苔苍石绿句栏。"（陈克《南歌子》）苍苔，就如前"苔意象"篇中所说，适宜与石相配，石令人古，苍苔的加入，如同在苍古的世界中加入了前朝遗物，使时空骤然蒙上苍茫的色彩。竹与石的搭配，是园林里常见的景观，这二物，一个清幽怡人，一个棱嶒有骨，都是士人之友，骨力风节旗鼓相当，又有着相得益彰的美感。清代郑板桥一生爱画石、竹，七十岁时还创作了两幅痴爱竹石的画，并题诗云："七十老人画竹石，石更峻嶒竹更直。乃知此老笔非凡，挺挺千寻之壁立。竹石相交万万年，两家节介本天然。请看十月清霜后，一种苍苍笼碧烟。"② 并说："竹称为君，石呼为丈。锡以嘉名，千秋无让。空山结盟，介节贞朗。五色为奇，一青足仰。"③ 可谓竹石的知己。园林中的竹、石搭配则互为生发，竹代表着当下的生机，石象征着远古的精魄，缺石，竹则不能承担厚重的历史凝想，缺竹，石则难以尽启生命的当下感悟，二者因此成为园林中绝佳的搭配。高士奇《江村草堂记》："堂前瘦石

---

① 张潮：《幽梦影》，宗教文化出版社，2002年，第186页。
② 郑板桥：《板桥题画》，见卞孝萱编：《郑板桥全集》，第379页。
③ 郑板桥：《板桥题画》，见卞孝萱编：《郑板桥全集》，第356页。

数拳，凤尾竹三五丛，如管道升横卷。"①这种景象，也成为词人笔下常见的意境："南坡石竹，年来尤更清绝。"（李曾伯《念奴娇·见郑文昌于上柏》）"竹翠阴森，寒泉浸、几峰奇石。"（朱敦儒《满江红》"大热卧疾，浸石种蒲，强作凉想"）"水边石上，冷依烟雨，时有幽人问。"（毛滂《青玉案·竹间戏作》）"新篁依约佩初摇。老石润山腰。逸人未必犹酣酒，正溪头、风雨潇潇。"（张炎《风入松·溪山堂竹》）张炎在《台城路》的词序中写道："夏壶隐壁间，李仲宾写竹石、赵子昂作枯木，娟净峭拔，远返古雅，余赋词以述二妙。"竹石、枯木，表达的都是清冷、孤寂、瘦硬的境界。

如果说竹与石的搭配所显示出的是君子之间惺惺相惜的情谊，那梅与石的组合则更多的展现出生命的两极状态：梅如静好女子，将美丽和芳香无私倾放，石如沉默老者，于智慧和苍老中有对过往的怀想，两者配合，显示出的清寒之气，正是高洁、美好生命的象征。"冰心孤寂。恋几插灵峰，半泓寒碧。骨瘦和衣薄，清绝成愁极。萧然满身是雪，怕人知、镜中消息。"（黄载《孤鸾》"四明后圃石峰之下，小池之上，有梅花"）"山畔小池台。曾记幽人著意栽。乱石参差春至晚，徘徊。素景冲寒却自开。绝绝照琼瑰。孤负芳心巧翦裁。"（叶梦得《南乡子》"癸卯，种梅于西岩，地瘦难立，石间无花开，今岁十一月，辄先开数枝，喜之，为赋"）此外，还有石与兰："带飘飘，衣楚楚。空谷饮甘露。一转花风，萧艾邃如许。细看息影云根，淡然诗思，曾□被、生香轻误。此中趣。能消几笔幽奇，羞掩众芳谱。薜老苔荒，山鬼竟无语。梦游忘了江南，故人何处，听一片、潇湘夜雨。"（张炎《祝英台近·题陆壶天水墨兰石》）写出了《离骚》中幽兰奇石的韵致和气骨。正如沈宗骞《芥舟学画编》卷三《山水·取势》所说："即如山水，自重岗复岭，以至一木一石，无不有生气贯乎其间。"

"地以名山为之辅佐，石为之骨，川为之脉，草木为之毛，土为之肉。"（张华《博物志》）"天地至精之器，结而为石。"（孔传《云林石谱序》）这些语句，体现出士人对石的骨力之美、悠远气息的赞赏。宋词中的石也带有

---

① 高士奇：《江村草堂记》，见陈从周、蒋启霆选编：《园综：新版》下册，赵厚均校订、注释，同济大学出版社，2011年，第62页。

这种特殊的美感。

词人擅写石的冷："度野光清峭，晴峰涌日，冷石生云。"（张炎《甘州》"题赵药牖山居。见天地心、怡颜、小柴桑，皆其亭名"）石又被称为"云根"，"冷石生云"，既写出了石所代表的山野之气，又有幻想、幻觉在其中。

词人擅写石的怪："短墙高榭，疏筠怪石偏宜。"（王之道《胜胜慢》）"一径叉分，三亭鼎峙，小园别是清幽。曲阑低槛，春色四时留。怪石参差卧虎，长松偃蹇拿虬。携筇晚，风来万里，冷撼一天秋。"（黄公度《满庭芳》）刘熙载在《艺概》中说："怪石以丑为美，丑到极处，便是美到极处。一'丑'字中丘壑未易尽言。"①"对丑石的鉴赏，在丑中见雄、丑中见秀、丑中见文，使中国人对园林山石的审美达到了更深邃的层次和境界，它实际上所欣赏的不是山石表面上的美，也不是丑，而是在近乎滑稽、丑怪的感受之中所领悟到的属于人之生命原朴层次的一种气质。"②的确如此，丑怪之石所引起的观赏者对自然造化神奇的体验，更能在对对象的发现与观照中激发自身本真与自由的生命感受。

词人擅写石的危："不见严夫子，寂寞富春山。空留千丈危石，高出暮云端。"（胡寅《水调歌头》）"危"所体现的是一种遗世独立的人格力量，与前所说的"严夫子""寂寞"等相互申发。

词人擅写石的瘦："江涵石瘦，雪压桥低，森森万木寒僵。"（姚勉《声声慢·和徐同年梅）》"石瘦冰霜洁。"（姜夔《卜算子》）"可怜恰到，瘦石寒泉，冷云幽处。"（毛滂《烛影摇红·松窗午梦初觉》）"水边竹畔，石瘦藓花寒，秀阴遮，潜玉梦，鹤下渔矶晚。"（毛滂《蓦山溪》）"吹箫楼外冻云重。石瘦溪根船宿处，月斜梅影晓寒中。玉人无力倚东风。"（吴文英《浣溪沙》）和瘦相配的是"万木寒僵""冰霜洁""寒泉""冷云幽""藓花寒""冻云重""梅影""晓寒"等，这几句词共同的特点就是，词人们着力刻画一种清

---

① 刘熙载：《艺概》，上海古籍出版社，1978年，第168页。
② 封云、赵雪倩：《中国古典园林中花木山石的人格意义》，载《文艺研究》1997年第4期。

幽、冷寂的境界，"荒寒幽杳之中，大有生趣在"①，这种境界说到底，是禁绝俗气的追求。"瘦"石所体现的是一种士大夫文人所推崇的独特的审美观，"壁立当空，孤峭无倚"，给人的美感是骨力之美，实际上是把对人及人格精神的品评运用到对石的鉴赏上。

词人擅写石的峥嵘峭拔："云根石秀小峥嵘。幽事不胜清。"（王安中《安阳好》）"幽人独坐石嵚崎。赏清奇。濯涟漪。不怕深沉，潭底有蛟螭。颒洞但闻金石奏，猿鸟乐，共忘归。"（李纲《江城子·瀑布》）"瘦落丹枫飞紫翠，峭拔青山石壁。客鬓萧疏，诗肠清苦，病骨如冰雪。怒髯铁立，有怀不下三杰。袖里宝剑生寒，中宵起舞，引酒清歌发。"（葛长庚《酹江月·罗浮赋别》）

幽人与石的共同之处颇多，其人格美、理想追求与石的品性合为一体。对石的奇、冷、怪、危、瘦、峥嵘峭拔等审美特征的关注和描绘，使得宋词的气象也有微观上的变化。而这些审美现象的背后，又隐藏着更为深刻、丰富的审美心理内蕴。

在爱石、赏石的过程中，宋及以后的士人总结出系统的已达成共识的品赏石头的审美标准：瘦、透、漏、皱、痴、丑、巧、拙、清等，其中尤以丑和怪给人以新颖、别致的美学启迪。品石，是伴随着置石、赏石而兴起的一种文化现象。"在中国美学史上，人们对于'美'和'丑'的对立，并不看得那么严重，并不看得那么绝对。人们认为，无论是自然物，也无论是艺术作品，最重要的，并不在于'美'或'丑'，而在于要有'生意'，要表现宇宙的生命力。这种'生意'，这种宇宙的生命力，就是'一气运化'。"②郑板桥说"一块元气结而石成"③。马克思也说"植物、动物、石头……都是人的精神的无机自然界"，"人的无机的身体"。④袁宏道"每遇一石，无不发狂

① 戴熙：《习苦斋画絮》，见中国书画全书编纂委员会编：《中国书画全书》第14册，上海书画出版社，2000年，第168页。
② 叶朗：《中国美学史大纲》，上海人民出版社，1985年，第127页。
③ 郑板桥：《板桥题画》，见卞孝萱编：《郑板桥全集》，第215页。
④ 马克思：《1844年哲学—经济学手稿》，刘丕坤译，人民出版社，1979年，第82、49页。

大叫"①；元代大画家黄子久终日只在荒山乱石、丛石深筱中坐，意态忽忽，人不测其为何。这些艺术家从石及自然中所汲取的正是"苍苍莽莽的一种生命元气"②。体验自由，安顿生命，可能是历代爱石的人在石中寄托的感情。石的这些特点写入词中，能改变词的面貌，使之更接近士大夫的话语系统和正统诗文的特征。例如："大江东去，浪淘尽、千古风流人物。故垒西边，人道是，三国周郎赤壁。乱石穿空，惊涛拍岸，卷起千堆雪。"（苏轼《念奴娇·赤壁怀古》）所谓的豪放词的风格的形成，跟词人所关注的意象有很大关系，当词人目光不再聚集在柔媚温婉、纤小轻倩的物象，诸如柳絮、莺语、落红等，而转向虽瘦却有骨、虽小却含神的石时，整个词的面貌也会随之有所不同。苏轼此词，虽不是写园中之景，但也写出了石在自然中原生态的峥嵘生气，这正是文人欣赏园石的原点。峥嵘之气，是石带给文人的男儿气，也是石带给宋词的峭拔之气，再看：

> 天地本无际，南北竟谁分。楼前多景，中原一恨杳难论。却似长江万里，忽有孤山两点，点破水晶盆。为借鞭霆力，驱去附昆仑。望淮阴，兵冶处，俨然存。看来天意，止欠士雅与刘琨。三拊当时顽石，唤醒隆中一老，细与酌芳尊。孟夏正须雨，一洗北尘昏。（程珌《水调歌头·登甘露寺多景楼望淮有感》）

山作为阳刚和力量的象征渐被纳入宋词体系当中，这与词人对石的欣赏是分不开的。当然，宋词中也有纯作为画面背景入词的石："笑摘青梅傍绮疏。数枝花影漾前除。太湖石畔看金鱼。笋指晓寒慵出袖，翠鬟春懒不成梳。为君缝狭绣罗襦。"（赵汝茪《浣溪沙》）此为别谈。

（三）辛弃疾咏石词：块垒一生消磨不尽

"石者，天地之骨也。""骨"，这是对石之坚固的物质属性所做的美学阐

① 袁宏道：《飞来峰》，见唐昌泰选注：《三袁文选》，巴蜀书社，1988年，第133页。
② 胡晓明：《万川之月——中国山水诗的心灵境界》，生活·读书·新知三联书店，1992年，第40页。

释。那是否也可说以石意象为代表的许多瘦硬通神的意象正是词之骨？宋代词人中有一人相当爱石，那便是辛弃疾，他与石相关的词多而好。辛弃疾爱山，爱的是山的峥嵘意气："我见青山多妩媚，料青山、见我应如是。情与貌，略相似。"（《贺新郎》）"青山意气峥嵘。似为我归来妩媚生。"（《沁园春》）"新葺茅檐次第成。青山恰对小窗横。"（《浣溪沙》）"叠嶂西驰，万马回旋，众山欲东……看爽气朝来三数峰。似谢家子弟，衣冠磊落，相如庭户，车骑雍容。我觉其间，雄深雅健，如对文章太史公。"（《沁园春》）这是因为青山是他闲居时的知音，也是他光明磊落人格的化身。其对奇石的喜爱则是对赏山的延续，更有生命与精神的高度沟通和相契。看下面四首词，首先是《归朝欢·题晋臣积翠岩》：

> 我笑共工缘底怒。触断峨峨天一柱。补天又笑女娲忙，却将此石投闲处。野烟荒草路。先生柱杖来看汝。倚苍苔，摩挲试问，千古几风雨。长被儿童敲火苦。时有牛羊磨角去。霍然千丈翠岩屏，锵然一滴甘泉乳。结亭三四五。会相暖热携歌舞。细思量，古来寒士，不遇有时遇。

首句的"笑"字透出许多信息，是洒脱的英雄之气不纠缠于细节的怨愤并超拔而出的感觉。"补天又笑女娲忙，却将此石投闲处。""忙"与"闲"的比照透出的实在是英雄词人自己不为世用的辛酸。对石犹如友人般的探看、问候体现出一种同气相惜。之后石的倾诉，也大有得遇知己之感，补天之材被牛羊磨角、儿童敲火，是与词人"却将万字平戎策，换得东家种树书"（《鹧鸪天》）的心态默契无间的。最后一句，则体现出无可奈何的自嘲。"意贵乎远，不静不远也；境贵乎深，不曲不深也。一勺水亦有曲处，一片石亦有深处。"[1] 这句话原是品画之语，但用在此处，也是颇为恰当的。辛弃疾将自己的一腔心事投射到积翠岩上，使这原本普通的岩石成为其心灵的共鸣物、精神的默契者，获得了言之不尽的深意。

再如《千年调》"开山径得石壁，事出望外，意天之所赐邪，喜而赋之"：

---

[1] 恽格：《瓯香馆集》卷一一，第177页。

左手把青霓，右手挟明月。吾使丰隆前导，叫开阊阖。周游上
下，径入寥天一。览县圃，万斛泉，千丈石。钧天广乐，燕我瑶之
席。帝饮予觞甚乐，赐汝苍璧。嶙峋突兀，正在一丘壑。余马怀，
仆夫悲，下恍惚。

不过是开山径获得的一块石壁，却引起他如此的想象："意天之所
赐"——莫非是天帝于他有所期待、委以重任的某种暗示？天帝赐物，这
是至高无上的恩遇，只有当年成就霸业的秦穆公和后来拜为正卿的赵简子
才得到过[①]。作者似乎由此得到了天启，积极用世的思想又在胸中激荡。他
胸中的丘壑，在岁月的折磨中成为郁结的块垒，酒不能消，梦不能忘。而
这块垒的最佳外在对应物，就是那些奇奇怪怪、棱嶒突兀的石头，他从它
们的身上，看到了自己。所以每一次接触，他的精神世界都会被深深触动，
这是赏石的最高境界，主体和客体是如此亲密无间地合而为一。"嶙峋突
兀，正在一丘壑"，这句描写苍璧的形象和位置。"一丘一壑"本指隐者的住
所，这里指作者瓢泉宅第庭园的一部分，赋苍璧寄托着远大的抱负。丰富
的想象和奇特的幻想是这首词的显著特点，而这些特点都因词人爱石而被
触发。

还有这首《兰陵王》，词的小序就非常奇特："己未八月二十日夜，梦有
人以石研屏见饷者，其色如玉，光润可爱。中有一牛，磨角作斗状，云：湘
潭里中有张其姓者，多力善斗，号张难敌。一日，与人博，偶败，忿赴河而
死。居三日，其家人来视之，浮水上，则牛耳。自后，并水之山，往往有此
石。或得之，里中辄不利。梦中异之，为作诗数百言，大抵皆取古之怨愤
变化异物等事，觉而忘其言。后三日，赋词以识其异。"词云：

恨之极。恨极销磨不得。苌弘事，人道后来，其血三年化为
碧。郑人缓也泣。吾父攻儒助墨。十年梦，沉痛化余，秋柏之间既
为实。相思重相忆。被怨结中肠，潜动精魄。望夫江上岩岩立。嗟
一念中变，后期长绝。君看启母愤所激。又俄顷为石。难敌。最多

---

① 参见司马迁：《史记》卷一〇五《扁鹊仓公列传》，中华书局，1959年。

力。甚一怒沉渊，精气为物。依然困斗牛磨角。便影入山骨，至今
雕琢。寻思人世，只合化，梦中蝶。

这首词中，有四个关于石的典故①。这些关于石的典故，都郁结着不平
之气，显示着石与人之间建立的意义联系如此相像：怨愤、背叛、痛苦、失
败，宁愿抛舍生命遁去，也无法忘怀过往的生命体验带来的痛感，终又将
这化不开的怨与怒凝固为永久的昭示，时时唤起他人心中同样的意气，即
词中的"恨极销磨不得"。痛苦产生美，崇高来源于痛苦，柏克正是这样为
崇高下定义的："任何东西只要以任何一种方式引起痛苦和危险的观念（the
idea of pain and danger），那它就是崇高的来源。"②辛弃疾也是有着同样痛感的
人，但他"百炼钢化为绕指柔"，在书写当中最终还是归于怨而不怒："寻思
人世，只合化，梦中蝶。"但他在此词中所体现出的对石为怨气郁结之所的
观念，确能体现出他自身的生命体验，石则成为这种体验的认同和象征物。

最后是《山鬼谣》"两岩有石状怪甚，取离骚九歌名曰山鬼，因赋摸鱼
儿，改今名"：

> 问何年，此山来此，西风落日无语。看君似是羲皇上，直作太
> 初名汝。溪上路。算只有、红尘不到今犹古。一杯谁举。笑我醉呼

---

① 苌弘事见《庄子·外物》："苌弘死于蜀，藏其血，三年化而为碧。"成玄英疏："苌弘遭
谮，被放归蜀，自恨忠而遭谮，遂刳肠而死，蜀人感之，以匮盛其血，三年而化为碧玉，乃精
诚之至也。"郑人缓事见《庄子·列御寇》："郑人缓也，呻吟裘氏之地。只三年而缓为儒。
河润九里，泽及三族，使其弟墨。儒墨相与辩，其父助翟，十年而缓自杀。其父梦之曰：'使
而子为墨者予也，阖胡尝视其良，既为秋柏之实矣。'夫造物者之报人也，不报其人而报其人
之天，彼故使彼。夫人以己为有以异于人，以贱其亲。齐人之井饮者相捽也。故曰：今之世皆
缓也。自是有德者以不知也，而况有道者乎！古者谓之遁天之刑。圣人安其所安，不安其所不
安；众人安其所不安，不安其所安。"注："缓见梦其父，言弟之为墨，是我之力，何不试视
我家上，所种秋柏已结实矣。冤魂告语，深致其怨。"望夫石事见《幽明录》："武昌北山有
望夫石，状若人立，古传云：'昔有贞妇，其夫从役，远赴国难，妇携弱子，饯送此山，立望
夫而化为立石，因以为名焉。'"启母化石见《淮南子》："禹治鸿水，通轩辕山，化为熊，
谓涂山氏曰：'欲饷，闻鼓声乃来。'禹跳石，误中鼓。涂山氏往，见禹方作熊，惭而去。
至嵩高山下，化为石，方生启。禹曰：'归我子！'石破北方而启生。"（参见邓广铭笺注：
《稼轩词编年笺注》，上海古籍出版社，1978年，第346—347页）

② 柏克：《论崇高与美两种观念的根源》，见古典文艺理论译丛编辑委员会编：《古典文艺
理论译丛》第5册，人民文学出版社，1963年，第58页。

　　君，崔嵬未起，山鸟覆杯去。须记取。昨夜龙湫风雨。门前石浪掀

　　舞。四更山鬼吹灯啸，惊倒世间儿女。依约处。还问我、清游杖屦

　　公良苦。神交心许。待万里携君，鞭笞鸾凤，诵我远游赋。

　　此词中，词人将石尊为"君""公"，体现出对石的敬爱，石"状怪甚"，让词人联想到《九歌》中的山鬼。"龙湫风雨""石浪掀舞""山鬼吹灯啸"，石的美，是一种荒野之气、生命之力，源自远古荒忽之地，有惊世绝俗之感，难怪会"惊倒世间儿女"，从而与同样特立独行的词人"神交心许"、万里同游。在石浪怪异非常的形态中，词人体会到了一种被扭曲、被钳制又顽强、倔强的生命力。值得注意的是，辛弃疾总是将自己的离骚情结也投注到石上，这二者有何相通之处呢？来看这样一段话："最早发现荒寒之境的魅力，仍可追溯到《楚辞》……或许，这境界中所含蕴的一种奇异与神秘，原先即是人的生命欲求中所向往、所希冀的一种素质。因而，可以说，屈原对大自然中荒寒幽寂之境的开发，实在是对人的生命欲求的新开发，对人的高洁脱俗、遗世独立、兀傲坚贞的生命情调的新开发。屈原的例子表明，能欣赏荒寒幽寂的人，必须具有一种特殊素质：这个诗人必定有顽强的生命活力，必定有一种兀傲不驯的人格力量。唯其如此，当他处身于怪石、老树、野溪、幽谷中时，那些自然生命中兀傲不驯的形式，便自然而然成为他人格生命的表现形态；那些自然形态中充满刺激，充满紧张意味的因素，亦自然而然转换成他的生命中自强不息的张力因素。"①这用来解释辛弃疾对石及《离骚》语境的热爱真是再合适不过了。他在石的身上所发现的生命生生不息的力量、对石的寓言式的想象中所感受到的忧苦的灵魂的缺憾与痛苦，莫不是对自己生命体验的对象化投注。从某种意义上说，他不是在写石，而是在写自己。而在这种抒写中，痛苦、悲哀、失意与痛快、挥洒、复苏是同步的，大自然在石上所昭示的顽强、倔强、生生不息的精神抚慰和安顿了词人憔悴、失落的生命，并给他以新的启示。"雪霁后写得天寒木落，石齿出轮，以赠赏音。聊志我辈浩荡坚洁。"（恽格《题雪图》）正是

----

① 胡晓明：《万川之月——中国山水诗的心灵境界》，第13页。

此意。"有心雄泰华，无意巧玲珑。"堪称辛弃疾的自白——他在赏石上不同于一般人的品位来源于他的胸襟抱负。元代刘敏中的一首《沁园春》：

> 石汝何来，政而难忘，平生太初。想将迎媚悦，无心在此，清奇古怪，有韵铿如。何乃排垣，直前不屈，似此疏顽其可乎。今而后，有芳名雅号，听我招呼。世间贵客豪夫。问几个回头认得渠。既千岩气象，君都我许，四时襟抱，我为君虚。无语相看，悠然意会，自引壶觞不顾余。商歌发，恰风生细竹，月上高梧。

此词有意模仿辛词《山鬼谣》，并将其中人与石俱有的精神气骨写得更为透彻——"清奇古怪""有韵铿如""直前不屈""疏顽"，都是爱石人赋予石的特殊美感和个性力量。

辛弃疾词中写石的还有许多："松冈避暑。茅檐避雨。闲去闲来几度。醉扶孤石看飞泉，又却是、前回醒处。"（《鹊桥仙·山行书所见》）"山路风来草木香。雨余凉意到胡床。泉石膏肓吾已甚。多病。堤防风月费篇章。"（《定风波》"用药名招马荀仲游雨岩，马善医"）"山头怪石蹲秋鹗。俯人间、尘埃野马，孤撑高攫。拄杖危亭扶未到，已觉云生两脚。更换却、朝来毛发。此地千年曾物化，莫呼猿、且自多招鹤。吾亦有，一丘壑。"（《贺新郎·题君用山园》）"一壑一丘吾事，一斗一石皆醉，风月几千场。须作猵毛磔。"（《水调歌头·席上为叶仲洽赋》）

石因其特有的美感特质和被赋予的人格精神，成为园林特别是文人园林的重要标志。当现实中的理想不能实现，当已厌倦某种似是而非、羁绊重重的生活常态，词人们不约而同地向往以泉石为表征的隐逸生活。"自然也往往是我们的第二情人，她对我们的第一次失恋发出安慰。"[1]王毅先生也认为园林是隐逸生活最基本的载体。[2]"君过春来纤组绶，我应归去耽泉石。"（苏轼《满江红·正月十三日送文安国还朝》）泉石，实际上就是缩微的山水，也是一种隐逸生活、理想境地的象征。"老来身世疏篷底，忍憔悴、看人颜色。更何似、归与枕流漱石。"（赵鼎《花心动·偶居杭州七宝山国清

---

① 乔治·桑塔耶纳：《美感》，中国社会科学出版社，1982年，第41页。
② 王毅：《中国园林文化史》，第263页。

寺冬夜作》)枕流漱石，是对不含烟火气的生命状态的追求，是遗自前朝的潇洒。"月华如水过林塘，花阴弄苔石。"(陈亮《好事近·咏梅》)"武陵溪上桃花路。见征骑、匆匆去。嘶入斜阳芳草渡。读书窗下，弹琴石上，留得销魂处。"(陈亮《青玉案》)"山深寺远，云冷钟残。喜竹间灯，梅间屋，石间泉。"(汪莘《行香子·雪后闲眺》)"醉里行歌相答，步随泉石松云。"(韩淲《朝中措·次韵昌甫见寄》)弄石花阴、步随泉石，是词中普遍出现的生活状态。"今耄矣，独莼鲈在梦，泉石萦怀。"(吴泳《沁园春》)"但平生心事，落花啼鸟，多年盟好，白石清泉。"(张辑《沁园春》)"一溪碧。何处桃花流出。春光好，寻个□□，小小篮舆漫行适。苍苔满白石。"(葛长庚《兰陵王》)

总体来看，宋词中的石意象起到了如下的作用：

其一，给宋词软媚温柔的风格注入了刚健、原朴的生命活力，展现出词人倾向于欣赏石的古、怪、瘦等的特别的美学风尚；

其二，以其特有的个性契合着文人士大夫的人格、心态，成为他们寄托情志、抒写抱负的对象，其中尤以辛弃疾为典型；

其三，是文人园林的重要标志，使"泉石"成为园林、隐逸生活的代名词，词人心向往之的理想境界。

二、以园林为中心看宋词中的"苔"：清寒与孤寂

苔，总是躲在潮湿、阴冷的屋角、壁上，似乎是阴暗的使者，那湿漉漉、绿森森的形象并不讨好。相比之下，宋词中那些夭桃艳杏、绿柳翠竹要抢眼得多。在南京师范大学唐宋金元词文库及赏析系统中检索，《全宋词》中出现频率高居花木类榜首的是梅意象，共出现2953次，宋人之爱梅咏梅，可见一斑；第二是柳，共出现2856次，这具有婆娑身姿的植物也确实为宋词增添了无限的韵致；排在第三位的是竹，共出现1480次，它毕竟有着君子般的品格，为人爱戴也无可厚非。苔在《全宋词》中共出现333次（除

此之外，同类意象薛共出现 72 次），虽比不上梅、柳、竹三位，却竟与芙蓉（共 361 次）、海棠（共 308 次）这些娇艳的角色不相上下，也是值得惊叹的。那么，苔究竟有怎样的魅力，使得词人对它也吟咏不辍呢？

严格说来，苔的自生自灭、毫不起眼使它简直不能和自己那些同属植物类的秀挺、美丽的同伴相提并论。既是著名的文学家、戏剧家也是园艺学家的李渔这样评价苔："苔者，至贱易生之物。"但同样是他，却在自家新筑阶砌之时，希望苔快快地生长出来，甚至因为苔久久不生，想出许多办法，比如在台阶上不断浇水，保持苔生长所需要的潮湿的环境："汲水培苔浅却池，邻翁尽日笑人痴。未成斑藓浑难待，绕砌频呼绿拗儿。"①这是为什么呢？在时代早于李渔的又一位园艺大师——文震亨（文徵明的曾孙）的《长物志》中我们或许可以找到答案，文震亨关于庭院中阶的描述是这样的："自三级以至十级，愈高愈古，须以文石剥成；种绣墩或草花数茎于内，枝叶纷披，映阶傍砌……复室须内高于外，取顽石具苔斑者嵌之，方有岩阿之致。"②原来，这阶上的苔藓是为了满足主人"不下厅堂，而有林壑之美"的自然审美需求的。深通园艺之学的李渔懂得苔在庭院美和园林美中的作用，因此才如此急切地盼望苔生。关于阶上苔，宋代词人这样写道："庭院深沈绝俗埃。绿苔因雨上层阶"（陈德武《浣溪沙》）；"怅春归、留春未住，奈春归、不管玉颜衰。伤心事，都将分付，榆砌苔矶"（何梦桂《八声甘州·伤春》）；"绿砌苔香，红桥水暖，笑拈吟髭行复行"（葛长庚《沁园春》）。还有苔梅："幽人花伴，梅实专房，取苔护藓封，枝稍古者，移植石岩或庭际，最古。"③范成大的《范村梅谱》（又名《梅谱》）中也提道："古梅会稽最多，四明、吴兴亦间有之，其枝樛曲万状，苍藓鳞皱，封满花身，又有苔须垂于枝间，或长数寸，风至，绿丝飘飘可玩。"④爱梅的宋代词人们也深谙此道："是谁调护，岁寒枝、都把苍苔封了"（辛弃疾《念奴娇》"余既为

---

① 李渔：《闲情偶寄》，第145页。
② 文震亨著，陈植校注：《长物志校注》，杨伯超校订，第21页。
③ 文震亨著，陈植校注：《长物志校注》，杨超伯校订，第50页。
④ 范成大：《范村梅谱》，见《景印文渊阁四库全书》第845册，第33页。

傅岩叟两梅赋词……"）；"萼绿堂前一笑，封老干、苔青莓碧"（吴潜《暗香》）；"我亦。几时得。归检点苔封，评品梅格"（李曾伯《兰陵王》）。可见，苔藓之于梅，重要到了关乎梅品的地步。来看词人笔下的苔梅："何事向人如恨，带苍苔，半倚临水荒篱"（葛长庚《汉宫春》），一片寒荒中，苔梅如同含着无尽心事的女子；"怜夜冷嫦娥，相伴孤照。古苔泪锁霜千点，苍华人共老"（吴文英《花犯》），清冷的梅花仿佛穿越时空、贬谪凡间的仙子，仙骨珊珊，那枝上的苔痕就好像她跨越千年带来的眼泪。

> 苔枝缀玉。有翠禽小小，枝上同宿。客里相逢，篱角黄昏，无言自倚修竹。昭君不惯胡沙远，但暗忆、江南江北。想佩环、月夜归来，化作此花幽独。（姜夔《疏影》）

梅花本有清寒逼人的品格，再加上古意盎然的苔藓，让词人恍然觉得是《龙城录》中赵师雄遇见的大梅树所化的淡妆女①，又认作"环佩空归月夜魂"（杜甫《咏怀古迹五首》之三）的昭君。沈祖棻先生认为这首词属兴亡之悲②，那梅枝上郁郁的青苔在词人思接千载的愁绪当中也有着一些助妙之功吧。

文震亨和宋代词人们所看重的，正是苔藓所带给寒梅的幽幽古意，那是任你堆金砌银也难以达到的一个奇妙的境界。苔藓的苍茂古朴和梅花的鲜活秀美形成对比，古与秀的对立，仿佛永恒与瞬间的对话。正如朱良志先生所说："其中显示的是中国艺术的独特趣味"，"是瞬间永恒的妙悟境界在艺术中的落实"。③除梅上苔之外，还有阶上苔、石上苔、径上苔、壁上苔，这些为园林家们所赞赏的种种组合，都在宋词中有数量不少的体现。苔代表着生机，给词人带来灵感。宋代词人对苔相当喜爱："生怕糁庭阶，直不忍、苍苔散步"（杨无咎《蓦山溪》）；"向松间乍可，从他喝道，庭中且莫，踏破苍苔"（辛弃疾《沁园春·和吴尉子似》）；"一瓢春水山中饮，喜无人、踏破苍苔"（张炎《风入松·与王彦常游会仙亭》）。

---

① 柳宗元：《龙城录》，见上海古籍出版社编：《唐五代笔记小说大观》下，上海古籍出版社，2000年，第141页。
② 沈祖棻：《宋词赏析》，上海古籍出版社，1980年，第168页。
③ 朱良志：《曲院风荷——中国艺术论十讲》，安徽教育出版社，2003年，第134页。

宋以前的诗、赋当中也不乏写苔的。如江淹《青苔赋》曰："嗟青苔之依依兮，无色类而可方，必居闲而就寂，以幽意而深伤。故其处石则松栝交阴，泉雨长注，横涧俯视，崩壁仰顾……若其在水，则镜带湖沼，绵匝池林，春塘秀色，阳乌好音。"①可谓苔的知音，写出了青苔如幽人雅士般的寂静、深沉的性格。再如王维的"返景入深林，复照青苔上"（《鹿柴》），又有着些许枯寂的禅意。王勃《青苔赋》云："若夫桂洲含润，松崖秘液。绕江曲之寒沙，报岩幽之古石，泛回塘而积翠，萦修树而凝碧，契山客之奇情，谐野人之妙适……措形不用之境，托迹无人之路。望夷险而齐归，在高深而委遇。惟爱憎之未染，何悲欢之诡赴？宜其背阳就阴，违喧处静，不根不蒂，无华无影。耻桃李之暂芳，笑兰桂之非永。故顺时而不竞，每乘幽而自整。"②则更深层地揭示出青苔所显示的野趣、静寂、古朴。宋代词人也爱苔、写苔，但由于文化背景和审美取向与前代不同，他们写得最多最好的不是山间溪边充满野趣的苔，而是庭院或园林中的苔。钱穆曾经说过，中国在宋以后，一般人都走上了生活享受和生活体味的路子。的确如此，宋人不同于唐人的一个很大的特点就是日常生活艺术化，即在世俗生活中追求一种高雅的韵味。宋代官吏假日较多，俸禄优厚，君主也提倡臣子过一种优游享乐的生活。基于以上种种原因，文人园林在宋代走向兴盛，日益与士大夫文化和文学紧密结合起来。有了自家的园林，宋人自然会比唐人更多地关注庭院中的苔，再加上词境的狭小，又往往使他们容易去关注细小的意象。于是，宋代词人继承着前代文学传统中对苔的关注，对这一园林构成要素中的一个细微的景象，投注了极大的热情，以他们多思的心、内省的眼光赋予它更加多姿多彩的艺术形象和更丰富细腻的情感内蕴，从而使它成为宋词众多意象中不可或缺的一个典型。

首先来看看词中习见的两种苔的用法：苔钱和苔笺。先看苔钱。苍苔形圆如钱，故词人喜这样称呼苔，因它是自然的产物，他们常常在词中戏谑，用它来邀买风月："草褥香茵，苔钱买住，留待黄昏月"（赵长卿《念奴

---

① 江淹著，胡之骥注：《江文通集汇注》，李长路、赵威点校，中华书局，1984年，第18—19页。
② 何林天校注：《重订新校王子安集》，山西人民出版社，1990年，第28页。

娇·落梅》）；"满洞苔钱。买断风烟"（葛长庚《行香子·题罗浮》）；"无价韶华，一笑相酬，青钱似苔"（陈著《沁园春·次韵侄演自遣》）。这些词反映出词人亲近、热爱自然的心态。再看苔笺。用苔纸制成的小型笺纸称苔笺。苔纸始创于晋代，是一种具有独特艺术韵味的纸。因捞纸之前，在纸浆中添加少量的绿色水苔或黑色发菜之类有色纤维状物质，所以成品纸面上呈现出纵横交织的有色纹理，多用于书画。李肇《唐国史补》说："纸则有越之剡藤苔笺，蜀之麻面、屑末、滑石、金花、长麻、鱼子、十色笺，扬之六合笺，韶之竹笺，蒲之白薄、重抄，临川之滑薄。"①说明苔笺是一种名贵的纸张。终日与纸笔相伴的词人喜爱这种优美的纸："有美瑶卿能染翰。千里寄、小诗长简。想初裁苔笺，旋挥翠管红窗畔"（柳永《凤衔杯》）；"苔笺醉草调清平。鸦墨湿浮云"（仇远《眼儿媚》）；"绿色吴笺覆古苔。濡毫重拟赋幽怀"（李从周《鹧鸪天》）。这种有着从苔那里来的幽雅古意的纸张引发了词人多少绵绵的情怀。

其次，来看苔与其他意象在颜色上的搭配呈现出的色彩美。如"庭院碧苔红叶遍。金菊开时，已近重阳宴。日日露荷凋绿扇。粉塘烟水澄如练"（晏几道《蝶恋花》），碧苔、红叶、金菊，绿荷、粉塘，这就是一个生机盎然的庭院景象，色彩秾丽、可爱。再如："天将奇艳与寒梅。乍惊繁杏腊前开……谁恁吹羌管、逐风来。绛雪纷纷落翠苔"（柳永《瑞鹧鸪》）；"秋光向晚。小阁初开宴。林叶殷红犹未遍。雨后青苔满院"（晏殊《清平乐》）；"听讼阴中苔自绿，舞衣红"（毛滂《摊声浣溪沙》）；"柴扉半掩闲庭户。黄叶青苔无数"（汪莘《桃源忆故人》）。绿苔和绛红色的梅瓣、深秋的红枫、飘动的红舞衣、飘落的黄叶形成了鲜明的比照，是一种衰飒中留有些许生机的美。但苔，从人迹罕至、潮湿阴冷处而来的阴面使者，最打动人的还是它的凄清寂寞："谩道愁须殢酒，酒未醒、愁已先回。凭阑久，金波渐转，白露点苍苔。"（秦观《满庭芳》）苔已老，见了几季花开与花落的深绿色的苔和白露的相配又与红不同，凄凉的秋意更深了。"回念花满华堂，美人一去，镇掩香闺经岁。又观珠露，碎点苍苔，败梧飘

---

① 李肇：《唐国史补》，见上海古籍出版社编：《唐五代笔记小说大观》上，第197页。

砌。谩赢得、相思泪眼，东君早作归来计。便莫惜丹青手，重与芳菲，万红千翠。"（沈唐《霜叶飞》）这首词中，本来就孤寂的词人似已不堪忍受白露苍苔的凄清，在呼唤着春天早早归来。"认鸣珂曲里，旧日朱扉，闲闭青苔。人非物是，半晌鸾肠易断，宝勒空回。"（贺铸《雨中花》）朱扉下的青苔不动声色地宣告了一场繁华的落幕。

如果说，葛长庚《贺新郎》中白梅如雪般覆盖青苔的景象还算清丽的话，那么，罗志仁《金人捧露盘·丙午钱塘》中的苔则由于词人因国破家亡而神伤的心态显得阴森、鬼魅：

> 此莫是、冰魂雪魄。半逐风飞半随水，半在枝、半落苍苔白。酒醒后，晓窗碧。（葛长庚《贺新郎》）

> 湿苔青，妖血碧，坏垣红。怕精灵、来往相逢。荒烟瓦砾，宝钗零乱隐鸾龙。吴峰越巘，翠鬐锁、苦为谁容。（罗志仁《金人捧露盘·丙午钱塘》）

苔与其他意象的色彩搭配是园林景观配置中颇有看头的，日本就有专和飘落的红枫搭配的苔园，可专门欣赏这种绚烂与枯寂交织的美。从以上所举词例来看，宋代词人对这一景观的喜爱和吟赏，也是独具眼光的。和绿柳青松不同，苔意象所显示出的色彩美尽管也透露出生机，但更主要的是一种清幽、苍凉、衰飒甚至带有悲剧感的美。

再说苔与其他意象组合形成的形象美和意蕴美。宋词中的苔与其他意象的组合，除了上面所说的苔梅、苔石、苔阶、苔壁，还有苔与落花，苔与足迹、苔与深院等。宋词中最能凝聚苔的特性和抒写苔的美感与精神内蕴的要算苔与落花、苔与足迹、苔与深院这三个组合了。词体内在的写作范式有重比兴的特点。① 比兴多，自然意象密集，因此意象在宋词中的表达作用

---

① 沈祥龙《论词随笔》指出："诗有赋比兴，词则比兴多于赋。或借景以引其情，兴也。或借物以寓其意，比也。盖心中幽约怨悱，不能直言，必低徊要眇以出之，而后可以感人。"蒋兆兰《词说》亦云："词与诗之不同，虽匪一端，而大较诗则有赋比兴三义，词则比兴为高"。（见唐圭璋编：《词话丛编》，第4048、4629页。）

非常重要。但能形成特别意味、一定情境往往非单个意象所能做到，一般是词人习用的两个或两个以上的意象组合。这种组合在无数词人的具有相似模式的写作进程中被不断强化，最终成为一种形式和意义的固定。苔意象也不例外。下面来看这三个意象组合：

（一）苔与落花：永恒苍老

除前面说过的色彩美之外，词人常常使用的苔与落花有着画龙点睛的画面美的效果，并以景语写情语，使词意变得耐人寻味，有余音袅袅的韵致："心事一春犹未见。余花落尽青苔院"（晏殊《蝶恋花》）；"门掩日斜人静，落花愁点青苔"（欧阳修《清平乐》）；"风雨无情，又颠倒、绿苔红萼"（陆游《解连环》），四处滋长的青苔犹如女子绵长的心事，青春在孤寂中凋零就好似落花飘零，却也只能在百转千回的心思中默默承受无人问津下的风雨飘摇。词人就将这样的情绪定格在青苔落花的画面上引而不发。

青苔由于寂静、沉默反倒比喧闹不已、争妍一时的花朵们更能经得起时间的考验，它默默地见证着花开花落，并在最后的时刻接纳它们，为它们的离去定下一个凄艳绝美的格。"青苔历历的境界……是和永恒照面的象征物。"[1]在这似乎亘古不变的苍绿面前，艳粉娇红的生命显得如此脆弱。所以，当落花俯向青苔，词人们的心为之一颤，于是也用心中的词笔为它们画像："碧苔满地衬残红"（康与之《风入松》）；"闲院秋千，又还拆了。绿苔遍地青春老"（杜安世《踏莎行》）；"今年对花最匆匆，相逢似有恨，依依愁悴。吟望久，青苔上、旋看飞坠"（周邦彦《花犯》）；"朝来。应问苍苔。甚几日都成锦绣堆"（葛长庚《沁园春》）；"梅风地溽，虹雨苔滋，一架舞红都变"（周邦彦《过秦楼》）。

再看吴文英的一首词：

> 紫骝嘶冻草，晓云锁、岫眉颦。正蕙雪初销，松腰玉瘦，憔

---

① 朱良志：《曲院风荷——中国艺术论十讲》，第129页。

悴真真。轻藜渐穿险磴，步荒苔、犹认瘗花痕。（吴文英《木兰花
慢》"虎丘陪仓幕游……"）

虎丘山上的真娘墓，是多少文人骚客驻足叹惋的地方，埋葬着传说中
流落风尘却异常贞洁刚烈的女子①。瘗花，就是埋花、葬花，这里苔上的花
痕，似花又似人，似有又似无，是思接千载的词人借以缅怀佳人、一抒兴亡
恨的小小通道。

芳草萋萋入眼浓。一年花事又匆匆。吐舒桃脸今朝雨，零落梅
妆昨夜风。云接野，水连空。画栏十二倚谁同。两眉新恨无分付，
独立苍苔数落红。（刘学箕《鹧鸪天》"发舟安康……"）

青苔之于落花，正如闺中之于女子，它是她从娇嫩开放到枯萎飘零的见证者，
它就是她的寂寞心事，只是她有时忘了，或假装忘了，但它会时时出现，总是伴
着她一日日蹉跎，直到花瓣落下。所以，"独立苍苔数落红"简直就成了宋词中
闺怨词的精魂所在，落红非花，苍苔非苔，只是闺中女子寂寞人生的写照罢了。

落花与苔的组合，有着凄美、清冷、绝望的美感，落花与苔的相见，便是
短暂与永恒、生命与死亡、青春与苍老的照面，这种情绪，只能是无可逃避的
绝望和哀伤的咏叹。

（二）苔与足迹：记忆划伤

苔常常生在少人行处，但偶尔也会有屐痕印上，这些实际存在的或仅
仅留存在记忆中的苔迹，都是词中一幅引人遐想、勾人回忆的画面，虽是
静止的，却可以使人的思绪飘得很远："恨个侬无赖，卖娇眼、春心偷掷。
苍苔花落，先印下一双春迹。"（廖莹中《个侬》）这首词用留在苔上的一双
可爱的足迹，衬出活泼爱娇的女子。"笑近短墙阴，抛个青梅子。苔上印钩
弯，邂逅难忘此。"（无名氏《生查子·闺情》）这苔上的足迹，成了情投意

---

① 范摅：《云溪友议》："真娘者，吴国之佳人也。时人比于钱塘苏小小，死葬吴宫之侧，行
客感其华丽，竞为题诗于墓树。"后人附会了真娘虽沦为风尘女子却因鸨母逼其接客而自缢身
亡的故事。（见上海古籍出版社编：《唐五代笔记小说大观》下，第1291页）

合的两人情意的见证，每回看见，怕也会甜蜜地偷笑吧。但更多的是忧伤的回忆："绿苔深径少人行，苔上屐痕无数。余香遗粉，剩衾闲枕，天把多情付"（张先《御街行》）；"日断征帆归别浦。空凝伫。苔痕绿印金莲步"（蔡伸《渔家傲》）。苔上的屐齿印迹总是引人遐想，美人离去时留下的屐痕，就像印到了词人的心里。"重来犹自寻芳径。吹鬓东风影。步金莲处绿苔封。不见彩云双袖、舞惊鸿"（方千里《虞美人》），"往事一潸然。莫过西园。凌波香断绿苔钱。燕子不知春事改，时立秋千"（吴文英《浪淘沙》），这里则是已无足迹，干脆连词人冀以回忆的念想也没有了，"凌波香断绿苔钱"，像极了李商隐那情到深处的"一树碧无情"（李商隐《蝉》）。

> 西园日日扫林亭。依旧赏新晴。黄蜂频扑秋千索，有当时、纤
> 手香凝。惆怅双鸳不到，幽阶一夜苔生。（吴文英《风入松》）

在词人的想象中，爱人的香味还未散，但疯长的苔已将他生生拉出回忆。这苔不仅生在阶上，更幽幽地长在觅不到尘世中可以携手漫步的伴侣的人的心上。"幽阶一夜苔生"的深情和孤独，最是配合苔的落寞与隐忍。

除了挑起词人对感情的回忆，苔与足迹也常常引起词人对似水流年的惊悸：

> 动地东风起。画桥西、绕溪桑柘，漫山桃李。寂寂墙阴苍苔
> 径，犹印前回屐齿。惊岁月、飙驰云驶。太息攀翻长亭树，是先
> 生、手种今如此。（刘克庄《贺新郎》）

苔上的足迹惊起了词人对往事的回忆，这里，已没有"前度刘郎今又来"的豪气，只有"树犹如此，人何以堪"的悲叹。

苔与足迹引出的，还有对历史的悼念：

> 蕲断鲛绡何人续，黯梦想、秋江风冷。空露渍藻铺，云根苔
> 甃，指痕环影。重省。五湖万里，谁问烟艇。（周弼《二郎神·西
> 施浣沙碛》）

隔着苍茫的岁月，石上的一点苔痕，就可以将词人的思绪连接到另一个时空。在那里，红粉依旧美丽，而此刻，早已在五湖烟艇里远去了。

可以说，苔上的足迹就象征着现在与过去的对话，苔痕，就是回忆，是过

往生活在词人心中不能磨灭的划伤。他们久久地玩味苔痕，实际上就是在品咂自己的伤口、别人的伤口、历史的伤口。生活已经发生改变，爱人或朋友已离去，自己也是在岁月的兜兜转转中归去又来，历史早已隐没在荒烟蔓草间，可苔上的屐齿依旧，本来早就决心淡忘的往事又蓦然归来，那苔痕，简直就是残忍的通往不堪回首的记忆的锁钥。"苔径孤吟屐。"（张辑《念奴娇》）这句虽只短短五字，却活画出了一个孤独、清寒的文人形象。这就是在苔径上徐行的词人自己了，品咂苔上屐痕的同时，也留下了属于岁月的忧伤的诗行。

（三）深院幽苔：寂寞清冷

院中阶上的苔、径上的苔、墙上的苔、庭中的苔，就好像注视着词人的寂寞而深情的眼睛，时时唤起他们的自伤自怜："庭院深沉绝俗埃。绿苔因雨上层阶"（陈德武《浣溪沙·春思》），蔓延的苔就好像词人在深夜中愈来愈寂寞和躁动的心；"无端枝上啼鸠唤，便等闲、孤枕惊回。恶情怀，一院杨花，一径苍苔"（王茂孙《高阳台·春梦》），词人做了一个绮艳的春梦，却被枝上的啼鸟惊醒，看到春暮的杨花、暗生的苍苔，就仿佛看到自己的寂寞；"帘移碎影，香褪衣襟。旧家庭院嫩苔侵"（章楶《声声令》），苔的滋长用明白不过的事实说明人的寂寞，因此也非常容易勾起人的心事；"夕阳深锁绿苔门，一任卢郎愁里老"（周邦彦《玉楼春》），一个"锁"字，再加上夕阳青苔，活画出了一个穷愁孤苦的词人；"风飘絮、绿苔侵径"（杜安世《玉阑干》），一个"侵"字，仿佛那寂寞已顺着蔓延的青苔长入心中；"径苔深，念断无故人，轻敲幽户"（吴文英《探春慢·龟翁下世后登研意》），那段路上来的只有故人，如今苔封藓侵，留给词人的就只有深深的惆怅与想念。

再有"玉笙嬝嬝愁新。夕阳依旧倚窗尘。叶红苔郁碧，深院断无人"（辛弃疾《临江仙》），"柔肠底事愁如织。愁如织。紫苔庭院，悄无人迹"（王千秋《忆秦娥》）。词人们利用苔院这一意象暗示寂寞孤独，已经到了相当默契的程度。

暮霞霁雨，小莲出水红妆靓。风定。看步袜江妃照明镜。飞萤度暗草，秉烛游花径。人静。携艳质、追凉就槐影。

> 金环皓腕，雪藕清泉莹。谁念省。满身香、犹是旧荀令。见说
> 胡姬，酒垆寂静。烟锁漠漠，藻池苔井。（周邦彦《侧犯》）

上阕还是回忆中香艳绮丽的俗世男女的欢情，到了"谁念省。满身香、犹是旧荀令"，便流露出难掩的惆怅与寂寥。再到"酒垆寂静"，整个词意就开始趋向平静，到了最后压尾的"藻池苔井"，就将满纸的喧嚣压下，进一步将安静引向幽深、孤寂，词人那因感情变故而无奈、怅惘的心似乎也渐渐地归于平静了。

> 帘卷春寒小雨天。牡丹花落尽，悄庭轩。高空双燕舞翩翩。无
> 风轻絮坠，暗苔钱。拟将幽怨写香笺。中心多少事，语难传。思量
> 真个恶因缘。那堪长梦见，在伊边。（杜安世《朝玉阶》）

那些无端的伤感是由于落花、双燕、飞絮，但看到了苔，幽怨似乎一下引逗而出，幽暗的苔似乎就是寂寞心事的代名词。

> 雨霁风光，春分天气。千花百卉争明媚。画梁新燕一双双，玉
> 笼鹦鹉愁孤睡。薜荔依墙，莓苔满地。青楼几处歌声丽。蓦然旧事
> 上心来，无言敛皱眉山翠。（欧阳修《踏莎行》）

这是一首典型的闺怨模式的词。在明媚的春日里，成双的燕子衬托出这寂寞女子的孤独，笼里孤睡的鹦鹉简直就是她的写照。本是因为春天到来长出的薜荔、莓苔也暗示着她无人问津的尴尬处境，难怪她凝望着薜荔、莓苔，听到别家楼台上传来的歌声，难过起来，想起了自己的前尘往事。

小庭深院，幽阶僻径，本已极尽静谧深邃之意，再加上深深浅浅、苍翠浓绿、无处不在的青苔，那境界就更深一层。明人张岱在《一卷冰雪又序》中说："剑之有光铓，与山之有空翠，气之有沆瀣，月之有烟霜，竹之有苍茜，食味之有生鲜，古铜之有青绿，玉石之有胞浆，诗之有冰雪，皆是物也。苏长公曰：'子由近作《栖贤僧堂记》，读之惨凉，觉崩崖飞瀑，逼人寒栗。'噫！此岂可与俗人道哉？"这实际上说的就是艺术创作上的一种清寒之境，亦如院之有莓苔。苔本身所具有的潮湿、阴冷的个性，如同隐士幽人的情怀，有利于它造成一种清寒之境，而这种清与寒，正符合词人们"以

深静为至"①的词境追求。"青眼已伤前遇少，白头孤负知音。苔墙藓井夜沉沉。无聊成独坐，有恨即沾襟"（刘过《临江仙》），这首词透露的正是这样一种凄清寂寞的境界。宋词中大多数意象是香艳、富贵的，这样容易使整首词呈现暖和浮的感觉，有了深院苔藓的加入，就好像给词体注入了一泓清气，这是其他大多数花木类的意象所不能达到的，梅、竹、草意象在这方面的内涵与苔相似，但表达寂寞、清冷的境界似乎还是苔更胜一筹。深受中国园林造境学说影响的日本就有苔园，这种园中的主景就是苔藓，追求的就是清冷、幽深的境界，难怪宋代词人们的笔下会出现那么多的深院幽苔了。

综上所述，苔与落花、苔与足迹、苔与深院的确是宋词中运用较为普遍、意义较为固定、造境较为生动的重要的意象组合。

除了以上的落花与苔、足迹与苔、深院与苔，宋词中的苔意象还有三个较为普遍的内涵：体现隐逸、闲适："山雨初晴，余寒犹在东风软。满庭苔藓。青子无人见"（宋自道《点绛唇》），"百亩中庭半是苔。门前白道水萦回。爱闲能有几人来"（王安石《浣溪沙》），"啭枝黄鸟近。隔岸声相应。随意坐莓苔。飘零酒一杯"（王安石《菩萨蛮》），"信步苍苔绕遍，真堪付、闲客闲行"（叶梦得《满庭芳》），坐莓苔的词人心中定然是冷然如冰的清净；增添古雅色彩、沟通历史与现实："江左风流旧话，想登临浩叹，白骨苍苔"（张镃《八声甘州》），"双阙远腾龙凤影，九门空锁鸳鸯翼。更无人、抠笛傍宫墙，苔花碧"（史达祖《满江红》），"冻雨前朝浯溪石，对苍苔、堕泪怜臣甫"（刘辰翁《金缕曲》），那苔简直就是历史本身的沧桑和悲剧感凝成；作为园林中不可或缺的一景展现出生机和独特的美感："红粉苔墙。透新春消息，梅粉先芳"（张先《汉宫春·蜡梅》），"绿芜墙绕青苔院。中庭日淡芭蕉卷"（陈克《菩萨蛮》），"此树婆娑一惘然，苔藓生春意"（姜夔《卜算子》），"春正好，见龙孙穿破，紫苔苍壁"（辛弃疾《满江红》），"共说西园携手处，小桥深竹连苔色。到如今、梧叶染清霜，封行迹"（吕渭老《满江

① 况周颐：《蕙风词话》，见唐圭璋编：《词话丛编》，第4425页。

红》），"竹色苔香小院深。蒲团茶鼎掩山扃。松风吹净世间尘"（周密《浣溪沙·题紫清道院》），"湖边小池苑。渐苔痕竹色，青青如染。辨橘中荷屋，晚芳自占"（无名氏《水晶帘·上定齐六月廿七》），正如宗白华先生所说"山水传神在点苔，苔是山水的眉目"①，这园中也因为有了苔而变得清秀可人。

总的来看，苔意象在宋词中的作用主要有如下几点：

第一，成为寂寞的代名词，也是闲适隐逸的象征物，成为闺怨词、隐逸词和伤感失意主题的词中一个重要的意象；

第二，变成回忆的通道，勾连过去与现在、历史与现实，凝固成为一个有意味的灵动、丰富的意象；

第三，和其他意象组合，呈现出独特的形象美和色彩美，并在呈现或生机盎然或静谧幽深的词境上有难夺之功。

园林艺术家陈从周先生曾说："童寯老人曾谓，拙政园'藓苔蔽路，而山池天然，丹青淡剥，反觉逸趣横生'。真小颓风范，丘壑独存，此言园林苍古之境，有胜藻饰。"②园林专家金学智先生也认为苔类野生植物有其独特的功能，是一种微观的绿色之美。③宋代词人因为所处时代和词体特性的关系比前代词人更多地展现了苔在园林中的美感，将苔在园林中的作用（增添古雅气息，与其他景物组合，起到配色的作用；在万物凋零时呈现一脉生机；呈现出静谧、幽深的境界）做了审美化的展示和深化，将一己的词心凝在小小的苔上，用小小的苔也折射出了丰富的人生内蕴，从而也为宋词的意象世界增添了一处美景。

---

① 宗白华：《天光云影》，北京大学出版社，2005年，第110页。
② 陈从周：《续说园》，见《梓翁说园》，第19页。
③ 金学智：《中国园林美学》，第209页。

三、以园林为中心看宋词中的"窗"：间阻与聆听 [①]

　　小小的窗，只是供建筑物采光、通风的基础设备，它本身所负载的人文内涵并不丰厚，比起那些堪以比德的花木，简直只能说是一个道具。但恰恰是这个道具，在美学意义上有着不可取代的独特地位。宗白华先生有这样一段话："美的对象之第一步需要间隔。图画的框、雕像的石座、堂宇的栏干台阶，剧台的帘幕（新式的配光法及观众坐黑暗中），从窗眼窥青山一角、登高俯瞰黑夜幂罩的灯火街市，这些幻美的境界都是由各种间隔作用造成。" [②] 可以说，窗、帘、栏杆都是这样一种神奇的道具，它们似开还闭，欲隔不隔，半藏半露。就在这样的状态下审美者和审美对象拉开了距离，审美者的空间感受扩大了，感觉和想象也同时丰富了。宗先生还特别借对离卦的分析指出窗在审美中的重要作用："离也者，明也。'明'古字，一边是月，一边是窗。月亮照到窗子上，是为明。这是富有诗意的创造。而《离卦》本身雕空透明，也同窗子有关。这说明《离卦》的美学思想和古代建筑艺术思想有关。人与外界既有隔又有通，这是中国古代建筑艺术的基本思想。有隔有通，这就依赖着雕空的窗门……这说明《离卦》的美学思想乃是虚实相生的美学，是内外通透的美学。" [③] 因此，窗本身固然具有镂刻雕饰的审美价值，但这只是浅露的外在表象，窗真正的价值恰在于它的道具性：关闭时，形成隐秘空间，却仍有光线、声音出入，想象和聆听的悟入遂深；开启时，是天人合一，人是窗里的风景，风景是窗里的画，声、光、风、香，一切感觉之门打开，却又不是一倾而出，而是远近虚实相融、似有若无的，如水彩湮晕着，如和风包裹着，却又不可触碰，保持着审美应有的距离。

---

① 本节内容已发表于《中国韵文学刊》2006年第1期，原题名为《琐窗寒——从园林角度看宋词中的窗意象》，内容略有改动。
② 宗白华：《美学的散步》，人民文学出版社，2022年，第117页。
③ 宗白华：《天光云影》，第138页。

　　或许正是窗的这种特性，使得历代诗人对它吟咏不休。赵松元在他的《六朝窗诗与窗审美意义的发现——对宗白华先生窗美学思想的一个补充》中探讨了六朝窗诗，指出："六朝时期，中国最早的山水诗人们就已敏感地发现了'窗'的审美意义并在他们的诗歌中初步描写了窗所独有的空间意味。"①此外还有《卷帘开窗看唐诗》②，也对唐诗中的窗诗进行了审美分析。的确，六朝及以后的诗人们透过窗得到了各自不同的美感和哲理体验：陶渊明在南风窗下体会到了散淡从容的心境："尝言五六月中，北窗下卧，遇凉风暂至，自谓是羲皇上人。"（陶渊明《与子俨等疏》）杜甫从窗中看到了大气豪爽的景致："窗含西岭千秋雪，门泊东吴万里船。"（杜甫《绝句》）李商隐从窗边听到了委婉缠绵的心曲："何当共剪西窗烛，却话巴山夜雨时。"（李商隐《夜雨寄北》）不难发现，让诗人们心动神摇的，也并非窗本身，而是透窗而过的风、遥对窗口的雪、敲窗不已的雨这些自然之美，但恰是窗，引领着诗人的慧眼神思发现这些美，并在那些瞬间体悟出它们所蕴含的生命感受。

　　历史发展到宋代，一切都变得精致起来了。富贵香艳的宋词中有的是数不胜数的绮窗瑶户，这不仅仅是词体不尚贫寒气的辞藻要求所造成的，更有着客观的社会文化原因。建筑艺术趋向精美和重视门窗之类的"小木作"，跟园林艺术在宋代的繁荣是息息相关的，所以宋词当中出现那么多的琐窗朱户也就不足为怪了。窗的借景、对景、泻景功能是园林艺术中一个颇为重要的手段："开窗莫妙于借景"，"同一物也，同一事也，此窗未设以前，仅作事物观；一有此窗，则不烦指点，人人俱作画图观矣"③。因此，李渔将窗称为尺幅窗、无心画。园艺大师计成在《园冶》中说道："轩楹高爽，窗户虚邻，纳千顷之汪洋，收四时之烂熳。"④窗将景物聚合，使目光聚

<hr>

① 赵松元：《六朝窗诗与窗审美意义的发现——对宗白华先生窗美学思想的一个补充》，载《韩山师范学院学报（社会科学版）》1998年第1期。
② 肖细白、赵松元：《卷帘开窗看唐诗》，载《中国文学研究》1998年第3期。
③ 李渔：《闲情偶寄》，第135—136页。
④ 张家骥：《园冶全释》，第168页。

焦,又使审美活动和审美对象保持了适当的距离,并能以小见大,扩展空间,虚实结合,生动变化,因此,窗在园林中的作用是相当重要的。对这一点,金学智先生的《中国园林美学》当中有"框格美学和无心图画"专节论述,在此就不赘述。可以说,窗的美学,就是园林的美学,是小大、虚实、藏露、有无的哲学在园林里具体而微的典型显现。检索唐诗宋词,五万多首唐诗中有"窗"的占了近两千首,21085首宋词中就有1879首窗词,按照比例来说,数量大增。这与宋词对庭院、园林的集中描写有关,也是由宋词题材多限于闺中花前、写意多抒发儿女情而决定的,更重要的是,词体本身的美学追求和园林的美学风格同为精美雅洁、委曲幽深。因此,园林中的一个主角——窗在宋词中的出现频率大大超过前代,也就不足为怪了。有些词牌干脆就以窗为名,比如琐窗寒、红窗迥。词人们不仅爱写窗,很多著名的词人更以窗作为自己的字,吴文英字梦窗,周密字草窗,还有一个叫梅窗的无名词人。这些词人可能心中也有一个园林梦,以他们的敏感细腻和不俗的格调,如果有资财,也会为自己营构一处可供身心栖息的家园。没有属于自己的园林,即使人在旅途,寄人篱下,也总还有属于自己的一方旅窗——可以任自己幻想做梦、听风听雨的窗口,这或许就是词人们以窗为字的初衷。窗词数量多、词牌以窗命名、词人以窗为字,这些都显示出宋代词人对窗的独特情感和审美倾向,这与园林在宋代与文人的日益紧密结合是一致的。

宋词中描写的窗种类繁多,有东窗、西窗、南窗、北窗、矮窗、半窗、小窗、觥窗、篷窗、绮窗、雕窗、罗窗、纱窗、竹窗、筠窗、琐窗、绿窗、红窗、碧窗、梅窗、菊窗、杏花窗、雪窗、月窗、风窗、星窗、云窗、雨窗、水窗、春窗、秋窗、晴窗、午窗、晓窗、夜窗、疏窗、寒窗、明窗、幽窗、闲窗、孤窗等。其中有对窗本身方位、材质、做工、色彩的描绘,更有对通过窗所看到的景色、所感到的物候、所体会的心情的多样概括,可见词人们对窗的感受之细腻。不仅如此,许多词人在欣赏窗景的时候,往往注意到窗在园林中的对景、借景等重要作用,体现着主动、成熟的园林审美眼光。先看毛滂的《摊声浣溪沙》的词序:"冬至日,天气晏温,从孙使君步至双石堂，北望山中微雪，因开窗倚目。适二柳当前，使君命伐之，霍然遂得众山之妙。"为了获得那种大气、豪爽的景致的观感，不惜伐掉婀娜多姿的杨柳，只因它妨碍了从窗内观山的视线。"急剪垂杨迎秀色"，那"北山轻带雪"始能"到窗前"。再看辛弃疾的词："东冈更葺茅斋。好都把轩窗临水开。"（《沁园春·带湖新居将成》）洪迈《稼轩记》说："郡治之北可里所，故有旷土存：三面傅城，前枕澄湖如宝带"①。词人打算在东冈上修建茅斋，面对湖水开窗，将湖光山色引入室内。"新葺茅檐次第成。青山恰对小窗横。"（辛弃疾《浣溪沙·瓢泉偶作》）瓢泉居室是辛弃疾在江西铅山县东南的又一处居所，开窗面对的正是辛弃疾珍爱不已的"雄深雅健"的灵山。由这两首词可见辛弃疾在经营园林时的匠心。还有毛滂的一首《浣溪沙·泛舟还余英馆》："烟柳风蒲冉冉斜。小窗不用着帘遮。载将山影转湾沙。略彴断时分岸色，蜻蜓立处过汀花。此情此水共天涯。"小舟一路行来，动观山景，俯仰皆画，这样的审美眼光就颇与李渔的设"便面"（即扇面）于船用来观天然图画相通："是船之左右，只有二便面，便面之外，无他物矣。坐于其中，则两岸之湖光山色，寺观浮屠，云烟竹树，以及往来之樵人牧竖，醉翁游女，连人带马，尽入便面之中，作我天然图画。且又时时变幻，不为一定之形。非特舟行之际，摇一橹而变一象，撑一篙换一景，即系缆时，风摇水动，亦刻刻异形。是一日之内，现出百千万幅佳山佳水，总以便面收之。"②可见，宋代词人对窗景的鉴赏和设计，已达到很自觉的境地和较高的水准。

在宋代众多的窗词中，主要有如下几个意象组合有着较为突出的美感和情感内蕴，颇能代表某类窗词的典型特征，它们分别是绮窗佳人、蕉窗听雨、一窗梅影、夜窗梦蝶、西窗剪烛、北窗闲卧。从园林的角度来说，这些意象组合又大都可以成为园林品赏的经典小品，分别倾向于从观看、聆听、领悟、休闲等角度对窗及窗内外景物进行以艺术审美为基础的品赏活动。下面就以前两个意象为主、后四个意象为辅，试分析其中的审美意蕴和情感内涵。

---

① 四川大学中文系古典文学教研室选注：《宋文选》下，人民文学出版社，1980年，第363页。
② 李渔：《闲情偶寄》，第135页。

（一）绮窗佳人：隐秘的风景

在宋词当中，词人常将女子称为"绮窗人"："追念绮窗人，天然自、风韵娴雅。"（周邦彦《塞垣春》）"绮窗人在东风里，洒泪对春闲。"（阮阅《眼儿媚》）"记得年时，绮窗人去，尚有唾茸遗线。"（韩元吉《永遇乐》）这种称呼将女子和窗紧密联系在一起，也是符合实际情况的。女子的大部分日常生活都在闺中窗边度过：梳妆、做针线、裁剪、弹琴、吹笛、唱歌、休息，甚至恋爱的回忆、孤独的等候、因物候而伤感等，这些都在宋词中有所体现。举周密的《好事近》为例："秋水浸芙蓉，清晓绮窗临镜。柳弱不胜愁重，染兰膏微沁。"清晨的绮窗中，女子纤弱的身姿仿佛经不起一丝儿忧愁，只见她轻轻点染，淡淡梳妆，她的脸如同荷花开在镜中，明丽清新。这"绿窗人似花"（韦庄《菩萨蛮》）、"花面交相映"（温庭筠《菩萨蛮》）的场景颇得花间神韵。再看："去年今日，旧愁新恨，送将风絮。粉泪羞红，黛眉颦翠，推愁不去。任琐窗深闭，屏山半掩，还别有、愁来路。"（刘镇《水龙吟·庚寅寄远》）这个女子兰心蕙质，知道独坐窗下时的孤寂经不起春天的挑逗，因此宁愿闭窗掩屏，以此逃避春愁，可就算如此，忧愁还是无声无息地袭击了她。此词以掩屏、闭窗来隔断春愁来路的构思可谓清新，颇似"闭门欲推愁，愁终不肯去。深藏欲避愁，愁已知人处"（庾信《愁赋》）的韵味，但又更添了女性独有的妩媚婉转之态。紧闭的窗，象征着女子压抑的内心以及强烈控制着的感情。上面所举二例，前者为开放的窗，后者为深闭的窗，下面三首词，则更能见窗在"隔"与"不隔"间的妙处，先看贺铸的《窗下绣·一落索》：

初见碧纱窗下绣。寸波频溜。错将黄晕压檀花，翠袖掩、纤纤手。金缕一双红豆。情通色授。不应学舞爱垂杨，甚长为、春风瘦。

男子和女子一个在窗外，一个在窗内，窗为女子的矜持害羞提供着应有的保护，也让她与初见的男子保持着一定的距离，这是"隔"，但女子含羞慌乱的神情，翠袖下忙掩的纤手，金缕衣上系着的红豆，特别是传递着心事的眼波，无一不在泄露心中的情思。这些，都被窗外的男子爱慕地欣赏着，这又是窗所隔不住的"情通色授"。这样的"隔"与"不隔"，使词所描写的情感保持着含蓄的张力，又有着让人怦然心动的情感力度，还产生了活泼、生动的画面感。再如吕渭老的《如梦令》：

> 百和宝钗香佩。短短同心霞带。清镜照新妆，巧画一双眉黛。多态。多态。偷觑榴花窗外。

可爱的女子新妆初成，借着窗的掩护，独自欣赏石榴花，岂料她娇羞顾盼的样子，已被词人绘成一幅佳人倚窗图。这首词的构思与意境和当代诗人卞之琳著名的《断章》有异曲同工之妙："你站在桥上看风景，看风景人在楼上看你。明月装饰了你的窗子，你装饰了别人的梦。"相比之下，词人反观窗景的镜头感还是朦胧、自发的，不像卞诗那样主动、鲜明，但也在客观上造成了双重的美感：窗外的榴花在女子眼中是美景，倚窗的女子在观者的眼中也是一幅妙图。再看向子𬤊的《虞美人》："绮窗人似莺藏柳。巧语春心透。声声清切入人深。"词人将窗内唱歌的佳人比作柳丝中啼叫的黄莺，窗中的她有时真切，有时模糊，但那清越动人的歌声却声声入耳。这句词，也体现着窗的魅力，它是一个传达美的通道。

另外一类窗词则是将窗及窗中人置于一个大的背景下，一路写来，境界一层深似一层，而窗就是最后的焦点，是景深中的景深。如下面的词：

> 楼上黄昏杏花寒。斜月小栏干。一双燕子，两行征雁，画角声残。绮窗人在东风里，洒泪对春闲。也应似旧，盈盈秋水，淡淡春山。（阮阅《眼儿媚》）

层层推进的镜头，先依次扫过高楼、杏花、斜月、栏杆，再移向天空中的燕、雁，还不忘添上最富悲伤情绪感染力的画角声，勾勒出整个春寒渐起的黄昏，此时，才推出词人想象中的窗中女子，她坐在那个让人心生惆怅的春日黄昏的最深处，孤独、伤感以致落泪。再看：

> 绿芜墙绕青苔院。中庭日淡芭蕉卷。蝴蝶上阶飞。烘帘自在垂。玉钩双语燕。宝甃杨花转语。几处簸钱声。绿窗春睡轻。（陈克《菩萨蛮》）

词中虽用了多个动词：绕、卷、飞、垂、语、转、簸，但传达出的境界却是一片静谧，这些细微的动作"置静意于喧动中"（惠洪《冷斋夜话》），显得这静中充满了自然的生机和意趣，而最后一句，才点出这静中的主角——窗内浅眠的女子。这一切的静因她存在，是她所感，而她，才是这首词中最美的静好。以上两首词中的窗内佳人形象都是整首词的词眼所在，正是她们的忧伤、安静带给词不同的情绪。

"青青河畔草，郁郁园中柳。盈盈楼上女，皎皎当户牖。"(《古诗十九首》之"青青河畔草")宇文所安在《迷楼》中这样剖析这个当窗而立的女子："我们穿过空间，越过障碍：透过茂密的柳树，我们看到了一座楼房，在楼房的高处，打开了又一个缺口、一扇窗户，一个美丽的女子就镶嵌在这扇窗户里。这类缺口正是暴露的图形，是我们集中关注的盾牌阵中的缺口。""那个女人站在窗前，发出了这样的引诱：昔为倡家女，今为荡子妇。荡子行不归，空床难独守。"①他以欲望为突破口，揭示了窗前女子的意义。宋词中的窗前女子形象也有类似的意味："寻思难值有情人，可怜虚度琐窗春。"(晏幾道《浣溪沙》)"一春闲却花时候。小阁幽窗长独守。"(李石《木兰花》)她们独守空窗，含羞向外看，又在郁闷难耐的时候闭窗垂帘，窗的敞开与否很多时候暗示着她们内心隐秘情怀的透露与否。在宋词中，窗还常常和其他意象——空床、屏风等组合在一起，强调女性内心的欲求。

可见，绮窗佳人的形象在宋词中的确存在着一定的普遍性和特殊性："绮窗人在东风里"的画面是一种景深，窗的"隔"与"不隔"则使得词的意境丰富多变，同时，窗还象征着欲望。

（二）蕉窗听雨：心灵的声音

关上窗，隔不断的是天籁及人声：促织声、鸡声、黄鹂声、落雪声、鹧鸪声、喜鹊声、簌钱声、漏声、叫卖声等，这些声音，词人都在窗边倾听过。宋词中的种种声响并不使人觉得嘈杂，一片宁谧中有了这些声音，显得空寂处有生机流动，更衬托得那静如此美好了："恼人天气雪消时。落

---

① 宇文所安：《迷楼——诗与欲望的迷宫》，程章灿译，生活·读书·新知三联书店，2003年，第12、156页。

梅飞。日初迟。小阁幽窗，时节听黄鹂。"（李之仪《江神子》）"琴书倦，鹧鸪唤起南窗睡。"（谢逸《千秋岁》）"闲窗静院漏声长。金鸭冷残香。"（曾觌《诉衷情》）"藜床危坐，竹窗频听，春虫扑纸。"（杨无咎《水龙吟》）"午梦醒来，小窗人静，春在卖花声里。"（王岷《夜行船》）有的声音给人恬静的感觉，像上述几首词。有的声音让人快乐，如窗外的喜鹊声正应了闺中女子的心事，但一场欢喜却又落空："船回沙尾。几误红窗听鹊喜。尺素空传。转首相逢又来年。"（蔡伸《减字木兰花》）还有的声音让人凄恻难当："当无绪、人静酒初醒，天外征鸿，知送谁家归信，穿云悲叫。蛩响幽窗，鼠窥寒砚，一点银釭闲照。梦枕频惊，愁衾半拥，万里归心悄悄。往事追思多少。"（柳永《倾杯》）鸿雁的悲叫和寒蛩的哀鸣使旅窗之下的游子更加深了世路坎坷和人生凄凉的感受。

种种声音固然都能在听者的心中激起涟漪，但最具典型性、凝聚了前代诗人的审美经验并深深体现宋词的悲伤意绪的莫过于听风听雨了。这个意象，可以用园林品赏中的一个经典小品来概括，那就是"蕉窗听雨"。计成形容："夜雨芭蕉，似杂鲛人之泣泪。"[1]写出了听雨的悲感。沈周《听蕉记》写道："夫蕉者，叶大而虚，承雨有声，雨之疾徐、疏密，响应不忒……蕉静也，雨动也，动静戞摩而成声，声与耳又相能相入也。迨若匝匝嚓嚓，剥剥滂滂，索索渐渐，床床浪浪，如僧讽堂，如渔鸣榔，如珠倾，如马骧，得而象之，又属听者之妙矣。"道出了听雨的乐趣。许是格外喜爱李商隐"秋阴不散霜飞晚，留得枯荷听雨声"（《宿骆氏亭寄怀崔雍崔衮》）的意境，宋代的词人很享受听雨的乐趣，如辛弃疾："剩欲读书已懒，只因多病长闲。听风听雨小窗眠。"（《西江月》）再如吴文英："听风听雨过清明。愁草瘗花铭。"（《风入松》）"窗外捎溪雨响。映窗里、嚼花灯冷。"（《夜游宫》）"声音固然是一种表现和外在现象，但是它这种表现正因为它是外在现象而随生随灭。耳朵一听到它，它就消失了，所产生的印象就马上刻在心上了；声音的余韵只在灵魂最深处荡漾。"[2]懂得听雨的人都有一颗敏感的心，

---

① 张家骥：《园冶全释》，168页。

② 黑格尔：《美学》第3卷上册，朱光潜译，商务印书馆，1979年，第333页。

当感觉中只有淅淅沥沥的雨声，思绪也会变得缠绵悠远。往往是一片静谧中，词中的主人公就会被蕉窗雨声、竹窗风声、梧桐叶底的秋声深深地打动："窗在梧桐叶底。更黄昏雨细。枕前前事上心来，独自个、怎生睡。"（欧阳修《一落索》）闺中女子的生活常常是伴着窗外的风吹草动的，在一片静寂中，她们渴望爱情、期盼温暖的心往往纤敏如丝。所以窗外风吹竹叶的声音让她误以为是情人到来，然而却又陷入失望："西窗下，风摇翠竹，疑是故人来。伤怀。"（秦观《满庭芳》）重温鸳梦的当儿，却被雨打芭蕉的声音惊破，让她甚是气恼："芭蕉衬雨秋声动。罗窗恼破鸳鸯梦。"（贺铸《菩萨蛮》）却又突然感恩起来，毕竟，孤独的时候还有夜雨中的蕉窗可以倾听，点点滴滴像在诉说，那其实就是女子自己的诉说。却又比自语多了些温暖和感动："人间阔，雁参差。相思惟有梦相知。谢他窗外芭蕉雨，叶叶声声伴别离。"（黄机《鹧鸪天》）绿窗女子的喜和怨，竟这样深地和窗外的蕉、竹和梧桐联系着。蒋捷的《虞美人·听雨》更是将人世沧桑糅入雨声：

> 少年听雨歌楼上。红烛昏罗帐。壮年听雨客舟中。江阔云低、断雁叫西风。而今听雨僧庐下。鬓已星星也。悲欢离合总无情。一任阶前、点滴到天明。

同是听雨，在不同的窗下，仿佛过尽了词人的一生：红楼绮窗下，感受到的是一片春情；客舟的篷窗下，充溢心头的是世路艰辛、人在天涯的似孤雁般的情绪；僧庐中的客窗下，就只有回首一生的无奈与淡然。雨声没有变化，也不关窗的变迁，都只是词人自己的心境。"雨所引起的愁不见得跟具体的一时一地一人一事相关联，而是无头无绪无始无终无来由……诗人'无端'地在雨中感受到一种莫名的悲哀。"①李清照的两首词，就写出了这种听雨时莫名的悲哀：

> 窗前谁种芭蕉树，阴满中庭。阴满中庭。叶叶心心，舒卷有余情。伤心枕上三更雨，点滴霖霪。点滴霖霪。愁损北人，不惯起来

---

① 朱良志：《曲院风荷——中国艺术论十讲》，第30页。

听。（李清照《添字丑奴儿》）

　　守着窗儿，独自怎生得黑。梧桐更兼细雨，到黄昏、点点滴滴。这次第，怎一个、愁字了得。（李清照《声声慢》）

雨打蕉、桐的声音让窗内的词人无处逃避，她甚至怕这种声音，因为它必定带来忧愁情绪，并用无可抗拒的力量力逼她倾听内心，而凄凉、孤独的内心又怎堪在静夜里倾听呢。况周颐论词心："吾听风雨，吾览江山，常觉风雨江山外有万不得已者在，此万不得已者，即词心也。"①那么，蕉窗听雨，这一园林品赏的精致细节，同时也是宋词中一个常见的场景，便不仅仅是听觉上的听，更是一种心灵上的诉说。词境也正因为有了它，而变得动静交织，小大相融：窗外点滴的雨声不是动，窗内悸动的心灵和流动的思绪才是雨声衬托下的静谧背景中的动。"只有一枝梧叶，不知多少秋声。"（张炎《清平乐》）在窗封闭、内向的空间里，词人通过雨声打开了自己回忆和感受的心门，遂听出了无处逃避的、弥漫整个人生的风雨。正如泰戈尔所说，自然和人"二者不仅都具有生命，而且表现出一种韵律和和谐，就像同一首诗的两个小节、同一部交响乐中的两个乐章一样，它们是谱了同一曲调的"②。蕉窗听雨，就是人与自然在某种意义上的合奏。

"蕉窗听雨"，扩而广之，可以成为"秋窗风雨"这一大意象，这个意象，几乎贯穿着整个中国诗史。听风听雨中，体现着中国文人敏感的悲秋意识、主动的生命关照。"中国诗人的听雨感受，不仅已成为一种人对自然的诗化感受，不仅已成为中国诗人的一种生活艺术，一种'销魂'艺术，而且成为中国诗人对人生的哲理感悟。"③正如《红楼梦》中黛玉《秋窗风雨夕》中所咏："谁家秋院无风入？何处秋窗无雨声？"

除了"绮窗佳人"和"蕉窗听雨"这两个主要意象，还有下面四个在词中运用频率很高、极富美感和意味的组合意象。

---

① 况周颐：《惠风词话》，见唐圭璋编：《词话丛编》，第4411页。
② 纳拉万：《泰戈尔评传》，刘文哲、何文安译，重庆出版社，1985年，第70页。
③ 胡晓明：《万川之月——中国山水诗的心灵境界》，第122页。

（三）一窗梅影：空灵的妙境

宗白华先生说："中国诗人多爱从窗户庭阶，词人尤爱从帘、屏、栏杆、镜以吐纳世界景物"。[①] 的确如此，宋词中的窗景可谓多矣，娇艳的海棠、浓绿的芭蕉、飘飞的柳絮……林林总总、四时变化的景物都在宋词的窗中出现过。窗的框格展现出的只是景物的一小角，但就是这一小角，能达到以少胜多、引人遐思的很好的审美效果："欲过清明烟雨细。小槛临窗，点点残花坠。"（欧阳修《蝶恋花》）"窗外数修篁，寒相倚。"（杜安世《鹤冲天》）"槐绿低窗暗，榴红照眼明。"（黄庭坚《南歌子》）窗中的景致仿佛一幅幅折枝画，却又比画多了些活泼的声、香、色。窗边的梅、竹、芭蕉这三种植物特别地得到词人的青睐。金学智先生说竹有四美，分别为姿态、色泽、音韵、意境[②]；浓绿可人的芭蕉的确如《红楼梦》中所说为"快绿"；梅更是宋代文人的最爱，它不仅冷艳，还具幽韵。这三种植物适合栽在窗前闻其香、观其色、听其声、赏其影，同时体味其中丰富的人文意蕴。张潮《幽梦影》中说"梅令人高"，"蕉与竹令人韵"。[③] 词人笔下的梅、蕉、竹也展现着同样的意趣和美感："月窗明。一夜梅花忽开、疑是君。"（贺铸《小梅花》）这句词画面疏朗，构思俊逸，词人得梅花之助多矣！这里的窗景，实是词人的心境，月色下绽放的梅花，慰藉着孤独忧郁的词人，一个"君"字，蕴含着无限爱意和思念。"芭蕉叶映纱窗翠。衬粉泥书双合字。"（赵长卿《蝶恋花》）"芭蕉分绿与窗纱。"（杨万里《闲居初夏午睡起》）芭蕉的翠色，最是与窗相宜，而窗内的人也变成了画中人。"秀色娟娟，最宜雨沐风梳际……轩窗外。数竿相对。不减王猷爱。"（王十朋《点绛唇·细香竹》）森森翠竹带来的清凉、玲珑之感，总能勾起词人的幽怀。

有这样一句名言："每一片风景，都是一种心境。"在窗景中，较与宋代词人的审美意趣相得的还是梅影。宋人尚雅，喜欢清寒境界，窗前活色生香的梅花固然好，但月色下窗纱上老梅横斜旁逸的黑白剪影更有着冷然清

---

① 宗白华：《美学散步》，第104页。
② 金学智：《中国园林美学》，第208页。
③ 张潮：《幽梦影》，第225页。

冷的韵致。看宋人多么推崇林逋的"疏影横斜水清浅，暗香浮动月黄昏"（《山园小梅》）就知道，姜夔还将其中的《暗香》和《疏影》作成曲谱。宋词中的"疏影"是词人们爱用的意象之一。"宋代开始，人们品赏梅花，有'横斜、疏瘦、老枝奇怪'的'三贵'之说，实际上是用品画的标准来品梅花，以有无画意为取裁标准。"①沈祥龙在《论词随笔》中这样说："词宜清空……清者不染尘埃之谓，空者不著色相之谓。清则丽，空则灵，如月之曙，如气之秋"②。梅影所代表的这一类意象就有着这样的美感特质："新月娟娟，夜寒江静山衔斗。起来搔首。梅影横窗瘦。好个霜天，闲却传杯手。"（苏过《点绛唇》）这时的梅影是一幅疏朗有致的天然图画；"星横参昴，梅径月黄昏，清梦觉，浅眉鞿，窗外横斜影。"（谢逸《蓦山溪·月夜》）这时的梅影伴着闺中女子午夜梦回后的惆怅，更觉其清冷；"梦破小窗曾记省。烛影参差。脉脉还如背立时。"（李光《减字木兰花》）有时词人从梅花那傲然独立的倩影想到了心头一个无法忘却的影子。总之，一窗梅影的境界，正是宋人在窗词中的特别爱赏的境界。除了纱窗梅影，窗前的竹子、半窗斜月也能带来这种清寒之感。将这些景物写入词中，就会为词境平添一份幽深之意。

（四）夜窗梦蝶：幻美的梦境

窗外的景物随季节变化，带来一种梦幻感："绿窗酒醒春如梦。小池犹见红云动。露湿井干桐。翠阴生细风。"（舒亶《菩萨蛮》）这写出了推窗瞬间骤然的喜悦，节序推移中窗外美景带给词人的惊喜和感动。"半窗灯晕，几叶芭蕉，客梦床头。"（吴文英《诉衷情》）窗与梦，原本就是最自然的搭配。词人在窗下做着闲适的梦："金风细细。叶叶梧桐坠。绿酒初尝人易醉。一枕小窗浓睡。"（晏殊《清平乐》）懊恼的梦："叶里黄鹂时一弄。犹鬙松。等闲惊破纱窗梦。"（欧阳修《渔家傲》）伤心的梦："难问。有情谁道不相思。何事碧窗

① 曹林娣：《中国园林艺术论》，山西教育出版社，2001年，第181页。
② 沈祥龙：《论词随笔》，见唐圭璋编：《词话丛编》，第4054页。

春睡觉。偷照。粉痕匀却湿胭脂。"(欧阳修《定风波》)相思的梦："梦到窗前拂淡眉。觉来双泪垂。"(洪适《长相思》)还有梦醒时的惆怅："只今梅雪可怜时，都似绿窗前日梦。"(向子諲《玉楼春》)"对黄花共说憔悴，相思梦、顿醒西窗下。"(陈允平《塞垣春》)易逝的恋情与憔悴的落花都如同曾经在窗前做过的梦。

"午梦千山，窗阴一箭。香瘢新褪红丝腕。隔江人在雨声中，晚风菰叶生秋怨。"(吴文英《踏莎行》)在梦中经过了万水千山，醒来却仍是窗前一梦。在吴文英的词里，有这样一句"映梦窗，凌乱碧"(《秋思》)。他深知梦的魅力，他的许多情词也正是以其突出的梦幻感取胜。张炎在悼念他的词中写道："浑疑夜窗梦蝶，到如今、犹宿花阴。待唤起，甚江蓠摇落，化作秋声。回首曲终人远，黯消魂、忍看朵朵芳云。"(《声声慢·题吴梦窗遗笔》)将他的离世诗意写成化蝶未醒又散作秋风。周密同样情真意切地写道："与君共是，承平年少。雨窗短梦难凭，是几番宫商，几番吟啸。泪眼东风，回首四桥烟草。"(周密《玉漏迟·题吴梦窗霜花腴词集》)梦与窗的结合，对吴文英来说，可称得上是一种隐喻，词人一生回味不尽的爱情，就像窗下一场破碎、痛苦的人生旧梦，成为他的词中挥之不去的情结。"诗人善醒……但诗人更要能醉，能梦。由梦由醉诗人方能暂脱世俗、起俗凡近，深深地深深地坠入这世界人生的一层变化迷离、奥妙惝恍的境地。"[1]吴文英与梦和窗有缘，可能就如宗先生所说，他是一个格外善于在梦和词中制造梦幻感的词人。可以说，"夜窗梦蝶"就是以吴文英为代表的许多词人对人生梦幻感的总结及在词中运用梦幻感营造独特意境的象征。

（五）西窗剪烛：温暖归家梦

李商隐的《夜雨寄北》使剪烛西窗变成了一道优美、婉约的风景。这个意象的胜人之处就在于用一个极其细小、家常的动作，表达了对温暖、美好生活

---

[1] 宗白华：《天光云影》，第82页。

的向往。宋代词人也十分喜欢运用这个意象。孤身一人时，窗前的烛光就是词人的伴侣："谁伴明窗独坐。和我影儿两个。灯烬欲眠时，影也把人抛躲。无那。无那。好个恓惶的我。"（向滈《如梦令》）还可以是孤独的人倾诉的对象："凄切。去帆浪远江阔。怅顿解连环，西窗下、对烛频哽咽。"（陈允平《浪淘沙》）更如同伤心不已、泪滴不尽的女子："雨窗只剩残灯影，伴罗衣、无限泪痕。"（史达祖《恋绣衾》）那小窗上映出的孤单身影着实让人心酸："别愁深夜雨，孤影小窗灯。"（陈克《临江仙》）但每个在外漂泊的词人梦想的却还都是共故人剪烛西窗："柔怀难托。老天如水人情薄。烛痕犹刻西窗约。"（吴文英《醉落魄》）"甚时江海去。算空负、白苹鸥侣。更谁与、翦烛西窗，且醉听山雨。"（张辑《征招》）"客窗曾剪灯花弄。谁教来去如春梦。"（程垓《菩萨蛮》）这细微、平常的动作里蕴含着相逢的喜悦："何日迎门，小槛朱笼报鹦鹉。共剪西窗蜜炬。"（周邦彦《荔枝香近》）温暖的友谊："寂寥西窗久坐，故人悭会遇，同翦灯语。"（吴文英《齐天乐》）久违的温情："洒空阶、夜阑未休，故人剪烛西窗语。"（周邦彦《琐窗寒》）窗把剪烛的人也映成一道剪影，那景象，是孤苦漂泊着的人心头的一抹温暖："何当共剪西窗烛，却话巴山夜雨时。"（李商隐《夜雨寄北》）当此际，一切漂泊的痛苦都已随着灯花落尽了。剪烛西窗，就是这样一个萦绕在词人心底的关于归家、重逢、相聚的温暖的梦。

（六）北窗闲卧：寂寞可栖神

"尝言五六月中，北窗下卧，遇凉风暂至，自谓是羲皇上人。"（陶渊明《与子严等疏》）"倚南窗以寄傲，审容膝之易安。"（陶渊明《归去来兮辞》）"有酒有酒，闲饮东窗。"（陶渊明《停云》其二）陶渊明的北窗之卧给了千古文人一方可以逍遥偃傲、无适不可的理想天地："想鹪鹩，与鸿鹄，不相谋。惊鳞万里深逝，谁肯更吞钩。醉则北窗高卧，醒则南园行乐，莫莫更悠悠。云在山中谷，月在水中洲。"（吴潜《水调歌头》）"君爱谪仙风调，我恨楼船迫胁，终污永王璘。何似北窗下，寂寞可栖神。"（李光《水调歌头》）"南窗聊得渊明傲。"（王之道《渔家傲》）"嗟旧菊都荒，新松暗老，吾年今已如此。

但小窗容膝闭柴扉。"(苏轼《哨遍》)将宋代词人和陶渊明联系起来的就是"闲"。闲窗在宋词中出现的次数很多。闲者自能静,闲窗所发散出的静美,也是宋词静谧词境的一个重要的组成部分。金学智先生说:"从中国审美史上看,对自然美或园林美的接受,确实必须具备闲暇的条件。"①的确如此,闲是一种艺术而非功利的生活态度:"江山风月,闲者便是主人。"上引宋词中所表现的"寄傲""栖神""容膝"便是词人在闲中体验到的真正的自我。这种闲,主要不是指身体的休闲,而是一种安恬的心态,是在静观旁听自己的不为仕途、名利等种种身外物诱惑而自然生发的生命。所以闲窗在宋词当中可以说是一个隐逸、休闲、贴近生命本真的意象。

对以上六个窗意象组合的浅近分析,并未能穷尽宋词的窗意象宝库,但从上述的分析已能看出,宋词中的窗词有着多重的美感:

画面美:不论是窗内、外的景物或人,均因为窗具有的间隔效果和框格美学,而成为欣赏的对象,这种美兼具以小见大、虚实相间、动静结合、生动变化等特点,且在词人笔下都有所体现。

音效美:关闭了窗,阻断了视线,却可以让听觉敏锐、感觉澄明,此时的倾听,很多时候成为对自己心灵的倾听。这种静中寓动、动衬托静及清空、虚灵的心境之感是宋词意境不可缺少的一部分。

情趣美:不论是"蕉窗听雨""一窗梅影",还是"夜窗梦蝶""北窗闲卧",都充分地体现着中国文人特有的审美趣味、生活方式和看待世界的眼光,这是一种艺术而非功利的态度,是"诗意地栖居在大地上"的写照。

意境美:窗的道具性带来的深远、朦胧、静谧、梦幻的境界,是艺术上不可忽视的财富,词人从对窗的鉴赏中获得的人生感悟和生命哲思,也是词中难能可贵的境界。

这些美感的产生、诗意的获得,是以宋代词人对园林、庭院中窗景的多层次赏析为基础的。透过这一方奇异、优美的窗,我们似乎看到了他们优游自在、俯仰自得的闲适生活,窥见他们品茗赏画、种梅栽竹的清癯背影,

---

① 金学智:《中国园林美学》,第390页。

触到他们感时伤逝、昨梦前尘的忧伤内心，悟出他们反观自身、趋向"壶中"的人生态度。宋词当中这一个个优美、宁静、意味深长的窗意象，遂或开或闭在后世人们初读的感动和绵长的体味中。

四、以园林为中心看宋词中的"声"：音声之动人

"萋萋芳草忆王孙。柳外楼高空断魂。杜宇声声不忍闻。欲黄昏。雨打梨花深闭门。"（李重元《忆王孙·春词》）这首词中的意象：芳草、柳、高楼、杜宇、梨花，都是宋词乃至整个中国文学中最常见、最基本的意象，但作者将其运用得清新自然，富有韵致，使得一种莫名的悲感扑面而来，却又不知其所来，不知其所往。这种审美效果的产生与每个意象当中所积淀的浓厚的美感与悲感密不可分，所以，宋词当中，词人们频繁地运用这些含义丰富的意象，虽不免显得重复，但如运用得当，确能起到以一当十、言义两胜的良好效果，此词，就是典型的一例。在上述这些意象当中，声音方面的代表就是杜鹃的啼声，它已经成为声音意象中具有中国传统文化特质的一个典型。这个意象一经运用，人们心中自然会联想到哀伤、误解、背叛、抛弃、无助等惨烈、悲戚的感觉。

玛克思·德索在《美学与艺术理论》里曾描述过"倾听"的审美经验，他说："当倾听某种歌声时，我们还没有听清其歌词与旋律，便觉得已深深感动了。有些音色会使人立即兴奋或松弛，有时会使人狂怒，有时会像微风一样轻抚我们。"[1] 的确，在声、香、色、影几种元素当中，最能体现人的情绪的莫过于"声"，所以古人听词赏曲往往以是否有"声情"为标准来判断其高下。声音与情感的这种紧密联系，使得对声音的描写和运用成为文学特别是诗词艺术的一个重要方面。从外部来说，诗词的声韵艺术本身就

---

[1] 玛克思·德索：《美学与艺术理论》，兰金仁译，中国社会科学出版社，1987年，第265页。

是运用声音的特征来传情；从内部来看，声音也是诗词善于和乐于描写的对象。古代文学中一个重要的母题就是"倾听"："直知人事静，不觉鸟声喧。"（王勃《春庄》）"蝉噪林逾静，鸟鸣山更幽。"（王籍《入若耶溪》）"留连戏蝶时时舞，自在娇莺恰恰啼。"（杜甫《江畔独步寻花》）"何物最关情，黄鹂三两声。"（王安石《菩萨蛮》）"声声燕语明如翦，呖呖莺歌溜的圆。"（汤显祖《牡丹亭·惊梦》）"当我们能在一片很大的空间里听到很远的声音时，那就是极静的境界。我们能占有的最大空间以我们的听觉范围为极限……一片阒无声息的空间反而使我们感到不具体、不真实……只有当我们看到的空间是有声的时候，我们才承认它是真实的，因为声音能赋予空间以具体的深度和广度。"[1]因此，在诗文中，他们听风听雨，听鸟啼花落，甚至听香听花开，利用声音无限地扩展着文字和想象所能到达的空间。

自然是有声的自然。《吕氏春秋·大乐》说："万物所出，造于太一，化于阴阳。萌芽始震，凝漇以形。形体有处，莫不有声。声出于和，和出于适。和适先王定乐，由此而生。"[2]"古人拿音乐里的五声配合四时五行，拿十二律分配于十二月（《汉书·律历志》），使我们一岁中的生活融化在音乐的节奏中，从容不迫而感到内部有意义有价值，充实而美。"[3]而园林，无疑是得享最美最集中的听觉感受的地方："园林的境界，是一个有声空间与无声空间互为交织、相与错综的艺术世界。"[4]在中国古典园林中，借景这一重要的构园手段如以所借的形式美因素作为分类标准，可分为借形、借色、借光、借声等。诉诸听觉的"借声"，是借景的一个重要方面。宋代洛阳的丛春园，曾以听洛水声而著称于世。苏州耦园有听橹楼，特地让园外河上的欸乃橹声传进耳鼓。江声、橹音、樵歌、渔唱等，都是可借之声。《园冶》："触景生奇，含情多致，轻纱环碧，弱柳窥青。伟石迎人，别有一壶天

---

① 贝拉·巴拉兹：《电影美学》，何力译，中国电影出版社，1958年，第143—144页。
② 谷声应译注：《吕氏春秋白话今译》，中国书店，1992年，第57页。
③ 宗白华：《天光云影》，第29页。
④ 金学智：《中国园林美学》，第429页。

地；修篁弄影，疑来隔水笙篁。"①张潮更细致地道出一年四季不同的听觉享受："春听鸟声，夏听蝉声，秋听虫声，冬听雪声……山中听松声，水际听欸乃声，方不虚生此耳。"②再说到园林、文学以及声音的关系，试以《红楼梦》中的大观园为例："大观园的声是自然的声，水声、风声、雨声、鸟声、琴声、笑声形成园林丰富的自然音响美。各种音响美的描写也可从小说回目中见出。如第二十二回'听曲文宝玉悟禅机'，是戏曲声；第四十五回'金兰契互剖金兰语，风雨夕闷制风雨词'，是人声（金兰语）和风雨声（风雨夕）；第五十九回'柳叶诸边嗔莺咤燕'是鸟声；第七十回'凸碧堂品笛感凄清'，是笛声；第八十七回'感秋深抚琴悲往事'是琴声。"③可见，像《红楼梦》这样的园林文学作品当中，对声音的关注和声音所带来的感情基调贯穿始终，声音意象是相当重要的部分。充满园林情调的宋词也同样荡漾着天籁与人声，不仅有大自然中的鸟语虫鸣、风声雨声，还有充满才情的女子在深深庭院中演奏出的种种乐器之声。园林专家金学智先生认为雨之声，在园林里是最富于韵致的，此外还有梧声、蕉声、荷叶声、竹韵、松籁等。④从这些论述中不难看出，园林鉴赏中声音的重要。张潮曾这样说道："山之光，水之声，月之色，花之香，文人之韵致，美人之姿态，皆无可名状，无可执着，真足以摄召魂梦，颠倒情思。"⑤这个"摄召魂梦，颠倒情思"说得相当好，它体现出鉴赏者在大自然的光影声色中陶醉甚至迷醉的情景，而这，正是诗境、词境也同样需要展示的情境。清人徐增这样说道："花开草长，鸟语虫声，皆天地间真诗。"⑥的确如此，声音和倾听，这一文学作品中常见的母题，也是感觉细腻、体物入微的宋代词人常常抒写的主题。

具体说来，宋词当中的音响主要有以下几种：鸟叫声、虫鸣声、乐声、秋声、风雨声、更漏声、柝声、捣衣声、人声等。这些声音，丰富着宋词的

---

① 张家骥：《园冶全释》，第271页。
② 张潮：《幽梦影》，第130页。
③ 张世君：《〈红楼梦〉的园林艺趣与文化意识》，载《东莞理工学院学报》1995年第2期。
④ 金学智：《颠倒情思摄梦魂——说说苏州园林的声境美》，载《苏州杂志》2004年第6期。
⑤ 张潮：《幽梦影》，第147页。
⑥ 徐增：《而庵诗话》，见王夫之等：《清诗话》上册，第434页。

意象群，并以自己的特质深化着宋词的意境。通过检索发现，在宋词当中，对虫鸟之声、乐器声、秋声和人声（风雨声也很重要，但在前面"窗意象""秋窗听雨"中已有较多的涉及，在此不赘述）等的描写为最多。下面就以这几种声音意象为主，来剖析其中的美感内蕴和情感内涵。值得注意的是，这些声音意象本身与词人对园林及自然的鉴赏是分不开的。

（一）虫鸟之声：引心动情，幽思刻骨

先来看虫鸟之声。陈扶摇《花镜》："枝头好鸟，林下文禽，皆足以鼓吹名园……非取其羽毛丰美，即取其音声娇好。"（陈淏子辑《花镜·养禽鸟法》）宋词中的鸟鸣声主要由黄莺、鹧鸪、杜鹃、燕子、雁、鹤等这些鸟发出。词人擅写的鸣虫主要有蟋蟀、蝉。"鸟啼花落，皆与神通。"①这些鸟虫发出的鸣叫声在宋代词人的笔下表现着特定的美感和情感。

杜鹃：杜鹃，又名杜宇、子规、鹈鴂，古人曾赋予它很多意义。《成都记》："望帝死，其魂化为鸟，名曰杜鹃。"对此典故化用最入神髓的当是李商隐的《锦瑟》："锦瑟无端五十弦，一弦一柱思华年。庄生晓梦迷蝴蝶，望帝春心托杜鹃。沧海月明珠有泪，蓝田日暖玉生烟。此情可待成追忆，只是当时已惘然。"因为有其他典故的衬托，所以杜鹃啼血这个典故当中那种孤独、怨慕、惆怅的感觉就更加纯粹。《离骚》中有这样的句子："恐鹈鴂之先鸣兮，使夫百草为之不芳。"因为杜鹃常在暮春夏初啼叫，所以它的叫声也意味着春尽花落、年华老去，更甚者蕴含着人生惨痛、自伤的经历。如白居易《琵琶行》："其间旦暮闻何物？杜鹃啼血猿哀鸣。"李山甫《闻子规》："断肠思故国，啼血溅芳枝。"杜鹃的叫声因其特有的悲剧情调和感伤色彩，在宋词当中用得相当多。如下面这首陆游的《鹊桥仙·夜闻杜鹃》：

茅檐人静，蓬窗灯暗，春晚连江风雨。林莺巢燕总无声，但月
夜、常啼杜宇。催成清泪，惊残孤梦，又拣深枝飞去。故山犹自不

① 袁枚：《续诗品·神悟》，见袁枚著，王英志注评：《续诗品注评》，浙江古籍出版社，1989年，第21页。

堪听，况半世、飘然羁旅。

人静灯暗，连江夜雨，暮春旅途中心事重重，窗下偏偏听不到莺声巧啭、燕声呢喃，而只有悲戚的杜鹃声。在此时的词人听来，这声音是如此不堪承受。这首词之种种物象描写，都为闻鹃起兴做铺垫，而作者真正要传达的就是最后一句中半世漂泊的辛酸与功业未成的痛楚。《词统》云："去国离乡之感，触绪纷来，读之令人于邑。"①这样的评价是当之无愧的，而整首词中感伤情绪的生成，与杜鹃声的情感和美感特征是密不可分的。

再如："可堪更近干龙节。眼中泪尽空啼血。空啼血。子规声外，晓风残月。"（向子𧫡《秦楼月》）王国维说"有我之境"是"以我观物，故物皆着我之色彩"，这首词大有杜诗"感时花溅泪，恨别鸟惊心"的风格，便是王国维所谓的"有我之境"，而其中杜鹃的哀鸣又加深了这一悲感。再看："芳莲坠粉，疏桐吹绿，庭院暗雨乍歇。无端抱影销魂处，还见筱墙萤暗，藓阶蛩切。送客重寻西去路，问水面、琵琶谁拨。最可惜、一片江山，总付与啼鴂。"（姜夔《八归·湘中送胡德华》）上阕提到莲、桐、萤、蛩，时间则从白天来到了夜晚，尽管有色有声，但所有的物象都含着悲愁，到最后的啼鴂（就是杜鹃），则将情绪推向高潮。杜鹃的叫声在文学史中的意义是最为丰富、最具联想性的：失国遁去的望帝，哀鸣不止，啼血不已，将悲剧感不断重复，而这样的夜晚，统领着情绪的就是这样一种悲伤到极致的声音。

燕子："柳困玉楼空，花落红窗暖。相对语春愁，只有春闺燕。"（周紫芝《生查子》）对闺中女子来说，燕子一方面是她孤寂生活中有生命的陪伴者，另一方面，燕侣的比照常使她感到更孤寂。确如钱锺书先生所讲的"喻之二柄""喻之多边"："同此事物，援为比喻，或以褒，或以贬，或示喜，或示恶，词气迥异。"②同是燕子，在心情不同的女子眼中，就截然不同："多情多病。玉貌疲来愁览镜。门掩东风。零落桃花满地红。重帘不卷。愁睹杏梁双语燕。强拂瑶琴。一曲幽兰泪满襟。"（蔡伸《减字木兰花》）双燕的呢喃，是闺中寂寞女子最不忍听的，它们卿卿我我，如胶似漆，使伤春的女

---

① 张思岩、宗橚辑：《词林纪事》，成都古籍书店，1982年，第318页。
② 钱锺书：《管锥编》第1册，第37页。

子愈加愁闷，而强起弹琴，却又因勾起孤芳自赏的痛楚而潸然泪下；"雾帐
兰衾暖，熏炉宝篆浓。眼波犹带睡朦胧。卧听晓来双燕、语春风。"（周紫芝
《南柯子》）这首词中，闺中的寂寞女子则要靠燕子的告知，才晓得春天的
到来。宋词，真是充满音响的世界，而这些音响，并非为音响而音响，都是
声中有情，情借声出。

黄莺：莺声，可能是最适合闺中女子倾听的鸟鸣声。《本草纲目》："《禽
经》云：'莺鸣嘤嘤。'"故名。黄莺的叫声"婉转流利，连续紧密，所谓百
啭千回，巧舌吹簧，殆近似之"①。莺语出现在闺怨词中是非常多而频繁的，
莺声的娇柔宛转很容易让人联想起女性。和燕子一样，莺也是女性关注较
多、常常陪伴女性的庭园中的飞禽之一，如："春院深深莺语。花怨一帘烟
雨。"（张元幹《昭君怨》）黄莺歌唱大概在春暮夏初，于是有这样的诗句：
"正愁春去对春风，忽听莺啼碧树丛。无数飞花向帘幕，将愁尽入一声中。"
（孙艾《春尽日闻莺》）词人素来爱用"娇"字来形容莺啼的柔美宛转，拥有
美妙嗓音能歌善唱的女子也被比为莺。看朱淑真的《眼儿媚》：

迟迟春日弄轻柔。花径暗香流。清明过了，不堪回首，云锁
朱楼。午窗睡起莺声巧，何处唤春愁。绿杨影里，海棠亭畔，红杏
梢头。

这首词描写莺声的高妙之处，就在于并未正面去写莺声如何之巧啭，
而是用三个富有诗意美的地点——"绿杨影里，海棠亭畔，红杏梢头"来
衬出莺声的美妙，并暗藏观赏者视线随莺声的转移。此描写，有移步换景
的新鲜感，扩大了词的画面空间感，又有声有色、有香有影地来衬托女子
孤独、寂寞的心境，是以乐景写哀的笔法。"冷落秋千伴侣，阑珊打马心
情。绣屏惊断潇湘梦，花外一声莺。"（陆游《乌夜啼》）正如钱锺书先生所
说："寂静之幽深者，每以得声音衬托而得愈觉其深。"②"帐底浓香残梦、更
缠绵。起晚笼莺怪，妆迟绣伴牵。声声催唤药栏边。整髻收裙无力、上秋
千。"（陈克《南歌子》）这里的莺声无比可爱、善解人意，是寂寞的闺中女

① 贾祖璋：《鸟与文学》，上海古籍出版社，2001年，第51页。
② 钱锺书：《管锥编》第1册，第138页。

子的伴侣。"檐雨为谁凝咽，林花似我飘零。微吟休作断肠声。流莺百啭，解道此时情。"（陈克《临江仙》）这就是移情。

雁：雁声总是连着乡关之思的。"梧桐雨细。渐滴作秋声，被风惊碎。润逼衣篝，线袅蕙炉沉水。悠悠岁月天涯醉。一分秋、一分憔悴。紫箫吟断，素笺恨切，夜寒鸿起。又何苦、凄凉客里。负草堂春绿，竹溪空翠。落叶西风，吹老几番尘世。从前谙尽江湖味。听商歌、归兴千里。露侵宿酒，疏帘淡月，照人无寐。"（张辑《疏帘淡月·秋思》）这首词中，写雨滴梧桐，用"细""渐"，较为轻柔、静谧，同时有淡淡的哀伤流露；写风吹梧桐，用"惊碎""逼"，则体现静中之动，已有情绪恶化的感觉；再联想起"悠悠岁月"里的许多个夜雨江湖的夜晚，也没有情绪将紫箫继续吹奏下去了；而正在"恨切"之时，雁声又在寒夜里响起，一个"起"字，说明雁声的嘹亮，雁声勾起的最强烈的感情就是思乡之情，更何况又在此际听到商歌，于是只能在这样的夜里无寐了。正如王闿运评说此词："轻重得宜，再莽不得。"①

鹤："绿窗寒，清漏短。帐底沈香火暖。残烛暗，小屏弯。云峰遮梦还。那些愁，推不去。分付一檐寒雨。檐外竹，试秋声。空庭鹤唤人。"（毛滂《更漏子·初秋雨后闻鹤唳》）"日本人对于樱的情调，中国人对于鹤的趣味，都是他民族所不能翻译共喻的。"②空庭鹤唳，是一定要写进词里的，因为那是一种非常清越脱俗的感觉。

同时将数种鸟鸣声用得极其高妙的，要数辛弃疾的《贺新郎》"别茂嘉十二弟。鹈鴂、杜鹃实两种，见《离骚补注》"了：

> 绿树听鹈鴂。更那堪、鹧鸪声住，杜鹃声切。啼到春归无寻处，苦恨芳菲都歇。算未抵、人间离别。马上琵琶关塞黑，更长门、翠辇辞金阙。看燕燕，送归妾。将军百战身名裂。向河梁、回头万里，故人长绝。易水萧萧西风冷，满座衣冠似雪。正壮士、悲歌未彻。啼鸟还知如许恨，料不啼清泪长啼血。谁共我，醉明月。

---

① 王闿运：《湘绮楼评词》，见唐圭璋编：《词话丛编》，第4267页。
② 见贾祖璋《鸟与文学》夏丏尊序。

鹈鴂，一说是杜鹃，一说是伯劳，辛弃疾取伯劳之意，故在此词题下自注："鹈鴂、杜鹃实两种，见《离骚补注》。"鹈鴂在春末夏初鸣叫，叫声"尖锐刺耳，有不快之感"[1]。而杜鹃的鸣声，一般认为是"不如归去"。鹧鸪，民间称其叫声为"行不得也哥哥"。宋代就有将此意写入诗的，如戴冠《丁丑道中闻鹧鸪》："鹧鸪新啼啼且急，草根露重声如塞……试问哥哥行不得，何用一身生两翼……"辛弃疾连用三种叫声哀怨、寓意悲切的鸟，实是借鸟声兴美人迟暮、英雄失路的时不我与之感，一起头就造成了浓烈的悲感气氛。鸟的哀鸣与词人胸中抑郁难平之气达成共鸣，认为鸟鸣就是他的心声，但还不够，倘若鸟也知道了那些惨烈、深情的"人间离别"，恐怕就会啼血。陈廷焯《白雨斋词话》评此词"沉郁苍凉，跳跃动荡，古今无此笔力"[2]，这几种鸟的哀鸣声也为其平添了悲感。

"雨余庭院冷萧萧。帘幕度微飙。鸟语唤回残梦，春寒勒住花梢。无聊睡起，新愁黯黯，归路迢迢。又是夕阳时候，一炉沉水烟销。"（周紫芝《朝中措》）鸟语虫声，经常是一片静谧中的一点动，唯其有了这一点动，静才不是一潭死水般的凝滞，而是有生机的。"手种堂前桃李。无限绿阴青子。帘外百舌儿，惊起五更春睡。居士。居士。莫忘小桥流水。"（苏轼《如梦令·春思》）这里的鸟鸣声就没有了闺中女子耳中的悲戚，而是充满谐趣的隐居情怀。

再看虫鸣。刘勰的《文心雕龙》说："虫声有足引心。"（《文心雕龙·物色》）常鸣在宋代词人耳侧心上的便是蟋蟀和蝉。

蟋蟀：蟋蟀的叫声属于典型的悲秋之声，更蕴含了思乡、孤独等情绪。杨万里《促织》："一声能遣一人愁，终夕声声晓未休。"姜夔《齐天乐》更是咏蟋蟀的极致：

> 庾郎先自吟愁赋。凄凄更闻私语。露湿铜铺，苔侵石井，都是曾听伊处。哀音似诉。正思妇无眠，起寻机杼。曲曲屏山，夜凉独自甚情绪。西窗又吹暗雨。为谁频断续，相和砧杵。候馆迎秋，离

① 贾祖璋：《鸟与文学》，第78页。
② 陈廷焯：《白雨斋词话》卷一，见唐圭璋编：《词话丛编》，第3791页。

宫吊月，别有伤心无数。齰诗漫与。笑篱落呼灯，世间儿女。写入

琴丝，一声声更苦。

借蟋蟀的鸣叫串起了故国往事、离人心事、儿女心情。

蝉："弄笔斜行小草，钩帘浅醉闲眠。更无一点尘埃到，枕上听新蝉。"
（陆游《乌夜啼》）"新翻归翅云间燕。满地槐花，尽日蝉声乱。独倚阑干暮
山远。一场寂寞无人见。"（杜安世《凤栖梧》）蝉最能体现"静不可言静"①
的妙处。"蝉在高柳，其声虽甚细，而能使人闻之有刻骨幽思。"（恽向《道生
论画山水》）王沂孙诸人的咏蝉之作就当得上"刻骨幽思"四字。

（二）秋声：阑珊意兴，悲凉情怀

相比鸟语虫声，秋声这个分类显得有些抽象和含糊，但是，秋声的确
是宋词当中出现较多的一种特殊又有内涵的声音。要解读秋声，先要看看
中国文人的悲秋心态。比如，宋玉《九辩》中有"悲哉秋之为气也，萧瑟兮
草木摇落而变衰"——中国文学中的秋，特别关注萧瑟肃杀的一面，虽然
秋也有其绚烂成熟的另一面。《九辩》中还有这样一句话："皇天平分四时
兮，窃独悲此廪秋。"这句话可以看作中国古代诗人钟情悲秋题材的一个自
白，而悲秋情绪更是对中国传统知识分子普遍而深刻的失落心态的折射。
同时，悲秋题材的作品也常常体现出一种独特的美感："泬寥兮天高而气
清，寂寥兮收潦而水清。"（《九辨》）这种美感寂寞凄清却又澄明寥廓，往往
会造就清朗冷然的意境："凉风起将夕，夜景湛虚明。昭昭天宇阔，晶晶川
上平。"（陶渊明《辛丑岁七月赴假还江陵夜行涂口》）"何处秋风至，萧萧送
雁群。朝来入庭树，孤客最先闻。"（刘禹锡《秋风引》）而这种境界又暗与
古代士人高洁自赏、卓尔不群的人格追求相合，因此秋景最适合以文人的
心态去欣赏，而文人的耳朵亦最适合倾听秋声。"枕边无寐骨毛轻，露欲为
霜月正明。一叶梧桐如唤客，起来搔首听秋声。"（苏泂《秋声》）秋声到底

---

① 魏庆之：《诗人玉屑》卷十，见《景印文渊阁四库全书》第1481册，第158页。

由什么组成呢？欧阳修在《秋声赋》里写道："盖夫秋之为状也，其色惨淡，烟霏云敛；其容清明，天高日晶；其气栗冽，砭人肌骨；其意萧条，山川寂寥。故其为声也，凄凄切切，呼号愤发。丰草绿缛而争茂，佳木葱茏而可悦，草拂之而色变，木遭之而叶脱。其所以摧败零落者，乃其一气之余烈。夫秋，刑官也，于时为阴；又兵象也，于行为金。是谓天地之义气，常以肃杀而为心。天之于物，春生秋实。故其在乐也，商声主西方之音，夷则为七月之律。商，伤也，物既老而悲伤；夷，戮也，物过盛而当杀。"他笔下的秋声，摧草败叶，酷烈肃杀。这种声音充满悲感，忧患于心的人常常会被这种声音打动："人为动物，惟物之灵，百忧感其心，万事劳其形，有动于中，必摇其精。而况思其力之所不及，忧其智之所不能。"由此可见，秋声之于古代士人，实在是生命中相对春的生气、夏的热烈而言较为凋敝的一种生命体验，聆听秋声，实在是在聆听自己生命中那些不圆满、不如意、不成功的过往。这是一种对生命缺陷的正视，却又不乏诗意，总之，秋声赋是文人们爱作的题目。先看蒋捷的《声声慢·秋声》：

> 黄花深巷，红叶低窗，凄凉一片秋声。豆雨声来，中间夹带风声。
> 疏疏二十五点，丽谯门、不锁更声。故人远，问谁摇玉佩，檐底铃声。
> 彩角声吹月堕，渐连营马动，四起笳声。闪烁邻灯，灯前尚有砧声。
> 知他诉愁到晓，碎哝哝、多少蛩声。诉未了，把一半、分与雁声。

蒋捷采用赋的手法，虚实结合地描写了许多声音：风雨声、更声、铃声、角声、笳声、砧声、蛩声、雁声。这些声音汇为一片秋声，虽是在描写声音，实际上是倾诉那正专注倾听秋声的人的心声。"诗中妙境，每字能如弦上之音，空外余波，袅袅不绝"[1]，这些声音正如一首乐曲，表达着词人彻夜未眠的苦闷，这种苦闷并非直白的描述，而来自对词中声音的聆听。再从音韵上看，用同一"声"字押韵，加强了秋声连绵不断的感觉，使人渐生愁闷之感。

秋声，这天地衰飒、生命凋敝的象征反映在草虫的鸣唱中、落叶的呜咽中、凉风的吹袭中：

---

[1] 宗白华：《美学散步》，第84页。

商飙乍发，渐淅淅初闻，萧萧还住。顿惊倦旅。背青灯吊影，起吟愁赋。断续无凭，试立荒庭听取。在何许。但落叶满阶，惟有高树。迢递归梦阻。正老耳难禁，病怀凄楚。故山院宇。想边鸿孤唤，砌蛩私语。数点相和，更着芭蕉细雨。避无处。这闲愁、夜深尤苦。（王沂孙《扫花游·秋声》）

词人将秋声比作音乐律吕之声中有肃杀兵气的商调，"淅淅""萧萧"形容秋风扫过树叶的声音，因为是"乍发"，所以细微、断续，可就是这，已经使他吃了一惊，联想到自己老大不小依旧漂泊天涯，顿时心灰意冷，于是吟起了庾信的《愁赋》："攻许愁城终不破，荡许愁门终不开……闭门欲驱愁，愁终不肯去。深藏欲避愁，愁已知人处……谁知一寸心，乃有万斛愁。"可想而知，这样消愁无计又极富感染力的赋吟到最后依然是愁。那就干脆立到院中，去全身心感受秋声，此时落叶萧萧，鸿雁哀鸣，秋虫呢哝，雨打芭蕉，这种种的声响如此清晰地映入耳中，响在心头，秋声激起的思乡伤感之情是怎样禁也禁不住呀！清代的廖燕曾说过这样一段话："万物在秋之中，而吾人又在万物之中，其殆将与秋俱变者欤……借彼物理，抒我心胸，即秋而物在，即物而我之性情俱在。然则物非物也，一我之性情变幻而成者也。性情散而为物，万物复聚而为性情。"（《李谦三十九秋诗题词》）这首词正是如此，词人所感所写的秋声，亦是他人生的秋意。此时的他，与秋俱化，不知身为何物，久久地在秋声造成的阑珊秋意中黯然神伤。整首词"置静意于喧动中"（惠洪《冷斋夜话》），虽声响满纸，却并不嘈杂，只传达出冷清、凄凉的秋之意境。接着来看张炎的《清平乐》：

候蛩凄断。人语西风岸。月落沙平江似练。望尽芦花无雁。
暗教愁损兰成，可怜夜夜关情。只有一枝梧叶，不知多少秋声。

清代陈廷焯曾说过，玉田工于造句，每令人拍案叫绝，如《清平乐》"只有一枝梧叶，不知多少秋声"一类，皆"精警无匹"[1]。张炎《词源》特立"清空"一境，清空乃是张炎所追求的审美境界。这句词的妙处就在于清新简

---

[1] 陈廷焯：《白雨斋词话》卷二，见唐圭璋编：《词话丛编》，第3816页。

淡，宛如宋元名家的折枝佳品，虽只一叶一花，却生机盎然，妙用无穷，因从一枝梧叶中，可见无限秋意，这秋意是人心所感。同时，此词能以清空之笔写沦落之感、故国之思，而并非一味清空，清空之中寓有质实，有其丰富实在的内涵。陆行直曾按照词的意境作《碧梧苍石图》，并和张炎原韵题词，词人墨客和作者十数篇。[①] 可见人们对此意境的喜爱。

"暮云平。暮山横。几叶秋声和雁声。行人不要听。"（万俟咏《长相思·山驿》）总之，秋声，这一特殊又含义丰富的意象，反映的既有个人穷途羁旅的身世之感，又有家国破碎的悲感，并且，秉承着前代诗人的悲秋传统，体现出凄清、幽冷、寂寞、萧条的美感和深沉的生命悲感。

秋窗听雨，也是秋声中的一种。这一点已在窗意象中有所说明，在此不赘述。需要指出的，是另外一种类型的听雨："元龙湖海豪气，百尺卧高楼。短发霜粘两鬓，清夜盆倾一雨，喜听瓦鸣沟。犹有壮心在，付与百川流。"（张元幹《水调歌头》）这最后两句和陆游的"夜阑卧听风吹雨，铁马冰河入梦来"（《十一月四日风雨大作》）可谓有异曲同工之妙。在胸有丘壑、心存天下的词人听来，雨声真是越大越好，淅沥点滴的雨过于缠绵多情，不像这倾盆大雨来得豪爽痛快。这种意象的趋向与词人对壮美的欣赏有关，正是这种强大、激动人心的场景才能与词人胸中的豪情壮志相称，这爽快滂沱的大雨使词人的"壮心"得以复苏。

（三）音乐声及其他声响：雅致蕴藉，袅袅不绝

园林，原就和音乐同源同声。王维爱在园中"弹琴复长啸"，宋代朱长文的乐圃中建有琴台，如皋的水绘园有董小宛琴台，苏州怡园有东坡琴室、石听琴室，网师园亦有琴室。陈从周在《园林美与昆曲美》中说："花厅、水阁都是兼作顾曲之所，如苏州怡园藕香榭，网师园濯缨水阁等，水殿风来，余音绕梁，隔院笙歌，侧耳倾听，此情此景，确令人向往……中国过去

---

① 唐圭璋编：《全金元词》下册，中华书局，1979年，第904—907页。

的园林，与当时人们的生活感情分不开，昆曲便是充实了园林内容的组成部分。在形的美之外，还有声的美，载歌载舞，因此在整个情趣上必须是一致的。"①白居易在庐山的草堂中设漆琴一张，在履道里的私园中更筑池西琴亭。他在《池上篇》序中写道："每至池风春，池月秋，水香莲开之旦，露清鹤唳之夕，拂杨石，举陈酒，援崔琴，弹姜《秋思》……又命乐童登中岛亭，合奏《霓裳散序》，声随风飘，或凝或散，悠扬于竹烟波月之际者久之。"音乐和园林实在是有着相似的情调与旋律。再从诗方面来说，袁枚有这样一句话："诗如鼓琴，声声见心。心如人籁，诚中形外。"②就词而言，"心"所反映的情，就是将词人所听到的与园林美同调的音乐心灵化的产物。"魏紫姚黄欲占春。不教桃杏见清明。残红吹尽恰才晴。芳草池塘新涨绿。官桥杨柳半拖青。秋千院落管弦声。"（毛滂《浣溪沙》）晏殊所说的"富贵气"，"秋千院落管弦声"的气象大概就是了。所以，描写园林中的音乐声，是宋词常见的技法。出现在宋词中的音乐主要有筝声、画角声、笙声、笛声、钟声、鼓声、琴声等。

筝：筝，《隋书·乐志》说始于秦，故称秦筝。筝声哀，故称哀筝。李峤的《筝》有"莫听西秦奏，筝筝有剩哀"之句。岑参《秦筝歌送外甥萧正归京》有"汝不闻秦筝声最苦""闻之酒醒泪如雨"等句。"含羞整翠鬟。得意频相顾。雁柱十三弦，一一春莺语。娇云容易飞，梦断知何处。深院锁黄昏，阵阵芭蕉雨。"（张先《生查子》）这首词描写的便是女子被自己的筝声勾起了对往昔欢娱的回忆。清人黄了翁云："次一阕写别后情怀，无限凄苦。胥以筝寓之。凡遇合无常，思妇中年，英雄末路，读之皆堪下泪。"③"闲品秦筝，泪满参差雁。腰支渐小，心与杨花共远。"（吕渭老《薄幸》）"洞户深沉，起来闲绕回廊转。凤箫声远。小院杨花满。旧曲重寻，移遍秦筝雁。芳心乱。栏杆凭暖。目向天涯断。"（晁端礼《点绛唇》）一首旧曲，往往就是一种心情。

---

① 陈从周：《书带集》，第176页。
② 袁枚：《续诗品·斋心》，见袁枚著，王英志注评：《续诗品注评》，第4页。
③ 黄氏：《蓼园词评》，见唐圭璋编：《词话丛编》，第3025页。

画角：画角是涂有彩绘的军中乐器，其声凄厉。画角声最能触动旅人的愁思。"风悲画角，听单于、三弄落谯门。投宿骎骎征骑，飞雪满孤村。酒市渐闲灯火，正敲窗、乱叶舞纷纷。送数声惊雁，下离烟水，嘹唳度寒云。"（孔夷《南浦·旅怀》）这首词中，有败叶敲窗、惊雁嘹唳的声音与风中的画角声相伴，"三弄落谯门"，显出苦寒风中画角声劲。秦观《满庭芳》中对画角声之哀也曾有描写："画角声断谯门，暂停征棹，聊共引离尊。"一个"断"字，将画角的凄然而止和人心的绝望失落写得甚是分明。"楼上黄昏杏花寒。斜月小栏干。一双燕子，两行征雁，画角声残。绮窗人在东风里，洒泪对春闲。也应似旧，盈盈秋水，淡淡春山。"（阮阅《眼儿媚》）声音在宋词中总是起着点题的作用。它总是有情的，并且再含蓄的词人也总不吝于在声音意象上表现出情感的倾向，如"断""残"等字之于画角。

笙：笙是一种簧管乐器，可奏出哀怨的音调。南唐中主李璟的《山花子》："细雨梦回鸡塞远，小楼吹彻玉笙寒。"极写笙声之清寒入骨。"遂院重帘何处，惹得多情，愁对风光。睡起酒阑花谢，蝶乱蜂忙。今夜何人，吹笙北岭，待月西厢。空怅望处，一株红杏，斜倚低墙。"（苏轼《雨中花慢》）笙中总有绵绵不绝的情思。

笛：笛声清越嘹亮，极富声韵美。"望远伤怀对景，霜满愁红。南楼何处，想人在、长笛一声中。凝泪眼、泣尽西风。"（曹组《婆罗门引·望月》）将想象中思念的女子置于一个有笛声缭绕的音乐背景，使得这种忧伤极富表演性，冲淡了伤情，增添了美感，使得词本身作为歌之词的特性更为突出。"天与相逢晚。一声长笛倚楼时。应恨不题红叶、寄相思。"（晏幾道《虞美人》）"荻花枫叶只供愁，清吟写岑寂。吟罢倚阑无语，听一声羌笛。"（谢逸《好事近》）以上两词都是以笛声作结，取其袅袅不绝之感，暗示悠长的情思——宋词好以音乐声（或一般声音）作结，用读者想象中的余音袅袅置换出词意的含蕴不尽。

钟：计成《园冶》说："萧寺可以卜邻，梵音到耳。"[1]"雨意挟风回，月色

---

① 张家骥：《园冶全释》，第168页。

兼天静。心与秋空一样清，万象森如影。何处一声钟，令我发深省。独立沧浪忘却归，不觉霜华冷。"（向子諲《卜算子》"中秋欲雨还晴，惠力寺江月亭用东坡先生韵示诸禅老，寄徐师川枢密"）此时的钟声，使具有清静心怀的词人有顿悟的感觉，因此独立凝思，忘记归去。

鼓："鸡上清明初过雨。春色无多，叶底花如许。轻暖时闻燕双语。等闲飞入谁家去。短墙东畔新朱户。前日花前，把酒人何处。仿佛桥边船上路。绿杨风里黄昏鼓。"（沈蔚《转调蝶恋花》）婉约词里的声音都是柔和、含蓄的，最后一句，看似写风写声，实则还是传达出了一种惆怅、落寞的心境。西人约柏特也说："佳诗如物之有香，空之有音，纯乎气息。"[1] "绿杨风里黄昏鼓"，就是一种难以明言只可意会的感觉。

琴："飞花成阵。春心困。寸寸。别肠多少愁闷。无人问。偷啼自揾。残妆粉。抱瑶琴、寻出新韵。玉纤趁。南风未解幽愠。低云鬓。眉峰敛晕。娇和恨。"（廖正一《瑶池宴令》）弹琴，总是蕴含着"知音少，弦断有谁听"的心思。

除了上面的音乐声，宋词中还有很多人们从窗下、庭院中经常听到的声音。罗曼·罗兰笔下的天才音乐家约翰·克利斯朵夫可以将一切颤抖的、震荡的、跳动的东西——雷雨、鸟语、虫鸣、树木的呜咽、夜里在脉管里奔流的血等全部化为音乐。这同样也适用于宋代词人，他们也有一双善于倾听的耳朵，并能将捕捉到的种种声响用文字重新演奏，化为词中美妙的音响。"凡形形色色，音声状貌……无一不如此心以出之者也。"[2] 比如，更漏声、砧声、卖花声等。

更漏："冬夜如年，客枕无眠，怎到天明。待数残二十五、寒更点，听余一百八、晓钟声。"（陈德武《沁园春·舟中夜雨》）正是"置听觉形象于篇末，借音响使全诗宕出传神的表现方法"[3]。再看下词：

---

① 宗白华：《美学散步》，第100页。
② 叶燮：《原诗》，霍松林校注，人民文学出版社，1979年，第23—24页。
③ 陶文鹏：《传天籁之音，绘有声图画——论王维诗歌表现自然音响的艺术》，见陶文鹏：《唐宋诗美学与艺术论》，南开大学出版社，2003年，第95页。

一枕秋风两处凉。雨声初歇漏声长。池塘零落藕花香。归梦
等闲归燕去，断肠分付断云行。画屏今夜更思量。（张元幹《浣
溪沙》）

更漏声是宋词中常常出现的声响，对于有满腹心事的未眠人来说，更漏声常常让人觉得夜漫长而可怕。"明月如霜，好风如水，清景无限。曲港跳鱼，圆荷泻露，寂寞无人见。紞如三鼓，铿然一叶，黯黯梦云惊断。夜茫茫，重寻无处，觉来小园行遍。"（苏轼《永遇乐》）这里的更声，分开了上下段，将梦境中所见和梦醒后的思量联系起来，自然妥帖，又有余韵。焉知"铿然"的更声不是顿悟的契机？"楼头残梦五更钟，花底离情三月雨。"（晏殊《玉楼春·春恨》）意境非常美，妙在传达出午夜梦回时的一种怅惘。正如严羽在《沧浪诗话》中所说："如空中之音，相中之色，水中之月，镜中之相，言有尽而意无穷。"①

砧声，也是宋词当中常常出现的声音。砧声，代表着牵挂、温暖、劳作，在寂静的深夜里被游子听到，会引发万般感慨："西风簌簌低红叶。梧桐影里银河匝。梦破画帘垂。月明乌鹊飞。新愁知几许。欲似丝千缕。雁已不堪闻。砧声何处村。"（祖可《菩萨蛮》）

卖花声："人过天街，晓色担头红紫。满筠筐、浮花浪蕊。画楼睡醒，正眼横秋水。听新腔、一声催起。吟红叫白，报道蜂儿知未。隔东西、余音软美。迎门争买，早斜簪云髻。助春娇、粉香帘底。"（蒋捷《卖花声》）娇软的卖花声也是耳中的一道风景。

声音意象的运用有时也是多种形式综合在一起的，如："春事阑珊芳草歇。客里风光，又过清明节。小院黄昏人忆别。落红处处闻啼鴂。咫尺江山分楚越。目断魂销，应是音尘绝。梦破五更心欲折。角声吹落梅花月。"（苏轼《蝶恋花》）词中的声往往鲜明直露地表现着情。"啼鴂""角声"就是愁苦的象征。"月光飞入林前屋。风策策，度庭竹。夜半江城击柝声，动寒梢栖宿。等闲老去年华促。只有江梅伴幽独。梦绕夷门旧家山，恨惊回难

① 严羽著，郭绍虞校释：《沧浪诗话校释》，人民文学出版社，1983年，第2版，第24页。

续。"(孙道绚《滴滴金·梅》)声音能勾起人诸多的情绪，在这首词中，词人用了风竹之声、柝声和惊鸟声。策策，拟声词，韩愈《秋怀》："秋风一披拂，策策鸣不已。"白居易《冬夜》："策策窗户前，又闻新雪下。"柝，俗称梆子，巡夜打更时所用。风吹过庭中的竹子，柝声响起，又惊起树梢的栖鸟。"真中有幻，动中有静，寂处有音，冷处有神。"①这种种的声响，惊破了身在异乡的人的归家好梦，也勾起了他伤感的情绪。

"秋萧索。梧桐落尽西风恶。西风恶。数声新雁，数声残角。离愁不管人飘泊。年年孤负黄花约。黄花约。几重庭院，几重帘幕。"(黄机《忆秦娥》)在宋词当中，直接进行情绪表达固然也可以产生清新、直白的审美感觉，但大多数时候，宋词的情绪都是依靠景中含情的物象表达的，正如这首词，抒情主人公的悲秋、孤单情绪就全靠声音意象——雁鸣声、角声来传达，只有在清静、寂寞的环境中，百无聊赖的人才会去注意今秋的第一声雁鸣和在风中断续飘来的角声。这些声音是如此打动漂泊之人，使他蓦然意识到孤独、落寞的自己又将要独自面对一个冷清、萧瑟的季节，而与自己有"黄花约"的那个"她"也是同样冷清、寂寞，并且还处于一个重帘密幕、庭院深深的幽闭所在。

靠物象传达情绪的好处就是以少胜多，含蕴不尽。近人王蕴章《燃腊余韵》载："女士林韫林，福建莆田人，暮春济宁（山东）道上得诗云：'老树深深俯碧泉，隔林依约起炊烟，再添一个黄鹂语，便是江南二月天。'有依此绘一便面（扇面）者，韫林曰：'画固好，但添个黄鹂，便失我言外之情矣。'"这个公案给我们的启示就是，声音是不适合离开想象的，换句话说，声音是最容易唤起想象的。比如："墙里秋千墙外道。墙外行人，墙里佳人笑。笑渐不闻声渐悄。多情却被无情恼。"(苏轼《蝶恋花·春景》)利用了墙外人听到墙内佳人笑声所引起的一番由冲动到幻灭的想象，揭示了声音的魅力，可谓"声不迷人人自迷"。

英国作家兼批评家瓦尔特·佩特说"一切艺术无不力图达到音乐的境

---

① 吴雷发：《说诗菅蒯》，见王夫之等：《清诗话》下册，第905页。

界"，叶燮也说过："诗是心声。"①宋代词人对声音的描写与诗与音乐的同源性有关，其特点主要体现在：

其一，宋词中的音响在词境中总是起着点明情感特质的作用，总是显示着抒情主人公的心灵感受；

其二，宋词中的音响又往往协助整个词境造成余音袅袅、含蕴不尽的效果；

其三，宋词音响中能与整个词体本质特征相联系的一个典型就是"秋声"，它与词人的"伤春悲秋"心理有着深层的联系。

因此，词人们摹写着庭院中、园林里的声音，总不失"声"外之意。唐代诗人韦应物有诗云："万物自生听，大空恒寂寥。"(《咏声》)宋代词人对声音意象的感受因为整个词体特征的关系而显得更为细腻、生动："山峥嵘，水泓澄。漫漫汗汗一笔耕。一草一木栖神明。忽如空中有物，物中有声。复如远道望乡客，梦绕山川身不行。"(顾况《范山人画山水歌》)难以想象，离开了这些奇妙的声响，宋词的美感是否还存在。

五、以园林为中心看宋词中的"香"：暗香之境

张爱玲的小说中有名为《第一炉香》和《第二炉香》的，她这样写道："请您寻出家传的霉绿斑斓的铜香炉，点上一炉沉香屑，听我说一支战前香港的故事。您这一炉沉香屑点完了，我的故事也该完了。"香代表着一种氛围、情调，还有度量时间的作用。在香中讲述的故事、在香中发生的故事、在香中氤氲的心情，都让人有微妙的感觉。

香在人类生活中具有相当重要的作用，远古时代人们就将它用于祭祀。《周礼》："以禋祀祀昊天上帝，以实柴祀日、月、星辰，以槱燎祀司中、

---

① 叶燮：《原诗》，霍松林校注，第52页。

司命、风师雨师。"注:"禋之言烟。周人尚臭,烟,气之臭闻者。槱,积也……或有玉帛,燔燎升烟,所以报阳也。"疏:"禋,芬芳之祭。"① 据《礼记·郊特牲》:"周人尚臭,灌用鬯臭,郁合鬯,臭阴达于渊泉。灌以圭璋,用玉气也,既灌,然后迎牲,致阴气也。"注:"祭必先求诸阴,故牲之未杀,先酌鬯酒灌地以求神,以鬯之有芳气也。又,捣郁金香草之汁,和合鬯酒,使香气滋甚。灌地之后,萧合黍稷,嗅阳达于墙屋。萧,香蒿也。"② 先民认为香是充满灵气、可以上通天神的奇妙物质。日常生活中,香也是不可或缺的重要物品。《永乐大典·医药集》记载有清神香方,《敦煌古籍》中收录有佛家香浴方。《宋史·艺文志》载有许多关于品茶和焚香的著作。另外,《宋氏家要》《居家必用事类全集》《法苑珠林》,特别是明代《遵生八笺》中记录有许多香方、焚香等的相关材料。佛家又将焚香与修炼心性联系起来。香在佛事中被列为首品,焚香在四艺(焚香、插花、挂画、品茗)里,排在第一。香,梵语音译为干陀,乃鼻根所嗅之物,鼻识的分别对象。六根之一的鼻根,可完成对香的判断。香有驱虫、解秽、清神等妙用。能令心生欢喜,心旷神怡,能培养诸根大种的,是谓好香。香也是佛典中描写佛界极致使用率很高的一个词,例如香界、香国、香树、香象、香严等。香亦可用来描写人的精神境界,指相对于世俗的绝对自由、超越。如《楞严经》卷五所云:"女来印我,处香严号;尘气倏灭,妙音密圆,我从香严,得阿罗汉。"佛家认为:"香是自己的心性。"这一见解将香从普通的器官感受物提升到了心灵的境界的代表物之一。生命的香味才是人生最根本最重要的真谛,"零落成泥碾作尘,只有香如故"就是这个意思。对园林来说,香也是一个重要的角色:"中国园林设置有个有形的世界,还有个无形的世界,香的灵韵则是这无形世界的主角。"③ 苏州怡园有藕香榭,狮子林有暗香疏影楼;四川新都的桂湖环湖种桂,有"香世界"专门赏桂;扬州瘦西湖冶春诗社则有香影楼,题名就撷取自清代诗人王士禛咏瘦西湖红桥的名作:

---

① 李学勤主编:《十三经注疏·周礼注疏》上,北京大学出版社,第451页。
② 陈戌国点校:《周礼·仪礼·礼记》,岳麓书社,1989年,第386页。
③ 朱良志:《曲院风荷——中国艺术论十讲》,第3页。

"红桥飞跨水当中，一字栏杆九曲红。日午画船桥下过，衣香人影太匆匆。"（《冶春绝句》）

香和影都是动态中才能体会的美，但这种动，是细微的、轻柔的，只有在这样的力度之下，香和影才是美的元素，才能共同产生氤氲惝恍的感觉。园林中的香，具有点景的重要作用。而宋词当中，更是少不了香这个无形的灵魂。试举几首描写园林环境的词为例：

> 南轩面对芙蓉浦。宜风宜月还宜雨。红少绿多时。帘前光景奇。绳床乌木几。尽日繁香里。睡起一篇新。与花为主人。（陈与义《菩萨蛮·荷花》）

荷花不断散发的馨香，成为整个园林中最持续久长的美感，无论园主人是在赏荷还是在闲睡，这氤氲无形的香味总会提醒他注意到荷花和园林的美。再如曹组的这首《阮郎归》：

> 檐头风珮响丁东。帘疏烛影红。秋千人散月溶溶。楼台花气中。
> 春酒醒，夜寒浓。绣衾谁与同。只愁梦短不相逢。觉来罗帐空。

园林的气氛，全由这溶溶的月色和四处氤氲游动的花香所控制。再看：

> 雨斜风横香成阵。春去空留春恨。欢少愁多因甚。燕子浑难问。碧尖麾损眉慵晕。泪湿燕支红沁。可惜海棠吹尽。又是黄昏近。
> （朱敦儒《桃源忆故人》）

这首词写春暮花残从香味入手：香的最后的一次性释放——"香成阵"，这是告别，引起人强烈的悲伤情绪。

此外还有："观数点茗浮花，一缕香萦炷。"（晁补之《黄莺儿》）品茗焚香，则是古代文人日常的功课，也是雅事。

宋词中描写的香很多、很细腻，这与宋词的词风有很大关系。欧阳炯在《花间集序》中描述西蜀词人的创作情景："镂玉雕琼，拟化工而迥巧；裁衣剪叶，夺春艳以争鲜……绮筵公子，绣幌佳人，递叶叶之花笺，文抽丽锦；举纤纤之玉指，拍按香檀。不无情绝之辞，用助娇娆之态。自南朝之宫体，扇北里之倡风……家家之香径春风，宁寻越艳；处处之红楼夜月，自锁嫦娥。"崇尚雕饰，追求婉媚，充溢着脂香粉腻的气味。唐五代词的整体香艳和大部分婉约词的香艳风格使得香这个词与词体结下了不解之缘。香甚至可以说是词体最重要的一个特点。在宋词当中，几乎无处不香，无物不香：香轮、香风、香管、香奁、香曆、香雪、香尘、香阶、香陌、香笺、香屏、香茵、香檀……为增添词的香艳绮丽起了很重要的作用。在此试以陈亮的《虞美人·春愁》中的香为例说明宋词中香的普泛化与美感：

> 东风荡飏轻云缕，时送萧萧雨。水边画榭燕新归，一口香泥湿带、落花飞。海棠槮径铺香绣，依旧成春瘦。黄昏庭院柳啼鸦，记得那人，和月折梨花。

"一口香泥湿带、落花飞"，由"谁家新燕啄春泥"化来，所不同的是"春"修饰"泥"，突出季节物候的更替，展现生机盎然的春意。而在宋词传统的婉约词当中，有将物象写得香艳富贵的模式和倾向，因此，几乎所有的物象都被香、玉等词修饰过，玉突出其剔透莹洁，香则有香艳旖旎的意味，充满了女性、爱情、柔情等元素。吴景旭这样评说诗词中的"不香说香"："竹初无香，杜甫有'雨洗娟娟静，风吹细细香'之句。雪初无香，李白有'瑶台雪花数千点，片片吹落春风香'之句。雨初无香，李贺有'依微香雨青氛氲'之句。云初无香，卢象有'云气香流水'之句。妙在不香说香，使本色之外，笔补造化。"[①] 香是一种气氛，它虽然无形无色，但可以弥布广大空间，小到闺房，大到整个庭院。它和声音一样，是一种扩散性、穿透性的元素。因此在宋词中，为了达到这种效果，连燕口中的泥都可以是香的。对香的关注，体现了宋代词人的内敛与细腻。香氛氲无形，若有若无，只有在静谧和安恬的心里才能投下涟漪，需要运用非常细微的感觉去体味。宋代词人"情感心态空前细腻，与之俱生的，则是对于世界的高度敏感，作出为常人所忽略的审美新发现"[②]。他们对于内心情感的描写，往往有最新、最细腻、最绝艳的诸种感觉作为外壳，对香的关注和细腻描写，就是其中的一种，如："炉香静逐游丝转。"（晏殊《踏莎行》）"玉人呵手试妆时，粉香帘幕阴阴静。"（晏幾道《踏莎行》）注意到如此微渺、细致、游移的

---

① 吴景旭：《历代诗话》卷四九，中华书局，1981年，第574页。
② 吴功正：《中国文学美学》中卷，第582页。

物象，是宋代词人特有的本领，而对如此静谧的情况下才能注意到的景象体察入微，不正说明词人心态的安闲、适意与内敛吗？"深于言情者，正在善于写景。"①香，正是可见的园林实景之外另一方格外神秘、美丽的虚景。宋词当中写"香"之多也是令人叹为观止的，在《全宋词》检索系统中，"香"一共出现了 6491 次。"当下此在的清香是园之魂，它往往是园林的点景，香是突破静态空间的重要因素。"②词人笔下闺房中、园池上的静谧与美丽，也往往有着香氛的参与。

（一）"香"的家常品味：绮罗香暖

《影梅庵忆语》卷二有董冒二人品香的描写："姬每与余静坐香阁，细品名香。宫香诸品淫，沉水香俗。俗人以沉香著火上，烟扑油腻，顷刻而灭，无论香之性情未出，即著怀袖，皆带焦腥。沉香坚致而纹横者，谓之'横隔沉'，即四种沉香内革沉横纹者是也，其香特妙。又有沉水结而未成，如小笠大菌，名'蓬莱香'，余多蓄之。每慢火隔砂，使不见烟，则阁中皆如风过伽楠，露沃蔷薇，热磨琥珀，酒倾犀斝之味，久蒸衾枕间，和以肌香，甜艳非常，梦魂俱适。外此则有真西洋香方，得之内府，迥非肆料。丙戌客海陵，曾与姬手制百丸，诚闺中异品，然爇时亦以不见烟为佳，非姬细心秀致，不能领略到此。"③从冒氏的叙述中，可知在细心秀致的董小宛看来，香亦有其品性，俗、淫、焦、腥之流皆在下品，而真正的妙香则能使"阁中皆如风过伽楠，露沃蔷薇，热磨琥珀，酒倾犀斝之味"。

室内燃香品香的境界，还是冒襄写得细腻："寒夜小室，玉帏四垂，毾毵重叠，烧二尺许绛蜡二三枝，陈设参差，堂几错列，大小数宣炉，宿火常热，色如液金粟玉。细拨活灰一寸，灰上隔砂选香蒸之，历半夜，一香凝然，不焦不竭，郁勃氤氲，纯是糖结。热香间有梅英半舒，荷鹅梨蜜脾之

① 田同之：《西圃词说》，见唐圭璋编：《词话丛编》，第1455页。
② 朱良志：《曲院风荷——中国艺术论十讲》，第3页。
③ 冒襄：《影梅庵忆语》，李之亮点校，岳麓书社，2016年，第15页。

气，静参鼻观。忆年来共恋此味此境，恒打晓钟尚未著枕，与姬细想闺怨，有斜倚熏篮，拨尽寒炉之苦，我两人如在蕊珠众香深处。今人与香气俱散矣，安得返魂一粒，起于幽房扃室中也！" ①看来香的妙用，是由嗅觉带来的整体精神上的受用无穷的境界。宋人的《香谱》当中也记载了许多香的种类。香与女子总是密不可分的，闺中的香，很多时候就是女子的代名词："氤氲偏傍玉脂温。"（张元幹《浣溪沙·笃耨香》）而女子的生活，也离不开燃香、添香、熏被、化妆等。闺房里的香，有脂粉气、烟火气，也是温暖贴心的："绿檀金隐起。翠被香烟里。"（陈克《菩萨蛮》）"锦屏夜夜。绣被熏兰麝。帐卷芙蓉长不下。垂尽银台蜡炧。脸痕微著流霞。"（毛滂《清平乐》）这浓艳炽烈的香往往能为男女的欢爱增添气氛："蕙炷犹熏百和秾。兰膏正烂五枝红。"（毛滂《浣溪沙·送汤词》）描写闺中的香其实也是对女子魅惑力的描述，一个绝色女子在香气缭绕的闺中，香不过是她的背景："雾帐兰衾暖，熏炉宝篆浓。眼波犹带睡朦胧。卧听晓来双燕、语春风。"（周紫芝《南柯子》）闺房中的女儿香是"暖"香，展示着世俗的快乐，或爱情赋予的种种惆怅、孤独、温暖等，代表了宋词当中很大一部分艳情词、闺怨词的情调。香雾腾起，美人如隔云端，这样的画面也给人以迷离、恍惚的感觉："西楼月下当时见，泪粉偷匀。歌罢还颦。恨隔炉烟看未真。"（晏几道《采桑子》）"秋晚寒斋，藜床香篆横轻雾。闲愁几许。梦逐芭蕉雨。"（葛胜仲《点绛唇·县斋愁坐作》）"画堂人静雨蒙蒙，屏山半掩余香袅。"（寇准《踏莎行》）香有氤氲不绝的特点，这一点和音乐比较像，写入词中，使词所造成的画面感更加立体，并有绮艳优雅的美感。

香是一种氛围，它久久地在女子的闺中徘徊，象征着一种心情和欲望。炉里的香寂灭之时，那种温暖暧昧的假象也被揭破，没有人来享受这香氛中的温情和期盼，没有人理会这个心事重重的闺中女子，所以女子才会对炉中香这样敏感："金鸭香消欲断魂，梨花春雨掩重门。"（戴叔伦《春怨》）"月下金罍，花间玉佩，都化相思一寸灰。愁绝处，又香销宝

---

① 冒襄：《影梅庵忆语》，李之亮点校，第16页。

鸭，灯晕兰煤。"(秦观《沁园春》)"思君忆君。魂牵梦萦。翠销香暖云屏。更那堪酒醒。"(刘过《四字令》)香的氤氲盘旋倒真的很像人的愁绪，说不清，道不明，只是一味地挥之不去、缠绕心头，这一点，闺中女子是深有体会的："日过重帘未卷。袅袅欲残香线。午醉却醒来，柳外一声莺啭。不见。不见。门掩落花深院。"(沈蔚《不见》)黑格尔说："时间是那种存在的时候不存在、不存在的时候存在的存在，是被直观的变易。"①唐代李益《同崔邠登鹳雀楼》："事去千年犹恨速，愁来一日即知长。"晋张华《情诗》："居欢惜夜促，在戚怨宵长。"在闺中女子寂寞的世界里，静寂到仿佛停滞的感觉有了香的参照愈觉其漫长与无聊，香成了寂寞、漫长时间的标志。"持杯留上客。私语眉峰侧。半冷水沉香。罗帷宫漏长。"(朱敦儒《菩萨蛮》)看到香的添与续、燃与灭，就想起时间的流逝、青春的消逝。香的冷即代表着热情的退却、生命的消逝。"无憀睡起，新愁黯黯，归路迢迢。又是夕阳时候，一炉沉水烟销。"(周紫芝《朝中措》)用香的寂灭来表示漫长的等待与无聊，在宋词中已是相当普遍的表现手法。闺中女子如果总是注意到香的冷、残、断、消，说明她的内心很孤独，因为香也有暖、美的一面："瑞脑烟残，沉香火冷。"(李清照《失调名·元旦词》)"金鸭晚香寒，人在洞房深处。"(谢逸《如梦令》)"檐花点滴秋清。寸心惊。香断一炉沉水、一灯青。"(赵鼎《乌夜啼》)"香冷金猊，被翻红浪，起来人未梳头。"(李清照《凤凰台上忆吹箫》)

　　"天涯旧恨。独自凄凉人不问。欲见回肠。断尽金炉小篆香。"(秦观《减字木兰花》)将燃尽断掉的香比喻成让自己肝肠寸断的相思情结，可谓构思细巧。再看苏轼这首《翻香令》，也有异曲同工之妙：

　　　　金炉犹暖麝煤残。惜香更把宝钗翻。重闻处，余熏在，这一番、气味胜从前。背人偷盖小蓬山。更将沉水暗同然。且图得，氤氲久，为情深、嫌怕断头烟。

将香比作自己连绵不断的感情，用心良苦，生怕有一点点不祥的征兆，

---

① 黑格尔：《自然哲学》，梁志学、薛华等译，商务印书馆，1980年，第48页。

展现了词人细腻的情感及对美好事物的追求。整首词写得很细致，对香的悉心调护实际上倾注了内心的感情——"惜""背""偷""暗""图""嫌""怕"，这些对燃香的动作和心情的描写显示了女子对感情的珍视：不想做得太露痕迹，但内心又无比在意。希望香"氤氲久"，"怕断头烟"，"气味胜从前"，这是对自己感情的美好期待。整首词都围绕"香"在描述，但其实是在写女子的内心，细腻入微。

香在词中的运用，其实就是一种氛围的营造。康德说过，有一种美的东西，人们接触到它的时候，往往感到一种惆怅。在《更衣记》里，张爱玲也写道："回忆这东西若是有气味的话，那就是樟脑的香，甜而稳妥，像记得分明的快乐，甜而怅惘，像忘却了的忧愁。"宋词中的绮罗香正是如此："愁肠恰似沉香篆。千回万转萦还断。"（欧阳修《一斛珠》）

（二）"香"的特殊美感：生香妙境

园中植物的香味，宋人是极爱细致描写的，且不说牡丹、芍药、海棠等艳冠群芳的花，任何一种植物，他们几乎都没有忘掉："楝花飘砌。蔌蔌清香细。"（谢逸《千秋岁》）"暗香微透窗纱。是池中藕花。"（米芾《醉太平》）"紫蔓凝阴绿四垂。暗香撩乱扑罗衣。"（晁端礼《浣溪沙》）"雨洗娟娟嫩叶光。风吹细细绿筠香。"（苏轼《定风波》"元丰六年七月六日，王文甫家饮酿白酒，大醉。集古句作墨竹词"）"小桥飞入横塘。跨青苹、绿藻幽香。"（刘泾《夏初临·夏景》）"雅致装庭宇。黄花开淡泞。细香明艳尽天与。"（柳永《受恩深》）"一阵牡丹风，香压满园花气。沉醉。沉醉。不记绿窗先睡。"（晁冲之《如梦令》）宋代词人对于寻常生活当中的点滴事物都抱着欣赏的态度，这正是对园林鉴赏应有的态度，园林的美其实就体现在一朵花、一片叶、一片幽香之中。看这两篇小序："民先兄寄野花数枝，状似蓼而丛生。夜置几案，幽香袭人，戏成一阕。"（李光《南歌子》）"岩桂花开，不数日谢去，每恨不能挽留。近得海上方，可作炉熏，颇耐久。"（向子諲《浣溪沙》）这种将对自然美的鉴赏和珍惜融入每天的生活的境界，只有在园林中才能轻易并较高程度地做到，当然，这需要鉴赏者有永远敏锐的审美的心灵和永远好奇的发现美的眼睛。

正如培根所说："花卉底香气在空气中（在空气中花香底来去是类似音乐底鸣奏的）比在人类底手里香得多，所以为了那种闻香底至乐，再没有比懂得那几种花卉是最能于采择之前在空气中散布芬芳的这种事更为适合需要的了。"[①] 看这一句："藕叶清香胜花气。"（秦湛《失调名》）"《柳塘词话》曰：少游有子处度，名湛，亦多好词，山谷极称赏之。如'藕叶清香胜花气'，一时盛传之句。"[②] 该句盛传的原因很大程度上是它的视角清新，发现了一种特别的香，并将这种发现凝练、优美地表现出来，与《红楼梦》中香菱的说法有异曲同工之妙："不独菱花香，就连荷叶、莲蓬，都是有一股清香的。但他原不是花香可比，若静日静夜或清早半夜细领略了去，那一股清香比是花都好闻呢。就连菱角、鸡头、苇叶、芦根得了风露，那一股清香，就令人心神爽快的。"[③]

香写入词中，确能增添词意境上的美感。"芰荷香外一声蝉。风撼琅玕惊昼眠。刻烛题诗花满笺。小神仙。对倚阑干月正圆。"（吕渭老《豆叶黄》）首句运用了嗅觉和听觉，夏季的园林中原有许多可供描写的素材，但词人只抓住此刻最鲜明的印象，即景即情。再看一首俞国宝的《风入松》："一春长费买花钱。日日醉花边。玉骢惯识西湖路，骄嘶过、沽酒垆前。红杏香中箫鼓，绿杨影里秋千。"这首词中最具特点的一句是"红杏香中箫鼓，绿杨影里秋千"，"香"和"影"都是实在景物——红杏、绿杨所衍生的虚的感觉，但词人抓住这瞬间捕获的美感，将热闹、鲜丽的西湖风光写得活色生香。这里有嗅觉、有声音、有光影、有动感，但不觉其嘈杂俗气，因为词人呈现出的已经是经过他的审美过滤而显得优美、洁净、含蓄、生动的艺术图像，而"香"与"影"实是这图像的魅力之源。再看张镃的《昭君怨·园池夜泛》：

---

① 弗·培根：《培根论说文集》，水天同译，商务印书馆，1983年，第2版，第167页。
② 沈雄：《古今词话》词评上卷，见唐圭璋编：《词话丛编》，第983页。
③ 曹雪芹、高鹗：《红楼梦》，人民文学出版社，2005年，第1128页。

月在碧虚中住。人向乱荷中去。花气杂风凉。满船香。云被歌
声摇动。酒被诗情撮送。醉里卧花心。拥红衾。

周密《齐东野语》卷二〇云张镃家中，"园池、声妓、服玩之丽甲天
下……众宾既集，坐一虚堂，寂无所有。俄问左右云：'香已发未？'答
云：'已发。'命卷帘，则异香自内出，郁然满座。群妓以酒肴丝竹，次第而
至……歌者乐者无虑百数十人，列行送客，烛光香雾，歌吹杂作，客皆恍然
如游仙也。"这是利用人为的香气制造一种仙宫阆苑似的环境，而真正的
富贵气，如晏殊所说，是不言金玉锦绣，唯说气象的，如晏殊所写"楼台侧
畔杨花过，帘幕中间燕子飞""梨花院落溶溶月，柳絮池塘淡淡风"等句子。
晏殊曾自言："穷儿家有这景致也无？"①晏殊所说的富贵气，其实就是一种
园林环境下自然、和谐、优美的意境。善于雅玩的张镃曾写下十二时赏心乐
事②，其中，以赏花和应节之事居多。他当然不会错过任何一个享受自然之美
与趣的机会，因此这样的一个人写园池游赏之词一定有独到之处。在这首词
中，词人注意到了色彩：碧虚、红衾；音响：歌声；供审美的物象：蓝天、荷
花、云朵。但能够自始至终弥漫其间并成为主角的还是香味："花气杂风凉。
满船香。"将实在的景物写得缥缈虚幻，看了不觉其富贵，只觉其清雅怡人。
"香具有超越有形世界的特点……似有若无，氤氲流荡，可以成为具象世界
之外境界气象的象征……中国艺术家重视香，与他们以神统形的美学观念
有关。"③这似可以解释宋代词人善用香在词中制造氛围的原因。

司空图《二十四诗品》中写"委曲"时有"杳霭流玉，悠悠花香"句。沈
谦："白描不可近俗，修饰不得太文，生香真色，在离即之间，不特难知，亦
难言。"④"红藕香残玉簟秋"被称为"有吞梅嚼雪、不食人间烟火气象"（梁绍
壬《两般秋雨庵随笔》卷三），论者极赏其"精秀特绝"⑤。"少游《画堂春》：

---

① 吴处厚：《青箱杂记》卷五，李裕民点校，第46—47页。
② 周密：《武林旧事》，傅林祥注，第183—187页。
③ 朱良志：《曲院风荷——中国艺术论十讲》，第2页。
④ 沈谦：《填词杂说》，见唐圭璋编：《词话丛编》，第629页。
⑤ 陈廷焯：《白雨斋词话》，见唐圭璋编：《词话丛编》，第3819页。

'雨余芳草斜阳,杏花零落燕泥香'之句,善于状景物。至于'香篆暗销鸾凤,画屏萦绕潇湘'二句,便含蓄无限思量意思。此其有感而作也。"①刘熙载说:"词之妙,莫妙于以不言言之。非不言也,寄言也。……词以不犯本位为高。"②从以上的论述可知,"香"于词境的重要,正是能够不从正面着手,却烘托出一种幽幽的气氛,不言而言,不着痕迹地将人心带入一种惝恍、迷离的感觉。

(三)"香"的精神追求:冷香幽韵

在众香国里,宋代词人最爱的还是梅花、荷花等清雅脱俗植物的暗香与冷香。冒襄的《影梅庵忆语》当中曾写到董小宛采梅做瓶供一事:"余家及园亭,凡有隙地,皆植梅,春来早夜出入,皆烂漫香雪中。姬于含蕊时,先相枝之横斜与几上军持相受,或隔岁便芟剪得宜,至花放恰采入供,即四时草花竹叶,无不经营绝慧,领略殊清,使冷韵幽香,恒霏微于曲房斗室,至秾艳肥红,则非其所赏也。"③董氏擅用自然的花草之香装点房间,情趣高雅的她欣赏的正是梅的"冷韵幽香"。梅香在宋代词人笔下得到了特别多的爱赏和描绘:"残雪枝头君认取,自有清香旖旎。"(蒲宗孟《望梅花》)"众芳摇落独鲜妍。占尽风情向小园。疏影横斜水清浅。暗香浮动月黄昏。"(林逋《瑞鹧鸪》)因为梅与众不同、脱俗傲雪的个性,梅香中还常常寄寓着宋代词人对自己人格的期许,如晁补之的《盐角儿·亳社观梅》:

开时似雪。谢时似雪。花中奇绝。香非在蕊,香非在萼,骨中香彻。占溪风,留溪月。堪羞损、山桃如血。直饶更、疏疏淡淡,终有一般情别。

再如陆游的《卜算子·咏梅》:

驿外断桥边,寂寞开无主。已是黄昏独自愁,更著风和雨。无

---

① 杨湜:《古今词话》,见唐圭璋编:《词话丛编》,第33页。
② 刘熙载:《艺概·词曲概》,见唐圭璋编:《词话丛编》,第3707页。
③ 冒襄:《影梅庵忆语》,李之亮点校,第16—17页。

意苦争春，一任群芳妒。零落成泥碾作尘，只有香如故。

"末句想见劲节"（卓人月《古今词统》卷四）。"零落成泥碾作尘，只有香如故"借梅花的凋零将世间受尽欺凌的高贵生命所散发出的生命馨香描述得淋漓尽致。况周颐说："词有淡远取神，只描取景物，而神致自在言外，此为高手。"① 上述词中的香，均可看作词人自己雅洁、孤高的审美趋向和不与时同的人格心性的凝结之物。所谓"冷"，也便是这骨中的骄傲不群与自然洒脱，是内在真实生命的香魄。像这样的香，才是中国艺术所追求的极致。"冷香是叹息，是忧伤，是自珍，是清静精神的表白，是对冰痕雪影的美的追求……其实是从艺术中发现自己生命的香味。"② 再如贺铸的《芳心苦》："杨柳回塘，鸳鸯别浦。绿萍涨断莲舟路。断无蜂蝶慕幽香，红衣脱尽芳心苦。"贺铸笔下的荷花同梅一样，有着幽人雅士的品格，她孤洁独处，似有所待，她的幽香只留给懂得欣赏的人。

宋代词人即便是品赏燃香，也同在园林中品味自然香的追求是一致的。周紫芝《汉宫秋》小序："别乘赵李成以山谷道人反魂梅香材见遗。明日剂成，下帏一炷，恍然如身在孤山，雪后园林、水边篱落，使人神气俱清。又明日，乃作此词歌于妙香寮中，亦仆西来一可喜事也。"写出了燃香给人带来的精神愉悦，完全是一种精雅美妙的享受，追求的是一种清新自然的美感。由此我们可以看见士大夫燃香背后所蕴含的审美追求和品味趋向，说到底并不是腻脂俗粉、暖玉温香类的"暖香"，他们心向往之的实际上仍是疏落寡合、遗世独立的清幽之冷香。唯有冷香，才能真正与他们的精神世界产生共鸣。"雪肌轻，花脸薄。愁困不忺梳掠。眉翠袅，眼波长。恹人言语香。"（杜安世《更漏子》）这个香是抽象的，又是具象的：言语怎么会香呢，那是因为说话的女子身上的香和话语缠绵动人，所以用"香"形容言语。"唱得红梅字字香。柳枝桃叶尽深藏。遏云声里送雕觞。"（晏幾道《浣溪沙》）此处的"香"，是弥漫整个空间的元气充沛的美感，因而沁人心脾、余音袅袅的歌声才称得上"字字香"。"万里归来颜愈少。微笑。笑时犹带

---

① 况周颐：《蕙风词话》，见唐圭璋编：《词话丛编》，第4533页。
② 朱良志：《曲院风荷——中国艺术论十讲》，第17页。

岭梅香。试问岭南应不好。却道。此心安处是吾乡。"(苏轼《定风波·南海归赠王定国侍人寓娘》)笑时所带的香，就是一种生命的香味，是从内向外散发的淡定和智慧。

绮罗香艳，罗幕香暖，清香洁净，冷香幽韵，是宋词"香"的几种形态。康德的美学尊崇自由，认为"在审美的企图里想象力的活动是自由的"，"一切感觉的变化的自由的游戏（它们没有任何目的做根柢）使人快乐"。[①]发现自己生命的香味，在品香的游戏中当属上品。

六、以园林为中心看宋词中的"色"：色彩之魅

色彩是绘画形式美的一个重要方面，是最具有感情意义和象征性的审美因素，因而被画家称为"感情的语言"。在园林诸造景因素中，色彩也最引人注目，给人的感受最为深刻。扬州原有"净香园"，李斗曾记其中橖叶的变色之美："涵虚阁之北……半山橖叶当窗槛间，碎影动摇，斜晖静照，野色连山，古木色变。春初时青，未几白，白者苍，绿者碧，碧者黄，黄变赤，赤变紫，皆异艳奇采不可殚记。颜其室曰'珊瑚林'，联云：'艳采芬姿相点缀，珊瑚玉树交枝柯。'"[②]园林景观色彩设计遵循色彩学的基本原理，运用色彩的对比和调和规律，以创造和谐、优美的色彩为目标。植物是园林景观中的主要造景元素，所以在大部分园林景观中都是以绿色为基调色的，而建筑、小品、铺装、水体等景观元素的色彩通常作为点缀色出现。

补色对比的运用在园林植物造景中表现得尤为突出，人们通常所描绘的"万绿丛中一点红"的园林景观即是该方式的具体体现。[③]宋代洪适在鄱

① 康德：《判断力批判》上卷，商务印书馆，1985年，第163、178页。
② 李斗：《扬州画舫录》卷一二《桥东录》，汪北平、涂雨公点校，中华书局，1960年，第273页。
③ 参见李征：《园林设计》，中国建筑工业出版社，1995年。

阳曾有宅园盘洲，《盘洲记》中记载了异彩纷呈的植被景观："白有海桐、玉茗、素馨、文官、大笑、末利（茉莉）、水栀、山樊、聚仙、安榴、衮绣之球；红有佛桑、杜鹃、赪桐、丹桂、木槿、山茶、看棠、月季……黄有木犀、棣棠、蔷薇、踯躅、儿莺、迎春、蜀葵、秋菊；紫有含笑、玫瑰、木兰、凤薇、瑞香为之魁。"正如荷加斯所说："各种植物、花卉、叶子的形状和色彩……就像是专为以其多样性悦人眼目而创造出来似的。"①沧浪亭中有翠玲珑馆，以专门欣赏青翠欲滴的竹色，馆名取自园主苏舜钦之诗句："秋色入林红黯淡，日光穿竹翠玲珑。"（《沧浪亭怀贯之》）颐和园有轩名"写秋"，轩前后遍植可供观赏的红叶树，用这个诗意的题名点明红叶在秋日的美丽，堪以画笔为喻。宋代的皇家园林艮岳，有楼名"倚翠"、馆名"流碧"，可以想见，也都是为欣赏园林中的碧色而建。拙政园有"晓丹晚翠"亭，因为亭下的山坡上种满枇杷树，而枇杷的翠叶和果实的金色都是如此赏心悦目。戴复古《初夏游张园》云"东园载酒西园醉，摘尽枇杷一树金"，极言枇杷果色之美。再以《红楼梦》中大观园为例："大观园的色是自然的色，以四季植物不断变化的色彩为主，形成园林的色彩美。丰富的色彩美仅从小说的回目中就显示出。如第二十七回'滴翠亭杨妃戏彩蝶，埋香冢飞燕泣残红'，是绿色（滴翠亭）、五色（彩蝶）、黑色（飞燕）、红色（残红）的搭配。第三十五回'白玉钏亲尝莲叶羹，黄金莺巧结梅花络'，是白色（白玉钏）、绿色（莲叶）、黄色（黄金莺）和红色（梅花）的组合。第四十九回'玻璃世界白雪红梅，脂粉香娃割腥啖膻'，是白色（雪）、红色（梅、脂粉）的调制。"②可以看出，色彩对时间、地域、心情都具有极强的表现力，而园林美就体现在这些随时变动的元素之中，因此色彩对于园林美的表现作用是非常重要的。

　　唐五代、宋词的另一个重要审美特征是重视色彩的官能感觉。唐五代、宋词中的不少作品，不求更多的意识抽象，却在寻求并走向读者的感觉经验世界，制造出缤纷的映像使读者获得审美的满足。于是，出现了郭麐

① 威廉·荷加斯：《美的分析》，杨成寅译，上海人民美术出版社，2017年，第56页。
② 张世君：《〈红楼梦〉的园林艺趣与文化意识》，载《东莞理工学院学报》1995年第2期。

《词品·秾艳》所描述的审美现象："杂组成锦,万花为春。五酝酒酺,九华帐新。异彩初结,名香始熏。庄严七宝,其中天人。饮芳食菲,摘星抉云。偶然咳唾,名珠如尘。"由此,词运用语言,营造了一座座美丽的"纸上园林",其中不乏色彩的精妙运用。

（一）纸上的彩色园林：词笔亦画笔，色真景不隔

南方园林和文人园林的色彩往往淡雅清爽,不同于北方园林和皇家园林色彩的鲜艳明朗。刘敦桢《苏州古典园林》："园林建筑的色彩,多用大片粉墙为基调,配以黑灰色的瓦顶、栗壳色的梁柱、栏杆、挂落,内部装修则多用淡褐色或木纹本色,衬以白墙与水磨砖所制灰色门框、窗框,组成比较素净明快的色彩。"①因此陈从周在谈及欣赏南方园林色彩时这样说："园林中求色,不能以实求之。北国园林,以翠松朱廊衬以蓝天白云,以有色胜。江南园林,小阁临流,粉墙低亚,得万千形象之变。白本非色,而色自生;池水无色,而色最丰。色中求色,不如无色中求色。"②

对园林色彩特别是淡雅的文人园林色彩的欣赏,在宋词中也是屡见不鲜的。如舒亶的这一首《菩萨蛮》："绿窗酒醒春如梦。小池犹见红云动。露湿井干桐。翠阴生细风。"就运用了陈先生所说于"无色中求色",注意到了池水中倒映的花丛的颜色:从动荡的水波中看去,这红色更为生动滋润。苏氏的《更漏子·寄季玉妹》也是如此："小阑干,深院宇。依旧当时别处。朱户锁,玉楼空。一帘霜日红。"在对整个园林环境的描写中,突出阳光照在帘上的瞬间景象,正是这一点艳色,显出了庭院无人的落寞和冷清。再有杜安世的《忆汉月》："曲池连夜雨,绿水上、碎红千片。直拟移来向深院。任凋零、不孤双眼。"词人审美的眼睛珍惜每一点园林中的色彩,落红衬绿水,在他看来,也是难得的美景。宋词中多的是词人们对园林色彩的敏锐捕捉。如写紫藤："紫蔓凝阴绿四垂。暗香撩乱扑罗衣。"(晁端礼

---

① 刘敦桢:《苏州古典园林》,中国建筑工业出版社,1979年,第28页。
② 陈从周:《园林谈丛》,第12页。

《浣溪沙》)再如写芭蕉:"风流不把花为主。多情管定烟和雨。潇洒绿衣长。满身无限凉。"(张镃《菩萨蛮·芭蕉》)文震亨《长物志》中写欣赏山茶之美:"蜀茶、滇茶俱贵,黄者尤不易得。人家多以配玉兰,以其花同时,而红白烂然,差俗。又有一种名醉杨妃,开向雪中,更自可爱。"①下面这首词就写出了对雪里山茶这种对比之下产生的色彩美的欣赏:

> 巧剪明霞成片片。欲笑还颦,金蕊依稀见。拾翠人寒妆易浅。
> 浓香别注唇膏点。竹雀喧喧烟岫远。晚色溟蒙,六出花飞遍。此际
> 一枝红绿眩。画工谁写银屏面。(王安中《蝶恋花·山茶口号》)

宋词中对园林色彩的描写,表现出园林景物复杂的色调层次,展示出园林流动的生机中所产生的丰富色相,从而完成了对园林美的再创造,形成了词的新境界。如辛弃疾《满江红》:"点火樱桃,照一架、荼蘼如雪。春正好,见龙孙穿破,紫苔苍壁。乳燕引雏飞力弱,流莺唤友娇声怯。"词妙用色彩,将暮春的景色化为几个鲜明的镜头:火红的樱桃映着如雪的荼蘼,嫩绿的竹笋穿破苍郁的苔藓。晏幾道的《菩萨蛮》:"庭院碧苔红叶遍。金菊开时,已近重阳宴。日日露荷凋绿扇。粉塘烟水澄如练。"犹如一幅淡雅的水彩画,碧苔红叶、金菊傲放、露荷凋零,美丽的色彩中暗含荣枯对比、季节更替,将物候变迁在园林中的动态展现描述得美不胜收。再看晏幾道的《阮郎归》:

> 天边金掌露成霜。云随雁字长。绿杯红袖称重阳。人情似故乡。
> 兰佩紫,菊簪黄。殷勤理旧狂。欲将沉醉换悲凉。清歌莫断肠。

"绿杯红袖""佩紫""簪黄",写出了佳节、美景、佳人,充分体现了"人物之美,服饰之胜"②,笔触又是如此不经意,淡淡挥洒之间,无限深情与惆怅从绚烂色彩中流露出来。难怪有人曾这样突出颜色在诗中的妙用:"人有问作诗之法者,仲默(何景明)指阶下花曰:'色而已矣。'其本领可知。仲默设色之善者,宛似唐人。"③色彩依附于具体的形象而作用于人的感官,

---

① 文震亨著,陈植校注:《长物志校注》,杨超伯校订,第46—47页。
② 沈祖棻:《宋词赏析》,第50—52页。
③ 吴乔:《围炉诗话》卷六,见《丛书集成初编》,第152页。

最容易被人所感受。由于波长的不同，对视觉刺激程度的不同，大脑可以感觉出不同的色彩。色彩能无声或有声地传达各种思想、情感和情绪，因此色彩表现具有强烈的主体意识。阿恩海姆指出："色彩能够表现感情，这是一个无可辩驳的事实。色彩之所以能表现感情是色彩本身所具有的物理性能对人的生理刺激、心理感应以及人的联想等作用的共同结果。根据实验美学的试验结果，颜色一进入人的眼帘，除了引起人们产生冷暖、明暗、远近、轻重、大小等物理感觉外，还能引起兴奋、抑郁、安适、烦躁、轻松、紧张等心理效果。"① 当人们看到红、黄、橙色时，在心理上就会联想到给人温暖的火光以及阳光的色彩，因此给红、黄、橙色以暖色的概念。可当人们看到蓝、青色，在心理上会联想到大海、冰川的寒意，因而给这几种颜色以冷色的概念。由于心理作用与社会活动的参与，不同色彩会对人产生或兴奋、愉快或压抑的感觉。古代画家十分注重色彩的作用，"随类赋彩"是谢赫六法之一。清人唐岱说："水墨虽妙，只写得山水精神，本质难于辨别。四时山色，随时变现呈露，着色正为此也！"② 可见画家对色彩描绘的重视，正如诗人、词人不但运用"随类赋彩"表现景物的固有色，还"倚空设色"表现一定光源或环境影响下呈现出来的条件色。

诗人、词人对色彩的敏感并不亚于画家，不过因为诗笔和画笔的不同，在对色彩的反映上和诉诸欣赏者的方式上有所不同而已。唐代日本僧人遍照金刚曾指出："诗贵销题目中意尽，然看当所见景物与意惬者相兼道……旦，日出初，河山林嶂涯壁间，宿雾及气霭，皆随日色照着处便开。触物皆发光色者，因雾气湿着处，被日照水光发。至日午，气霭虽尽，阳气正甚，万物蒙蔽，却不堪用。至晓间，气霭未起，阳气稍歇，万物澄净，遥目此乃堪用。至于一物，皆成光色，此时乃堪用思。"③ 可见他对诗中敷色的讲究。

---

① 鲁道夫·阿恩海姆：《艺术与视知觉——视觉艺术心理学》，中国社会科学出版社，1984年，第460页。

② 唐岱：《绘事发微》，见俞剑华编著：《中国古代画论类编》，人民美术出版社，1998年，第854页。

③ 遍照金刚：《文镜秘府论》，周维德校点，人民文学出版社，1975年，第305页。

袁枚在《续诗品》中也说："诗如化工,即景成趣!"①这"趣"就是画意,而画意的传达是离不开色彩的运用的。诗词虽然不能像绘画那样直观地再现色彩,却可以通过语言描写,唤起读者相应的联想和情绪体验。颜色词的妙用,在诗词当中屡见不鲜。苏轼《六月二十七日望湖楼醉书五绝》其一:"黑云翻墨未遮山,白雨跳珠乱入船。"王维:"日落江湖白,潮来天地青。"这些色彩词,都是诗眼所在。特别是黑、白、青这些冷色,仿佛在人们眼前展开了水墨画轴,有一种弥漫和压抑之感。杜甫的"青惜峰峦过,黄知橘柚来""红入桃花嫩,青归柳叶新""碧知湖外草,红见海东云""翠干危栈竹,红腻小湖莲""青青竹笋迎船出,白白江鱼入馔来",扑面而来的是鲜明的色彩。再如白居易的《问刘十九》:"绿蚁新醅酒,红泥小火炉。晚来天欲雪,能饮一杯无?"红彤彤的火炉,碧绿的酒,在天寒欲雪的苦寒日子里带给人温暖、舒心的感觉。都穆《南濠诗话》中有一段记载:"乡先生陈太史嗣初尝云:作诗必情与景会,景与情合,始可与言诗矣。如'芳草伴人还易老,落花随水亦东流',此情与景合也;'雨中黄叶树,灯下白头人',此景与情合也。"②而色彩,在情景交融的过程中起到了重要的作用,雨中之黄叶树正如灯下之白头人,其蕴藏的苍凉、凄惨意味互相加深,有意味的色彩对比直呈其意多了许多耐人咀嚼的滋味。宋词中也多的是对色彩的巧妙运用,看下面这首词:"星转斗,驾回龙。五侯池馆醉春风。而今白发三千丈,愁对寒灯数点红。"(向子諲《鹧鸪天》)"白"与"红"互相映射,渲染了一种凄清的境界,以少总多,发人遐思,是全篇传神之笔。再如:"双龙对起。白甲苍髯烟雨里。疏影微香。下有幽人昼梦长。湖风清软。双鹊飞来争噪晚。翠飐红轻。时下凌霄百尺英。"(苏轼《减字木兰花》)以苍松为背景,一点猩红的凌霄花瓣,无风自落,树下隐士的梦因为有了这一点色彩而更显其悠然陶然。

《唐才子传》评价王维诗:"维诗入妙品上上,画思亦然。至山水平远,云势石色,皆天机所到,非学而能。自为诗云:'当代谬词客,前身应画

① 袁枚:《续诗品·即景》,见袁枚著,王英志注评:《续诗品注评》,第25页。
② 都穆:《南濠诗话》,见丁福保辑:《历代诗话续编》,第1359页。

师.'"①苏东坡在王维的画作《蓝田烟雨图》上题款曰:"味摩诘之诗,诗中有画;观摩诘之画,画中有诗。"正如色彩的运用给王维诗句带来画意,色彩的组合,也给词带来了浓郁的美感。词体"以艳丽为本色"②,通过对色彩的渲染、色块的敷陈、光线的调度,来展现词中特有的意境意趣,成了词人们惯用的手法。词中的色彩,通常采用表示色彩的词语来渲染,或用具有色彩的事物来展现。前者如红、绿、黑、白、黄等,后者如花、草、云、霞、雪等,二者又常常交互并用,彼此协调呼应。另外,华丽的字眼、优美的辞藻也往往成为词中表现色彩的手段和描绘图画的手法。看蒋捷写秋天清晨篱落间的景色之美:"月有微黄篱无影,挂牵牛、数朵青花小。秋太淡,添红枣。"(《贺新郎》)仿佛是一幅清新的水粉画,微黄的月亮之下,鸟儿快速飞过,篱落间青色的牵牛开了数朵。黄色是中间色,青色是冷色,难怪词人嫌"秋太淡",于是又添上了鲜红的枣,才为这幅秋色图增添了一些温暖的调子。方东树《昭昧詹言》评王维诗:"辋川叙题细密不漏,又能设色写景,虚实布置,一一如画。"用来评说此词,也颇为允当。再如《浣溪沙·书虞元翁书》:"红蓼渡头青嶂远,绿苹波上白鸥双。淋浪淡墨水云乡。"如淡墨水彩,通篇弥漫着云水氤氲的湿气。美学家阿恩海姆说:"和谐在下面一种意义上说来是必不可少的,这就是,如果一幅构图的所有色彩要成为互相关联的,它们就必须在一个统一的整体中配合起来。"③宋词中的许多敷彩用色的画面就能够达到这样的和谐美的效果。如范仲淹《苏幕遮》:"碧云天,黄叶地。秋色连波,波上寒烟翠。山映斜阳天接水。芳草无情,更在斜阳外。"用色纯净,画面干净,表情丰富,使人感到无限的秋意。再如:"雨过园亭绿暗时。樱桃红颗压枝低。绿兼红好眼中迷。荔子天教生处远,风流一种阿谁知。最红深处有黄鹂。"(晁补之《浣溪沙·樱桃》)这首词的色彩构图也非常巧妙,绿叶红樱之间,有黄鹂出没。宋惠洪《冷斋夜话》卷四:"诗者,妙观逸想之所寓也。"因此有时词中的色彩也带

---

① 辛文房撰,孙映逵校注:《唐才子传校注》,中国社会科学出版社,1991年,第146页。

② 彭孙遹:《金粟词话》,见唐圭璋编:《词话丛编》,第723页。

③ 鲁道夫·阿恩海姆:《艺术与视知觉——视觉艺术心理学》,第478页。

有想象的成分。看苏轼的《满江红》"蒲萄深碧。犹自带、岷峨雪浪,锦江春色","引出灵视中所见的虚景。扩展了词境,又带出思念故乡的深情"①。造成这样的效果,"蒲萄""雪浪"等富有色彩感的词语功不可没。

词的"隔"与"不隔",很大程度上说,就是是否能让读者在欣赏过程中通过想象,也同样或者近似地产生词人在当时当地感受到的那一种美感。作品中来源于物化世界的有关信息,能否被读者快速、明晰地感知,能否唤起读者的有关生活经验、审美体验,并借助这些经验和信息,将感觉还原、升华为作者所要传达的艺术境界,能则"不隔",不能则"隔",这一过程快速、明晰的程度不同,也就是程度不同的"隔"与"不隔"。而色彩,特别是饱浸着词人感情的色彩,便是最直观、最富感染力的元素。近代实验心理学告诉我们,色彩的经验类似感动或情绪的经验。谢榛曾说:"韦苏州曰:'窗里人将老,门前树已秋。'白乐天曰:'树初黄叶日,人欲白头时。'司空曙曰:'雨中黄叶树,灯下白头人。'三诗同一机杼,司空为优:善状目前之景,无限凄感,见乎言表。"②司空曙的诗句,全用眼前景给人的触目感觉,其中,色彩的运用是关键,信手拈来,即景即情,所以显得自然融洽,被评为"优中之优"。毛稚黄:"词家刻意、俊语、浓色,此三者皆作者神明。"③《词洁辑评》称贺铸词"一种耀艳深华"④。可见,词人对色彩的使用也非常重视。他们甚至常常在无颜色的事物上加上色彩,如红雨、红泪等,以期达到产生画面感和情绪感染力的作用。"叙述情景,须得画意,为最上乘。"秦观的"飞红万点愁如海"(《千秋岁》)被称为"衔接得力,异样出精采"⑤,就在于用红色铺陈出了一幅凄迷绝艳的暮春落花图。"縠纹波面浮鹢鹚。蒲芽出水参差碧。满院落梅香。柳梢初弄黄"(谢逸《菩萨蛮》),则运用色彩,点染出初春清新生动的园景。

---

① 陶文鹏:《论东坡词写景造境的艺术》,见陶文鹏:《苏轼诗词艺术论》,上海古籍出版社,2001年,第67页。

② 谢榛、王夫之:《四溟诗话·姜斋诗话》,人民文学出版社,1961年,第12页。

③ 王又华:《古今词论》引,见唐圭璋编:《词话丛编》,第607页。

④ 先著、程洪撰,胡念贻辑:《词洁辑评》卷二,见唐圭璋编:《词话丛编》,第1348页。

⑤ 先著、程洪撰,胡念贻辑:《词洁辑评》卷二,见唐圭璋编:《词话丛编》,第1351页。

（二）"红""绿"警句的分析：红情绿意未了

园林中景物的颜色对比是一个很大的看点，这一点在宋代词人的笔下也多有描绘。如："紫燕衔泥，黄莺唤友。"（李之仪《踏莎行》）"谯园幽古，烟锁前朝桧。摇落枣红时，满园空、几株苍翠。"（晁补之《蓦山溪·谯园饮酒为守令作》）"青未了、柳回白眼。红欲断、杏开素面。"（史达祖《东风第一枝·咏春雪》）"小园过午，便觉凉生翠柏。戎葵闲出墙红，萱草静依径绿。"（晁补之《诉衷情》）

诗人们也爱用鲜明的对比色，来增加感情色彩的浓度。这中间，红色与绿色的对比写得尤为出色。红色，是血与火的颜色，充满刺激性，令人振奋。它意味着热情、奔放、喜悦、活力，给人以艳丽、芬芳、甘美、成熟、青春和富有生命力的感觉。在自然界中，有 20% 左右的花是红色系的。绿色，兼备了蓝色的深远和黄色的明快感，象征着生命的色彩。人们在心理上对绿色的感应是和平、安定、清新，充满活力，丰满而有希望。绿色是大自然中隽永的底色和基调，大自然辽阔的地面正是统一在它的基调之中。"绿色映入眼中，身体的感觉自然会从容起来……大概人类对于绿色的象征力的认识，始于自然物。像今天这般风和日丽的春天，草木欣欣向荣，山野遍地新绿，人意亦最欢慰。设想再过数月，绿树浓荫，漫天匝地，山野中到处给人张着自然的绿荫和绿幕，人意亦最欢适……总之，绿是安静的象征。"[1]白居易回忆江南春色之美，说："日出江花红胜火，春来江水绿如蓝。"（《忆江南》）杨万里赞美西湖荷花的姿色风韵，说："接天莲叶无穷碧，映日荷花别样红。"（《晓出净慈寺送林子方》）红与绿这两种单纯的原色在他们的笔下漾出无限诗意。元稹的"寥落古行宫，宫花寂寞红"（《行宫》），有人说这寥寥十字，抵得上一篇《连昌宫词》。李商隐的"曾是寂寥金烬暗，断无消息石榴红"（《无题》），"红"本来可以表示旺盛、热情的生命力，但"寂寥""断无消息"使这里的"红"所表达的冷清、寂寞不亚于"寒山一

---

① 丰华瞻、戚志蓉编：《丰子恺论艺术》，复旦大学出版社，1985年，第186—187页。

带伤心碧"（李白《菩萨蛮》）、"一树碧无情"（李商隐《蝉》）中凄惨、伤情的"绿"。

"'红间绿，花簇簇'，'万绿丛中一点红'，古人在绿叶红花或其他无数物象中发现了红与绿的色彩的抽象关系，寻找构成色彩美的规律。"①以上诗词已经极尽美妙了，但宋代词人的笔下，还产生了不少红绿相配的隽语警句，如"感红怨翠""朱娇翠靓""败红衰翠""惨绿愁红""绿娇红小""翠颦红妒"等，而最为清新别致的当属李清照的"绿肥红瘦"了。历来批评家评李清照此词，多拈出"绿肥红瘦"一句。胡仔云："近时妇人能文词，如李易安颇多佳句。小词云：'……''绿肥红瘦'，此语甚新。"②王士禛云："前辈谓史梅溪之句法，吴梦窗之字面，固是确论。尤须雕组而不失天然，如'绿肥红瘦'，'宠柳娇花'，人工天巧，可称绝唱。"③黄氏云："一问极有情，答以'依旧'，答得极澹，跌出'知否'二句来，而'绿肥红瘦'，无限凄婉，却又妙在含蓄。短幅中藏无数曲折，自是圣于词者。"④"李清照'绿肥红瘦'句与唐无名氏《后庭宴》中'万树绿低迷，一庭红扑簌'句以及韩琮《暮春浐水送别》中'绿暗红稀出凤城'句有着直接的渊源，因此，将红花与绿叶的对比提炼为一种暮春景物的典型形象并非李清照所首创。这一句以小见大，以具体喻抽象，在时间的突然凝聚中推出直观的形象，对比强烈而又鲜明。同时，由于身体的肥与瘦往往是人的精神状态的外在表现，因此，用于花与叶便使之带上了强烈的感情色彩。"⑤正是女性特有的敏感，才使词人能够捕捉到这个尖新的意象。

再看蒋捷的佳句："流光容易把人抛，红了樱桃，绿了芭蕉。"（《一剪梅·舟过吴江》）将飞驰流逝的时光在樱桃渐红、芭蕉转绿的园林风物上展现出来。这里的色彩，诚然美丽，却因词人对岁月的洞穿和感慨而显得

---

① 吴冠中：《关于抽象美》，见《吴冠中文集》第1卷，第28页。
② 胡仔：《苕溪渔隐丛话》前集卷六〇，人民文学出版社，1962年，第416页。
③ 王士禛：《花草蒙拾》，见唐圭璋编：《词话丛编》，第683页。
④ 黄氏：《蓼园词评》，见唐圭璋编：《词话丛编》，第3024页。
⑤ 程千帆、张宏生：《说李清照〈如梦令〉词》，载《古典文学知识》1990年第2期。

稍显冷酷。史达祖的《绮罗香·咏春雨》中有："临断岸、新绿生时，是落
红、带愁流处。记当日、门掩梨花，剪灯深夜语。"这是两句极新颖的对
偶句，也是妙用红、绿色的对比，构成极美的意境。"烟中列岫青无数，雁
背夕阳红欲暮。"这是周邦彦《玉楼春》中的名句。在青碧苍茫的群山之
间，雁群之上有一点欲坠的夕阳红，这无尽的青与一点红的对照，就是一
幅绝美的暮色之美与黄昏之愁的画卷。再有："鸠雨催成新绿，燕泥收尽
残红。春光还与美人同。论心空眷眷，分袂却匆匆。"（陆游《临江仙·离
果州作》）首句描绘的"绿肥红瘦"景色，正是作者离果州时所见实景，意
象丰富，颜色对照鲜明，基调自然，对仗工整，是上片词形象浓缩的焦点。
"池水凝新碧，阑花驻老红。有人独立画桥东。手把一枝杨柳、系春风。"
（吴潜《南柯子》）起首二句写得比较用力，不仅写出了阑珊的春意，也传
出了人情的不堪和沉抑。"小径红稀，芳郊绿遍。"（晏殊《踏莎行》）点面结
合，写出了暮春景色的精髓。《渚山堂词话》称"莺嘴啄花红溜，燕尾点波
绿皱"（无名氏《如梦令》）为险丽语，巧而费力。[1]"飘然快拂花梢，翠尾分
开红影。"（史达祖《双双燕·咏燕》）这一名句为人称颂，被认为是写燕的
极致，颜色的运用也十分高妙。"别来已隔千山翠。望断危楼斜日坠。关心
只为牡丹红，一片春愁来梦里。"（欧阳修《玉楼春》）"红"与"翠"都出自词
人的想象，表现出一片怅惘之情。"帘旌翠波飐。窗影残红一线。"（张元幹
《兰陵王》）此句，"杨慎词品极叹赏之"[2]。"杏花红处青山缺。山畔行人山下
歇。"（欧阳修《玉楼春》）"槐绿低窗暗，榴红照眼明。"（黄庭坚《南歌子》）
均是红绿对比的佳句，清新明丽，不露斧凿痕迹。

　　除了红与绿，其他颜色之间的对比还有很多。"一年好景真须记，橘绿
橙黄时候。"（秦观《摸鱼儿·重九》）将秋日的景致写得非常传神。再如：
"竹孤青，梅酽白。更着使君清绝。梅似竹，竹如君。须知德有邻。"（向子
諲《更漏子》"题赵伯山青白轩，时王丰父、刘长因同赋"）用色彩暗示了情
志。对比之外，同一种色，还有深浅浓淡变化："东风著意，先上小桃枝。

---

① 陈霆：《渚山堂词话》卷二，见唐圭璋编：《词话丛编》，第390页。
② 沈雄：《古今词话》词评上卷，见唐圭璋编：《词话丛编》，第996页。

红粉腻，娇如醉，倚朱扉。"(韩元吉《六州歌头·桃花》)苏轼《蝶恋花·送春》："北固山前三面水，碧琼梳拥青螺髻。"

（三）作为情感载体的"色"：空中设色亦真

黑格尔在《美学》中曾说过，在艺术里，感性的东西是经过心灵化了，而心灵的东西也借感性化而显现出来了。"记得绿罗裙，处处怜芳草。"(贺铸《绿罗裙》)春草的绿色使离人想起爱人的罗裙，因而产生一种怜惜之情。"晓来谁染霜林醉？总是离人泪！"(王实甫《西厢记》)满林枫叶，火红如醉，在诗人看来，不是秋霜所打，而是离人的眼泪染成的。再看李清照的"守着窗儿，独自怎生得黑"(《声声慢》)，这个"黑"字的运用，就非常尖新大胆，让人想起美国现代诗人斯蒂文斯浸透着印象主义绘画的色彩光亮的《黑色的统治》："从窗口望出去，我看到行星聚拢，就好像树叶在风中翻卷。我看到黑夜来临大步走来，像浓密的铁杉的颜色，我感到害怕，我记起了孔雀的叫喊。"[1] 这一个"黑"字，体现了词人对过往夜间孤独生活的体验，以及内心的荒凉与寂寞。再看蒋捷的《瑞鹤仙·红叶》：

缟霜霏霁雪。渐翠没凉痕，猩浮寒血。山窗梦凄切。短吟筇犹倚，莺边新樾。花魂未歇。似追惜、芳消艳灭。挽西风、再入柔柯，误染绀云成缬。

姜夔的《小重山令·赋潭州红梅》：

人绕湘皋月坠时。斜横花树小，浸愁漪。一春幽事有谁知。东风冷、香远茜裙归。鸥去昔游非。遥怜花可可，梦依依。九疑云杳断魂啼。相思血，都沁绿筠枝。

都是侧面用笔，虚处传神，将心中的情思和郁结的感情通过凄艳的色彩传达出来。正如陈廷焯所说："意在笔先，神余言外，写怨夫思妇之怀，寓孽子孤臣之感。凡交情之冷淡，身世之飘零，皆可于一草一木发之。而发之

---

① 赵毅衡编译：《美国现代诗选》，外国文学出版社，1985年，第240页。

又必若隐若现，欲藏不露，反复缠绵，终不许一语道破"①。色彩就可以起到这样强烈的暗示和感染作用。

"画家布色也有这种手法。比如荷花，本来没有正红色的。荷叶也没有墨黑的。但齐白石、黄永玉却可以大胆地用正红色作花，用湛蓝色甚至纯墨色布叶。这虽是一种夸张，但在艺术上是极真实的，这种真实性就在于画家把色彩的属性强调到绝顶，因而易使人们感受到自然界内在的更纯的素质。"② 这正可以用来说说吴文英词的用色。如这首《过秦楼·芙蓉》：

> 藻国凄迷，曲澜澄映，怨入粉烟蓝雾。香笼麝水，腻涨红波，一镜万妆争妒。湘女归魂，佩环玉冷无声，凝情谁愬。又江空月堕，凌波尘起，彩鸳愁舞。还暗忆、钿合兰桡，丝牵琼腕，见的更怜心苦。玲珑翠屋，轻薄冰绡，稳称锦云留住。生怕哀蝉，暗惊秋被红衰，啼珠零露。能西风老尽，羞趁东风嫁与。

青绿色的水藻，桑黄色的水波，忽有粉色和蓝色的烟雾飘起，只见湖面上，千万支荷花临水盛开，香气缭绕，红映水波，仿佛美女将梳洗过的脂粉水倾入湖中。恍惚间，词人眼中的荷花变成了那总让他魂牵梦绕的去姬，荷花清冷脱俗的姿态仿佛她的魂魄悄无声息地踏月归来，一往情深却无处倾诉。词人运用了超现实的色调渲染气氛，任意识的流动来组织画面，描绘出一幅既具荷花神韵又饱含怀人深情的想象画卷，如梦境般令人陶醉，使人神伤。吴文英总是能以梦幻的色彩入词，他的"七宝楼台"的建立，"令无数丽字，一一生动飞舞，如万花为春"③的本领，色彩功不可没。张炎说："吴梦窗词如七宝楼台，眩人眼目。"④ 戈载在《宋七家词选》中说："梦窗以绵密为尚，运意深远，用笔幽邃，炼字炼句，迥不犹人，貌观之雕缋满眼，而实有灵气行于其间。"这些对吴文英风格的评价无不与色彩有关。《词洁辑评》评吴文英《惜红衣》："看他用鬓白、溪碧、乌衣、茸红，虽小小

---

① 陈廷焯：《白雨斋词话》卷一，见唐圭璋编：《词话丛编》，第3777页。

② 杨春艳：《唐诗色彩美学研究》，山西人民出版社，2009年，第250页。

③ 况周颐：《蕙风词话》，见唐圭璋编：《词话丛编》，第4447页。

④ 张炎：《词源》卷下，见唐圭璋编：《词话丛编》，第359页。

设色字，亦必成章法，词其可轻言乎。"①评吴文英《澡兰香》："亦是午日应有情事，但笔端幽艳，如古锦烂然。"②

清刘熙载《艺概·赋概》："按实肖象易，凭虚构象难。能构象，象乃生生不穷矣。"陈与义的《临江仙》便能空中设色，虚实结合：

> 高咏楚词酬午日，天涯节序匆匆。榴花不似舞裙红。无人知此意，歌罢满帘风。万事一身伤老矣，戎葵凝笑墙东。酒杯深浅去年同。试浇桥下水，今夕到湘中。

用鲜艳灿烂的榴花比鲜红的舞裙，回忆过去春风得意、声名籍籍时的情景。

"我的'有意味的形式'既包括了线条的组合也包括了色彩的组合。形式与色彩是不可能截然分开的；不能设想没有颜色的线，或是没有色彩的空间；也不能设想没有形式的单纯色彩间的关系。"③宋词中的意象离不开色彩的作用："花间字法，最著意设色，异纹细艳，非后人纂组所及……山谷所谓古蕃锦者，其殆是耶。"④色彩的构图作用、直观感触、情绪感染力、对比产生的妙境，都在宋词中有所体现。

七、以园林为中心看宋词中的"影"：光影之幻

苏轼有这样一首写影的诗："丹青写君容，常恐画师拙。我依月灯出，相肖两奇绝。妍媸本在君，我岂相媚悦。君如火上烟，火尽君乃别。我如镜中像，镜坏我不灭。虽云附阴晴，了不受寒热。无心但因物，万变岂有竭。醉醒皆梦而，未用议优劣。"（《和陶影答形》）这首以"影"的口吻作答的诗揭示了影之为物的特别——依附他物而生，无生命亦不消亡。《龟山

---

① 先著、程洪撰，胡念贻辑：《词洁辑评》卷三，见唐圭璋编：《词话丛编》，第1354页。
② 先著、程洪撰，胡念贻辑：《词洁辑评》卷五，见唐圭璋编：《词话丛编》，第1368页。
③ 克莱夫·贝尔：《艺术》，周金环、马钟元译，中国文艺联合出版公司，1984年，第7页。
④ 王士禛：《花草蒙拾》，见唐圭璋编：《词话丛编》，第673页。

语录》："因读东坡《和渊明形影神》诗，其《影答形》云：'君如火上烟，火尽君乃别。我如镜中像，镜坏我不灭。'影因形而有，无是生灭相，故佛尝云：'一切有为法，如梦幻泡影。'正言非实有也，何谓不灭？他日读《九成台铭》云：'此说得之庄周。'然以江山吐吞，草木俯仰，众窍呼吸，鸟兽鸣号为天籁，此乃周所谓地籁也。但其文精妙，读之者咸不之察耳。"①将整个宇宙人生与影相对应，认为影不过是浮世的梦幻泡影，是一种象征，但只要生命不息，影也不灭。而宋词，也可看作对繁华盛世抑或感伤末世那些"梦幻泡影"的精雕细刻，其中当然少不了一个重要的因素——影。对善于享受生活、发现生活中的细微之美的宋代词人来说，影带来的美的魅惑力或许要大于它同时拥有的幻灭和梦幻之感。

在园林中，影是一个相当重要的造景因素："池塘倒影，拟入鲛宫。"②"轻纱环碧，弱柳窥青"，"修篁弄影……俗尘安到"。③拙政园有倒影楼、塔影园。更有一座著名的园林就以影命名，即影园。坐落于扬州的影园建于明崇祯八年（1635），园主为明末扬州名士郑元勋。它是我国造园鼻祖计成晚年亲自设计营造的一座江南古典园林，用了十多年时间建成。影园意境极美，园外有夹岸桃柳，虽无山，但"隔水'蜀冈'蜿蜒起伏，尽作山势，环四面柳万屯，荷千余顷，葭苇生之，水清而多鱼，渔棹往来不绝。春夏之交，听鹂者往焉……古称附庸之国为'影'，左右皆园，即附之得名，可矣"④。影园之名，极负梦幻逸趣，缘于"地盖在柳影，水影，山影之间"，故名，可以称为"花影不离身左右，鸟语只在耳东西"。是内含深远意境，外具自然风韵，情景交融、绘声绘色的形象化的诗篇和立体画卷。茅元仪赞曰："于尺幅之间，变化错综，出人意外，疑鬼疑神，如幻如蜃……"可见影园意境的美妙与神奇。

---

① 胡仔：《苕溪渔隐丛话》后集卷三，第19页。
② 张家骥：《园冶全释》，第200页。
③ 张家骥：《园冶全释》，第271页。
④ 郑元勋：《影园自记》，见陈植、张公弛选注：《中国历代名园记选注》，陈从周校阅，第221页。

（一）窗影、月影之美：朦胧淡远

《玉簪记·琴挑》："粉墙花影自重重，帘卷残荷水殿风。"园林中赏影，多是观看窗纱或粉墙上的投影。"白墙的'画本'作用，还在于它拥有最佳的空间——'受影'画。迎风摇曳的竹，参差高下的树，被日光或月光映在粉墙之上，就是一幅绝妙的构图，这种粉壁为纸、竹木为绘的'水墨画'，是颇多审美意味的。"①这样的情形，在宋词当中是非常多见的："绣幕灯深绿暗，画帘人语黄昏。晚云将雨不成阴。竹月风窗弄影。"（陈师道《西江月·席上劝彭舍人饮》）"先生落笔胜萧郎。记得小轩岑寂夜。廊下。月和疏影上东墙。"（苏轼《定风波》"元丰六年七月六日，王文甫家饮酿白酒，大醉。集古句作墨竹词"）"摩围小隐枕蛮江。蛛丝闲锁晴窗。水风山影上修廊。不到晚来凉。"（黄庭坚《画堂春》）

"'窗'与'影'之美，更是中国山水诗人普遍赏爱的一种透明感受。"②"阴影是黑暗，亮光则是光明。一欲隐蔽一切，一欲显示一切。"③而光与影的游戏就在这明暗显隐之间生灭。影的色调是黑与白，基础是光与影，画面感非常干净、纯净和透明。很多东西透过影看要比看原物更美、更有神秘感、更具线条美："月光是隔了树照过来的，高处丛生的灌木，落下参差的斑驳的黑影……弯弯的杨柳的稀疏的倩影，像是画在荷叶上。塘中的月色并不均匀；但光与影有着和谐的旋律，如梵婀铃上奏着的名曲。"这段经典的描述写出了"影"的魅力：线条感、旋律感、光影的神奇组合，这正是"影"的特别之处。"我们知道，不是所有的光线都是艺术，但是艺术却离不开对光线的表达。一件再现性很强的光影笼罩下的作品，可以是有深度的作品，而经过抽象重组的光影平面作品，更可以提升到更高层面。"④有限的具体情景，蕴含无尽的"象外之象""味外之味"。宋词和唐诗这种相通的艺

---

① 金学智：《中国园林美学》，第403页。

② 胡晓明：《万川之月——中国山水诗的心灵境界》，第212页。

③ 列奥纳多·达·芬奇：《芬奇论绘画》，戴勉编译，人民美术出版社，1979年，第95页。

④ 卓凡：《平面化绘画中的光与影》，载《福建艺术》2002年第4期。

术境界，往往是靠创造虚远朦胧的意境来实现的，而虚远朦胧的意境，又往往需要有迷离惝恍的意象作为重要构件，影，就是非常好的构件之一，因此，宋代词人爱写和擅写影，他们常会被这瞬间的美所打动并将它形诸笔墨。只看词牌名，我们就能发现很多摇曳生姿的"影"：《杏花天影》、《烛影摇红》、《虞美人影》（即《桃源忆故人》）。

阳光下的花影总是充满生命的活力，显示着大自然的生机："庭前莺燕乱丝簧。醉眠犹未起，花影满晴窗。"（邓肃《临江仙》）更反衬出闺中女子的慵懒："日曈昽，娇柔懒起，帘押残花影。"（张先《归朝欢》）而月色下的花影则清幽冷寂，呈现出夜特有的宁静和神秘："明月忽飞来，花影和帘卷。"（张孝祥《生查子》）"碧纱影弄东风晓。一夜海棠开了。枝上数声啼鸟。妆点愁多少。"（欧阳修《桃源忆故人》）在室内看出去，从窗纱上看到海棠花影在东风中摇曳，就得到了春的讯息。"上窗风动竹，月微明。梦魂偏记水西亭。琅玕碧，花影弄蜻蜓。"（吕渭老《小重山·七夕病中》）词人将窗上映着的风吹竹叶的样子，想象成蜻蜓在花间飞舞。再看张元幹《浣溪沙·咏木香》："睡起中庭月未蹉。繁香随影上轻罗。"把盛开的木香比作女子的罗裙，月色下，香影浮动，无比美妙。"谢了荼蘼春事休。无多花片子，缀枝头。庭槐影碎被风揉。莺虽老，声尚带娇羞。"（吴淑姬《小重山·春愁》）这首词写暮春之景，镜头选得清新：枝上残花，风拂槐影，莺声犹娇。

明人徐沁《明画录》云："东坡论画不求形似，至摹壁上灯影，得其神情，此特一时嬉笑之语。"虽徐沁把壁上摹灯影作画看成嬉笑之语，但其实并不尽然。影的艺术感染力还是相当强的。试看冒辟疆《影梅庵忆语》中的一个情节："（董小宛）秋来犹耽晚菊，即去秋病中，客贻我剪桃红，花繁而厚，叶碧如染，浓条婀娜，枝枝具云罨风斜之态。姬扶病三月，犹半梳洗，见之甚爱，遂留榻右。每晚高烧翠蜡，以白团回六曲，围三面，设小座于花间，位置菊影，极其参横妙丽。始以身入，人在菊中，菊与人俱在影中。回视屏上，顾余曰：'菊之意态尽矣，其如人瘦何？'至今思之，淡秀如画。"① 这段描写，充分说明了影是如何做到遗貌取神并营造出一个朦胧、淡远、清澈的艺术境界的。郑板桥《板桥题画·竹》说："……一片竹影零乱，岂非天然图画乎！凡吾画竹，无所师承，多得于纸窗粉壁日光月影中耳。"② 这样的境界在宋词中是非常多的："北窗晚，娟娟静色，竹影上帘旌。"（毛滂《满庭芳·夏曲》）前文也说过，宋人特别爱赏梅影，看周密的《疏影·梅影》：

> 冰条木叶。又横斜照水，一花初发。素壁秋屏，招得芳魂，仿佛玉容明灭。疏疏满地珊瑚冷，全误却、扑花幽蝶。甚美人、忽到窗前，镜里好春难折。闲想孤山旧事，浸清漪、倒映千树残雪。暗里东风，可惯无情，搅碎一帘香月。轻妆谁写崔徽面，认隐约、烟绡重叠。记梦回，纸帐残灯，瘦倚数枝清绝。

东汉郭宪的《汉武帝别国洞冥记》中记载了汉武帝深情思念李夫人③，东方朔遂献上一枝怀梦草，使武帝能在梦中和李夫人相遇之事。《史记·孝武本纪》与《前汉书·李夫人传》也都记载了方士李少翁为汉武帝招李夫人魂的事。武帝怀思转切，召来一个方士，让他在宫中设坛招魂，好与李夫人再见一面。于是方士在晚上点灯烛，请武帝在帐帷里观望，摇晃烛影中，隐约的身影翩然而至，却又徐徐远去。④ 据东晋王嘉《拾遗记》：招魂时是用色青质轻的"潜英之石"，将李夫人的画像设在纱帐里，在灯烛下投影于帐帷之上。⑤ 据说这是后代皮影戏的由来。宋高承所著《事物纪原》中"影戏"条说："故老相承，言影戏之原，出于汉武帝，李夫人之亡，齐人少翁言能致其魂，上念夫人无已，乃使致之。少翁夜为方帷，张灯烛，帝坐它帐，自帷中望见之，仿佛夫人像也，盖不得就视之。由是世间有影戏，历代

---

① 冒襄：《影梅庵忆语》，李之亮点校，第17页。
② 郑板桥：《板桥题画》，见卞孝萱编：《郑板桥全集》，第198页。
③ 郭宪：《汉武帝别国洞冥记》，见《丛书集成初编》，中华书局，1991年，第11页。
④ 司马迁：《史记》卷一二《孝武本纪》，第458页。
⑤ 王嘉：《拾遗记》卷五，见上海古籍出版社编：《汉魏六朝笔记小说大观》，上海古籍出版社，1999年，第525页。

无所见。"①周密之词即将梅影比作李夫人芳魂归来，玉容明灭。梅影生动迷人，却与观赏者保持着适当的距离感。它好似窗中的美人，可远观不可亵玩；又如画中的美人，隔着层层纱幔；还仿佛西湖倒影中的千树梅花，摇曳迷离。

"光具有极强的可塑性，其自身形成的光影变化可以产生虚实对比。中国传统古建筑中空灵的漏花窗、雕栏、花格、挂落，在阳光、月光、烛光的映照下为地面或墙面留下生动的影子，柔和的明暗交替产生了似有若无的虚实变化，清淡而玄远，融入了东方人亲近自然、天人合一的美学观念。"②明人谢榛有言："凡作诗不宜逼真。如朝行远望，青山佳色，隐然可爱，其烟霞变幻，难于名状；及登临非复奇观，惟片石数树而已。远近所见不同，妙在含糊，方见作手。"③此所谓"青山佳色""烟霞变幻"即应是虚远浑涵的意境形态，"隐然可爱""难于名状"则应是感受中的"象外之象""味外之味"的艺术效果了。要使意境产生，就必须能从具体的象，创构出一种灵奇、虚渺的境界。"影"的妙用就在于此。试看无名氏《浣溪沙》：

　　水涨鱼天拍柳桥。云鸠拖雨过江皋。一番春信入东郊。闲碾凤

团消短梦，静看燕子垒新巢。又移日影上花梢。

万物生生不息地运动着，而词人自己呢，只有短梦、闲坐、静看日影而已。宋词抒情艺术的优雅细致，是宋人心灵优雅细致的表现。沈谦："填词结句，或以动荡见奇，或以迷离称胜，著一实语，败矣。康伯可'正是销魂时候也，缭乱花飞'、晏叔原'紫骝认得旧游踪，嘶过画桥东畔路'、秦少游'放花无语对斜晖，此恨谁知'，深得此法。"④上面《浣溪沙》的结句，正因捕捉到细致、生动的"影"意象而显得不落窠臼，生动明丽，而景物，正是词人静好闲适心灵的体现。如毛滂《秦楼月·月下观花》：

---

① 高承：《事物纪原》卷九，金圆、许沛藻点校，中华书局，1989年，第495页。
② 李晓艳：《实以形见，虚以思进——浅谈中国传统"虚实"观念与室内设计》，载《南京艺术学院学报（美术与设计版）》2004年第2期。
③ 谢榛、王夫之：《四溟诗话·姜斋诗话》，第74页。
④ 沈谦：《填词杂说》，见唐圭璋编：《词话丛编》，第633页。

蔷薇折。一怀秀影花和月。花和月。著人浓似，粉香酥色。绿
阴垂幕帘波叠。微风过竹凉吹发。凉吹发。无人分付，这些时节。

宋人爱赏的是清秀、朦胧的境界，他们深深懂得一览无余和浓艳鲜丽
并非美的最高境界，总是要在欣赏时制造一些屏障。月下观花，隔窗赏影，
就是他们常做的事。"我们民族在欣赏艺术上存乎一种特性，花木重姿态，
音乐重旋律，书画重笔意等，都表现了要用水磨功夫，才能达到耐看耐听，
经得起细细的推敲，蕴藉有余味。"①看张炎的《瑶台聚八仙》"余昔有梅影
词，今重为模写"写梅影：

近水横斜。先得月、玉树宛若笼纱。散迹苔烟，墨晕净洗铅
华。误入罗浮身外梦，似花又却似非花。探寒葩。倩人醉里，扶过
溪沙。竹篱几番倦倚，看乍无乍有，如寄生涯。更好一枝，时到
素壁檐牙。香深与春暗却，且休把江头千树夸。东家女，试淡妆颠
倒，难胜西家。

正是"宛若笼纱""似花又却似非花""乍无乍有"写出了梅影的特点，也
造成了词境的朦胧淡远。

（二）水影之美：清澈透明

"水，还由于它的灿烂的透明，它的淡青色的光辉而令人迷恋；水把周
围的一切如画地反映出来，把这一切屈曲地摇曳着，我们看到水是第一流
写生画家。水由于它的晶莹的透明而显得美……"②圆明园有"上下天光"
一景，两层楼台伸入水际，两面还有长长的九曲桥蜿蜒湖中，桥上又各有
亭子。这组建筑的重要特点就是尽可能地延长陆上景物与水的接触面，目
的就是观赏水天相映的美。"水中的倒影又不尽是如实的反映。入苏州网
师园中部水池，把池东的建筑、山石、花木统统虚涵于水，一方面，以粉墙

---

① 陈从周：《说园》，见《梓翁说园》，第3页。
② 车尔尼雪夫斯基：《车尔尼雪夫斯基论文学》中卷，辛未艾译，上海译文出版社，1978年，
第103页。

为背景的亭廊、假山、藤树等形相映入水中都是倒置的，上下相映，恰好是一正一反；另一方面，由于波纹晃动，涟漪随风，水中倒影包括亭影、墙影都会变色变形，它们除了倒反之外，还屈曲、摇曳、聚合、分散、碎杂、拉长、扩大，互为嵌合，相与融和……池中似乎隐藏着一种生发无穷的神异魅力，似真似幻，如诗如画。"[①]尤侗《水哉轩记》云："上浮天际，水隐灵居，窈冥恍惚，盖取诸虚。"刘致《山坡羊·侍牧庵先生西湖夜饮》云："微风不定，幽香成径，红云十里波千顷。绮罗馨，管弦清，兰舟直入空明镜。碧天夜凉秋月冷。天，湖外影。湖，天上景。"宋词中也多是这样的境界："长爱碧阑干影，芙蓉秋水开时。"（晏幾道《临江仙》）"小雨初晴回晚照。金翠楼台，倒影芙蓉沼。"（王诜《蝶恋花》）

看吴文英的《尉迟杯·赋杨公小蓬莱》上阕：

> 垂杨径。洞钥启，时见流莺迎。涓涓暗谷流红，应有缃桃千顷。临池笑靥，春色满、铜华弄妆影。记年时、试酒湖阴，褪花曾采新杏。

写出了水中缃桃摇曳、幽艳、神秘的美感。水中的色，也正因了影，而显得更加动荡迷人。

周邦彦《浣溪沙》："风约帘衣归燕急，水摇扇影戏鱼惊。柳梢残日弄微晴。"描绘出生动活泼的影的游戏。载滢《补题邸园二十景·凌倒景》诗序写道："值风静波澄，则水底楼台，历历可鉴。幻耶？真耶？非笔墨所能到也。"[②]但宋词中的"笔墨"却可以写出影中楼台的妙处："小阁重帘有燕过。晚花红片落庭莎。曲阑干影入凉波。"（晏殊《浣溪沙》）"水影横池馆。对静夜无人，月高云远。"（张先《卜算子慢》）

"当光作用于室内环境中的造型与材质时，还可以加强它们的虚实变化，例如玻璃、镜面、抛光金属等，在无直接光照的环境中虚实对比不十分明显，显得平淡无奇，但是在光的作用下却可以产生强烈的反射效果，变

---

① 金学智：《中国园林美学》，第172页。
② 金学智：《中国园林美学》，第260页。

得华丽而生动。"①宋代词人显然也注意到了光影作用下产生的美妙的画面。比如曹组《蝶恋花》：

> 帘卷真珠深院静。满地槐阴，镂日如云影。午枕花前情思凝。象床冰簟光相映。过面风情如酒醒。沉水瓶寒，带缫来金井。涤尽烦襟无睡兴。阑干六曲还重凭。

细致入微地描绘了日光穿过密密的槐树叶射到地上的景象。再如仲殊《念奴娇·夏日避暑》："故园避暑，爱繁阴翳日，流霞供酌。竹影筛金泉漱玉，红映薇花帘箔。"这个"筛"字用得很好，写出了阳光透过竹叶间隙落到水面上闪烁波动的样子。"东风里，天气困人，时节秋千闭深院。帘旌翠波飐。窗影残红一线。春光巧，花脸柳腰，勾引芳菲闹莺燕。"(张元幹《兰陵王》)一点红影，透出了窗外的万顷春光。

（三）"影"的传情作用：寂静凄清

"柳耆卿作《倾杯》秋景一阕，忽梦一妇人云：'妾非今世人，曾作诗云：明月斜，秋风冷。今夜故人来不来，教人立尽梧桐影。数百年无人称道，公能用之。'梦觉说其事，世传乃鬼谣也。"②胡仔驳之，但从一个侧面可以看出，"立尽梧桐影"这一形象带给人的凄清之感，让人联想到怨魂。虽然人们觉得此语过于清苦，但这一形象在宋词的闺怨词中屡次用到，说明它传情造境的功能已被深深地认识到。比如，李玉《贺新郎》："嘶骑不来银烛暗，枉教人、立尽梧桐影。谁伴我，对鸾镜。"黄昇云："风流蕴藉，尽此篇矣。"(《花庵词选》)

影仿佛是大自然的时针，在寂寞孤独的人眼里，来了又去："送了栖鸦复暮钟。栏干生影曲屏东。"(陈与义《浣溪沙》)"庭花影转，珠帘人静，依旧厌厌闷。"(晁端礼《御街行》)"月移花影上回廊。"(蔡伸《浣溪沙》)看李

---

① 李晓艳：《实以形见，虚以思进——浅谈中国传统"虚实"观念与室内设计》，载《南京艺术学院学报（美术与设计版）》2004年第2期。

② 杨湜：《古今词话》，见唐圭璋编：《词话丛编》，第27页。

石的《临江仙·佳人》:"坐待不来来又去,一方明月中庭。粉墙东畔小桥横。起来花影下,扇子扑飞萤。"花影下扑飞萤,形象鲜明优美。只有外部动作,没有心理描写,但是主人公凄凉哀怨的情怀透纸背而出。朱敦儒《西江月》:"香残沉水缕烟轻。花影阑干人静。"燃香的一缕青烟和栏杆上摇曳的花影,都是静中的微动,更衬托出静。"沉水烧残金鸭冷,胭脂匀罢紫绵香。一枝花影上东廊。"(晁端礼《浣溪沙》)"南圃花边小院,西湖畔、云底双桥。归时节,红香露冷,月影上芭蕉。"(舒亶《满庭芳》)影虽是光线的游戏,时时摇曳动荡不已,但却是静中的人才会注意到的,静谧的环境因为有了这微观的静默的动而更显其宁静。再看欧阳修《浣溪沙》中的秋千影:"束素美人羞不打,却嫌裙慢褪纤腰。日斜深院影空摇。"产生了意味深长的空间感。范成大《秦楼月》:

> 楼阴缺。阑干影卧东厢月。东厢月。一天风露,杏花如雪。隔
>
> 烟催漏金虬咽。罗帏暗淡灯花结。灯花结。片时春梦,江南天阔。

这首词是写春闺少妇怀人念远之情的。春夜,园林寂静,素月悬空,被风露滋润的杏花开得雪白,栏杆的疏影静卧于东厢之下,可谓"纯任自然,不假锤炼"①。这样的清幽之景,只有寂寞的心和眼才能感受得到。

"谁伴明窗独坐。和我影儿两个。灯烬欲眠时,影也把人抛躲。无那。无那。好个恓惶的我。"(向滈《如梦令》)影的作用就是反衬孤独,茕茕孑立,形影相吊,顾影自怜。而这首词中这种意思更深一层,居然连可以做伴的影子都没有了,孤独凄惶到了怎样的地步。"缺月挂疏桐,漏断人初静。时见幽人独往来,缥缈孤鸿影。"(苏轼《卜算子》)传达出的冷寂孤独之感亦离不开影的参与。

(四)"影"的独特美感:遗貌取神

"这种为知觉而存在的事物是一种虚的实体。说它是虚的,并不意味着

---

① 况周颐:《蕙风词话》,见唐圭璋编:《词话丛编》,第4410页。

它是非真实的，在任何情况下，只要你与它相遇，你就能真正地知觉到它，而不是梦见它或想象到它。例如，我们在镜子里看到的东西就是一种虚的形象……你仅仅能够看到它，却不能接触到它。"①影正是这样一种物质，只有有心的艺术家才能敏锐地捕捉到它。

"疏影横斜，月白风清等作，为诗人咏物极致。"②"桂花香雾冷。梧叶西风影。客醉倚河桥。清光愁玉箫。"（高观国《菩萨蛮》）这句可称得上是"捕风捉影"之句，香和影都是最能造境的元素。抓住了冷雾中的桂香、西风中的梧桐叶影，独立河桥，愁吹玉箫，就抓住了秋天的灵魂。"绮窗深静人归晚，金鸭水沉温。海棠影下，子规声里，立尽黄昏。"（洪咨夔《眼儿媚》）用细腻的笔触描绘香、影、声，将等待中女子的心情借这些细节衬托出来了。

"艺术史上，不少强调再现光与影的优秀作品给人印象至深。莫奈在《卢昂大教堂》中直接描绘自然、捕捉刹那的印象，将瞬间的美妙光影固定在画面上，敏锐地发现和感受卢昂大教堂在季节更替、晨暮变化下的光、色变化。法国的德加在室内光中纵笔写成的剧场中的舞女形象，只用很有限的顺光递光，便鲜明地显现了作者那种不甘雷同和平庸、力求不同凡响的强烈个性。他既强调素描造型以区别于印象派，又不放弃光影与色彩的丰富性，为古典主义传统注入了新鲜的活力。雷诺阿则以空前的生命力表现出的色彩。他那幅户外绘画的杰作《葛乐幕磨坊》，在飞旋的节奏和斑驳的光影中，深刻地反映了艺术家丰富的情感和内心的波动。"③苏轼《和文与可洋川园池三十首》中之《溪光亭》："决去湖波尚有情，却随初日动檐楹。溪光自古无人画，凭仗新诗与写成。"苏轼不仅一语道破中国画不重视光的表现的传统特点，而且细致地揭示出诗和画不同的艺术表现功能。苏轼又云："求物之妙，如系风捕影。"（《答谢民师书》）指出了绘画难以表现气味、光以及某些复杂的情调气氛。南宋的陈著亦云："梅之至难状者，莫如'疏影'，而于'暗香'来往尤难也。岂直难而已？竟不可！逋仙得于心，手不

---

① 苏珊·朗格：《艺术问题》，中国社会科学出版社，1983年，第5页。
② 王士禛：《花草蒙拾》，见唐圭璋编：《词话丛编》，第683页。
③ 卓凡：《平面化绘画中的光与影》，载《福建艺术》2002年第4期。

能状，乃形之言。"(《代跋汪文卿梅画词》)可见在艺术家们看来，"影"的境界美妙丰富却又高妙难及，需要一定的艺术感受力才能捕捉到。

宋代词人张先善写"影"，其"云破月来花弄影""娇柔懒起，帘压卷花影""柳径无人，坠风絮无影"，以清丽隽永、格高韵绝驰名于当时，并留传至今，世称"张三影"，子野于此也颇为自得。实际上，张先并不仅写此三"影"，据梁启勋《曼殊室词论》列举，张先词中写"影"之句共计27句之多。沈际飞《草堂诗余正集》云："心与景会，落笔即是，着意即非，故当脍炙。"杨慎《词品》云："景物如画，画亦不能至此，绝倒绝倒！"王国维《人间词话》云："'云破月来花弄影'，着一'弄'字而境界全出矣。"①沈祖棻说："其好处在'破''弄'两字，下得极其生动细致。天上，云在流；地下，花影在动：都暗示有风，为以下'遮灯'、'满径'埋下伏笔。"②"云破月来花弄影"，这句词的妙处就在于捕捉住自然中充满生机又清澈透明的瞬间的影之美。周济论吴文英词："况其佳者，天光云影，摇荡绿波，抚玩无致，追寻已远。"③也是以影作喻，赞梦窗词的绮丽变幻。

梅的影，清朗俊秀，是宋人灵魂之象征。宋人爱梅，把它作为理想的完美人格的化身。宋词中便常以"疏影"来代称梅影。"疏影横斜水清浅"(林逋《山园小梅》)的境界最是受人称道，姜夔还以"疏影"为词牌名自度成曲，《疏影》成为咏梅的传世佳作。再看张炎《疏影·梅影》：

> 黄昏片月。似碎阴满地，还更清绝。枝北枝南，疑有疑无，几度背灯难折。依稀倩女离魂处，缓步出、前村时节。看夜深、竹外横斜，应妒过云明灭。窥镜蛾眉淡抹。为容不在貌，独抱孤洁。莫是花光，描取春痕，不怕丽谯吹彻。还惊海上然犀去，照水底、珊瑚如活。做弄得、酒醒天寒，空对一庭香雪。

鲜活的花是容易凋谢的，但留在观赏者心中难以磨灭的梅影，却是永葆其艺术魅力的。它点化出了梅花的清魂。疏就是与瘦、寒相一致的梅的

---

① 王国维：《人间词话》，见唐圭璋编：《词话丛编》，第4240页。
② 沈祖棻：《宋词赏析》，第14页。
③ 周济：《介存斋论词杂著》，见唐圭璋编：《词话丛编》，第1633页。

品质。"由窗、帘透过去的花枝疏影，无限幽情，无限朦胧，犹如提纯而出的清光之魂、空明之魂。"①来看赵长卿《阮郎归·客中见梅》：

年年为客遍天涯。梦迟归路赊。无端星月浸窗纱。一枝寒影斜。

肠未断，鬓先华。新来瘦转加。角声吹彻小梅花。夜长人忆家。

诗人们喜欢梅影，在伤情时最不忍见的也是梅影。"君自故乡来，应知故乡事。来日绮窗前，寒梅著花未？"（王维《杂诗三首》其二）有着对故乡刻骨的相思。"月窗明。一夜梅花忽开、疑是君。"（贺铸《小梅花》）是生命中溢满惊喜和感动的瞬间。薛几圣《渔家傲·梅影》："雪月照梅溪畔路。幽姿背立无言语。冷浸瘦枝清浅处。香暗度。妆成处士横斜句。"宋人喜欢梅影，是喜欢那种清然冷然的风韵、不事张扬却自珍自傲的风骨。

如陈与义《临江仙》"夜登小阁，忆洛中旧游"：

忆昔午桥桥上饮，坐中多是豪英。长沟流月去无声。杏花疏影里，吹笛到天明。二十余年如一梦，此身虽在堪惊。闲登小阁看新晴。古今多少事，渔唱起三更。

"杏花疏影里，吹笛到天明"二句，的确是造语奇丽。刘熙载说得好："陈去非……《临江仙》：'杏花疏影里，吹笛到天明。'此因仰承'忆昔'，俯注'一梦'，故此二句不觉豪酣，转成怅悒，所谓好在句外者也。"②彭孙遹说："词以自然为宗，但自然不从追琢中来，便率易无味。如所云绚烂之极乃造平澹耳。"③的确是这样，这是回忆中的画面，也类似滤去一切枝蔓的美妙的梦境，只选取杏花影、笛声两个纯净、美好、引人遐想的元素，就将昔日之良辰美景、赏心乐事勾勒出来。《艺苑卮言》称"杏花疏影里，吹笛到天明"④，爽语也。

"唯此窅窅摇摇之中，有一切真情在内，可兴、可观、可群、可怨，是以有取于诗。然因此而诗，又往往缘景、缘事、缘以往、缘未来，终年苦吟而

---

① 胡晓明：《万川之月——中国山水诗的心灵境界》，第214页。
② 刘熙载：《词概》，见唐圭璋编：《词话丛编》，第3700页。
③ 彭孙遹：《金粟词话》，见唐圭璋编：《词话丛编》，第721页。
④ 王世贞：《艺苑卮言》，见唐圭璋编：《词话丛编》，第388页。

不能自道。以追光蹑景之笔，写通天尽人之怀，是诗家正法眼藏。"①"'以追光蹑景之笔，写通天尽人之怀'，这两句话表出中国艺术的最后的理想和最高的成就"②，也传达出影的魅力。当然，并非某个意象自己，就可以构筑起词中的意境，正如并非一种素材就可以造园一样，每一样能够唤起心灵的悸动、审美的幻觉的元素，都是宋词这个美轮美奂的大园林中不可或缺的。"一切艺术的境界，可以说不外是写实、传神、造境：从自然的抚摹、生命的传达，到意境的创造。艺术的根基在于对万物的酷爱，不但爱它们的形象，且从它们的形象中爱它们的灵魂。灵魂就寓在线条、寓在色调、寓在体积之中。"③自然、生命、意境，这三者也正是宋词意象之所以能与园林要素相提并论的关键所在。通过园林这一视角，对宋词及有宋一代的文化乃至整个中国古典文化及文学做新的审视，从而有新的发现，在美学、文化、艺术、人格等方面挖掘出最具有中国特色的连接点。

---

① 王夫之：《古诗评选》，李中华、李利民校点，上海古籍出版社，2011年，第160页。
② 宗白华：《美学散步》，第84页。
③ 宗白华：《天光云影》，第126页。

第四章　文学与园林互动关系论

一、场域、意境与生命：从互动关系角度对宋代诗歌与园林关系的观照 ①

中国古典园林与文学的渊源由来已久，人们对它们之间的联系及影响也频有关注。宋代是园林勃兴的重要时期，宋代园林特别是文人园林的数量和质量远超前代。李格非在《洛阳名园记》中记园林 19 个，均为文人园林。宋代的著名园林——西湖、艮岳、玉津园、金明池、独乐园、沧浪亭、东坡雪堂、东堂、石林精舍、带湖等，都承载着许多文学与历史的记忆。李浩在《唐代园林别业考论》中考出唐代园林 322 座，而宋代，仅仅《全宋词》中辑录的园林就达到近 300 座，更不要说宋诗和宋文中涉及的了。宋代文人园林演进的速度、普及的程度、涵盖的地域，大大超过了唐代。

宋代园林的兴盛与其时政治、经济、思想、文化、艺术特点均有联系。宋太祖鼓励大臣"多积金银，厚自娱乐"，固然是出于强化君权的目的，客观上也起到了推动宋代官员大规模地参与买田置地、营建庭园的效果。宋代的理学关注的是幽微心性的烛照和"内圣"人格的建立，与园林所昭示的精神家园的意义和能够提供给士大夫的"中隐"之路不谋而合。中唐以

---

① 本节内容已发表于《内蒙古大学学报（哲学社会科学版）》2019年第3期，原题名为《场域、意境与生命——论宋代园林与诗歌及诗人的关系》，内容略有改动。

来以白居易为代表的士大夫所提倡的"中隐"在宋代备受推崇，也与此有关。宋代商品经济的高度繁荣对园林的兴盛也有着推波助澜的作用，更多的公众园林出现，"独乐"与"众乐"兼具。宋代文人的艺术才能全方位发展是园林勃兴并与文学紧密结合的关键所在，对园林艺术产生直接影响的山水画和建筑艺术等均得到了长足的发展。此外，宋代具备了较为成熟的文官制度，能够在经济和政治层面给文人提供一种保障，使得大多数的宋代文人可以有宽松的环境、充裕的金钱和闲暇的时间来游赏甚至营建园林。

宋代诗歌和园林，都体现着中国士大夫阶层的趣味。在园林环境中雅集吟咏，在以诗词为主的文学艺术中描写园林，用品赏园林的眼光去描写自然，以相通的审美眼光和视角将园林小品与景物展现在诗词中，是宋代士大夫对园林美的再发现和再创造。同时，园林作为游赏、生活空间，也反过来作用于士大夫的心灵世界和精神层面，成为他们心灵止泊、生命复苏的重要启示。

（一）园林作为文化场域对宋代诗歌的生成和影响作用

从空间角度来看，园林为宋代文人雅集吟咏提供了必要的适合的场所。园林是自然和人工结合的产物，比自然界中的审美元素集中，排列形式更合审美产生机制，唯美的倾向更突出，更容易激发诗人的创作欲望，再加上地域、人文、历史等诸多因素，对于诗兴的感发、诗情的涌动、诗境的促成有显著的作用。文人的园林观念、园林思想与他们的诗歌样态也产生着互动共生的作用。

以当年洛阳城中以风雅著称的钱幕文人集会为例。仁宗天圣九年（1031）到景祐元年（1034）三年中，西京留守、西昆体诗人钱惟演的幕府中文化名流聚集，堪称北宋洛阳城的文化盛事。洛阳，唐时以长安城为坐标被称为东都，宋时又以汴京为坐标被称为西京，其间的转化殊可玩味。东与西，均不是正统所在，与政治中心总有所偏离，这造成了洛阳文化的特殊性。微妙的位置偏差也造就了洛阳作为唐宋两代园林渊薮的品格——重要又边缘、富贵而闲散、靠近政治中心却又有所疏离。从李格非的《洛阳名园记》可知，只贞观、开元间洛阳园林就超千座，白居易的履道池台、李德裕的平泉山庄、裴度的绿野堂、牛僧孺的归仁池馆，使得洛阳园林成为不可忽视的文化坐标。"唐代之史可分为前后两期，前期结束南北朝相承之旧局面，后期开启赵宋以降之新局面，关于政治社会经济者如此，关于文化学术者亦莫不如此。"[1]如上所述，在唐代，洛阳最具代表性的文人园林多出自中唐。到了宋代，洛阳作为西京，其园林之盛，更甚于唐代："洛阳古帝都，其人习于汉唐衣冠之遗俗，居家治园池、筑台榭、植草木，以为岁时游观之好。其山川风气，清明盛丽，居之可乐。平川广衍，东西数百里，嵩高少室，天坛王屋，冈峦靡迤，四顾可挹。伊洛瀍涧，流出平地。故其山林之胜，泉流之洁，虽其闾阎之人与其公侯共之。一亩之宫，上瞩青山，下听流水，奇花修竹，布列左右，而其贵家巨室，园囿亭观之盛，实甲天下。"（苏辙《洛阳李氏园池诗记》）[2]苏辙从历史传承、地理风貌、水利状况、城市景观、市民文化等角度概括了洛阳作为园林渊薮的特质。同时，从宋代特殊的政治、文化格局来看，宋代的皇陵设于巩县，世家大族多居于此，西京成了除东京外的又一个政治、文化中心。以上诸种因素，使得到了宋代，洛阳园林达到了极盛期。仁宗天圣九年（1031）以后的几年中，钱惟演的幕府中文化名流聚集，彼时欧阳修初入仕途，诗文观念才开始形成，钱氏以风雅之乐体恤、笼络幕中文人，他们雅集聚会的园林有伊川、普明院、嵩山、钱惟演白莲庄等。欧阳修自己也时常回忆这段钱幕生涯："我昔初官便伊洛，当时意气尤骄矜。主人乐士喜文学，幕府最盛多交朋。园林相映花百种，都邑四顾山千层。朝行绿槐听流水，夜饮翠幕张红灯。"（《送徐生之渑池》）。

在名园胜迹中，欧阳修、梅尧臣写下了大量的唱和诗篇和文章，仅明道元年（1032），二人的诗歌唱和寄赠就有近20首。日后离开此地，洛阳、

---

[1] 陈寅恪：《陈寅恪集·金明馆丛稿初编》，生活·读书·新知三联书店，2001年，第332页。

[2] 苏辙：《栾城集》卷二四，曾枣庄、马德富校点，上海古籍出版社，1987年，第515—516页。

牡丹及名园也成为欧阳修诗歌中不断追忆的主题："直须看尽洛城花，始共春风容易别。"（《玉楼春》）"曾是洛阳花下客，野芳虽晚不须嗟。"（《戏答元珍》）钱氏在洛阳时始开向朝廷进贡洛阳牡丹之例，苏轼提名批评道："洛阳相君忠孝家，可怜亦进姚黄花。"（苏轼《荔枝叹》）钱氏所代表的，是大多数官僚对待园林雅事的态度，虽内含隐忧却不惮于以享乐之雅事取悦君主，笼络下属。这些都对初入仕途的欧阳修影响极大，他的园林观念由此变得充满矛盾：此期醉心林泉，热心吟咏，日后虽深以为悔，却终身热爱山水园亭；热衷于描绘洛阳的名花牡丹，甚至不惜为上司钱惟演开脱，公然顶撞钱的继任，但当回到京城，作为谏官，却对自己的恩师晏殊于大雪天宴饮吟咏加以批评；在洛阳时结交的九老打算以"逸"来称呼他，可他自己不认同，希望给自己以"达"的称号。可见，欧阳修的园林观念以及与此相关的园林诗歌均处于一个流变的过程。时间、空间、人生阶段的不同，都对他的园林观念和园林诗歌产生了决定性的影响。除了欧阳修，洛阳的园林文化场域对尹洙、梅尧臣等人的诗文基调、个性、取向都有显著的影响。[1]

　　尽管在观念上有所批判，欧阳修还是把这种宦途与风雅相结合的雅集传承延续了下去，由他主持修建的就有夷陵棋轩、扬州大明寺平山堂、滁州醉翁亭、丰乐亭、颍州聚星堂等，也都成为辐射文化因子、促成文学创作的园林——诗文场域。这些场域不仅在欧公在世时与文士好友坐月载花的时光中弥足重要，在后人凭吊瞻仰的岁月中也不减色，甚至更添岁月积淀而成的风采和魅力。

　　以苏轼为主要参与者的湖州"六客会"也是园林雅集酬唱的代表。苏轼在《与周开祖》中曾回忆道："某忝命皆出奖借，寻自杭至吴兴见公择，而元素、子野、孝叔、令举皆在湖，燕集甚盛……久在吴中，别去，真作数日恶。然诗人不在，大家省得三五十首唱酬，亦非细事。"[2]这样的雅聚，一次就会诞生三五十首唱酬。"六客会"雅集唱酬的诗作，后来由李常主持、刻石于墨妙亭。"六客会"的成员，多是因反对王安石变法外迁的官员，"门

---

① 王水照：《北宋洛阳文人集团与地域环境的关系》，载《文学遗产》1994年第3期。
② 苏轼撰，茅维编：《苏轼文集》卷五六，孔凡礼点校，中华书局，1986年，第1668—1669页。

望喜传新政异"（杨绘诗）可谓他们共同的心声。"六客"雅集的场所，常常是李常为知州的湖州官衙郡圃碧澜堂，以及松江垂虹亭。元祐六年（1091）三月间，苏轼赴湖州又有"后六客"雅集。"后六客"为苏轼、张询、曹辅、刘季孙、苏坚、张弼六人。"后六客"雅集由湖州知州张询主持，仍在郡圃碧澜堂举行。苏轼在词中感慨前"五客"已逝，只余一老，然又添五星。张询将前后"六客"词并刻墨妙亭，并改碧澜堂为六客堂。以六客堂为中心的文人雅集场所，既反映了一种政治上的倾向与集合，又体现了一种松散的文学群体的发展，同时还留下了城市景观和文化遗迹。[①]

又如北宋西园雅集、南宋西湖吟社，前者诗歌唱和，后者"探题赋词"（周密《采绿吟》序）。在园林诗意的空间里，士大夫们宴饮集会，构成了宋代诗歌史上鲜明、丰富的文学景观，由此申发开去，对园林宴饮、集会做更为详细、深入的考察与检视，定会发现更为隐秘、生动的图景，对文人境遇、关系以及其在园林这一特殊空间相遇所迸发的文学火花与能量也会体察得更为细腻、生动。

（二）园林审美与宋代诗歌的相通关系

园林浓缩了自然山水的美感和文人山水画的神韵，在营建园林和体验园林美的过程中，文人对园林意境的再发现以及园林意境对文人诗歌观念及样态的反作用，都使得宋代园林和诗歌的交融愈加紧密，且碰撞出新的火花。

对园林和诗歌来说，构成各自意境的基本符号（在园林为其构成要素，在诗歌为意象）在美感和文化内涵上是相似相通的。士大夫文人在园林中赏石、观水、赏梅、听雨、闻香……都可以行诸诗歌，并使其以文字的样态，散发出不尽的意蕴，这也是对园林美的再创造。如宋代诗人对苔梅的关注和写照就是这样一个鲜明的例子。唐人喜欢写牡丹，宋人喜欢写梅

---

① 刘方：《城市雅集、文学场域与湖州城镇文化的建构——以北宋湖州六客亭雅集及其经典化为核心的探索》，载《湖州师范学院学报》2016年第5期。

花，苔与梅的结合成了值得瞩目的园林风景和文学景观。宋代诗人结合园艺美学对梅的美感和意蕴进行更深入的挖掘，由此带来宋诗风貌上的变化，浑融丰美的唐诗走向瘦硬通神的宋韵。南宋诗人范成大爱梅成癖，石湖别墅里遍种梅花，还著有《范村梅谱》，对赏梅颇具心得，认为"梅以韵胜，以格高，故以横斜疏瘦与老枝怪奇者为贵"（《梅谱·后序》）[1]。范成大自己写有近百首梅诗，虽无脍炙人口之作，也皆清雅可玩。《梅谱》当中就写到了苔梅："古梅会稽最多，四明、吴兴亦间有之，其枝樛曲万状，苍藓鳞皴，封满花身。又有苔须垂于枝间，或长数寸，风至，绿丝飘飘可玩"，"幽人花伴，梅实专房，取苔护藓封，枝稍古者，移植石岩或庭际，最古"[2]。有这样热爱苔梅的主人，才有了姜夔造访范成大的石湖别墅时所作的两首咏梅绝唱——《暗香》《疏影》。《疏影》这样写苔梅："苔枝缀玉。有翠禽小小，枝上同宿。客里相逢，篱角黄昏，无言自倚修竹。昭君不惯胡沙远，但暗忆、江南江北。想佩环、月夜归来，化作此花幽独。"梅花本有清寒逼人的品格，再加上古意盎然的苔藓，让词人恍然觉得是赵师雄遇见的大梅树所化的淡妆女，又仿佛"环佩空归月夜魂"的昭君。沈祖棻先生认为这首词属兴亡之悲，那梅枝上郁郁的青苔在词人思接千载的愁绪和形成姜词"清空骚雅"的韵味上也有着助妙之功。诗人萧德藻有《古梅二首》：

湘妃危立冻蛟脊，海月冷挂珊瑚枝。

丑怪惊人能妩媚，断魂只有晓寒知。

百千年藓著枯树，三两点春供老枝。

绝壁笛声那得到，只愁斜日冻蜂知。

陈衍评第一首道："梅花诗之工，至此可叹观止，非和靖所想得到矣。"[3]也有人对这种苦硬的写法提出批评，但宋诗对生新瘦硬的追求与苔梅的苍劲古远正相契合。

---

① 范成大：《范成大笔记六种》，孔凡礼点校，中华书局，2002年，第258页。

② 文震亨著，陈植校注：《长物志校注》，杨超伯校订，第50页。

③ 陈衍评点：《宋诗精华录》卷三，曹中孚校注，巴蜀书社，1992年，第472页。

宋代诗人中诗歌理念及诗风明显受到园林审美影响的是杨万里。杨万里有浓厚的园林审美意识，他充满自然天趣的"诚斋体"诗歌直接受到了园林审美的影响。他在《泉石膏肓记》中自谓"平生无他好，独好泉石"①。他在给张镃的诗中写道："莺花世界输公等，泉石膏肓叹病身。"(《谢张功父送近诗集》)绍熙四年癸丑(1193)正月，他自辟东园，垒假山，凿小池，开九径，取名为"三三径"，并在《泉石膏肓记》中对新开园进行了详细描述。《〈诚斋荆溪集〉序》描绘自己从园林审美中受到启发由始学江西转而师法自然的过程："忽若有寤。于是辞谢唐人及王、陈江西诸君子，皆不敢学，而后欣如也……自此每过午，吏散庭空，即携一便面，步后园，登古城，采撷杞菊，攀翻花竹，万象毕来，献予诗材，盖麾之不去，前者未雠，而后者已迫，涣然未觉作诗之难也。"再看他的其他诗："诗家不愁吟不彻，只愁天地无风月。"(《云龙歌调陆务观》)"城里哦诗枉断髭，山中物物是诗题。"(《寒食雨中同舍约游天竺得十六绝句呈陆务观》)淳熙十四年丁未(1187)《记梦三首》序："梦游一山寺，山水清美，花草芳鲜。未见寺而闻钟，梦中作三绝，觉而记之。"可见，园林风光和热爱自然的情趣对杨万里的艺术创作有着至关重要的感发和启迪作用。

曲径通幽，园重"曲"，诗也重"曲"。园林美包括非常丰富的内容：因地制宜，自然天成，韵律秀美，气韵生动，象外有象，小中见大，有无相成、虚实相生、显隐并存等。宋代诗词描写园林及用品赏园林的眼光去描写自然，是对园林美的再发现与再创造，同时，这些发现与创造又反过来影响园林美的再发现与再创造，二者在艺术的链条上处于一种互相作用但又彼此独立的境地。意与境、情与景、神与物的关系都在园林营造和品赏的过程中起着决定性的作用。宋代诗歌接受园林审美散发艺术气氛、包蕴神情韵味、负载意趣情思、暗含景外之景的影响，产生新的审美意义，使以有限表现无限，以实境表现虚境，成为中国传统文学的一项重要质素。

---

① 杨万里撰，辛更儒笺校：《杨万里集笺校》，中华书局，2007年，第3078页。

（三）园居生活之于士大夫的心灵史意义

从园林史的角度来说，文人写意园从魏晋南北朝滥觞，在唐代兴盛，在宋代趋向成熟，在明清达到顶峰。只要具备一定的经济能力，营建园墅就是大多数宋代士大夫的最终归宿。就仕途的不同阶段而言，文人多在其仕途的低落期或贬谪、致仕期营建园林。就园林的选址而言，北宋大致形成了两个中心，一个是以洛阳、开封为中心的园林群，前者如司马光的独乐园、富弼的富郑公园等一系列名园，后者如皇家园林、驸马王诜西园等，另一个是以江淮地区为中心的园林群，如王安石半山园、苏舜钦沧浪亭等；南宋大致形成了两个中心，一个是以杭州、苏州为中心的园林群，如张镃桂隐林泉、韩侂胄南园、贾似道南园、范成大石湖、叶梦得石林等，另一个是以江西、湖南为中心的园林群，如辛弃疾带湖居所、向子谌芗林等。园林的选址，大多以文人仕履、故乡、卜居之地等为主。北宋、南宋文人的园林观念与园林生活有着明显的区别。北宋以李格非为代表的文人尚保持着对大规模营建园林并非国家兴盛之兆的警惕、理性，其园居活动也较为俭朴；南宋部分文人的园林观则趋向审美、享乐、逃避，他们在园林中的优游更加惬意、恣肆，但这种耽溺与沉醉，与当时的时局互相映衬，显示出彼时士大夫精神世界的单薄和苍白。文人和园林的结合，其实就是文化、文学更加深层次、多方位地渗透进了园林，而同时，园居生活、园林审美等也反作用于文人心态。

北宋以洛阳为中心的园林群落的存在体现出文人的一种与中央政权的疏离及"独善其身"的追求，司马光的独乐园便是此中的代表。"独乐"是一种姿态，比之在苏州的苏舜钦的沧浪亭，其取名更含蓄，姿态更加鲜明挺出。李格非《洛阳名园记》云"独乐园极卑小，不可与他园班"，更被人笑为"穴居"。但独乐园清简宜人，既是司马光彰显意志的具体表征，又是《资治通鉴》书局所在，完成着司马光幽居岁月中的著述使命，成为一个贤人在野、众望盼归的领袖符号，还成为一个促成洛城文化交流的文化据点。

无独有偶，与独乐园形成园林史上有趣的映射关系的，是与司马光进行过"君子之争"的王安石的半山园。一个在北，一个在南，独乐园比半山园早建园六年，一个虽退隐实韬光养晦，一个全身而退以山水诗文颐养情性。苏轼为司马光写了《司马君实独乐园》，也为居于半山园的王安石写下"从公已觉十年迟"的句子，而苏轼自己，更是以黄州时营建的东坡与雪堂作为自己贬谪岁月的重要物质空间和精神支点。雪堂"在州治东百步。蜀人苏子瞻谪居黄三年，故人马正卿为守，以故营地数十亩与之，是为东坡。以大雪中筑室，名曰雪堂，绘雪于堂之壁"①。大雪中筑堂，绘雪于堂壁，是雪堂得名时的外在特征，而东坡雪堂对贬谪黄州的苏轼的精神慰藉作用更大。《江城子》序写道："元丰壬戌之春，予躬耕东坡，筑雪堂以居之。南挹四望亭之后，西控北山之微泉，慨然而叹，此亦斜川之游也，作《江城子》词。"雪堂简陋，但在苏轼的心目中，就如当年陶渊明所游的斜川。《哨遍》序写道："陶渊明赋《归去来》，有其词而无其声。余治东坡，筑雪堂于上，人俱笑其陋。独鄱阳董毅夫过而悦之，有卜邻之意。乃取《归去来》词，稍加隐括，使就声律，以遗毅夫。使家僮歌之，时相从于东坡，释耒而和之，扣牛角而为之节，不亦乐乎？"词人将《哨遍》当作可歌的《归去来兮辞》，也把雪堂作为自己心灵的庇护所和精神的皈依地。"范蜀公呼我卜邻许下，许下多公卿，而我蓑衣箬笠，放荡于东坡之上，岂复能事公卿哉？"②词人孤独、自傲的生活和精神状态，也透露出东坡、雪堂生活于他心灵上的解放。宇文所安曾用"私人天地"来概括文人园林的实质，认为其源自君权又与君权对立。对苏轼而言，东坡和雪堂确是在庙堂之外觅得的一块精神自由之地。

南宋文人园林比起北宋来数量更多，性质上也多由北宋与庙堂的暂时疏离变为或因辞官、或因罢黜等而带有自我放逐性质的闲居，如杨万里的诚斋、向子諲的芗林、辛弃疾的带湖与瓢泉、叶梦得的石林等。其中，以辛弃疾的带湖和瓢泉居所最具代表性——成了词人近二十年赋闲生涯中的精神家园。南宋还有另一类沉迷园墅生活的，如张镃，其沉醉园亭，日日不休，追求奢靡与细腻到极致的园林享受，但已失了文人园林的精神所在，

① 祝穆：《方舆胜览》卷五〇，祝洙增订，施和金点校，中华书局，2003年，第888页。
② 苏轼：《东坡志林》卷四，王松龄点校，中华书局，1981年，第78页。

流于颓废与麻木。

宋代士大夫与园林相关的私人生活、文化活动、结社、集会构成丰富、生动的园林文学图景，从一个全新的角度展示出宋代诗歌生成空间及生态环境。在日常生活中寻求艺术化和诗意化的雅韵，是宋代园林发展的基础，也是宋代诗歌和园林的契合点，诗歌以其更加抒情化、生活化的特性鲜明地体现了这一点。研究宋代园林和诗歌的互通关系可以使我们清晰地认识到具有民族特性的诗歌美和园林美及其背后更为深广的文化基础、精神气韵的内涵与特质。

二、虚拟、幽闭的"纸上园林"与被其禁锢之女性：从空间角度对"花间范式"词作的观照①

多年来，对晚唐五代词和花间词，前辈学者的研究成果已经较为系统成熟，但多集中在词的起源问题，词发展的阶段性，词的风格、美学追求、地域、国别、断代、性别等研究领域。如王兆鹏先生在其著作《唐宋词史论》中提出"花间范式""东坡范式""清真范式"②，廓清了唐宋词史的基本模式并对其进行了具有理论高度的经典概括。他曾在《唐宋词的审美层次及其嬗变》一文中指出，构成"花间范式"的空间场景多为人造建筑空间："唐末五代词的生活场景、空间环境多是设置在画楼绣阁等人造建筑空间之内，这是就其主潮常规而言。常规中往往有变异。伴随着词中抒情主人公的不同，空间环境的建构也自然有异。"③同时，他还对该空间特点的虚与实、小与大进行了初步的探讨。

---

① 本节内容已发表于《福州大学学报（哲学社会科学版）》2017年第4期，原标题为《论"花间范式"词作的空间特色及意义》，内容略有改动。
② 王兆鹏：《唐宋词史论》，人民文学出版社，2000年，第139页。
③ 王兆鹏：《唐宋词的审美层次及其嬗变》，载《文学遗产》1994年第1期。

对王兆鹏先生所提出的这种饶有意味、颇有价值的"花间范式"之下虚空间的特色，似还可以再进行讨论，其审美空间的生成特点、虚实程度、美学特色、现实基础等以及由此所造成的含蓄幽怨的美感、所秉承的怨而不怒的中庸风格、所隐含的男性中心的视野、所带来的文学史影响等问题，都可以纳入探讨的视野。"花间范式"的影响是跨时代和跨文体的，因此，"花间范式"的必要构成元素——特定的文学空间也同样影响深远，它既代表着一种生存方式，又体现着一种哲学眼光，以及建立在这种空间之上的一种内敛、幽闭、优美的体物言情方式。因此，对它的剖析和介说，也显得极为必要，同时，也可以用它来观照其他诗词范式或文学样式。本文试以花间词中的具体词作为对象，探讨这一问题。

（一）空间构成特色：虚拟化的闺阁与园池

"花间范式"的词作，摹写女性口吻、描摹女性形象、模拟女性情态、诉说女性心声，其特点有其渊源。从音乐性上来说，它同依曲填词、歌女演唱的词体衍生、传播方式有关。依曲填词，自不必像诗歌一样宣德明志，只需将辞藻与音乐敷衍成篇，至于情感，当然就取眼前现成，男欢女爱、聚少离多，信手拈来，恰好应景。而由女子曼声歌唱属于女性悲欢之私语，男性观众听来滋味更甚。从文学性上来说，男性文人承袭的是早在诗、赋里就已成熟的代言体写作模式，于是，女性作者在晚唐五代词的作者群中近于缺席，她们主要承担了"被看者"和歌者的身份。[1] 对男性作者而言，他们之所以对"男子而作闺音"[2] 这套话语体系、习作模式和情感内核驾轻就熟，主因是封建时代的君臣和男女关系极其相似，例如，尽管张惠言过度阐释温庭筠词的意蕴内涵——"感士不遇""离骚'初服'之意"[3]，并赋予

---

① 关于此问题，参见拙文《缺席的女性与女性的缺席——从性别批判视角看唐五代词》，载《海南大学学报（人文社会科学版）》2006年第1期。
② 田同之：《西圃词说》，见唐圭璋编：《词话丛编》，第1449页。
③ 张惠言：《张惠言论词》，见唐圭璋编：《词话丛编》，第1609页。

它所不能承载的道德高度，但并非不能说，温词笔下落寞的贵族女性心态和他自己失意的士人心态无相通之处，只不过这种相通是有限度的，它并不能突破代言体对男性文人的限制。心境可以相通，但角色不能越界。同时，花间词中的女性形象，具备美丽、柔顺、温存、怨而不怒的基本素质，满足男性想象却无自身存在的意义："……男性作家在创作中是主体，是基本的一方；而女性作为他的被动创造物——一种缺乏主动能力的次等客体，常常被加以矛盾的含义，却从来没有意义。"①我们不能从花间词对女性形象的描摹了解到当时女性生存的真实状貌，充其量只能观测到男性视野营造的女性镜像。可以说，没有她们的文学形象的出现和歌唱演绎的贡献，花间词是不可能完成其全部效果、实现其全体机能的。

"不无清绝之词，用助娇娆之态。"（欧阳炯《花间集序》）因此，以上所讨论的创作背景，就奠定了"花间范式"必然以"代言""模拟""非写实"为特点，而这种写作模式也从根本上决定了"花间范式"词作中特定的文学空间的性质——虚拟性。王兆鹏等前辈学者已指出并讨论了它的虚拟性，笔者想进一步讨论的是，这虚拟性建立的基础，是以"花间范式"词作中弥散的浓厚的园林情调以及对这情调涉及的园林要素的摹写为特征的。

先看其体现的园林情调和要素。"花间范式"词作中的园林庭园空间描写，几乎成为一种常态，可以这样说，无园林描写不足以称为"花间范式"词作。以"花间范式"最为经典的花间词为例，如果我们设定"花间范式"的情感核心是"愁""怨"，并且这种情感核心主要是由男女之情所引发的缺失、遗憾、回忆、向往等构成的，即传统的闺怨词，那么500首花间词中闺怨词大致为374首，其他是不占据花间主流风格的渔夫词、竹枝词、地域风情词等，而这374首中，建立在园林、庭院、闺房写作模式基础之上的"花间范式"词作，有345首，约占92%。②这些词中，都充斥着大量的园林要素的书写。

之前，笔者翻检花间词，试图总结出唐诗、唐文之外词这种文体中所涉

---

① 苏姗·格巴：《"空白之页"和女性创造力问题》，见张京媛主编：《当代女性主义文学批评》，北京大学出版社，1992年，第165页。
② 本文统计数据和引用花间词作品均引自曾昭岷等编撰：《全唐五代词》，中华书局，1999年。

及的实体园林；但是翻检数次，所得极为稀少，终难以形成一个具备一定数量的，系统、全面的实体园林谱系。究其原因，恰恰是作为代言体的花间词，很少需要去涉及实体园林，即使存在对实体园林的描写和提及，也比较模式化（如咏柳较固定地用到杨柳枝等词牌，模式化地提到这样几个皇家宫苑、公共园池：馆娃宫、宜春苑、西湖、灞桥等）和虚拟化。因这一点，它与唐诗、唐文中实体园林的数量和具体化无法比拟，甚至与宋词中体现出的实体园林的数量也无法比拟。其中原因，颇值得追寻。

从不同层次探讨，其文体和题材上的原因最为根本。晚唐五代的词作大旨上并未摆脱音乐之附庸，依曲填词，词作者考虑更多的是其题材的可歌性和内容的娱乐性，因此更多的是对闺怨题材的反复咏叹。这个题材最好用又最易出彩，所谓"欢愉之辞难工，而穷苦之言易好也"①（韩愈《荆潭唱和诗序》）。而闺怨题材诗所生发的场景自不必像士大夫园林诗细致标明其出处、名称、内涵，只需要一个具备园林要素，可以就此申发情感、描绘情事的虚空间即可。因此，晚唐五代的园林词作大部分都是虚拟场景和模式化写作，其书写者、演唱者、欣赏者共同关注的焦点在于营造和想象一个优美、伤情又近乎封闭、精致的不乏自然之趣的语言和音乐构成的虚空间，无须了解其究竟处于何地、建于何时、建者何人、有怎样的象征意蕴和文化内涵、有怎样具体的景致、题名为何等等，而这些要素，往往是研究和探讨文学中的实体园林所必需的。

花间词中园林描写的虚拟程度，跟唐诗相比，非常高。试举王维的"辋川"系列诗歌为例，可以看到，诗歌非常清晰地展现了辋川别业各个景点的图像，并将它们化实为虚，虚中有实，成就了唐代园林诗的经典。②从历史的延续性和文体的互渗性来看，唐代园林诗对园林要素的书写和描摹也

---

① 韩愈：《昌黎先生文集》第1册，上海古籍出版社，2013年，第153页。
② 陈铁民：《辋川别业遗址与王维辋川诗》，载《中国典籍与文化》1997年第4期；陈允吉：《王维辋川〈华子冈〉诗与佛家"飞鸟喻"》，载《文学遗产》1998年第2期；岳毅平：《王维的辋川别业论》，载《文艺理论与批评》2004年第6期。以上文章对王维辋川别业的实景、诗境等分别做了论析。

为花间词虚空间的建构提供了语码和美感的积累。如唐诗中"窗""帘""栏杆""小庭深院""曲径"等意象元素在意境构建、文化积淀、美感达成等方面的被发掘和被表现，以及园林虚景——声、光、色、影等美学元素在以上诸方面的被发掘和被表现。如"曲径通幽处，禅房花木深"（常建《题破山寺后禅院》），尽得园林欣赏和营建之真谛——"曲""深""幽"；再如"留得枯荷听雨声"（李商隐《宿骆氏亭寄怀崔雍崔衮》），颇能领略秋日听雨的妙处；还有"桃红复含宿雨，柳绿更带春烟"（王维《田园乐七首》其六），更是深谙色彩搭配、画面鲜活之美。诸如此类的积累，使得晚唐五代的词人在书写闺怨题材，运用园林诸要素进入词作审美空间时驾轻就熟，使得他们笔下的园林，虽在纸上，虽属虚构，但其组合的精密、其点染的巧妙、其营造出的美感，几乎可跟真实的园林相媲美。

　　词所不同于诗的在句式和结构上更为灵活飞动的构成方式，正好可以让虚拟的园林要素在这个写作空间里将其潜在的美感发挥到极致。过于喧闹、庄严、色彩强烈、格局周正、规模宏大、严整以待的建筑庭院不能够构成丰富的园林之美，这也正像格律诗不适合表现一些幽微、细致的情绪和美感，而词，正像小巧的江南园林，屋檐下的滴雨、窗边的芭蕉、小池的一角……越是灵光乍现的瞬间，越是惊鸿一瞥的角度，越能体现其清新、雅致和趣味。各个虚拟的园林要素在闺怨词中呈现出美感及构成相应的审美意境，花间词中，其例甚富。如孙光宪的《浣溪沙》组词里有许多极富园林意境美的片段："桃杏风香帘幕闲，谢家门户约花关，画梁幽语燕初还。"（其二）生动的燕语打破了庭院的静谧。"花渐凋疏不耐风，画帘垂地晚堂空，堕阶萦薛舞愁红。"（其三）落红与苔薛的映衬使得庭院中人的孤寂感增强。"风撼芳菲满院香，四帘慵卷日初长，鬓云垂枕响微锽。"（其十）香气氤氲中，闺中人平添春愁，慵懒倦怠。"一庭疏雨湿春愁。"（其四）雨使春愁更浓，将自然景物与人的感情联系起来。杨慎说："'一庭疏雨湿春愁'，秀句也。"汤显祖也说它是"集中创语之秀句也"。[①]的确，此句用疏淡的笔触写

---

① 王兆鹏主编：《唐宋词汇评》（唐五代卷），浙江教育出版社，2004年，第402页。

出了一种浓重的雨意春愁。再如韦庄《谒金门》:"春漏促,金烬暗挑残烛。一夜帘前风撼竹,梦魂相断续。"词中孤宿难寐的女子,被帘外晚风摇响翠竹之声将魂梦惊醒。从以上所举数例来看,园林虚、实元素的巧妙搭配和闺情的体现紧密地联系在一起,无法剥离析分,而其表达方式又是灵活生动的。从文本所提供的信息,根本无法获知这些园林的名称、归属、地域或特色,但这丝毫不影响其所营造的美感的传达。

因此,可以说,虚拟化园林摹写方式的出现,是花间词的作者集一己之审美与创作经验,同时结合当时词之文体特点进行的一种集体无意识的选择,这种摹写方式——构建"纸上园林"之于花间词及"花间范式"的意义,需要被重估,因它不仅是一种构词摹写方式,更已与"花间范式"所表达的精神内核和美感特质水乳交融地交织在一起,彼此难分。小庭深院、回廊曲桥之间,凭栏倚楼、临窗对水之际,园林与闺情、现实与虚拟,成为"花间"这一范式的烙印和底色。

(二)空间情感特质:封闭性的幽怨伤感

"花间范式"词作,倾向于将优美、富有生机、充满自然情趣的园林庭园和女性实际生存的落寞、死寂、幽闭空间结合起来去写,《花间集》中有340多首词皆如此。

试举一首韦庄的《应天长》为例:

> 绿槐阴里黄莺语,深院无人春昼午。画帘垂,金凤舞,寂寞绣屏香一炷。碧天云,无定处,空役梦魂来去。夜夜绿窗风雨,断肠君信否?

首句黄莺和绿槐色彩对比的明丽、莺语的动听,统被锁进了沉寂的深深庭院,女子的青春也便这样被消磨着。丽人睡觉,画帘低垂,熏香袅袅,悠闲之中点出"寂寞"二字。无人的庭院与闺房之中,流动的是女子不息的思量与惆怅,直到夜窗风雨,相思断肠。词里关注到了声、色、香等园林虚景,也关注到了植物、动物、深院、画帘、绿窗、风雨等园林实景,但其写景的目的却不在园林庭院之美本身，而在于借它们写出闺情幽怨。因此，这种写作趋于内向的情感维度，也造就了一种特有的虚拟的文学空间。温庭筠号称"花间鼻祖"，他的词作对虚拟化的幽闭空间的营造也最为出色，十四首《菩萨蛮》首首华美明艳却又抑郁感伤，其中闺房、庭院的细腻描写，正体现了这样的特色。正如杨海明在《唐宋词史》中所说，他"为《花间》词的'类型风格'奠定了基石"①。

再比较一下，一首标注鲜明的宋代园林词和一首以虚空间为特点的花间闺怨词，其空间特色和情感指向完全不同。试看宋代毛滂的公署词《蓦山溪》：

> 东堂先晓，帘挂扶桑暖。画舫寄江湖，倚小楼、心随望远。水边竹畔，石瘦藓花寒。秀阴遮，潜玉梦，鹤下渔矶晚。藏花小坞，蝶径深深见。彩笔赋阳春，看藻思、飘飘云半。烟拖山翠，和月冷西窗。玻璃盏，葡萄酒，旋落酴醾片。

该词乃词人于元符初任武康（今属浙江）县令时所作，仅说明东堂来历、景点设置的小序就有数百字②。词中描绘了东堂的景致与隐逸之趣。词人用爱赏的眼光一一描述自己亲自参与营建的庭园的每一处，同时用诗化的语言将各处景致的名字嵌入其中：共有亭二座，庵、斋、楼各一。"画舫寄江湖"一句，以"画舫"名斋，也寄寓了啸傲山水的志趣；"倚小楼、心

---

① 杨海明：《唐宋词史》，天津古籍出版社，1998年，第119页。
② 毛滂《蓦山溪》小序："东堂，武康县令舍尽心堂也，仆改名东堂。治平中，越人王震所作。自吴兴刺史府与五县令舍，无得与东堂争广丽者。去年仆来，见其突兀出翳荟间，而菌生梁上，鼠走户内，东西两便室，蛛网黏尘，蒙络窗户。守舍者云：前大夫忧民劳苦，眠饭于簿书狱讼间。是堂也，盖无有大夫履声，姑以为田廪焉。又县圃有屋二十余间，倾挠于蒿艾中，鸥啸其上，狐吟其下，磨镰淬斧，以十夫日往夷之，才可入。欲以居人，则有覆压之患。取以为薪，则又可怜。试择其蝼蚁之余，加以斧斤，乃能为亭二，为庵、为斋、为楼各一，虽卑陋仅可容膝，然清泉修竹，便有远韵。又伐恶木十许根，而好山不约自至矣。乃以生远名楼，画舫名斋，潜玉名庵，寒秀、阳春名亭，花名坞，蝶名径。而叠石为渔矶，编竹为鹤巢，皆在北池上。独阳春西窗得山最多，又有酴醾一架。仆顷少时喜笔砚浅事，徒能诵古人纸上语，未尝与天下史师游，以故邑人甚愚其令，不以寄枉直。虽有疾苦，曾不以告也。庭院萧然，鸟雀相呼，仆乃得饱食晏眠，无所用心于东堂之上。戏作长短句一首，托其声于蓦山溪云。"

随望远"，给楼命名"生远"，营造了高远寥廓的物境与心境；潜玉庵、寒秀亭、阳春亭、花坞、蝶径等处景致都一一扫描过来，并不生硬繁杳。因名所造之景与亲眼所见之景合而为一，虚实结合，写出了一首优美的园林词，更显示出词人的爱园之情。"滂尝知武康县，县有东堂，故以名其集也。"① 《武康县志》载，毛滂在任时"慈惠爱下，政平讼简，暇则游山水，咏歌以自适"②。《吴兴志》记载东堂的数据更为详细："东堂在武康县，本尽心堂，嘉祐三年县令王震建，绍兴五年县令毛滂作新之（毛滂《东堂集》所载诗词甚多），绍兴初钟燮重建，二十三年曾恺复加增葺。"③可以看到，毛滂在描写东堂的词作里所营造的是融合了园林实景与生活理想的人文园林图景，是士大夫吟啸其间、坐卧其中的文化、自然空间，这与"花间范式"词作中的虚空间有着很大的区别。

再看一首温庭筠的《菩萨蛮》：

> 南园满地堆轻絮，愁闻一霎清明雨。雨后却斜阳，杏花零落香。无言匀睡脸，枕上屏山掩。时节欲黄昏，无聊独倚门。

词中虽也提到南园，但并非具体所指，只是一个笼统的称呼，类似于"谢家池塘"等；虽也有雨后残阳、飞絮杏花等可观可赏之物，但词之主旨全不在此，而是利用一种虚拟的场景烘托出幽怨的闺情，塑造出一种看似充满生机却死寂、冷落，看似与自然外界接榫实则封闭、内向的空间，本文将其称为"幽闭空间"④，它与这类闺怨词所要表达的幽怨情愫是相一致的。

相比之下，毛词显示出的是一种"以诗为词"的，开放性的，在具体的园林景物中寄寓己之情怀、理想的文人志趣，温词着重描述的是一种虚拟、代入的幽闭的怨妇之情，其中园林景致的展现，也有实在与虚构、具体与朦胧的不同。而温词所展现的情怀，在南唐和北宋词人那里也得到了升

---

① 纪昀总纂：《四库全书总目提要》卷一五五集部八别集类八，中华书局，2003年，第1340页。
② 冯圣泽纂修：《武康县志》卷六，清康熙刻本，第304页，中国国家图书馆藏。
③ 《嘉泰吴兴志》卷八，民国吴兴丛书本，第96页。
④ "幽闭"一词有多层意义，有针对女性的宫刑一意，也有将女性拘禁、禁锢一意，本文意在概括花间词虚空间的封闭、幽寂及带给女性的心理伤害。

华，可以说，没有花间词之前的铺垫，也很难有冯延巳、晏殊等人在传统闺怨词上的推陈出新。"词之初起，事不出闺帏时序，其后有赠送、有写怀、有咏物，其途遂宽。即宋人亦觉所长，不主一辙。"①如晏殊对以园林背景展现闺怨情绪的词作的意境的提升："无可奈何花落去，似曾相识燕归来。"（《浣溪沙》）"昨夜西风凋碧树，独上高楼，望尽天涯路。"（《蝶恋花》）在感性的伤逝中有理性的观照、孤独中的坚守，以至于，其词境也可由爱情扩而远之达人生之其他境界，但终不离园林意境，这也是"花间"垂范之故。

这种虚拟、幽闭的空间——"纸上园林"，堪称"花间范式"的典型空间，而探其文化源头，应该说它带着浓重的男性眼光和男权意识。封建时代的女性常常是在较为封闭的内帏生活，花间风格的闺怨词所展现的正是这样一种物境和心境同样处于近乎封闭状态的生存方式——看似宁静、优美的生活场景却处处触发闺阁中女性伤感、幽怨的情怀，表面的生机流动掩盖着令人压抑窒息的病态生活。但许多唐代的文史数据表明，由于唐代较为开放的社会风气，各阶层女性相较其他时代都较少受到限制，因此，除了为真实生活所牵制，可以断定，花间词中闺怨情境的展开更多的来自男性对女性的界定和期许：幽怨但忠贞，因其幽怨情感的所指对象必定单一，而词中女性情绪的产生、情结的形成、情感的指向都源自男性与己的亲密、疏离程度。其实，这也是闺怨词的主旨，"在一个由性别的不平衡所安排的世界中，看的快感分裂为主动的／男性和被动的／女性。起决定性作用的男人的眼光把他的幻想透射到照此风格化的女人形体上"②，正是男性期待视野中的女性必然呈现的样貌和状态，即一切以男性的价值标准为标准。因此，花间词中典型的闺怨词，就必然地表现为幽闭、美丽又不失自然的空间与同样过着幽闭生活的美丽、忠贞的女性形象的和谐统一。"她们的外貌因编码而具有强烈的视觉和色情感染力，从而能够把她们说成

---

① 冯金伯：《词苑萃编》卷二，见唐圭璋编：《词话丛编》，第1789页。
② 劳拉·穆尔维：《视觉快感与叙事电影》，见吴琼编：《凝视的快感——电影文本的精神分析》，中国人民大学出版社，2005年，第8页。

是具有被看性的内涵。"① 在此,空间成为一种暗示:"一自玉郎游冶去。莲凋月惨仪形。暮天微雨洒闲庭。手挼裙带,无语倚云屏。"(鹿虔扆《临江仙》)"无言匀睡脸,枕上屏山掩。时节欲黄昏,无聊独倚门。"(温庭筠《菩萨蛮》)

"纸上园林"最终的情感归属和情境指向,在于对闺怨情绪的烘托,而这种烘托,几乎已成为一种思维定式和写作模式,似乎不如此,就不能够和不足以写出其"怨"的程度和浓度。我们可以说,典型情感找到了适合承载和表现的典型情境,这就是花间词中以园林为背景的闺怨词的核心概括。可以这样说,虽然情感指向是目的,但对于从细节的捕捉、艺术美的再现以及意境的营建去描摹背景,也已远非单纯的作词手段可以概括,目的和手段似已合二为一,不分彼此。我们甚至可以说,花间词中典范的闺怨词,其构词特点就是这样的空间特点——"纸上园林"和"幽闭空间"合二为一,其虚拟性和情感的特殊指向性已经达到了一种创作上的高度统一。于是乎,幽怨佳人之于幽闭园林空间,遂成为一种典型范式。

(三)空间本体意义:经典化的象征及垂范

"花间范式"的空间本体意义,与园林元素之造境功能密不可分。窗、帘、栏杆、小院、池塘等,这些来自园林庭院的基本元素决定了花间风格的闺怨词与同期其他词作的不同特点。例如,敦煌曲子词、晚唐五代民间泼辣风格词作基本不会出现园林元素,也不会涉及之前提到过的营造幽闭空间的作词模式。这也形成一种有趣的现象,在敦煌曲子词及晚唐五代民间词那里,"花间范式"的闺怨词所必需的虚拟、幽闭空间完全没有用武之地。民间风格的词作明朗、实在、直接,相对来说,纯朴真挚,不需拐弯抹角、遮遮掩掩,这种特点是与其"言之有物"的个性相一致的。而花间风格的闺怨词似乎正因为其所言之情多出虚构、所记之事相对含混,其实质性

---

① 劳拉·穆尔维:《视觉快感与叙事电影》,见吴琼编:《凝视的快感——电影文本的精神分析》,第8页。

的内核稀薄故而不得不借助能够构成相对优美、悠远意境的构词元素。而正因为这样的不同，前者（民间词）实，后者（花间词）虚。实者，自有其朴实、自在的生命底色，而虚者，也就此打开了一个向内的、深邃的心理空间和精神维度。敦煌曲子词和晚唐五代的民间词，它们的创作路向更接近后世元明时期的散曲和民歌，而花间风格的闺怨词则将闺怨内核和传自传统文人诗的优美、含蓄、内向风格结合起来，在这样一个对词的发展来说堪称"辞旧迎新"的转折点，走出了一条通幽曲径。而这种路径，恰恰是词从文体角度与诗的分野，词的"要眇宜修"①的整体风格、隐约其词的叙事方式、断章零简的构成体制、吉光片羽的点染手法，正好和诗的规整、厚重、规矩的特点形成了对比，也就此构成词体的特性。"花间范式"的闺怨词在这个诗词分野的过程中起到了关键的作用。纵观晚唐五代和宋代，这种风格的写作可以说是大规模、成体系的模式化、虚拟化的写作，而正如叶嘉莹先生所说，词"是写一种女性的美，是最精致的最细腻的最纤细幽微的，而且是带有修饰性的非常精巧的一种美"②。因此，它的重要性和影响力是毋庸置疑的。尽管词体在其日后的发展过程中有多次新变，焕发出多样的生命力，但其底色一旦形成，就有着标志性和决定性的作用。

　　"花间范式"的词，更多地倾向于一种内在情绪的书写，而这种书写注重情绪周期的圆满过程的展现，情绪从隐忍、酝酿，到被触发，发展到高峰，留下余音，离不开园林实景、虚景在其间的穿插。这虚构的"纸上园林"，造成了这类词尽管在内容上多显贫乏但在抒情方式上却有着峰回路转、百转千回、柳暗花明的效果。具体而言，从手法上，不外乎起兴、烘托、造境、暗示、象征等：如起兴，见双鸳对蝶，而兴起己之孤情单绪，逢暮春深秋，而勾起己之失意伤感；如暗示、象征、烘托，更是从许多细节处用园景的清丽、寂寥反衬词中主人公的孤独、落寞；造境，即园林之境与诗词之境融合为一，兼具人工与自然之美，两者融合无间，而抒情主人公就在这"纸上园林""幽闭空间"里完成了其形象的展现及情绪的抒发。非此

---

① 王国维：《人间词话》，见唐圭璋编：《词话丛编》，第4258页。
② 叶嘉莹：《迦陵文集》第9卷，河北教育出版社，1997年，第12页。

典型的环境不足以形成典型的情怀,闺怨情绪、园林空间,正是基于这样的基础在"花间范式"的词中契合为一。

这种女性之于庭院的生存模式,女性哀怨情怀之于虚拟、幽闭园林空间的经典组合的书写模式,不单是对晚唐五代乃至宋元明清此类词作产生了母题衍生般的影响效应,更是对古典的小说、戏曲产生了重要的影响。这也可说是花间词的接受、传播、影响的一个重要方面。无数的佳人在深闺凝望,多少私会在花园展开,而以戏曲形式将这种生存模式和经典组合发挥到极致的可说是明代戏剧家汤显祖的《牡丹亭》。汤显祖深研花间词,有《玉茗堂评花间集》,他的清词丽句可说脱胎自花间,而最经典的戏剧构想和模式亦是出自花间。试举一例,温庭筠的《菩萨蛮》之一:

> 翠翘金缕双鸂鶒,水纹细起春池碧。池上海棠梨,雨晴红满枝。绣衫遮笑靥,烟草粘飞蝶。青琐对芳菲,玉关音信稀。

浦江清在《词的讲解》一文中分析道:"此章赋美女游园……上半阕写景,乃是美女游园所见,譬如画仕女画者,先画园亭池沼,然后着笔写人。'绣衫'两句,正笔写人。写美女游园,情景如画,读此仿佛见《牡丹亭·惊梦》折前半主婢两人游园唱'原来姹紫嫣红开遍'一曲时之身段。飞卿词大开色相之门,后来《牡丹亭》曲、《红楼梦》小说皆承之而起,推为词曲之鼻祖宜也。"①这就很有见地地指出了汤显祖的戏剧构思、言辞造境与花间词之关系。

《牡丹亭》里最脍炙人口的"游园""惊梦"都是发生在南安府衙的一座废园中,而最出彩的唱词也受了"花间范式"闺怨词的影响。一座废园与一场春梦的联系,是"游园""惊梦"两出戏所着力刻画的,这又何尝不是"花间范式"的闺怨词所着力刻画的?杜丽娘在游园时惊魂摄魄似的审美的感动与惊喜,使她骤然明白爱与青春的不可辜负,而梦醒之后,面对现实,了然一己之悲剧命运不可避免之后魂飞魄散。戏剧故事的精髓,依旧是"花间范式"闺怨词的内核。杜丽娘的唱词"恰三春好处无人见""姹

---

① 王兆鹏主编:《唐宋词汇评》(唐五代卷),第132页。

紫嫣红开遍，似这般都付与断井颓垣""良辰美景奈何天，便赏心乐事谁家院""赏遍了十二楼台是枉然"，已悄然与花间词接榫，并且，将历代怨女的心声做了一个精彩的总结和升华。她倾吐幽怨的过程中一步步的惊喜、一点点的感动、一阵阵的伤情，实际上正是由春日废园之形态反观体察到了自身及世间所有美好之物之价值和如此美好有价值之物终将无声凋零在幽闭空间所产生之悲感。

　　汤显祖是深明花间精髓又深弃花间糟粕的，花间词将女子的哀怨加以玩赏，让它停留在敦厚温柔的层面，用来满足创作者和欣赏者的男性中心期许，而汤显祖保留了它最沉痛的部分、"怨"的核心——青春与美被无爱的空间幽闭，又以最严肃和最激进的姿态提出了解决方式，给幽闭空间的丽人一场春梦，并在现实的空间中将它实现，变化"被动"为"主动"、赋予"绝望"以"希望"，将最初的幽闭空间扩展到天上地下、阳世阴府。可以说，汤显祖以其天才之感悟及天才之表现，将"怨"女之情表达到了极致，并做了高超的升华，将只供男性作者和听者、观者欣赏、意淫的，单向度、模式化的闺怨之情转变成了充满人性美、生命意识和主动精神的性情和爱情，即精神境界的至情。透过这一例子，我们也可以看到，古典之园林，正是瞥见古人之生活、照见古典之人性的宝镜，无它，则那种优美、幽微、感伤的情绪难以生发和表现。"花间范式"的词作，人与他所处的环境必然地成为一个和谐的存在，幽闭而优美，内里却是一个悲剧。

　　从文化意义上而言，"花间范式"的词作所营造的空间，揭示了人类生存状态的一种。对封建时代的女性而言，生存空间和精神世界的幽闭无法避免，对封建时代的男性而言，与女性相通的被选择的命运也使得他们擅长并倾向于模拟闺中女性的心态，并且塑造出这样的依顺命运安排、不妄生是非、不胡思乱想、以被离弃为己之羞耻的女性形象——实际上也是出自男性的想象和期许。正如汤显祖对毛熙震的《河满子》①的评语："艳丽亦

---

① 毛熙震《河满子》："无语残妆淡薄，含羞劈袂轻盈。几度香闺眠过晓，绮窗疏日微明。云母帐中偷惜，水晶枕上初惊。笑屧嫩疑花拆，愁眉翠敛山横。相望只教添怅恨，整鬟时见纤琼。独倚朱扉闲立，谁知别有深情。"

复温文,更不易得。"①艳丽是外形,温文是内心,既美艳又温顺,就是符合男性期许的女性形象。弗吉尼亚·伍尔夫在《自己的一间屋》中有感于16世纪普通妇女的生活在男性书写的历史中无迹可寻,她们"匆匆而过消失在背景中",是"一种非常奇怪的复合人","在想象中,她最为重要,而实际上,她则完全无足轻重。从始至终她都遍布在诗歌之中,但她又几乎完全缺席于历史"。②花间词中的女性形象,就是这样的"缺席者"。当然,也有相当部分"花间范式"的闺怨词有堆砌、雷同、贫乏之感,这类词往往千篇一律,矫揉造作,缺少情感,更多的是为词造情、为文生情,拼凑出一个苍白、重复的空间与形象。

与前代的诗歌空间相比,"花间范式"的词作在虚拟和幽闭的角度上达到了一种极致。向上追溯,闺怨词可以上溯到唐代的宫词,同样是幽闭的空间,抒情主人公是身心被幽禁的女子,借春秋更替伤逝感怀,如"宫花寂寞红"(元稹《行宫》)。不过限于篇幅,唐代宫词中的许多细节来不及展开,更多的是一种轮廓、画面的点染。还可以追溯到唐前的情诗,但情诗,更多的是相恋过程中对等的交流,其中虽也有失恋的怨望、暗恋的痛苦,但其所体现的情感内涵包孕更大,抒情主体的情感素质也更健康、更健全。花间风格的闺怨词,则把爱情的题材写到了一个逼仄的角落,即男性形象表面缺席实则处于主宰地位,主要书写女性在幽闭空间中的企盼、守候及失落。幽闭、虚拟的园林、庭院空间构成了闺中女子的生活空间,并交织成声、香、色、影的罗网,形成静谧、优美却幽闭的情感沼泽,吞噬掉女子的青春、爱情和生命。对这样的空间范式集中、反复、不厌其烦地书写、描摹,体现了一种男性中心的病态心理。一方面,他们深深地体会到女性在爱情关系中的不对等地位,以及女性处于被动选择地位和情感劣势的现状,不然,他们就不会将这种感情描摹得如此细腻、逼真,好像他们是真正的情感方面的受害者,但带有讽刺意味的是,其实他们在某种程度上恰好

---

① 王兆鹏主编:《唐宋词汇评》(唐五代卷),第375页。

② 弗吉尼亚·伍尔夫:《自己的一间屋》,见刘炳善编:《伍尔夫散文》,中国广播电视出版社,2000年,第502页。

是这种伤害行为的主体；另一方面，他们陶醉在女性以他们为情感寄托对象的深情写作中，尽管是代言，是模拟，也由此获得了一种以男性中心思想为依托的满足感和成就感。他们的笔触或伤感，或多情，或清丽无邪，或浓艳张扬，也都是视男性作者和男性欣赏者不同的情感和审美需求来决定的。

由此，以庭院园林模式为背景而形成虚拟、幽闭空间的"花间范式"的闺怨词，就有了一个通透的前世后生：前世，前代的情诗和唐代的宫词酝酿了它的情感来源和抒情模式；后生，明清的戏曲和小说中也看得到它几经变幻后的影子，《牡丹亭》如此，《红楼梦》也如此，只是在《红楼梦》中，典型人物与典型环境的结合，多了理想的色彩。园与人，恰如其分地结合在一起。大观园中的一年四季，有其象征意义，春夏秋冬，就如人过尽了一生。园中的荣衰枯朽，也与人的生活相似。"庭院深深深几许，杨柳堆烟，帘幕无重数"，花间词中的美人，就是在一个又一个优美、深邃的庭院中消磨掉了自己的青春，最后，在词中，她们和她们的生活，凝成了一幅幅缱绻、幽怨的画卷，供人赏玩。李泽厚在《美的历程》中说，晚唐的"时代精神已不在马上，而在闺房；不在世间，而在心境"①。"花间范式"的闺怨词就体现了这样一种被转移的时代精神和心境，凝结成独特的文体，营造出典范的空间模式，并在后世蔓延滋生。

三、诗史意义、精神家园、文化箭垛：从地域角度对巴蜀园林与唐五代诗人及诗歌关系的观照②

比起中原与江南文化，巴蜀文化区有着边缘化的特征。特殊的地缘性，使得唐代诗人流连巴蜀产生的诗歌，在研究层面上也普遍处在一种边缘和

---

① 李泽厚：《美学三书》，安徽文艺出版社，1999年，第154页。
② 本节内容已发表于《南京师范大学文学院学报》2019年第3期，原题名《巴蜀园林与唐五代诗人及诗歌关系之探讨》，内容略有改动。

失语的状态。唐代诗人常常是由于游历、贬谪、战乱等原因来到饱受荆楚巫风熏染的巴蜀之地，既对当地文化产生影响，又受当地文化的反向作用。他们所游览、吟咏、居住、建造过的园林，成为他们诗歌的背景、主体、主题甚至精神内核。五代蜀中建立过前后蜀，巴蜀本土文化及宫廷园林对花间词的编选和词体特质的确立有着直接的影响。①对上述问题的考察，有利于在时间、空间、地域上使唐五代文学图景及谱系更为丰赡。

（一）祠庙型园林的诗史意义：心灵碰撞与物质留存的交互作用

祠庙型园林是巴蜀园林最主要的形态，而膜拜与祭祀之风盛行是祠庙型园林遍地开花的文化基础。巴蜀之地祠庙型园林众多，源于该地普遍敬神信鬼。常璩《华阳国志·蜀志》："其地东接于巴，南接于越，北与秦分，西奄峨嶓。地称天府，原曰华阳。"②指出了西蜀的基本范围。蜀与"越"即楚接壤相连，与"秦"有秦岭之隔，因此更多地受到了重巫的楚文化的影响，其文化属于南方巫文化体系。据地下发掘的巴族历史文物及文献，巴人的语言、文字、风俗等等都与华夏族不同，蜀地属于巫风极盛之地。因此，巴蜀地区民间崇拜传统流传已久，这也导致巴蜀地区是纪念型园林盛行的地区，以缅怀纪念某个先贤、高士、哲人或其他重要人物或事件为园林主题，具有较强的历史人文意味。③

咏史怀古题材是祠庙型园林催生最多的诗歌类型。巴蜀园林中最为典型的祠庙型园林应是从三国文化中衍生出来的三国人物纪念祠和巴蜀籍名人纪念祠，如：云阳张飞庙、成都武侯祠属于前者；江油李白故里、射洪陈子昂读书台则属后者。对祠庙型园林的咏史怀古，最经典的范例莫过于唐代诗人杜甫对武侯祠的吟咏。

杜甫在蜀中的诗歌创作，是继安史之乱后他诗歌创作的又一高峰，仅

---

① 蜀地特别是前后蜀宫廷环境及其文化对花间词的影响见本章第四节。
② 常璩：《华阳国志》卷三《蜀志》，齐鲁书社，2010年，第26页。
③ 陈从周主编：《中国园林鉴赏辞典》，华东师范大学出版社，2001年，第2页。

在成都、夔州两地创作的诗歌就达近千首,是其一生创作的三分之二。杜甫自唐肃宗乾元二年(759)从甘肃同谷入蜀,至唐代宗大历三年(768)正月出川,在四川生活了十年,饱览了名胜古迹,成都的武侯祠、刘备庙,新津的四安寺、北桥楼、修觉寺,灌县的青城山、丈人山,绵州的越王楼,射洪的金华山、陈子昂读书台和其东武山的故宅,梓州的牛头山、兜率寺、惠义寺,汉州的房公西湖,阆州的滕王亭子、玉台观,忠州的禹庙、龙兴寺,夔州的白帝城、武侯庙、先主庙、八阵图、滟滪堆、瞿塘峡,都留下了他的足迹与诗篇。①此期杜诗风格多变,裹挟时代风云,渗入个人经历,不断实践,参透悟入,渐趋大成。这个过程,也充分体现了蜀中山水园林文化对他诗歌的滋养。

成都武侯祠位于今武侯区武侯祠大街。武侯祠原为始建于公元223年的刘备陵墓(汉昭烈庙)。诸葛亮死后建祠于汉中勉县。晋末成汉国国主李雄在成都城西今祠堂街处建武侯祠,是罕见的君臣合祀的纪念场所。杜甫《古柏行》"先主武侯同闷宫",李商隐《武侯祠古柏》"蜀相阶前柏,龙蛇捧闷宫。荫成外江畔,老向惠陵东"等诗句,真实地描述了武侯祠位于刘备庙后、刘备墓东的位置及古柏众多的特色。此外,还有20余首唐代诗歌吟咏武侯祠,而杜甫的《蜀相》《古柏行》,堪称其中的佼佼者。

上元元年(760)杜甫游览武侯祠后写下名篇《蜀相》:

> 丞相祠堂何处寻,锦官城外柏森森。映阶碧草自春色,隔叶黄鹂空好音。三顾频烦天下计,两朝开济老臣心。出师未捷身先死,长使英雄泪满襟。

杜甫遭安史之乱流落成都,在"锦官城外柏森森"的场景中感喟"出师未捷身先死,长使英雄泪满襟"。既描绘出武侯祠古柏森森、清幽静谧的环境特征,也拈出三国古蜀文化之精魂——回天无力的悲剧感与鞠躬尽瘁的使命感。《蜀相》可以说是在当时唐朝内忧外患的情势、蜀地的失国痛史、杜甫自身的漂泊遭遇以及与诸葛亮异代同心的家国责任感等多种元素碰撞

① 杜甫在蜀行迹参见仇兆鳌:《杜工部年谱》,见杜甫著,仇兆鳌注:《杜诗详注》,中华书局,1979年,第11—19页。

下所产生的结晶。

而后杜甫辗转至夔州，夔州有孔明庙，亦有古柏，杜甫乃作《古柏行》。同是怀古，《蜀相》以古柏起兴，《古柏行》则以古柏做比："大厦如倾要梁栋，万牛回首丘山重。"夔州柏，生于高地，苦于烈风，落落出群却不炫文章，其孤高恰似孔明的忠贞，其才干正堪国家的栋梁。黄生评价得好："'大厦'一段，目中说物，意中说人。结句人物双关，用笔省便。"①在梓阆时，诗人就曾伤吊陈子昂、郭震等，并有"一生襟袍向谁开"（《奉侍严大夫》）的感喟。因着自身的艰难漂泊与对诸葛亮命运的细心体察，古往今来落落不苟合的志士幽人的悲剧宿命终于在杜甫精心捕捉和构建的古柏意象中被揭示开来："志士幽人莫怨嗟，古来材大难为用。"（《古柏行》）杨伦评此诗："寄托遥深，极沉郁顿挫之致。"②杜诗也于沉郁顿挫的诗风之外，开启了浑涵汪茫的新境界。由是，森森古柏在杜甫的笔下定型为武侯祠的重要文化符号和精神象征，即使古柏凋零，然历代补栽不断，也成就了武侯祠以古柏为基调的园林景观。王嗣奭看到了两地武侯祠古柏的联系与其中深意："成都、夔州各有孔明祠，祠前各有古柏。此因夔祠之柏而并及成都，然非咏柏也。"王洙点明古柏的深层内涵："伤有其才而不得其用也。"③

诚如杜甫所说："武侯祠堂不可忘，中有松柏参天长。"（《夔州十绝》）武侯祠的古柏，在陵墓园林和纪念型园林中是必不可少的植物元素，也是杜甫观察、思考、表现武侯祠的焦点，并且随着杜甫的辗转流徙，被赋予了不同的意义。唐宋时期，除了杜甫，李商隐、杨汝士、章孝标、雍陶等诗人也将古柏作为武侯祠最突出的景观吟咏，并与武侯人格相联系。文章方面，唐有段文昌的《诸葛武侯庙古柏文》，宋有赵抃《成都古今记》、任渊《重修先主庙记》、陆游《古柏图跋》、田况《古柏记》、范镇《武侯庙柏》，均因武侯而及古柏。柏树是一般纪念性园祠的常见景观，但武侯祠的古柏既有诸葛手植的传闻，又因加入了人格的力量而格外引人注目，再加上杜甫

---

① 萧涤非主编：《杜甫全集校注》第6册，人民文学出版社，2014年，第3579页。

② 萧涤非主编：《杜甫全集校注》第6册，第3579页。

③ 萧涤非主编：《杜甫全集校注》第6册，第3575页。

等诗人的吟咏，遂成了该处的突出文化标志。

诗歌以感叹吟咏、诗史结合的方式为文人与祠庙型园林提供了最好的沟通方式，以诗歌为代表的文学也反过来影响着园林的实体展现，这是一个互动的过程。一所纪念型园林，与一般观赏型园林不同，最重要的是其景观设计与题词，要能唤起观赏者内心崇敬、感喟、赞叹等情绪。在武侯祠的园林景观设计中，相传岳飞手书的诸葛亮前后《出师表》被刻在大殿北侧碑廊上，唤起经行的游客内心的感动与崇敬；杜甫《蜀相》中的"三顾频烦天下计"被作为董必武集句、自创联中的上联，刻于武侯祠过厅右侧，对武侯祠庙景观意义的点醒，可以说有重要的启示作用；武侯祠古柏斋对联摘自李商隐诗句"大树思冯异，甘棠忆召公"，更以柏树为精神上的沟通点，引起游客对召公、冯异、诸葛亮三人异代而同心、伟大而不居功的谦逊人格的崇敬和缅怀；裴度的碑文、柳公绰的书法、鲁建的刻工成就了辞、书、碑三绝的武侯祠名碑。

蜀中偏安一隅的地势、蜀国忠魂鞠躬尽瘁的精神、诗人漂泊西南的心路等等，造成了武侯祠与杜甫的千古际遇。这在唐代诗人对巴蜀纪念型园林的吟咏中只是突出的一例，类似的还有唐代诗人对司马相如琴台、张飞庙、二王庙、大禹庙、白帝城、陈子昂故居等的吟咏。

（二）私人园林的文化符号作用：家园的失却与精神的留存

唐代诗人郑谷云："扬雄宅在唯乔木，杜甫台荒绝旧邻。"[①]除了祠庙型园林，唐代诗人作为园林营建的主体，在巴蜀大地上形成了许多园林实体，并以他们的文化魅力和名人效应使得这些园林在时间和空间上进行着代第相传的历史与文化的演进。地域文化与主流文化、民俗文化与名人文化交互影响的效应在此显得格外令人瞩目。其中，杜甫草堂的代表意义尤为典型，正如冯至在《杜甫传》中说："不止杜甫自己欣庆得到一个安身的处所，

---

① 郑谷著，严寿澂、黄明、赵昌平笺注：《郑谷诗集笺注》，上海古籍出版社，1991年，第310页。

就是飞鸟语燕也在这里找到新巢，从此这座朴素简陋的茅屋便成为中国文学史上的一块圣地，人们提到杜甫时，尽可以忽略了杜甫的生地和死地，却总忘不了成都的草堂。"①

杜甫草堂，又名浣花草堂，坐落于成都西门外浣花溪边，是杜甫卜居之所。草堂不仅给了他在漂泊西南时一个稳定、美好的居所，并且，杜甫的200多首草堂诗构成了一个自适、优美且具有生气与深度的诗世界，其诗意的获得、诗艺的增长，得草堂助力甚多。乾元二年（759）十二月，杜甫到达成都以后，在时任成都尹、剑南西川节度使裴冕的支持下，着手营建草堂，"浣花溪水水西头，主人为卜林塘幽"（《卜居》）。杜甫写诗给朋友，恳求他们给予帮助：向绵竹县令韦续讨要亭亭玉立的绵竹，向萧实讨要桃栽，向何邕讨要桤木栽，向韦班讨要"落落出群""青青不朽"的松树苗。草堂紧靠锦江："结庐锦水边。"（《杜鹃》）草堂中还有亭："台亭随高下，敞豁当清川。"（《寄题江外草堂》）

杜甫在这里创作了200多首诗歌。杜甫草堂诗及其他入蜀之作，历来被认为是杜甫创作上的关键点："凡诗初年多骨格未成，晚年则意态横放，故惟中岁工力并到，神情俱茂，兴象谐合之际，极可嘉赏。如老杜之入蜀……皆篇篇合作，语语当行，初学所当法也。"②草堂早已突破了其建筑、园舍的含义，在诗歌、文化、心灵、精神的层面都成为标志杜甫的重要坐标，也成为后人瞻仰和缅怀杜甫的重要场所与文化原点。杜甫所卜居的浣花草堂，毗邻武侯祠，由于居者和祠主同样具有伟大坚韧的品性，而被后人徘徊瞻仰。杜甫草堂在唐宋乃至以后的兴衰与杜甫及其诗的接受与影响密切相关。杜甫之后，草堂易主，渐至荒芜："万古只应留旧宅，千金无复换新诗。沙崩水槛鸥飞尽，树压村桥马过迟"（雍陶《经杜甫旧宅》）草堂本就不是精致、雍容的园林类型，具有山野之趣、自然之趣，但其建筑的倾颓、景观的消失，并不能湮灭它精神上的承载，历代的草堂修葺者也正是本着这样的原则还原或营建草堂。唐昭宗天复二年（902），韦庄于"浣花溪

① 冯至：《冯至全集》第6卷，河北教育出版社，1999年，第95页。
② 胡应麟：《诗薮》续编卷二，中华书局，1958年，第360页。

寻得杜工部旧址,虽芜没已久,而柱砥犹存。因命芟夷,结茅为一室。盖欲思其人而成其处,非敢广其基构耳"。(韦霭《浣花集序》)①韦庄芟夷结茅所成的一室,正符合后人心目中杜甫草堂应有的样貌。此外韦庄诗风也颇有意模仿杜甫。因漂泊蜀地的相似经历、在激荡的时代风云中坚持诗史的书写的共同诗歌追求以及对杜甫及其诗歌的高度认同感,韦庄在对杜甫草堂遗址的认定与重建中起着重要作用。而杜甫草堂真正成为官方认可的纪念型园林则是在宋代,此期杜诗的接受和影响也达到前所未有的高峰。宋代对草堂的修葺都是以刻诗、还原杜甫草堂诗意为主。北宋吕大防镇守成都,也首先拜谒草堂,并因"松竹荒凉,略不可记"而命人重建草堂,绘杜甫像于其中:"复作草堂于旧址,而绘像于其上。"之后胡宗愈知成都:"乃录先生诗,刻石置于草堂之壁间。先生虽去此,而其诗之意有在于是者,亦附于后。"②南宋张焘"斫石为碑二十有六,尽镌其词于堂之四周⋯⋯亭并浣花,竹柏濯濯可爱"(喻汝砺《杜工部草堂记》)③。唐宋以降,形成了成都地方官员始至即拜祭杜甫草堂的惯例,也形成了历代官员集资修缮、扩建草堂的传统,直至1952年开放为公园,1955年建杜甫草堂纪念馆,1985年建杜甫草堂博物馆。④

历代修缮者心中各有自己的草堂,而参观者也有自己心目中的杜甫草堂。汪曾祺曾谈起对杜甫草堂格局的失望:"我希望能看到一点遗迹。既名草堂,总得有一个草堂。我知道唐代的草堂是不可能保存到今天的,但是以意为之,得其仿佛,重盖几间,总还是可以的。《茅屋为秋风所破歌》的茅屋在哪里呢?没有。'老妻画纸为棋局,稚子敲针作钓钩'大概在一个什么环境里?杜甫是在什么地方观察到'细雨鱼儿出,微风燕子斜'的?⋯⋯我觉得草堂最好按照杜诗所描绘的样子改建。可以补种杜诗屡次

① 韦庄著,聂安福笺注:《韦庄集笺注》,上海古籍出版社,2002年,第483页。
② 胡宗愈:《成都新刻草堂先生诗碑序》,见杜甫著,仇兆鳌注:《杜诗详注》附编,第2243页。
③ 袁说友等编:《成都文类》卷四二,赵晓兰整理,中华书局,2011年,第811页。
④ 参见吴增辉:《由唐至宋杜甫草堂变迁述论》,载《中华文化论坛》2017年第4期。

提到的四松，桤木。待客的器皿也可用大邑青瓷。"①杜甫草堂茅屋景区已于1997年2月重建，其建筑、题名、对联等的依据就是杜甫的240多首草堂诗。于是，草堂诗，这一曾经诞生于草堂的精神产品，又反过来指导今天我们理想中的草堂的物质形态的建设。

　　位于重庆忠州的东坡花园与杜甫草堂一样，称不上精致、典型的园林，却辐射出不可忽视的精神影响，成为跨越时代的文化原点。元和十四年（819），白居易在担任忠州刺史前，曾在江州司马任上精心营造庐山草堂，居忠州三年，沿袭着对园林的热爱与对贬谪生涯的自遣，白居易营建了东坡花园："红者霞艳艳，白者雪皑皑……花枝荫我头，花蕊落我怀……"（《东坡种花二首》其一）白居易用心经营东坡花园，决意在"巴俗不爱花"的巴渝地区精心培植东坡花园，其用心也良苦。苏轼与苏辙曾于嘉祐四年（1059）谒白居易忠州东坡花园。白居易进退出处的处世哲学对苏轼的影响是非常明显的："我似乐天君记取"（《赠善相程杰》）；"定似香山老居士"（《轼以去岁春夏侍立迩英》）；"出处依稀似乐天"（《去杭州》）。谪居黄州时，苏轼以其地为东坡，自号东坡居士。至此，由唐至宋，从忠州到黄州，东坡在两代文豪的精神交流与传承中定格为堪与杜甫草堂比肩的，超出物质、地理概念的重要文化符号。

（三）巴蜀衙署园林的文学地理坐标地位：文化箭垛与公共空间

　　柳宗元曾说："邑之有观游，或者以为非政，是大不然。夫气烦则虑乱，视壅则志滞。君子必有游息之物、高明之具，使之清宁平夷，恒若有余，然后理达而事成。"②这说明了衙署园林之于士大夫政治生涯与精神生活的重要性。衙署园林，既带有强烈的个人风格和印记——因其一般是在某位地方长官的主持设计下营建的——同时又是一个公共空间，是迎来送往、文人云集的焦点场域。随着时间的推移，继任者对衙署园林不断改造修建，

① 汪曾祺著，邓九平编：《汪曾祺全集》（散文卷），北京师范大学出版社，1998年，第163页。
② 柳宗元：《柳宗元集》卷二七《零陵三亭记》，中华书局，1979年，737页。

时间和空间维度的相互作用使其成为一个文化箭垛，承载着许多文化意义和内涵，同时也成为一个耐人寻味的公共空间。从文人交游到政治态度，从诗词唱和到野史逸闻，无不以园林空间为焦点，辐射开去。巴蜀地处西南，较为偏僻，官员对巴蜀衙署的经营都更加用心，这也是为自己在宦途生涯中提供一个身心可以休憩的寄托之所。巴蜀衙署园林比较重要的有崇州东亭、新繁东湖、广汉房湖、新都桂湖等。梳理并探讨巴蜀衙署园林文献，对其进行空间、历史、文化及文学多方面的考察，特别是从文学维度分析其作为交游空间、诗词场域的特色显得极其必要。

1. 东亭（罨画池）

罨画池始建于唐朝，初名"东亭"，又称"东阁""东湖"，在蜀州县衙之东。唐时在县衙之东开湖造园，几成一代风气，且此风气延及宋代。东亭是一座衙署园林，同时兼有驿站功能。全园布局以水面为中心，四周散布楼台亭榭，是集庙宇、祠堂和园林为一体的综合名胜，以梅花、菱花和烟柳为胜。唐宋两代，杜甫、陆游俱与罨画池有文学渊源。

曾任蜀州刺史的高适，在这里写下《人日寄杜二拾遗》，有"人日题诗寄草堂，遥怜故人思故乡"的句子。诗中成都的草堂、遥远的故乡、远蕃的蜀州东阁，形成在时空中遥相呼应的地理和心理的坐标，处于两极的友人互相惦念，其中流转的深情愈显淳厚可贵。杜甫追和诗句："东西南北更谁论，白首扁舟病独存。"（《追酬故高蜀州人日见寄》）锦里春光依旧，但挚友已逝，从前可期的故乡似已遥不可及，但已逝的老友对自己曾经的惦念，却使得异乡孤舟也仿佛有了些许的温度。南宋文人计有功在蜀州西湖修建了纪念二人友谊的尚友阁。清咸丰年间（1851—1861），当时任四川学政的何绍基为杜甫草堂题下对联："锦水春风公占却，草堂人日我归来。"唐代诗人间的情谊，诗人风骨的感召与后人的追念，使得人日至草堂成为成都人的习俗。高适、杜甫两人于东亭的唱和，就这样从一种精神唱和演变为绵延至今的成都民俗。东阁也成就了给杜甫带来"古今咏梅第一"[①]美誉的

---

① 杜甫著，仇兆鳌注：《杜诗详注》卷九，第782页。

《和裴迪登蜀州东亭送客逢早梅相忆见寄》。诗中有"江边一树垂垂发，朝夕催人自白头"的感叹，情真意切，写梅笔法苍然、寓情于景。裴迪的原诗已然散佚，而杜甫的和诗，却与东阁的官梅一起流传至今。

从唐至宋，东阁逐渐在历代文人的不断营建中演变为罨画池景观。五代前蜀时期，蜀州东阁就已有了罨画池的新名称，韦庄的《归国遥·金翡翠》里，已提到"罨画"，并写到了园林水景。罨本为"网"意，罨画，意为山亭水域植被之美，尽为此园集萃网罗。宋代文人中，陆游与罨画池的关系大概类似杜甫与草堂的关系。从初到蜀州的隔膜，"万里不通京洛梦，一春最负牡丹时。褰笺报与诸公道，罨画亭边第一诗"（《初到蜀州寄成都诸友》），到"江湖四十余年梦，岂信人间有蜀州"（《夏日湖上》）的亲近与热爱（罨画池中梅园与长廊相连的重檐六角亭——"信有亭"就以此命名），离蜀后也写下了"小阁东头罨画池，秋来长是忆幽期"（《秋日怀东湖》）的诗句。陆游居住在罨画池南岸的怡斋，写下100多首寄怀蜀州的诗篇，罨画池，也因此成为陆游生平重要的精神止泊之地。

罨画池，是唐宋诗人重要的生活空间和精神空间，他们因此所作的诗歌，也体现了由唐至宋的一种精神与艺术的传承与递变。"后世但作诗人看，使我抚几空嗟咨！"（陆游《读杜诗》）是杜甫和陆游异代同心的感应，而草堂与罨画池，也成为抚慰两位大诗人漂泊之苦的栖息之地。"长安貂蝉多，死去谁复算！"（陆游《草堂拜少陵遗像》）长安之外，东阁或罨画池，以蜀地的包容和民间的温情对唐宋两位大诗人的身心加以安顿，使得诗情文脉得以绵延。

2.新繁东湖

新繁东湖以水体为主，环湖点缀楼、台、亭、榭等建筑，至今仍保存着唐代的全部遗址和部分园林风格，是我国有遗迹可考的两处唐代古典人文园林之一。

新繁东湖和唐代名相李德裕的关系值得探讨，但其中史料舛误甚多，需要进一步辨明。李德裕和新繁东湖的关系，有两种通行的说法。一种是李德裕为宰相时在新繁县修建了东湖①；一种是李德裕任新繁县令时修建此湖②，明、清县志采用此说法③的不在少数。这些说法的源头来自五代孙光宪《北梦琐言》所载李德裕轶事："新繁县有东湖，德裕为宰日所凿。"④此处"宰"的理解，笔者以为应非宰相，而为地方长官。⑤李德裕两次入川，一次是少年时期随父在忠州，一次即是任西川节度使时。李德裕如曾修建新繁东湖，应是第二次入川任西川节度使时。⑥清人在《新繁县乡土志》卷六中谈道："东湖，唐李卫公东湖。台榭花木为邑中名胜，今在县署之侧，相传卫公为新繁令时所凿。案李德裕为新繁令，读唐书自知其诬，不烦驳辨。"⑦此条可以视为这一论题的进一步辨析。

　　之所以以讹传讹，盖因李德裕在造园方面颇有心得，曾在洛阳建名园平泉山庄，父老相传他亦在新繁凿湖造园，还手植三柏二楠。此外，新繁百姓对李德裕在蜀功绩的赞颂、孙光宪对李德裕的敬仰与同情⑧恐怕也是造成讹传的原因所在。人们通常认为卫公东湖是因李德裕死后封卫国公得名，但《新繁县乡土志》中有这样的记载："章武中有卫常为新都令（见通志），凿湖名卫湖（今名桂湖）。传闻误为新繁（章武中繁县不在此地，亦无新繁县名），遂称此湖为卫公湖，袭称既久，展转又误为李卫公湖，由文饶声名煊赫故也。东湖既移属李卫公，因又指学宫侧一牛蹄之涔为卫湖，皆

---

① 刘庭风：《巴蜀园林欣赏（八）：东湖》，载《园林》2008年第8期。

② 宋俦所撰《新繁县卫公堂记》："父老言唐李卫公为令时，凿湖于东，植楠于西，堂之所为得名也。"见曾枣庄、刘琳主编：《全宋文》第173册，第166页。

③ "李卫公为令时，凿湖于东。"见李应观修：《新繁县志》卷三，清同治十二年刊本，第17页。

④ 祝穆《古今事文类聚》"贬死朱崖"条引《北梦琐言》此说，今本《北梦琐言》此条已佚，见祝穆：《古今事文类聚》前集卷三一，《景印文渊阁四库全书》第925册。

⑤ 《周礼》中的"宰"是对官员的泛称。春秋卿大夫的家臣和采邑的长官，也都称宰。韩愈《送幽州李端公序》："公天子之宰，礼不可如是。"张乔《送龙门令刘仓》："去宰龙门县，应思变化年。"这两处"宰"也都是指掌地方权力的长官。

⑥ 傅璇琮、周建国校笺：《李德裕文集校笺》附录一《李德裕年表》，河北教育出版社，2000年，第753—789页。

⑦ 余慎修、陈彦升编：《新繁县乡土志》卷六《古迹》，清光绪三十三年铅印本，第29页。

⑧ "愚尝览太尉《三朝献替录》，真可谓英才，竟罹朋党，亦独秀之所致也。"见孙光宪：《北梦琐言》卷六，贾二强点校，中华书局，2002年，第126页。

好事而可笑者矣。"①这也充分说明,新繁的卫公东湖,其"卫公"并非李德裕,而是三国时的卫常。新繁是古蜀城郭之一,新繁东湖公园蝠崖内还留存有汉砖。因此,李德裕任新繁令并修建新繁东湖一事,应属讹传,但李德裕任西川节度使时,究竟有无参与修建新繁东湖一事,惜无史料记载,就不能遽下断语了。

但新繁东湖却因相传为李德裕凿建,阴差阳错,让历代文人在此留下了诸多诗歌唱和,成就了一座西蜀名园,并发展出了特有的乡贤、清官文化。李德裕之后,有宋代新繁知县王安石之父王益、新繁乡贤梅挚,三人并有三贤堂,使得新繁东湖的文化特质别具一格,发人深省。

3. 广汉房湖

房湖,即房公西湖,创自房琯。唐上元元年(760)八月,房琯贬任汉州刺史,利用州治城郭闲地,在城西凿湖,并作《题汉州西湖》以记其事。现在那里开辟为广汉公园,即房湖公园,其洲岛回环,亭堂台榭甚胜房湖,因此又称广汉房湖。房湖的核心景区是琯园,琯园坐落在湖西北岸,由留琴馆、怀清轩、信可居和冰光阁等厅堂廊阁组成。留琴馆即"房琯纪念堂",门厅陈列有一块红色心形砂石,名"房公石",据说是当年挖掘房湖时所得。

唐代包括房琯、杜甫在内诸公对房湖的吟咏,使它不仅成为广汉的一时之胜,更得以突破偏僻之地域局限,成为唐代文学地理图景中的重要坐标。杜甫与房琯情谊深厚:"千秋诗史有谁知,房杜交深患难余。"(熊宝泰《杜甫》)房琯被罢相时,杜甫因疏救房琯被下三司推问,并同时被贬。杜甫在《祭故相国清河房公文》中追述此事:"公初罢印,人实切齿。甫也备位此官,盖薄劣耳。见时危急,敢爱生死。"②杜甫"漂泊西南天地间"的经历也跟此事有直接关系,但未见文献记载杜甫在蜀与房琯有实际交往,此期二人也无诗文往来,其中原因或出于避嫌,或另有隐情,学界也仅限于推测。杜甫写于广汉的诗作中,六首同房湖相关,也都多多少少掺杂着对房琯的感情。李因笃评价杜甫《陪王汉洲留杜绵州泛房公西湖》:"感慨留

---

① 余慎修,陈彦升编:《新繁县乡土志》卷六《古迹》,清光绪三十三年铅印本,第30页。
② 萧涤非主编:《杜甫全集校注》第11册,第6453页。

恋，得之言外。"①浦起龙说："湖为房公旧迹，而房又公之知己，篇中自宜首及。"②道出了杜甫游房湖时的心迹。《官池春雁二首》中有"翅在云天终不远，力微矰缴绝须防"。杨伦评曰："详其语意，似是为房公。言欲其早退以为善全之计。盖救时虽急，正唯恐复遭谗妒也。"③杜甫游房湖时，房琯虽已离开，但杜甫笔下的房湖，依然表明了他对房琯肯定的态度。唐诗中能与杭州西湖媲美的就是汉州西湖了，除了房琯、杜甫、李德裕、刘禹锡，还有严公弼、严公贶、薛能、吴融等对汉州西湖进行了吟咏。

巴蜀园林在历史、数量、规模上，都逊于经济文化发达的江南和达官名士云集的京洛，因为私家园林，本就是经济、文化高度发达的表征，从时间和空间上论，巴蜀园林都并非处于历史的前列，其发展相对滞后。或许，正是在历史和个人的低谷期与偏狭之地，特定的空间会带给诗歌更耐人寻味的回响，而人与他所在空间的互动，正是文学吟咏不休的命题。本节内容以与唐五代诗人、诗歌联系较为密切的代表性巴蜀园林为经，以诗人融入巴蜀园林的生活与诗歌为纬，来探讨巴蜀园林与诗歌之间多层次的关系，涉及诗史互证、文人交游、文献辩伪、地理沿革、文体发生等多个范畴的问题，可以看到，从这个角度的申发别具意义，相关的探讨还可以在此大前提下进行得更加细致。

四、风气·格调·范式：论西蜀宫廷园林对花间词的生成作用④

五代时期，蜀地因其特殊的地域文化、偏安王朝的享乐气氛、前后蜀君

---

① 萧涤非主编：《杜甫全集校注》第5册，第2832页。
② 萧涤非主编：《杜甫全集校注》第5册，第2832页。
③ 萧涤非主编：《杜甫全集校注》第5册，第2842页。
④ 本节内容已发表于《唐代文学研究》2023年第1期，内容略有改动。

主的倡导、内廷词人的呼应等因素形成了词创作中心，基本奠定了词这一文体的特性。《花间集》由后蜀赵崇祚所编，收录的18位词人中有14位均与蜀中相关，14位中与前后蜀宫廷密切相关的词人有11位，即韦庄、牛峤、牛希济、顾敻、魏承班、鹿虔扆、阎选、尹鹗、毛文锡、毛熙震、李珣。透过地域审视词体的发生是许多研究者已注意到的问题①，本节则将地域特色细化到宫廷园林这一特定空间，以前后蜀宫廷文化为背景来探讨其对词体生成的作用。

（一）词风大炽：宫廷逸乐之风的加持与推动

《花间集》的风格可以用"镂玉雕琼""裁花剪叶"来形容，而这种风格与蜀地风气极为相洽。《隋书·地理志》说蜀地风气："多溺于逸乐……人多工巧，绫锦雕镂之妙，殆侔于上国。"②"春晚，风暖。锦城花满，狂杀游人。"(韦庄《河传》其二)"锦城丝管日纷纷，半入江风半入云。此曲只应天上有，人间能得几回闻。"(杜甫《赠花卿》)韦庄的词和杜甫的诗是对成都市民及官员在锦城中的享乐迷狂及爱好声色的状态的写照。蜀地活跃的商业气氛，多元的宗教信仰，清丽又不失野意的南方地域风情，对奢华、瑰丽文风的追求等，均透过前后蜀宫廷及民间词人的创作表现出来，奠定了花间词艳丽、绮靡、柔婉、市井的文体特征。

大环境如此，前后蜀君臣耽于安逸、沉醉声色的作为更是将宫廷变成滋生花间风格词作最好的温床。"是时，蜀之君臣皆庸暗，而恃险自安，穷极奢僭。"③据《蜀梼杌》记载，前蜀开国君主王建把乐营升级为教坊，从此宫廷内燕乐大盛。从成都永陵王建墓石棺外壁的石刻二十四伎乐浮雕，可

---

① 韩云波：《五代西蜀词题材处理的地域文化论析》，载《西南师范大学学报（人文社会科学版）》1997年第4期；刘扬忠：《五代西蜀词的地域文学特色》，载《文史知识》2001年第7期；李冬红：《〈花间集〉的文化阐释》，载《齐鲁学刊》2003年第6期；陈未鹏：《〈花间集〉与地域文化》，载《沈阳大学学报》2007年第4期；等等。

② 魏徵、令狐德棻：《隋书》卷二九，中华书局，1982年，第830页。

③ 欧阳修：《新五代史》，徐无党注，中华书局，1974年，第284页。

以想见其盛况。据成都永陵博物馆介绍，二十四伎乐所使用的乐器除部分是我国传统乐器外，大都来自西域等地，主要是演奏隋唐燕乐所使用的，如琵琶、羯鼓、毛员鼓等。① "每日内廷闻教队，乐声飞上到龙墀"（花蕊夫人《宫词》）②则是对宫廷教坊日日笙歌的记述。陈陶《西川座上听金五云唱歌》形象地将前蜀宫廷乐舞的片段展示出来："蜀王殿上华筵开，五云歌从天上来。满堂罗绮悄无语，喉音止驻云裴回。管弦金石还依转，不随歌出灵和殿。白云飘飖席上闻，贯珠历历声中见。"此期，君臣们的歌词创作值得注意。王建时期的花间词人韦庄的词作，达到了可与温庭筠比肩的艺术高度。更多的花间词人如顾敻、毛文锡等连续活跃于王建、王衍时期，而蜀主们对声色之娱的狂热追求更使得此期的词创作格外兴盛，但最具讽刺意味的是王衍本人的词作由于过于低俗被后蜀所编之《花间集》所摒弃。

前蜀后主王衍不但文风上提倡靡丽，行为上也放荡恣肆："袭位之后，不能委任忠贤，躬决刑政。惟宫苑是务，惟宴游是好，惟险巧是近，惟声色是尚。"③ "尤酷好靡丽之辞，尝集艳体诗二百篇，号曰《烟花集》。"④ "尤能为艳歌。"⑤ "……年少荒淫……诸狎客共以慢言谑嘲之，坐上喧然。衍不能省也。"⑥ "衍好私行，往往宿于倡家，饮于酒楼，索笔题曰'王一来'云。"⑦蜀主如此，蜀中官员更是上行下效，士大夫"以不耽玩为耻"⑧。

王衍的"宣华苑"，是他秉烛达旦、不休作乐的地方："起宣华苑，有重光、太清、延昌、会真之殿，清和、迎仙之宫，降真、蓬莱、丹霞之亭，飞鸾之阁，瑞兽之门；又作怡神亭，与诸狎客、妇人日夜酣饮其中。"⑨ "泛小龙舟

① 成都永陵博物馆二十四伎乐介绍网址：http://www.cdylbwg.org/about.aspx?mid=423&sid=#。
② 此位写《宫词》的花蕊夫人为前蜀太祖王建贤妃徐氏，即后主王衍生母，浦江请、陈尚君等学者已在相关论文中做了精当的辨析。
③ 王文才、王炎校笺：《蜀梼杌校笺》，巴蜀书社，1999年，第250页。
④ 吴任臣：《十国春秋》，徐敏霞、周莹点校，中华书局，1983年，第531页。
⑤ 王钦若等编：《册府元龟》卷二八八，中华书局，1960年，第35页。
⑥ 欧阳修：《新五代史》，徐无党注，第791—792页。
⑦ 王文才、王炎校笺：《蜀梼杌校笺》，第175页。
⑧ 李肇：《唐国史补》，上海古籍出版社，1979年，第45页。
⑨ 欧阳修：《新五代史》，徐无党注，第791页。

于渠中，使宫人乘短画船，倒执蜡炬千余条，逆照水面，以迎其船，歌舞之声沸于渠上。及抵宫中，复酣宴至晓。"①王衍周围聚拢着以韩昭、潘在迎、顾在珣、严旭等为主的佞臣词客，宣华苑也成为他与词客们谐谑唱和之地："或为艳歌相唱和，或谈嘲谑浪，鄙俚亵慢，无所不至，蜀主乐之。"②王衍《宫词》曰："辉辉赫赫浮五云，宣华池上月华新。月华如水照宫殿，有酒不醉真痴人。"③正是这种醉生梦死的生活的写照。不仅皇宫如此，官宦人家、民间风气也如此："城内人生三十岁，有不识米麦之苗。每春三月、夏四月，多有游花院锦浦者，歌乐掀天，珠翠填咽。贵门公子，华轩彩舫，共赏百花潭上。至诸王、功臣已下，皆各置林亭，异果名花充溢其中。"④

王衍自己的词作充满浓烈艳冶气息，最为放荡恣肆的莫过于《醉妆词》："者边走，那边走，只是寻花柳。那边走，者边走，莫厌金杯酒。"词中充满末世情绪的感官放纵。乾德二年（964），王衍沿嘉陵江北巡，"自制《水调·银汉曲》，命乐工歌之"。⑤亡国在即，王衍游青城山，"宫人毕从，皆衣云霞之衣。衍自制《甘州》词，令宫人歌之，其词哀愁，闻者悽怆"⑥。词云："画罗裙，能结束，称腰身。柳眉桃脸不胜春，薄媚足精神，可惜沦落在风尘。"

从新兴音乐到文体特征，宫廷文化滋养了西蜀词靡丽轻浮、追求感官享受的主要特质："五年三月上巳，宴怡神亭，妇女杂坐，夜分而罢。衍自执板，唱《霓裳羽衣》及《后庭花》《思越人》曲……重阳宴群臣于宣华苑，夜分未罢。衍自唱韩琮《柳枝词》曰：'梁苑隋堤事已空，万条犹舞旧东风。何须思想千年事，谁见杨花入汉宫。'"⑦《霓裳羽衣曲》《后庭花》《思越人》《柳枝词》都带有唐代大曲、民间新声不断地定型为词牌音乐的新兴特色，

① 佚名：《五国故事》，中华书局，1991年，第7页。
② 司马光：《资治通鉴》，岳麓书社，1990年，第648页。
③ 王文才、王炎校笺：《蜀梼杌校笺》，第170页。
④ 吴任臣：《十国春秋》，徐敏霞、周莹点校，第719—720页。
⑤ 王文才、王炎校笺：《蜀梼杌校笺》，第165页。
⑥ 王文才、王炎校笺：《蜀梼杌校笺》，第208页。
⑦ 王文才、王炎校笺：《蜀梼杌校笺》，第178、182页。

是燕乐盛行后的产物。燕乐即宴乐，本身的娱乐功能就很强。

后蜀的风气也并未改变。孟昶"能文章，好博览，知兴亡，有诗才"①，宣称"王衍浮薄，而好轻艳之辞，朕不为也"②。孟昶喜好蕴藉风流之作，其《洞仙歌》中留存"冰肌玉骨，自清凉无汗"二句，后苏轼将其补足为完篇。据苏轼的序，这篇词所诞生的场景就是后蜀的皇家园林之一——摩诃池。后蜀国灭，乐工入宋的有139人，超过了宋太祖平定中原、江南、荆南等地后所得乐工的总数。史载孟昶"好打球走马，又为方士房中之术，多采良家子以充后宫"③。孟昶在享乐方面的才情与想象力亦不输王衍："十月，召百官宴芳林园，赏红栀花。此花青城山中进三粒子，种之而成，其花六出而红，清香如梅，当时最重之。"④"九月，令城上植芙蓉，尽以幄幕遮护。是时，蜀中久安，赋役俱省，斗米三钱……城上尽种芙蓉，九月间盛开，望之皆如锦绣。昶谓左右曰：自古以蜀为锦城，今日观之，真锦城也。"⑤孟昶日常生活更是极尽奢靡："君臣务为奢侈为自娱，至于溺器，皆以七宝装之。"⑥"十二年八月，昶游浣花。是时，蜀中百姓富庶，夹江皆创亭榭游赏之处，都人士女，倾城游玩，珠翠绮罗，名花异香，馥郁森列。昶御龙舟观水嬉，上下十里，人望之如神仙之境。昶曰：曲江金殿锁千门，殆未及此。兵部尚书王廷珪赋曰：十字水中分岛屿，数重花外见楼台。昶称善久之。"⑦

聚拢在孟昶身边的词人有欧阳炯、阎选、毛文锡等。⑧他们普遍崇尚香艳、婉媚的词风。宋代王曾批评道："伪蜀欧阳炯尝应命作宫词，淫靡甚于韩偓。江南李煜时，近臣私以艳薄之词闻于王听，盖将亡之兆也，君臣之

① 王明清：《挥麈录》，中华书局，1961年，第292页。
② 王文才、王炎校笺：《蜀梼杌校笺》，第345页。
③ 欧阳修：《新五代史》，徐无党注，第549页。
④ 王文才、王炎校笺：《蜀梼杌校笺》，第376页。
⑤ 王文才、王炎校笺：《蜀梼杌校笺》，第381页。
⑥ 欧阳修：《新五代史》，徐无党注，第805—806页。
⑦ 王文才、王炎校笺：《蜀梼杌校笺》，第375页。
⑧ 参见黄静：《"五鬼"辩证》，广西师范大学2003年硕士研究生学位论文。

间其礼先亡矣。"①李冰若说："五代十国，乱靡有定，割据一方之主，尚才振拔有为者。其学士大臣亦复流连光景，极意闺帏。故《花间集》中不少颓废自放之词。"②确是的评。

蜀地的逸乐风俗、皇家园林的靡丽气氛、皇帝与陪侍之臣的艳歌唱和，使得诞生于此地的花间词不仅繁多而且也带有相同的逸乐靡丽的气质，决定了花间词的内容、题材和格调的特质。

（二）格调奠基：风月与闺情的集体选择

前后蜀的宫苑特质奠定了滋生其间的花间词的风格基调。前代的宫苑如"宜春苑""南内""吴宫""延秋门"等，从春秋、秦代到唐代，花间词中均有所涉。花间词也受到了前后蜀宫苑的影响，集名"花间"，恐也与蜀地尚花，宫廷尤盛的风气相关。孟昶的宣华苑曾种植牡丹名品："蜀自李唐后，未有此花……惟徐延琼闻秦州董成村僧院有牡丹一株，遂厚以金帛，历三千里取至蜀，植于新宅。至孟氏，于宣华苑广加栽植，名之曰牡丹苑。广政五年，牡丹双开者十，黄者、白者三，红白相间者四，后主宴苑中赏之。花至盛矣……"③

王国维曾说："读《花间》《尊前》集，令人回想徐陵《玉台新咏》。"④的确，以西蜀词人为主的花间风貌确实与六朝诗歌特别是宫体诗有相通之处。前蜀君臣喜好或擅长的词风以风月与酒色为主，沉醉低迷的末世、偏安氛围、瑰丽奇崛的巴蜀地域文化使他们的词风香艳、浮夸，奠定了以花间词为基调的词体的基本风貌。周济评价韦庄的词"清艳绝伦"（周济《介存斋论词杂著》）；李冰若评价牛峤的词"莹艳缛丽"（李冰若《花间集评注·栩庄漫记》）；陈廷焯评价毛文熙的词"婉丽不减南唐后主"（陈廷焯

---

① 史双元编著：《唐五代词纪事会评》，黄山书社，1995年，第904页。

② 李庆苏、李庆淦编著：《李冰若〈栩庄漫记〉笺注》，中国文联出版社，2009年，第37页。

③ 王文才、王炎校笺：《蜀梼杌校笺》，第347页。

④ 王国维：《人间词话》，见唐圭璋编：《词话丛编》，第4266页。

《云韶集》）；况周颐评价顾夐的词"浓淡疏密，一归于艳"（况周颐《餐樱庑词话》）……除较有清越词风的李珣、鹿虔扆等个别词人外，西蜀词人的词作得到的评价离不开"艳"与"丽"。而艳丽主要体现在对精致明丽的庭院、华丽鲜艳的室内环境与陈设、富丽细腻的女性容饰、旖旎风流的艳情、多情大胆的口吻等的描写上。就环境和空间而言，受内廷审美风尚和达官贵人品味影响的青楼妓馆出于营业目的而特别设置的精美的庭院和室内环境也是西蜀花间词人们创作的推手，其中，尹鹗的《金浮图》所写的生活颇具代表性："繁华地。王孙富贵。玳瑁筵开，下朝无事。压红茵、凤舞黄金翅。立玉纤腰，一片揭天歌吹。满目绮罗珠翠。和风淡荡，偷散沉檀气。堪判醉。韶光正媚。折尽牡丹，艳迷人意。金张许史应难比。贪恋欢娱，不觉金乌坠。还惜会难别易，金船更劝，勒住花骢辔。"

就西蜀花间词人的性质，王辉斌先生总结道："西蜀的花间词人，较之长安词人而言，有着一个极为明显的特点，即其大都与皇宫关系密切，是典型的内廷词人。"①李珣之妹李舜弦为王衍昭仪，李珣以秀才豫宾贡，事蜀主王衍。顾夐和尹鹗都是与内廷关系密切的官员，顾夐事前后蜀君主，尹鹗与宾贡李珣友善，仕前蜀为校书郎。魏承班之父为前蜀王建养子王宗弼，韦庄在王建朝官至同平章事，牛峤、牛希济分别是王建朝的秘书监和王衍朝的御史中丞。欧阳炯少事前蜀王衍，后事两任后蜀君主。毛文锡或云随前蜀王衍入洛而卒，或云事后蜀孟氏，与欧阳炯等五人以小词为后蜀主所赏。鹿虔扆事后蜀为永泰军节度使，进检校太尉，加太保。毛熙震仕蜀，官秘书郎。②这些人是花间词人的代表，他们的词作带有很浓厚的宫廷陪奉色彩，以迎合君主的品位与需求。花蕊夫人《宫词》云："新翻酒令著词章，侍宴初闻忆却忙。宣使近臣传赐本，书家院里遍抄将。"反映出宫廷宴乐之时歌词流传的景况。内廷词人也曾有过通过某种方式进谏讽刺的尝试，如顾夐，但未能如愿："前蜀通正元年（九一六），以小臣给事内庭，会

---

① 王辉斌：《西蜀花间词派论略》，载《伊犁师范学院学报》2006年第4期。
② 以上花间词人的情况详见曾昭岷等编撰：《全唐五代词》。

大秃鹫鸟翔于摩诃池上，复作诗刺之，祸几不测。"①久之，内廷的风气也就更加统一为绮丽淫靡而不涉怨刺的花间风格了。后蜀君臣虽试图纠正前蜀后期词的趋向荒淫的误区，但又不得不倚重前蜀词人的创作编成花间词。他们的作为与创作，依然没有使词走出声色之娱的副产品的格调，本质上，前蜀与后蜀词的追求并无太大区别。

前蜀崇道之风也对正在衍生期的词体产生了影响。王衍特别喜好《霓裳羽衣曲》。《霓裳羽衣曲》本是唐代法曲，道教色彩浓郁。"咸康元年正月朔，受朝贺，大赦，改元。三月，衍朝永陵，自为尖巾，民庶皆效之。还，宴怡神亭，嫔妃妾妓皆衣道服，莲花冠，髻髫，为乐。夹脸连额，渥以朱粉，曰醉妆。国人皆效之。"②花蕊夫人的《宫词》中也写到了前蜀宫殿建有道观的情形："会仙观内玉清坛"，"三清台近苑墙东"。陈寅恪先生早就指出："……至于唐代，仙（女性）之一名，遂多用作妖艳妇人，或风流放诞之女道士之代称，亦竟有以之目娼妓者。"③因此，宫殿中的道观，宫人扮作道姑，也不过是宫廷中的别样的调剂和娱乐。因此花间词人笔下的女冠都沾染着浓烈的艳情味道："绿云高髻。点翠匀红时世。月如眉。浅笑含双靥，低声唱小词。眼看唯恐化，魂荡欲相随。玉趾回娇步，约佳期。"（牛峤《女冠子》）"修蛾慢脸。不语檀心一点。小山妆。蝉鬓低含绿，罗衣淡拂黄。闷来深院里，闲步落花傍。纤手轻轻整，玉炉香。"（毛熙震《女冠子》）

西蜀词人有时也借吟咏前代历史有所讽喻，但绮丽的风格和隐晦的含义也使得他们的借古讽今大都只能成为劝百讽一的汉大赋的翻版。如毛熙震的《后庭花》："莺啼燕语芳菲节，瑞庭花发。昔时欢宴歌声揭，管弦清越。自从陵谷追游歇，画梁尘黦。伤心一片如珪月，闲锁宫阙。"咏陈后主故事，但更多的却是描摹宫宇的华丽、宴乐的排场、宫娥的轻歌曼舞等，讽谏之义则变得很浅淡。倒是离西蜀宫廷较远的荆南词人孙光宪咏隋炀帝的一首《河传》，像谶言一般，将古与今繁华狂欢背后的悲凉和消亡写得大气

---

① 曾昭岷等编撰：《全唐五代词》，第549页。

② 王文才、王炎校笺：《蜀梼杌校笺》，第197页。

③ 陈寅恪：《元白诗笺证稿》，生活·读书·新知三联书店，2015年，第111页。

磅礴："太平天子，等闲游戏，疏河千里。柳如丝，偎倚。绿波春水，长淮风不起。如花殿脚三千女，争云雨，何处留人住？锦帆风，烟际红，烧空，魂迷大业中。"李冰若评点道："词写炀帝开河南游事，妙在'烧空'二字一转，使上文花团锦簇，顿形消灭。"还有后蜀鹿虔扆的《临江仙》，更是咏史中的绝唱："金锁重门荒苑静，绮窗愁对秋空。翠华一去寂无踪。玉楼歌吹，声断已随风。烟月不知人事改，夜阑还照深宫。藕花相向野塘中。暗伤亡国，清露泣香红。"一般以为此词是鹿虔扆为后蜀亡国所作，但从词被选入《花间集》的时间——大蜀广政三年（940 年）夏四月来看又并非如此。也有论者认为该词是为前蜀灭亡所写，但笔者以为从作者的感情和身份上看又不是十分妥当。与其比附具体的时代，不如将它看成一首具有普适性甚至预见性的咏史怀古之作，它为所有曾经富丽堂皇却不免荆棘狐兔命运的宫苑以及它背后的人事代谢吟唱了一首挽歌。

前后蜀主的崇道之风、蜀地宫廷文化的直接影响、偏安氛围、末世狂欢情结均使得《花间集》的格调柔靡绮丽，题材更是集中到娱人娱己的风月吟唱和闺情书写中，对后世产生了深远的影响，从根本上规定了词体的文体特性和美学特质，因此花间词被称为"近世倚声填词之祖"（陈振孙《直斋书录解题》），而宫廷园林的奢华、封闭的特点又成为后世所称"花间范式"的空间构成模式的源头。

（三）空间塑构：花间樽前的范型模式

清谢章铤《赌棋山庄词话》："予谓南宋词家于水软山温之地，为云痴月倦之辞。"这样的评价也适用于花间词。刘尊明先生说："考之《花间》词人大多为西蜀宫廷文人，多以小词供奉前后二蜀之君主，又证之以前蜀后主王衍的艳词创作及欧阳炯'尝应命作艳词'之记载，则《花间》艳丽风貌的形成，显然受到西蜀宫廷文化的极大熏染。"①诚然如此，花间词的整体范式，从

---

① 刘尊明：《唐五代宫廷词的文化内涵》，载《中国韵文学刊》1996年第2期。

精神内核、空间范式到女性形象,无不受到了西蜀宫廷文化和环境的影响。

举几位代表性词人为例。韦庄的词作中,"谢家池馆""谢家庭树""小楼高阁谢娘家"得到了反复的提及与固化,其空间与女性形象的描写,既来源于青楼楚馆的生活经历,也得益于在蜀主宫殿中的耳闻目睹:"露桃宫里小腰肢。眉眼细,鬓云垂。唯有多情宋玉知。"(《天仙子》)"青娥殿脚春妆媚。轻云里。绰约司花妓。"(《河传》)《河传》虽写的是隋炀帝的江都宫阙和女冠形象,但也有前蜀宫殿和宫中女冠的现实形象投射其中。韦庄的笔下,有"凝情立,宫殿欲黄昏"(《小重山》)的以宫殿为背景的怨女形象,亦有经典的"坐看落花空叹息"(《木兰花》)的闺怨模式,含义最丰厚的还是融自己的身世飘零与在蜀中虽被重用但仍然眷念中原故土的复杂情绪相交织形成的新型怨情:"咫尺画堂深似海,忆来惟把旧书看。几时携手入长安。"(《浣溪沙》)咫尺画堂的深邃与神秘,就有来自前蜀王建以及蜀宫的无形的压迫感。

欧阳炯等词人的笔下常有类似应制词的描写宫廷宴会的场面:"鸡树绿,凤池清。满神京。玉兔宫前金榜出,列仙名。叠雪罗袍接武,团花骏马娇行。开宴锦江游烂漫,柳烟轻。"(欧阳炯《春光好》)这些词作体现了前后蜀宫中或达官贵人府中开宴游赏的实景,也常描写男性词人与女性艺人的目授心与:"玉殿春浓花烂漫,簇神仙伴。罗裙窣地缕黄金,奏清音。酒阑歌罢两沉沉,一笑动君心。永愿作鸳鸯伴,恋情深。"(毛文锡《恋情深》)"玉楼春望晴烟灭。舞衫斜卷金条脱。黄鹂娇啭声初歇。杏花飘尽龙山雪。凤钗低赴节。筵上王孙愁绝。鸳鸯对衔罗结。两情深夜月。"(牛峤《应天长》)"轻敛翠蛾呈皓齿。莺啭一枝花影里。声声清迥遏行云,寂寂画梁尘暗起。玉斝满斟情未已,促坐王孙公子醉。春风筵上贯珠匀,艳色韶颜娇旖旎。"(魏承班《玉楼春》)

正是基于对宫廷生活中女性的远观近察、私生活中放浪于青楼楚馆以及对前代宫怨诗歌和六朝宫体传统的摹写,内廷词人们才能益发真切、细腻地写出代表花间典范风貌的闺怨词:"春到长门春草青。玉阶华露滴,月胧明。东风吹断紫箫声。宫漏促,帘外晓啼莺。愁极梦难成。红妆流宿泪,不胜情。手挼裙带绕阶行。思君切,罗幌暗尘生。"(薛昭蕴《小重山》)内廷词人们对特定词牌下前朝故事的反复吟咏,也继承了前代宫怨类诗歌的精髓:"三十六宫秋夜永,露华点滴高梧。丁丁玉漏咽铜壶。明月上金铺。红线毯,博山炉。香风暗触流苏。羊车一去长青芜。镜尘鸾影孤。"(欧阳炯《更漏子》)而呼之欲出和占据花间词核心地位的,则是从现实以及历史脱化出来的抽象式、模拟化的闺怨艳情模式的书写。

花间词经典范式中的闺怨的精神内核、空间构成和女性形象都有从宫廷文化中脱化的痕迹和传承的精神。闺怨的精神内核通常是来自幽闺女性的"怨而不怒"的蕴藉情感,空间构成则具有从庭院到室内都富丽典雅但又接近"幽闭"的特色,女性形象则是温顺艳丽的宫中女子、闺中女子、青楼女子、女冠、神女等。

就其精神内核而言,"怨而不怒"既是中国古代诗教的传统,也是男权文化对女性的规定和约束。因此,我们看到的闺怨词大都着眼于描写女性虽哀怨却不激愤,无论受男性如何冷落依然和婉顺从的情怀。如毛熙震的《何满子》里所写:"深院空闻燕语,满园闲落花轻。一片相思休不得,忍教长日愁生。谁见夕阳孤梦,觉来无限伤情。"类似这样的词作,正是花间词的经典范型,数量也最多。探其文化源头,应该说它带着浓重的男性眼光和男权意识,因为这样的虽哀婉但和顺的情怀才适合在宴席上歌咏,才符合那个时代男性对女性的期许。这与西蜀词作产生的文化土壤与功能用途直接相关,宫廷文化,是男权最为集中和强化的所在。

"花间范式"空间的构成,也是与西蜀皇家园林、私园及冶游风气以及由此带来的空间构成与独特审美分不开的,它上承着唐诗以及更早诗歌中的宫怨传统。① 王兆鹏先生在《唐宋词的审美层次及其嬗变》一文中指出,构成"花间范式"的空间场景多为人造建筑空间。② 宫怨传统又和花间词中的闺怨内核是直接相通的。

---

① 罗燕萍:《论"花间范式"词作的空间特色及意义》,载《福州大学学报(哲学社会科学版)》2017年第4期。
② 王兆鹏:《唐宋词的审美层次及其嬗变》,载《文学遗产》1994年第1期。

花间词的空间特色以富丽堂皇、精致细腻为主，外部通常是小庭深院、围栏秋千，室内则是锦屏罗帏、香炉山枕，这样的审美特色与皇家宫苑、权贵宅邸、青楼楚馆等的建筑风格是一致的。除显性的外在特色之外，花间词的空间特色还有一个重要的隐形特色：看似充满生机，实则是对女性生命的"幽闭"与禁锢，而这正是宫廷、深闺与女性之间的关系所在。在此，空间成为一种暗示："一自玉郎游冶去。莲凋月惨仪形。暮天微雨洒闲庭。手捋裙带，无语倚云屏。"（鹿虔扆《临江仙》）幽怨佳人之于幽闭园林空间，遂成为一种典型范式。这样的内容在酒宴上由歌女曼声吟唱，迎合了彼时男性词人的心理、审美与娱乐需求。词作空间中的园林和庭院并不是特定、特指或实体性的，而是虚拟化的。这虚拟化园林摹写方式的出现，是花间词的男性作者集现实中的宫苑、私园体验及以往宫词、艳体诗的审美与创作经验，同时结合当时风行之词之文体特点进行的一种集体无意识的选择。它构成了一种虚拟、幽闭的空间——"纸上园林"，堪称"花间范式"的典型空间范式。

此外，花间词中的女性形象也带有宫廷文化的明显特质。即使是市井女性，也带有从皇宫内廷影响得来的富贵风流的样貌和时尚的妆容："晚出闲庭看海棠。风流学得内家妆。小钗横戴一枝芳。镂玉梳斜云鬓腻，缕金衣透雪肌香。暗思何事立残阳。"（李珣《浣溪沙》）"艳女"看似处于充满生机的精美庭院中，却没有自由权，成为幽闭空间中的哀怨佳人。皇宫、私园与女性，都有这样的幽闭关系。在花间词的空间书写中，庭院中幽怨的女性，和庭院一起，成为男性词人笔下赏玩的对象。花间词中闺怨情境的展开更多来自男性对女性的界定和期许：幽怨但温顺。这是男权文化最为盛烈的宫廷文化所带来的必然结果。而庭院中的女性，艳丽、温顺，充满感官的诱惑，却又具有无比的顺从性，符合男性期待："侵晓鹊声来砌下。鸾镜残妆红粉罢。黛眉双点不成描，留待玉郎归日画。"（欧阳炯《玉楼春》）"水纹簟映青纱帐。雾罩秋波上。一枝娇卧醉芙蓉。良宵不得与君同。恨忡忡。"（阎选《虞美人》）"莺啼芳树暖。燕拂回塘满。寂寞对屏山。相思醉梦间。"（毛熙震《菩萨蛮》）

罗宗强先生曾说:"在盛唐诗人那里,很少有缠绵悱恻,浅斟低唱。他们也写离愁别绪,也写失意悲慨……而不论写什么,总有一种昂扬情思、明朗基调流注其中。"①而花间词就失却了这样的昂扬和明朗,多了几分末世的狂欢与堕落,寄托在歌女的歌喉里和花间樽前的叶笺上。纵然有几分借怨女之形象而寄托的文士不遇的情怀,也早稀释在风花雪月的吟唱中了。诞生于西蜀皇家园林、官宦庭院、青楼楚馆的酒宴歌席上的西蜀词人的花间词具有了这样一种带有娱乐性质、男性凝视的构词特色。"花间范式"词作的空间特色既有园林要素的参与,同时又是高度模式化和虚拟化的,其文化意味则带有从皇家宫苑、私人庭院而来的针对女性的幽闭与规诫。她们在这样的空间里只能倾吐温存与柔顺,继而回归幽怨与寂灭。

西蜀重逸乐的地缘文化、前后蜀宫廷淫靡的享乐风气、蜀主与大臣的共同倡导使得西蜀词人的创作极为活跃,促进了词体的发展,同时奠定了花间词靡丽柔婉的风格,对花间词的生成与发展具有重要的影响。而这种诞生于宫廷园林之间的词的生成背景对"花间范式"的形成也起到了定型的作用。

五、从戏马台到栖霞楼:苏轼词《西江月》(点点楼头细雨)编年及写作对象再商榷②

苏轼词集的编年校注工作,成果丰厚,先后有朱祖谋的《东坡乐府》、龙榆生的《东坡乐府笺》、曹树铭的《东坡词编年校注及其研究》、石声淮和唐玲玲的《东坡乐府编年笺注》、薛瑞生的《东坡词编年笺证》、邹同庆和王宗堂的《苏轼词编年校注》等。已有明确编年的词作在上述著作中有300

---

① 罗宗强:《隋唐五代文学思想史》,中华书局,2006年,第91页。
② 本节内容已发表于《内蒙古大学学报(哲学社会科学版)》2016年第2期,原题名《苏轼词〈西江月〉(点点楼头细雨)编年及写作对象再商榷》,内容略有改动。

多首,其中编年大致相同的作品有 100 多首,互有出入、编年含混的仍有近百首。近年来,曾枣庄、薛瑞生、保刘佳昭、吴雪涛、沈松勤、胡建升、孙民、彭文良等学者陆续在做东坡词编年补正的工作,也取得了丰硕的成果,其以严谨的学术态度、考辨分明的学术作风,为东坡词的编年工作提供了很好的范本。在阅读东坡词时,笔者也发现,东坡词的编年、笺注等问题还是存在进一步探讨和商榷的余地的。如本文所要探讨的这首词作——《西江月》(点点楼头细雨)。

《西江月》(点点楼头细雨)全词为:

> 点点楼头细雨。重重江外平湖。当年戏马会东徐。今日凄凉南浦。
>
> 莫恨黄花未吐。且教红粉相扶。酒阑不必看茱萸。俯仰人间今古。

参考主要注本,关于这首词的编年和笺注主要有以下几种说法,如下表所示:

版本	编年时间	编年依据	写作对象
龙本	癸亥	据傅本题文,与词中"戏马东徐"之语,断为先生谪居黄州三年间作,因而改编癸亥	未提及
薛本	癸亥	从词中预测之语推断本篇作于聚会之时	怀念已离任的黄州太守徐君猷
石本	癸亥	傅本题文与词中"戏马东徐"之语	未提及
邹本	壬戌	龙本、曹本编癸亥,误,癸亥徐君猷已离黄矣	未提及
吴文	壬戌	王适赴徐时间	为苏轼与王适重九会于楼霞楼而作

其余各本观点大抵不出这几家之观点,此不赘述。

排比各家观点,《西江月》一词编年和笺注的焦点在于写作时间和对象。可见,对这一问题,即《西江月》的写作时间和对象,还存在着不小的争议,因为这一问题的解决,也牵扯着苏轼谪黄的系列词作的定位,本节拟就写作时间和对象,通过文本细读,结合各家的看法,提出一些商榷。拟从以下几个方面重新加以探讨[①]。

---

① 薛瑞生笺注本在众多的笺注本中堪称允当充实,同时较具代表性,以下主要以该本为主要讨论对象,文中所提及词作也主要出自该本,下不赘述。

（一）"黄花"意象及相关情结的赠予专属对象：王巩

《西江月》（点点楼头细雨）是否必定作于癸亥？笔者从它所写对象入手，认为未必然。论者认为其应编于癸亥的依据均为该词是写给徐君猷或怀念徐君猷的。但笔者从该词的用典和写法发现，其词的内容未必跟徐君猷直接相关，因此，作于癸亥也就有了可以商榷的余地。

先从苏轼的一篇文说起，《与王定国四十一首》其十二云：

> 重九登栖霞楼，望君凄然，歌《千秋岁》，满坐识与不识，皆怀君。遂作一词云："霜降水痕收。浅碧鳞鳞欲见洲。酒力渐消风力软，飕飕。破帽多情却恋头。佳节若为酬。但把清樽断送秋。万事回头都是梦，休休。明日黄花蝶也愁。"其卒章，则徐州逍遥堂中夜与君和诗也。①

这是苏轼写给挚友王巩的一封书信，时王巩因苏轼乌台诗案遭牵连被贬宾州。苏轼重九登高，所望之人、所怀之人明言为"王巩"，而其重阳日所歌之《千秋岁》，也是昔年在徐州与王巩等一众好友共度重阳时所作，重阳新词《南乡子》（霜降水痕收）更是借"黄花"意象透露出了思念好友之情。《南乡子》（霜降水痕收）中出现的"明日黄花蝶也愁"正是出自当年苏轼在徐州写给王巩的《九日次韵王巩》："相逢不用忙归去，明日黄花蝶也愁。"②意为重阳一过，菊花即将枯萎，没有什么可以玩赏的了，因此今日需尽欢。

关于"黄花"意象，宋胡继宗《书言故事·花木类》："过时之物，曰明日黄花。"③吴小如先生说：

> "明日黄花蝶也愁"是苏轼的名句。他本人似亦自我欣赏。
> 元丰元年（1078）在徐州任上，于《九日次韵王巩》诗中就用过一次。诗的末二句云："相逢不用忙归去，明日黄花蝶也愁。"

---

① 苏轼撰，茅维编：《苏轼文集》卷五二，孔凡礼点校，第1520页。
② 苏轼：《苏轼诗集》卷一七，王文诰辑注，孔凡礼点校，中华书局，1982年，第870页。
③ 胡继宗：《书言故事》卷十，见长泽规矩也编：《和刻本类书集成》第3辑，上海古籍出版社，1990年，第169页。

（《东坡诗集》卷一七）到元丰五年（1082），苏轼被贬到黄州，这个句子又出现于他的词中，即《南乡子·重九涵辉楼呈徐君猷》，其下片云："佳节若为酬。但把清尊断送秋。万事到头都是梦，休休。明日黄花蝶也愁。"

按东坡此句实用郑谷七绝《十日菊》诗意（见《施注苏诗》及清人冯应榴《苏诗合注》），今录郑诗如下："节去蜂愁蝶不知，晓庭还绕折残枝。自缘今日人心别，未必秋香一夜衰。"（见《万首唐人绝句》第692页，书目文献出版社，1983年版）①

以上详细解释了"黄花"典故之意义和与王巩之关系，兹引于此。"黄花"的反复运用确实跟王巩关系密切，在给王巩的酬唱诗词里，"黄花"出现的频率相当高。《西江月》（点点楼头细雨）写"莫恨黄花未吐"，其意虽与"明日黄花蝶也愁"不同，但其宽慰、旷达之情实则相同，接受今日黄花未吐之现状与遥想明日黄花将衰之情景，都是为了劝慰好友与自己保有今日重阳平和之心境。《西江月》词中"黄花"的出现和运用，很难不让人联想到苏轼与王巩之情谊及当年苏轼为徐州太守时与王巩等人的重阳雅集。元丰四年（1081），苏轼曾作《次韵和王巩六首》，其中有"宾州在何处？为子上栖霞"②之句，可见，几度重阳，在栖霞楼上的"黄花"之咏，与其说与徐君猷相关，不如说是苏轼在此时黄州重阳的栖霞楼上怀念昔日挚友王巩的鲜明写照。

王巩和苏轼两人的情谊非同一般。喻世华、朱广宇在《休戚相关、荣辱与共——论苏轼与王巩的交谊》③中详细地论述了王巩和苏轼两人的交谊，其中有两个表格：苏轼直接或间接写给王巩的诗、词；苏轼直接或间接写给王巩的文牍。其统计数据表明，苏轼直接或间接写给王巩的诗词有58首，直接或间接写给王巩的文牍有60篇。其中，就包括《南乡子·重九涵

---

① 吴小如：《"明日黄花"及其他》，载《书摘》2002年第4期。

② 苏轼：《苏轼诗集》卷二一，王文诰辑注，孔凡礼点校，第1129页。

③ 喻世华、朱广宇：《休戚相关、荣辱与共——论苏轼与王巩的交谊》，载《江苏科技大学学报（社会科学版）》2013年第2期。

辉楼呈徐君猷》，所以其词虽写明呈徐君猷，但所怀所望，却指向身处宾州的王定国。此首《西江月》，也是同样的道理。

王巩曾作《九日》，苏轼、苏辙兄弟皆有和作，惜王巩之《九日》不传，但可以看到他现存的诗里对"黄花"的珍视："紫微今不见，著意采黄花。"（《齐山僧舍》）[①] 苏辙的和诗中也说道："头上黄花记别时，樽中渌酒慰清悲。"（《次韵王巩九日同送刘莘老》）[②] 在与王巩的唱和诗中，苏轼更是频繁地用到"黄花"。可见，贬谪之中的苏轼在此情境下所作重九词的情感指向，应该是王巩无疑。

（二）"戏马台"勾连起的黄楼重阳雅集及今昔对比

"当年戏马会东徐"，此句与"黄花"意象联系起来，就可以看到苏轼《西江月》一词蕴含的深意。戏马台位于徐州南山上。公元前206年，项羽灭秦后自立为西楚霸王，定都彭城，于南山顶上，构筑丛台，以观戏马。苏轼任徐州太守时，在此留下了多首诗词，更重要的是，在戊午（1078）九月九日，苏轼和王巩等好友曾在徐州雅集。凄凉南浦与戏马东徐，今昔是何等强烈的对比。

贬谪中的苏轼，对徐州文士高会的留恋之情与今昔对比之下产生的梦幻之感在《西江月》中体现得格外鲜明。许多苏轼研究者认为，徐州，是苏轼政治人格和文化人格均趋向成熟的重要时期。在徐州，苏轼政绩颇著。他率领军民战胜洪水之后，于宋神宗元丰元年（1078年）八月在徐州城北门之上建造了黄楼，并准备于当年九月九日重阳节在黄楼举行盛会，遍邀故旧好友聚会。王巩当然也在被邀请之列，恐其不来，苏轼在酬答王巩的赠诗时曾说："每得君诗如得书，宣心写妙书不如……愿君不废重九约，念此衰冷勤呵嘘。"（《次韵答王定国》）[③] 一句"愿君不废重九约"，体现了对王

① 《全宋诗》第14册，北京大学出版社，1993年，第9714页。

② 苏辙：《栾城集》卷七，曾枣庄、马德福校点，第163页。

③ 苏轼：《苏轼诗集》卷一六，王文诰辑注，孔凡礼点校，第844页。

巩何等殷勤深厚的情谊。苏轼还有一首《答王巩》，自注："巩将见过，有诗，自谓恶客，戏之。"诗云："子有千瓶酒，我有万株菊。任子满头插，团团见花不见目。醉中插花归，花重压折轴。问客：'何所须？'客言：'我爱山，青山自绕郭，不要买山钱。此外有黄楼，楼下一河水，美哉洋洋乎，可以疗饥并洗耳。'彭城之游乐复乐，客恶何如主人恶。"①先不论聚会如何，光是这碰面之前的对答往来，就足够洒脱戏谑，却又深情备至，同时文字精彩纷呈，足以引为佳话。

重阳节，王巩来到徐州，苏轼与他及一众友人饮酒赋诗，盘桓十日。"又念昔日定国过余于彭城，留十日，往返作诗几百余篇，余苦其多，畏其敏，而服其工也。一日，定国与颜复长道游泗水，登桓山，吹笛饮酒，乘月而归。余亦置酒黄楼上以待之，曰：'李太白死，世无此乐三百年矣。'"②友人临别之际，苏轼作《九日次韵王巩》一诗：

> 我醉欲眠君罢休，已教从事到青州。鬓霜饶我三千丈，诗律输君一百筹。闻道郎君闭东阁，且容老子上南楼。相逢不用忙归去，明日黄花蝶也愁。

因此，"明日黄花"以及在重阳节吟咏"黄花"，很难不勾连起当日与王巩的徐州相聚。笔者认为，"当年戏马会东徐"，就是对徐州高会以及与王巩情谊的追忆。

前文所提到的《千秋岁·徐州重阳作》正是于戊午重九写于徐州逍遥堂的赠给王巩的词作。逍遥堂是徐州知州衙门后院的一处建筑。其词云：

> 浅霜侵绿。发少仍新沐。冠直缝，巾横幅。美人怜我老，玉手簪黄菊。秋露重，真珠落袖沾余馥。坐上人如玉。花映花奴肉。蜂蝶乱，飞相逐。明年人纵健，此会应难复。须细看，晚来月上和银烛。

这首词和《九日次韵王巩》作于一时一地，都是赠予王巩的。词中写重阳景象，黄菊簪头，好友相伴，"明年人纵健，此会应难复"，表达珍重相聚之意。"坐上人如玉"，那人应指王巩——借用唐玄宗对汝阳王李琎"花

① 苏轼：《苏轼诗集》卷一七，王文诰辑注，孔凡礼点校，第863—864页。
② 苏轼撰，茅维编：《苏轼文集》卷十，孔凡礼点校，第318页。

奴"①的称谓，表明对王巩文采风流的欣赏。后两句化用杜甫《九日蓝田崔氏庄》诗中的典故："明年此会知谁健，醉把茱萸仔细看。"王巩其人，能成为苏轼的密友，自有其名士风流和诗文才华："公子表独立，与世颇异驰。不辞千里远，成此一段奇。"（《次韵王巩留别》）②南宋罗大经云："东坡于世家中得王定国，于宗室中得赵德麟，奖许不容口。"③稍后，苏轼又有给王巩的《次韵王定国马上见寄》，诗中有："但恨不携桃叶女，尚能来趁菊花时。南台二谢人无继，直恐君诗胜义熙。"苏轼自注为："二谢从宋武帝九日燕戏马台。"④苏轼回忆了两人之前重九赏菊之乐，言意之间有将王巩和自己与南朝二谢相比之意，而更突出王巩之诗才。

在苏轼与王巩于徐州重九相聚的第二年，苏轼因"乌台诗案"被贬，与案件有牵连的一众亲友皆同时被贬，王巩因与苏轼关系密切、唱和诗词多，可以说是被贬得最远、处罚偏重的一位。"轼得罪，巩亦窜宾州。"⑤据《宋史翼》卷二六《王巩传》记载，"（王巩）谪监宾州盐酒税"⑥。宾州位于广西，属于令北宋士人望而生畏的蛮荒瘴疠之地，因此苏东坡深感内疚，在诗中说："兹行我累君，乃反得安宅。"（《次韵和王巩六首》）⑦基于上述原因，贬谪黄州期间，苏轼对王巩的挂念在一众友人中可谓最为深切，所以才有上文的"望君凄然""怀君"。苏轼多次去信问候王巩，表达自责之情："罪大责轻，得此甚幸，未尝戚戚。但知识数十人，缘我得罪，而定国为某所累尤深，流

---

① 南卓《羯鼓录》：汝阳王琎，宁王长子也。姿容妍美，秀出藩邸，元宗特钟爱焉，自传授之。又以其聪悟敏慧，妙达音旨，每随游幸，顷刻不舍。琎常戴砑绢帽打曲，上自摘红槿花一朵，置于帽上檐处，二物皆极滑，久之方安，遂奏《舞山香》一曲，而花不坠落，上大喜笑！赐琎金器一厨，因夸曰："花奴姿质明莹，肌发光细，非人间人，必神仙谪堕也！"（南卓：《羯鼓录》，见《中国文学资料参考小丛书》第1辑第6册，古典文学出版社，1957年，第4-5页）苏轼以李琎小字"花奴"称王巩，以显其风采卓异。

② 苏轼：《苏轼诗集》卷一七，王文诰辑注，孔凡礼点校，第878页。

③ 罗大经：《鹤林玉露》乙编卷一，王瑞来点校，中华书局，1983年，第122页。

④ 苏轼：《苏轼诗集》卷一七，王文诰辑注，孔凡礼点校，第865页。

⑤ 脱脱等：《宋史》三二〇，第10405页。

⑥ 陆心源辑撰：《宋史翼》卷二六，中华书局，1991年，第282页。

⑦ 苏轼：《苏轼诗集》卷二一，王文诰辑注，孔凡礼点校，第1127页。

落荒服,亲爱隔阔。每念至此,觉心肺间便有汤火芒刺。"①曾受苏轼在学识和人品上嘉许的王定国在贬谪宾州的命运考验面前如苏轼一般,并未气馁消沉,并未像苏轼所担心的产生于人于己的怨望,相反,王巩努力在精神和身体上调适自己,并在书信里远慰朋友。在《王定国诗集叙》中,苏轼感叹说:

> 今定国以余故得罪,贬海上三年,一子死贬所,一子死于家,定国亦病几死。余意其怨我甚,不敢以书相闻。而定国归至江西,以其岭外所作诗数百首寄余,皆清平丰融,蔼然有治世之音,其言与志得道行者无异。幽忧愤叹之作,盖亦有之矣,特恐死岭外,而天子之恩不及报,以忝其父祖耳。孔子曰:"不怨天,不尤人。"定国且不我怨,而肯怨天乎!余然后废卷而叹,自恨期人之浅也。②

王巩给苏轼写信谈论道家长生之术,说自己正在宾州修行。王巩在宾州,"更折节,自刻苦,读诸经,颇立训传,以示得意"(《王定国文集序》)③,写下《论语注》十卷。苏轼去信向王巩索要广西的特产——丹砂:"桂砂如不难得,致十余两尤佳。"④但更看重王巩在逆境中滋生和培养出的柔韧、平和的精神气度:"定国所寄临江军书,久已收得。二书反复议论及处忧患者甚详,既以解忧,又以洗我昏蒙,所得不少也。然所谓'非苟知之亦允蹈之'者,愿公常诵此语也。杜子美在困穷之中,一饮一食,未尝忘君。诗人以来,一人而已。今见定国,每有书皆有感恩念咎之语,甚得诗人之本意。仆虽不肖,亦尝庶几仿佛于此也。"(《与王定国四十一首》其八)⑤两人的默契、期许并未因贬谪而变质,相反,得到了人格、精神和友谊上的升华,因此,在黄州的数个中秋,苏轼都追忆王巩,当日的戏马台与徐州盛会,今日的贬谪之身与远在宾州的友人,虽恍如隔世,其中自有真情不变,仿佛借

---

① 苏轼撰,茅维编:《苏轼文集》卷五二,孔凡礼点校,第1513页。
② 苏轼撰,茅维编:《苏轼文集》卷十,孔凡礼点校,第318页。
③ 黄庭坚:《黄庭坚全集》,刘琳、李勇先、王蓉贵校点,第412页。
④ 苏轼撰,茅维编:《苏轼文集》卷五二,孔凡礼点校,第1519页。
⑤ 苏轼撰,茅维编:《苏轼文集》卷五二,孔凡礼点校,第1517页。

中秋盛会，勾连起了昔日与今宵。

宾州的王巩，也确如黄州的苏轼，渐次进入了"宠辱不惊"的境界："定国富于春秋，崎岖岭海，去国万里，脱身生还。邂逅江滨，斗酒相劳苦，但以'罪大责轻，未有以报君'为言，郁然发于文藻，未尝私自怜。此其志未易为俗人道之"①。"昔坐事窜南荒三年，安患难，一不戚于怀，归来颜色和豫，气益刚实。此其过人甚远，不得谓无得于道也。"②苏轼在逆境中，对这样的一个朋友的想念和期许，其实也是对己的一种鞭策和鼓励："今余老不复作诗，又以病止酒，闭门不出，门外数步即大江，经月不至江上，眊眊焉真一老农夫也。而定国诗益工，饮酒不衰，所至翱翔徜徉，穷山水之胜，不以厄穷衰老改其度。今而后，余之所畏服于定国者，不独其诗也。"③其后，苏轼还在诗里写道："谪仙窜夜郎，子美耕东屯。造物岂不惜，要令工语言。王郎年少日，文如瓶水翻。争锋虽剽甚，闻鼓或惊奔。天欲成就之，使触羝羊藩。"④用李白和杜甫逆境反成就其文学造诣的事迹比拟王巩。重阳栖霞楼上的想念，正是基于这样的一种心意相投与精神相通："欲结千年实，先摧二月花。故教穷到骨，要使寿无涯。久已逃天网，何须服日华。宾州在何处，为子上栖霞。"[《次韵和王巩六首》(其三)]⑤因此，《西江月》(点点楼头细雨)可以看作重阳栖霞怀念王巩系列诗词中的一首。

(三)"红粉"意象应有兼及徐君猷之意

再看词中"红粉"之意。"红粉"固然可以理解为节庆场合应歌、酬酢的女性，但纵览苏轼在黄州与徐君猷酬唱、赠答等作品，却可以发现，此处的"红粉"，极有可能确有其指。

① 黄庭坚：《黄庭坚全集》，刘琳、李勇先、王蓉贵校点，第412页。
② 李焘：《续资治通鉴长编》卷四五九，第10958页。
③ 苏轼撰，茅维编：《苏轼文集》卷十，孔凡礼点校，第318页。
④ 苏轼：《苏轼诗集》卷二七，王文诰辑注，孔凡礼点校，第1441页。
⑤ 苏轼：《苏轼诗集》卷二一，王文诰辑注，孔凡礼点校，第1129页。

时任黄州太守的徐君猷待苏轼甚好，"先生贬黄，太守徐大受、通守孟震等皆礼遇甚殷。《文集》卷五七《与徐得之十四首》其一云：'始谪黄州，举目无亲。君猷一见，相待如骨肉，此意岂可忘哉！'"①。因此，苏轼与徐君猷及其家人来往颇多，几度重阳，都与徐君猷共同度过。苏轼在黄期间，有《减字木兰花》五首，分赠徐君猷的四位侍妾。分别是《减字木兰花·赠徐君猷三侍人》，其中妩卿一首、胜之两首、庆姬一首、懿懿一首。在苏轼的笔下，她们风雅温柔，善于应对，歌舞兼善。

《苏文忠公诗编注集成总案》谓，元丰五年（1082）壬戌十二月，"张商英过黄州，会于徐大受座上"，并引《春渚纪闻》云："张无尽过黄州，徐君猷有四侍人，适张夫人携其一往婿家为浴儿之会。无尽因为戏语云：'厥有美妾，良由令妻。'公即续之为小赋云：'道得征章郑赵，姓称孙姜阎齐；浴儿于玉润之家，一夔足矣；侍坐于冰清之仄，三英粲兮。'既暮而张夫人还，其一还，乃阎姬也，最为徐所宠。"②苏轼还有《西江月》"送建溪双井茶、谷帘泉与胜之。胜之，徐君猷家后房，甚丽，自叙本贵种也"、《菩萨蛮·赠徐君猷笙妓》。可以看到，苏轼与徐君猷的侍妾较为熟悉，因此，与徐君猷相关的词中提到"红粉"，一般都并非虚泛的称谓，而是确有其指。

并且，当徐君猷任满离黄之际，苏轼写有《好事近·送君猷》，词云：

> 红粉莫悲啼，俯仰半年离别。看取雪堂坡下，老农夫凄切。明年春水漾桃花，柳岸隘舟楫。从此满城歌吹，看黄州阗咽。

《苏文忠公诗编注集成总案》云："此词乃徐君猷置家于黄而去，故云'半年离别'也。"《总案》谓癸亥五月"送别徐大受作《好事近》词"。③该词中的"红粉"也是实指徐君猷的妻妾等，因徐君猷置家于黄，自己先行前往湖南任所。徐去黄数月即卒于道，元丰六年（1083）十一月，徐君猷丧过黄

---

① 苏轼著，薛瑞生笺证：《东坡词编年笺证》，三秦出版社，1998年，第258页。
② 王文诰辑注：《苏文忠公诗编注集成总案》卷二一，见《续修四库全书》集部第1315册，上海古籍出版社，2002年，第552页。
③ 王文诰辑注：《苏文忠公诗编注集成总案》卷二一，见《续修四库全书》集部第1315册，第554页。

州，苏轼悲恸地写下《祭徐君猷文》。

若果如薛本所说，此词作于癸亥，为怀念已离任的黄州太守徐君猷之作，以苏轼与徐君猷的情谊和当日情状而论，"莫恨黄花未吐。且教红粉相扶"，似乎与徐氏与家人纷纷离黄且当时徐氏很可能已经离世的情形不符，这样从容淡然、波澜不惊的措辞也不甚恰当，因此，此词极有可能不作于癸亥，而作于壬戌。那时徐君猷尚未离任，即将作别，从语意上理解，似乎更为恰切。

或说，"红粉"指在宾州与王巩患难相依的妻妾，观"莫恨""且教""茱萸"等语，似王巩曾在诗文中提及宾州无黄花或黄花开迟之事（惜无证据），苏轼则在词中宽慰好友，放开胸怀，乐观度日。也可备一说。

（四）《西江月》与苏轼在黄其他重阳词的排比关系

如果将这首《西江月》的写作时间断为壬戌重九，那么是否与其他重阳词的写作时间有矛盾之处？

先从苏轼黄州重九系列词作来看。苏轼在黄州经历四个重九，分别是元丰三年（1080）、元丰四年（1081）、元丰五年（1082）、元丰六年（1083）即庚申、辛酉、壬戌、癸亥，依薛本，计有作于辛酉重九的《南乡子》（霜降水痕收）、作于壬戌重九的《醉蓬莱》（笑劳生一梦），还有这首《西江月》（点点楼头细雨）①。如断这首《西江月》作于壬戌重九，于逻辑和情理上是否合适？

先以薛本对《南乡子》的考证入手：

《醉蓬莱·笑劳生一梦》词序云："余谪居黄州，三见重九，每岁与太守徐君猷会于栖霞楼。今年公将去，乞郡湖南，念此惘然，故作此词。"词中有句云"对荒园搔首"，当是壬戌九月作于东坡。《总案》谓"九月九日许大受携酒雪堂作"，是。《醉蓬莱·笑劳生

---

① 薛本编入《定风波·重阳括杜牧之诗》时间为庚申重九，但证据不充分。

一梦》作于壬戌，则《南乡子·霜降水痕收》决不作于壬戌。不然，两词若同作于壬戌，又同为九月九日登高节作，何乃一在栖霞楼，而一在东坡雪堂耶？公与徐君猷在黄凡庚申、辛酉、壬戌三遇重九，癸亥五月徐即离黄他任。词既不作于庚申，又不作于壬戌，非辛酉而何？此亦《南乡子·霜降水痕收》作于辛酉之旁证尔。①

薛本以王巩贬谪时年，精确考证了《南乡子》一词的写作时间，但薛本言《醉蓬莱》写于壬戌，因此《南乡子》必不作于壬戌的判断却值得商榷。以苏轼之豪放爱友，未必不可以一日多地聚会，何况正逢佳节。因此，《西江月》与《醉蓬莱》都作于壬戌，也不是不可能。壬戌重九乃徐君猷与苏轼共同在黄的最后一次佳节，多次相聚，更显友情珍贵、聚会不易。雪堂的聚会是在晚上，有苏轼《临江仙》为证，"雪堂夜饮醉归临皋作《临江仙》词"②。《醉蓬莱》作于晚间的东坡雪堂，《西江月》作于白日的栖霞楼，更符合苏轼《醉蓬莱》序中的说法："余谪居黄州，三见重九，每岁与太守徐君猷会于栖霞楼。今年公将去，乞郡湖南，念此惘然，故作此词。""惘然"之际，一日作多阕词，也是可以理解的。更何况，这两首词的主题不同，《西江月》应为苏轼在栖霞楼重阳会上怀念王巩，《醉蓬莱》应为徐君猷携酒来访苏轼于东坡雪堂③。场合、主题皆不同，栖霞楼重阳怀王巩，应是栖霞楼系列重阳词之较为恒定之主题，而徐君猷携酒来访并即将离任，则是《醉蓬莱》词的创作背景。

将苏轼在黄州所作重阳词作列表如下：

词作名称	所作时间	所作地点	怀念对象
《定风波·重阳括杜牧之诗》	庚申重九	不详	不详
《南乡子》（霜降水痕收）	辛酉重九	栖霞楼（词序中"涵晖楼"为"栖霞楼"之误）	王巩
《醉蓬莱》（笑劳生一梦）	壬戌重九	东坡雪堂	徐君猷
《西江月》（点点楼头细雨）	癸亥重九	栖霞楼	王巩

① 苏轼著，薛瑞生笺证：《东坡词编年笺证》，第292页。
② 王文诰辑注：《苏文忠公诗编注集成总案》卷二一，见《续修四库全书》集部第1315册，第551页。
③ 王文诰辑注：《苏文忠公诗编注集成总案》卷二一，见《续修四库全书》集部第1315册，第551页。

排比苏轼在黄的重九词写作时间、探究其写作对象和缘由，则《西江月》（点点楼头细雨）作于壬戌重九，是可以成立的。

从"明日黄花""戏马台""红粉""看茱萸"的运用，以及苏轼几首重阳词的怀念对象和苏轼谪黄的心境，可以推断其《西江月》（点点楼头细雨）的其写作对象极有可能是王巩，并非徐君猷，也不可能是吴文所探讨的王适。此词回忆当年徐州之盛会，"明日黄花"之意象，尤重王巩，"红粉"二字，兼及徐君猷，"不必看茱萸"句，象征兄弟朋友分散的失落之情，末句却又振起慰藉。全词可谓重阳感慨，应该有徐君猷在场，兼怀王巩及往昔岁月，应编为壬戌元丰五年（1082）重九。

六、空间·性别·主体：从署名李清照的
《点绛唇》说开去

明清以来，署名李清照的词中有一首《点绛唇》，李清照词集整理者们对这首词的看法不一。以王仲闻先生的《李清照集校注》为例，他将这首词放在存疑词之列，主要是觉得从它出现的时代和文献来源来看，不甚可靠。但因这首词中的少女形象鲜活突出，一些李清照词集以及宋词鉴赏类书籍、作品解读等，对这首词的作者归属没有异议，且将词中的内容和形象与李清照本人的生活联系在一起，将词中的情景演绎为李清照少女时期和赵明诚的一次偶遇。经过人们不加辨析、口口相传的演绎，这段经历似乎已经成为李清照生平中的信史。纪录片《历史那些事儿》中以李清照为主角的《请叫我易安大人》当中就以这首词的偶遇内容设计了一个李清照与赵明诚蓦然相遇的情节，而该片的其他史实均来自《资治通鉴》《宋史》及较为可信的其他史料。文献的来源可疑已经是一条可以质疑作者的重要线索，但还不充分，因此王仲闻先生也只是将它列为存疑之作，并未完全否定。我们可以顺着另一条线索，即这首词中所展示的空间、形象以及

主体意味，来重新探索它的内涵，以期从文本细读的角度进入这首词，而不是先入为主地给它赋予李清照早年经历的意义。或许，从此角度，可以窥见新的意义，也可为此类李清照词作或其他女性词作的解读提供一些启示。

（一）空间：被规训与被书写

这首《点绛唇》是这样的："蹴罢秋千，起来慵整纤纤手。露浓花瘦，薄汗轻衣透。见客入来，袜刬金钗溜。和羞走，倚门回首，却把青梅嗅。"涉及这首词的空间是秋千院落和连接庭院与居所的门。现实中，秋千院落十分常见。女性的生活通常被禁锢于内院，窗下做针线，院内荡秋千，也是明清仕女图常见的题材。空间其实也是对人的一种规训，人处在怎样的空间当中，就意味着被赋予怎样的行为规范和道德准则。古代女性居住的空间，也可用"闺门"一词来概括，并由此引申出闺门风纪。历代对闺门风纪都十分重视，"北宋政府将官员的家庭治理视作吏治的一个重要组成部分。对出现'闺门不睦''闺门不肃'等闺门之故的官员给予惩处"①。因此，该词虽是文学作品，但其实也关涉空间与闺门之训的问题。

司马光是北宋重视家规、闺门治理非常有代表性的一位士大夫。他在《礼部尚书张公墓志铭》中写道："闺门之内，肃然如官府，事小大皆有条理。"②更将对治理闺门的意义上升到很高的程度："古之人称有国有家者，其兴衰无不本于闺门"③。司马光提出的虽是一种理想状态，也不一定符合宋代士大夫的所有情况，但宋代士大夫普遍重视闺门治理和风气的整肃是可以想见的。宋代儒学正统的强化对居住建筑格局产生了深刻的影响。与带有异域色彩、风格华丽豪放的唐代文化不同，宋代文化更加理性和内

---

① 刘宇：《北宋对官员家庭治理的要求——以闺门、女口为中心的考察》，载《江西社会科学》2017年第8期。

② 曾枣庄、刘琳主编：《全宋文》第56册，第295页。

③ 苏洵：《苏洵集》附录《武阳县君程氏墓志铭》，邱少华点校，中国书店，2000年，第182页。

敛，在礼制上更强调男尊女卑和内外之别。根据社会史方面的研究，宋代妇女的婚姻地位、法律地位比中唐时期有明显下降。[①]在这样的风气影响下，李格非的家庭可以允许在中门之内、位于后园的少女与蓦然闯入的男性会面，似乎是不可思议的。词中描绘的这种情形，更像是《红楼梦》中曹雪芹借贾母之口所讽刺的对于大家闺秀与世家公子花园相会的民间想象："这些书都是一个套子，左不过是些佳人才子，最没趣儿，把人家女儿说的那样坏，还说是佳人，编的连影儿也没有，开口都是书香门第，父亲不是尚书就是宰相，生一个小姐，必是爱如珍宝。这小姐必是通文知礼，无所不晓，竟是个绝代佳人。只一见了一个清俊的男子，不管是亲是友，便想起终身大事来。父母也忘了，诗礼也忘了，鬼不成鬼，贼不成贼，那一点儿是佳人？便是满腹文章，做出这些事来，也算不得佳人了……再者，既说是世宦书香大家子小姐，都是知礼读书，连夫人都知书识礼，便是告老回家，自然这样大家子人口不少，奶母、丫鬟、伏侍小姐的人也不少，怎么这些书上，凡有这样的事，就只小姐和紧跟的一个丫鬟？你们白想想，那些人都是管什么的？可是前言不答后语？""别说书中那些世宦书礼人家，就如今眼下真的拿我们这中等人家比说，也没有那样的事，别说是那些大家子。可知诌掉了下巴的话。"（《红楼梦》第五十四回）此词的描写场景，或许是出自男性文人的一种模式化的想象。

《礼记·曲礼》说："立不中门。"司马光在《司马氏书仪》卷四《婚仪下·居家杂仪》中明确规定："凡为宫室，必辨内外……男治外事，女治内事。男子昼无故不处私室，妇人无故不窥中门，有故出中门，必拥蔽其面。"邓小南先生认为，司马光等的规定是对《礼记》的内外区分的进一步阐发，更将女性的日常活动空间约束在中门以内，凸显了宋代儒学对"秩序、正位、纪纲"的强烈诉求。[②]留存至今的北宋建筑实例有数十处，均为

---

① 王申：《近10年唐宋妇女史研究的回顾与反思》，载《妇女研究论丛》2012年第2期，第109—115页。

② 邓小南：《"内外"之际与"秩序"格局：兼谈宋代士大夫对于〈周易·家人〉的阐发》，见邓小南主编：《唐宋女性与社会》，上海辞书出版社，2003年，第97—123页。

庙宇类建筑。在居住建筑方面，由于考古发现和直接的文献资料较为匮乏，既往研究主要依据宋画和史书记载进行了外部形态研究，还缺乏关于内部空间格局的详细考证。^①而据宋画及明清以后仕女图显示，即使女子在内园中活动，也会有屏风、帷幕或桌几的遮挡，且有侍女随侍左右，从画家的视角，也很注意对女性形象处在相对封闭空间的整体塑造，很少将女性完全放置在没有任何遮挡和屏蔽的空间之中。根据《司马氏书仪》的记述，北宋大中型住宅中的主要建筑为中堂、厅事和影堂。一些住宅由外向内依次为：大门—厅事—中门—中堂。厅事与中堂分别是前后院落的主体建筑。厅事是住宅中重要的礼仪建筑，主要用于进行与男性家庭成员相关的、外向性较强的礼仪活动。影堂是供奉祠版（灵位）与绘像的祭祀先祖的所在。中堂位于中门之内，空间私密性高于厅事，承担了家族内部的主要礼仪活动，特别是有女性参与的活动。依据《司马氏书仪》，女子笄礼的所有仪式均在中堂举行。中堂内的室是非常正式的居室。如婚礼的"亲迎"环节，主人以酒馔礼男宾于外厅，主妇以酒馔礼女宾于中堂。^②而从挖掘出的一些宋代衙署宅第和园林的位置来推断，宋代私人宅第中的庭院或园林一般处于主宅之后，更何况有少女于其间荡秋千的女眷出入的庭院。这位"客"要突然闯入，得要先穿过厅事——宋代中大型住宅中厅堂与居室之间多连接以工字形建筑或穿廊而连——再经过中堂，穿过中门，还可能经过下室，才有可能来到放置有秋千的少女可以出入的后园。这位"客"也可以说是十分冒昧了，甚至有逾越规矩的嫌疑。

再说回秋千院落。秋千，本是庭院中设置的一种游戏设备，但秋千和女性形象的结合，在文学书写里已经成为一种带有特殊意味的形式。如在花间词人的笔下，秋千之于女性，就如屏风、绮窗之于女性一样，成为书写闺怨的一种模式化的组合。这比较类似于宋元以后明清仕女图中对女性和她身处空间的一种常规化、模式化的处理。

---

① 王晖、叶佳成：《北宋住宅中的中堂、厅事和影堂：基于司马光〈书仪〉的考察》，载《建筑师》2022年第1期。

② 司马光：《司马氏书仪》卷二《冠仪》，清嘉庆十年刻本。

从宋代宅园分布的具体情况和宅园空间对女性的规训意义来说，闺中少女所处的秋千院落应该较为私密。苏轼在《蝶恋花·春景》中写道："墙里秋千墙外道，墙外行人，墙里佳人笑。"陌生男子即"客"蓦然闯入的可能性非常小。元杂剧《墙头马上》中李倩君倚在墙头，裴少俊骑在马上，两人才得以互窥。因此，私人宅第的秋千院落通常属于女性的私密空间。唐五代词和宋词中常有这样的描摹。花间词人毛熙震的《小重山》里写道："谁信损婵娟，倚屏啼玉箸、湿香钿。四支无力上秋千，群花谢、愁对艳阳天。"写出了男性想象中闺中怨女的形象，慵懒无力，就连荡秋千也不感兴趣。欧阳修在《阮郎归》里写道，在清明踏青时节，"花露重，草烟低，人家帘幕垂。秋千慵困解罗衣，画堂双燕归。"从秋千院落回归画堂私室的少妇，写出了秋千院落到帘幕遮挡的画堂的私密性，男性文人就像画家一样，描摹出女性慵困的情态。"秋千慵困"的情态与《点绛唇》中的"起来慵整纤纤手"有异曲同工之妙。寒食节，民间女子也有荡秋千之习俗。吕渭老《极相思》中写道："西园斗草归迟。隔叶啭黄鹂。阑干醉倚，秋千背立，数遍佳期。"写出闺中女儿的情态。欧阳修的《蝶恋花》更是写出了一个深深庭院、杨柳掩映、重连帷幕中的秋千院落里的思妇形象："庭院深深深几许，杨柳堆烟，帘幕无重数……雨横风狂三月暮，门掩黄昏，无计留春住。泪眼问花花不语，乱红飞过秋千去。"在这类词中，女性形象通常在相对封闭的环境中，但常常不是快乐、奔放荡秋千的活泼模样，而是慵懒无力、缺乏兴致的样子，与《点绛唇》中的少女在蹴罢秋千之后的慵困样类似。

还有一种秋千院落中的女性形象，是大胆风流、奔放热情的，这时的秋千像是一个密约偷期的特定场景和符号。李煜在《蝶恋花》中写道："桃李依依春暗度，谁在秋千，笑里低低语。一片芳心千万绪，人间没个安排处。"将秋千作为私会、恋情的象征。但李煜词中的男性作为书写主体的地位和所处的宫廷环境，又与一般词人不同。据《开元天宝遗事》记载："天宝宫中，至寒食节，竞竖秋千，令宫嫔辈戏笑，以为宴乐。"可见李煜所写正为唐宫之遗风。韦庄《清平乐》中写到月下幽会的游女："何处游女？蜀国多云雨。云解有情花解语，窣地绣罗金缕。妆成不整金钿，含羞待月秋千。住在绿槐阴里，门临春水桥边。""游女""云雨"等语码暗示了女子的身份大概是娼妓之类，她们的住所大都临街通衢，她们并不是深居闺中的闺秀，倚门调笑、临窗招袖，是她们区别于闺秀的职业行为。因此，"游女"与秋千的组合是直接指向男女的艳遇的。贺铸的《辨弦声》写一位名叫琼琼的善弹琴的歌伎："三月十三寒食夜。映花月、絮风台榭。明月待欢来，久背面、秋千下。"也是在寒食的秋千边与情人相会。

再回到《点绛唇》中，我们看到，这首词中少女形象其实也具备了一种杂糅的特质：她似乎是处于少女的行为规范和道德仪轨被儒家礼法规训的内庭空间，但这庭院又超乎寻常地闯入不速之客；她似乎是羞怯地溜走，但又好奇大胆甚至自媒自炫。如果我们了解了以上两类秋千院落的特质以及北宋主宅空间对女性的规训与道德要求，会理解，这首词并非对北宋闺秀真实生活的写照，而是出自对上述两种秋千院落中男性写作传统的一种因袭和融合，整首词呈现出一种杂糅性和模拟性。因此，本词不可能是李清照生活与早期恋情、日常邂逅的真实书写。这词中的女性更有可能是年纪较小的歌伎之类，这"客"也极有可能就是青楼楚馆的男性客人。"倚门回首，却把青梅嗅"，也大概率只是歌伎的职业行为。因为现实中被规训的闺秀的女性空间和女性身份都不可能呈现出本词中的情形。

（二）性别：书写的焦点与差异

《点绛唇》中对女性形象的书写也能从另一个侧面说明，这首词的作者大概率是男性而非女性。上片中，作者着重描写女子蹴罢秋千后的慵懒姿态，前面已经说明这是秋千与女性形象组合的一种惯常写法和模式化场景，通常为闺思所致，此处是指荡秋千之后的慵困情状。从慵困的情态到纤纤玉手，似乎可以看到一道来自男性凝视的目光。在古人对女性形象的观照和书写中，女子的双手也是非常重要的一个部分。《诗经》中就有"手如柔荑"的说法，汉唐诗歌也不乏咏手之作。唐宋词中描写女性的纤手也已成常态。而女性作者自己，是不是也如男性作者一样这样重视书写纤手？在王仲闻先生的《李清照集校注》中，除了这首存疑之作，并没有一首写过纤手。如果说慵困情态和纤纤玉手只是普泛的引入式的书写，无须小题大做，那么接下来的形象就带有很明显的男性欲望与指向女性身体隐喻的书写。"露浓花瘦，薄汗轻衣透。"前一句将打困秋千、满身汗珠的少女比作纤瘦的花枝上挂满了浓密的露珠，后一句唯恐读者不明其意，指出少女的轻罗衣衫因汗湿而略微显透，可以说这样的着眼点与趣味都充满了男性目光的凝视，体现了对女性身体的审视、探寻和欲望。这与李清照的词作中用花来比拟自身的书写，可谓大相径庭。李清照著名的词作《醉花阴》中有："东篱把酒黄昏后，有暗香盈袖。莫道不消魂，帘卷西风，人比黄花瘦。"用秋菊来比拟自身，强调的是身体的纤瘦，再有"东篱把酒"等语码，烘托的是把盏对菊咏叹的诗人气质，而不是直指女性身体、隐含男性欲望。李清照作为女性作者，在体现作者的主体意识方面很具代表性。她在个性上要强争胜，她的书写大部分并不带有特别多的传统意义上的女性特质，她的女性特质更多地体现在新鲜、好奇、明朗、文雅、偏于诗性的特点上，因此很少有或几乎不涉及针对女性身体、欲望的书写。但这首《点绛唇》这样用多重视角、多种手法、浓墨重彩地针对女性身体的较为模式化的写作，明显地带有男性凝视的目光和男性欲望的视角。李清照笔下的自我形象是"争渡，争渡，惊起一滩鸥鹭"的好胜与开心，是"我道路长嗟日暮，学诗谩有惊人句"的超拔，没有只聚焦于身体和欲望的类男性化的模式化的写作。

再从一个小的语码"汗"入手分析。齐梁宫体诗中最具代表性的一首，萧纲的《咏内人昼眠》中写道："梦笑开娇靥，眠鬟压落花。簟文生玉腕，香汗漫红纱。"娇艳的面容，乌黑的鬓发压到了窗外飘进来的花朵上，玉腕上印上了凉席印子，香汗浸湿了红色的纱裙。女子的香汗，也成了宫体诗对女性形体的描写的重要注脚。同样是萧纲，在另一首《晚景出行》中也写道："轻花鬓边堕，微汗粉中光。"在他的笔下，似乎带些微汗的女性的面容更加鲜活动人。且不说唐诗中也有大量的笔触涉及女子的香汗："退红香汗湿轻纱，高卷蚊厨独卧斜。"（薛能《吴姬十首》）"郁金香汗裹歌巾，山石榴花染舞裙。"（白居易《卢侍御小妓乞诗，座上留赠》）与宫体诗格调和风气都类似的花间词中也有非常露骨、直涉情色的对女子香汗的描写："玉炉冰簟鸳鸯锦，粉融香汗流山枕。"（牛峤《菩萨蛮》）宋词中也有类似的用法："香汗渍鲛绡，几番微透。"（周邦彦《花心动》）而且可以看到，除了萧纲，唐以后写女子香汗淋漓大都跟舞姬、歌伎相关，并且更加露骨地指涉情色。因此，很难想象，颇具自主意识、自我标格较高且对诗词相当熟悉、有很高造诣和领悟力的李清照会用这样的语码形容自己。

再接着看这首词的这句"袜刬金钗溜"，化自李煜的《菩萨蛮》："刬袜步香阶，手提金缕鞋。"唐《醉公子》词中有"刬袜下香阶，冤家今夜醉。"欧阳修《南乡子》中有："刬袜重来，半嚲乌云金凤钗。"三首词均是写男女幽会，第一首词写女子因怕走路声音太大被人发现，因此仅着袜踏上台阶；第二首是写女子因着急迎接自己酒醉的情人，来不及穿鞋子就步下台阶；欧阳修的词则是写女子和情人幽会，第一次被人惊散，慌乱之中遗失了绣鞋，等无人时再着袜重新来幽会，情急之中，云鬓也偏斜了，鬓上的金凤钗也垂了下来。这首署名李清照的《点绛唇》疑化用李煜及欧阳修词中两意，在突然出现的"客"面前慌乱逃走的女子，脚上仅着袜子，头上金钗垂坠。固然，李清照在作词时，所能依照的传统也确实更多地来自男性作者，她首先要模仿，其次才能创新。李煜、欧阳修等也是她十分喜爱并着意学习的词人。但这里仍然有一个性别的问题，就是在古代，女子的脚应该是男女大防比较重视的问题。古今中外，女子的脚都具有一定的性意味。在作家的笔下，女性的脚，甚至其衍生物鞋、袜也都带有了审美的特色和特定的内涵。就连陶渊明都表达了"愿在丝而为履，附素足以周旋"的愿望。老舍、张爱玲小说中均有对女性拖鞋的极具性张力的描写。弗洛伊德在《释梦》中说："一切中空的物体在梦中均可以作为女性生殖器的象征。"《精神分析引论》也指出："鞋和拖鞋是女性生殖器的象征。"弗洛伊德的理论固然有泛性论的嫌疑，但对鞋的解读却有其合理之处。尤其在中国古代，女性的脚不能轻易示人，而男性借偷窥女性的脚获得一种心理上的快感。叶舒宪认为："鞋作为两性关系的见证和某种意义上的守护神，它所象征的总是婚姻规范之外的某种性关系。"①明清小说中描写男女相看或幽会也总是从脚写起。而光脚着袜，即在穿鞋的庄重和脱掉鞋袜的私密之间保持了一种恰到好处的暧昧之感，这也是古代文人们喜欢描绘的女性脚的状态。我们再重读以上提到的三首词作，不难看出为何"划袜"常常用在幽会的场景中。这本身就是一种非常明显的男性视角，用来写出自己和情人之间秘而不宣的情趣与隐私。再回到这首《点绛唇》中所描绘的"袜划金钗溜"的场景，确实很难相信会是李清照对自己的写照，更像是来自闯入者——"客"的视角，并以一种津津乐道的口吻将窥看的情形和快感——少女如带露的花朵、仅着袜子的脚等细节细致入微地写出。

联系前文所讨论的女子倚门回首嗅青梅的形象特点，从这首词的空间特点到形象特点，我们大致可以得出结论，就是整首词所描写的女性形象，不大可能出自闺秀之手。或者人们会说，李清照正是那种大胆勇敢、敢说敢写的女性，怎么能确定她不会写出这样的词作呢？我们已举出她的词作中的自我形象加以对比，还可以再举出与这首词相关的秋千、门等意象做一比较。如这首《浣溪沙》："淡荡春光寒食天，玉炉沉水袅残烟。梦回山枕隐花钿。海燕未来人斗草，江梅已过柳生绵。黄昏疏雨湿秋千。"它描写的也是寒食时节的秋千院落与少女生活。其手法也有模仿花间词的风格的痕迹，如"玉炉沉水袅残烟""梦回山枕隐花钿"几句，有温庭筠词重视室内陈设、善写女性妆容的特色，意象密丽朦胧，但又脱去了温词对闺怨的烘托和对香艳场景的描写，只余淡淡的宁谧与惆怅之情：女子度过了斗草、荡秋千的春光淡荡的寒食节，此刻已安眠，再将镜头转向庭院中暮春景致，江梅已过，柳老生绵，而黄昏的疏落的雨丝不知不觉已打湿了秋千。整首词追求的是一种对日常生活中流露出的诗意瞬间与隽永情味的书写。李清照笔下的门，也都是深邃幽静的闺门的写照："花影压重门，疏帘铺淡月，好黄昏。"（《小重山》）"萧条庭院，又斜风细雨，重门须闭。"（《念奴娇》）"庭院深深深几许？云窗雾阁常扃。"（《临江仙》）如果说现存比较确凿的词作

---

① 叶舒宪：《高唐神女与维纳斯》，陕西人民出版社，2005年，第593页。

是她生活的写照，或者说有她生活的影子，那更多的是表现李清照在小庭深院、重帘复幕之中有琴书相伴的诗意生活。"小院闲窗春色深。重帘未卷影沉沉。倚楼无语理瑶琴。"（《浣溪沙》）"小阁藏春，闲窗锁昼。画堂无限深幽。"（《满庭芳》）她或于小楼上低吟，或于菊丛间浅酌，"生香熏袖，活火分茶"（《转调满庭芳》）。在庭院间观赏梅花、海棠、牡丹、菊花等四季花卉，虽然生动鲜活，丰富多彩，但也是在宋人于女子的一般规训范畴内的生活，丝毫不逾矩。相比之下，李清照词中的"窗"写得更为丰富、多样、精彩。因为闺中女子的生活大半与窗相连，小院内、绮窗下，日复一日的生活与窗的联系最紧密，她们对窗的观察也生动："芳草池塘，绿阴庭院，晚晴寒透窗纱。"（《转调满庭芳》）"归鸿声断残云碧。背窗雪落炉烟直。"（《菩萨蛮》）"寒日萧萧上锁窗，梧桐应恨夜来霜。"（《鹧鸪天》）"窗前谁种芭蕉树，阴满中庭。阴满中庭，叶叶心心，舒展有余清。"（《添字丑奴儿》）"病起萧萧两鬓华，卧看残月上窗纱。"（《摊破浣溪沙》）"守着窗儿，独自怎生得黑。"（《声声慢》）对"门"的书写显然没有对"窗"的体验那么鲜活、多样，因为门的规训和禁忌意味更强。

宋代的理学家王灼批评李清照："作长短句，能曲尽人意，轻巧尖新，姿态百出。闾巷荒淫之语，肆意落笔。自古缙绅之家能文妇女，未见如此无顾籍也。"他历数陈后主游宴时女学士、狎客之赠答艳诗，唐代元白之艳诗，温庭筠之侧词艳曲等，认为今之文人学士作词尚且不敢为此风气，"其风至闺房妇女，夸张笔墨，无所羞畏"①。可以看到，他所说的不尽是事实，他所在时代的文人学士，所写的淫词艳曲也不在少数，但他不但为他们回护，还集中笔墨指责李清照，但他并未在这段论述中举出实例，所论虚空。联系李清照词作来看，也不过如上述所引之词，能如实道出女性之心曲，能清新、明白地写出女性作为生活主体和写作主体的诸种真实感受，并且吸纳了前代诗词的精妙之处，不落俗套，自成一家。而所谓的"闾巷荒淫之语""夸张笔墨""无所羞畏"，笔者认为恰指李清照词的一种较为明显的

---

① 王仲闻校注：《李清照集校注》，中华书局，2020年，第366页。

主体性与主体意识，这恐怕才是封建卫道士们所怕见的，并不是说李清照的词本身的内容有何荒淫之处。如前指出，李清照的主体意识再强，她也不会逾越她所在的阶层与身份行事，不会突破规训的底线，也是在雅训的范畴内写作的。或者换句话说，空间与道德规训的是身份和性别，李清照的主体意识主要是她欲与男性争高的诗人心气和诗人属性。这两者并不矛盾。

（三）主体：他者的凝视与自我的内省

署名李清照的这首《点绛唇》其实有一个直接仿写的对象，那就是晚唐诗人韩偓的《偶见》："秋千打困解罗裙，指点醍醐索一尊。见客入来和笑走，手搓梅子映中门。"韩偓有数首诗都题名叫《偶见》，基本写于早期，也是他备受诟病的艳诗。这些诗均是描写偶然之间的艳遇，所遇对象大抵均是女冠或歌伎。韩偓特别擅长描写偶见时的细节、氛围和心理。这首《偶见》中的女子亦不知客人已从旁窥探了一会儿，打困了秋千，又感到热，于是解掉了罩在外面的罗裙，又指着美味解渴的醍醐要侍女倒一尊给自己。看见客人来了，她笑着跑开了，却于中门站立着，手中还搓着一颗梅子。这首诗中的女子比《点绛唇》中的女子更为老到热烈，不拘礼法。因诗中明确说到"中门"——一般是通向内室的门，女子尚且不顾，手中搓着的梅子似乎传达出她热烈、主动的情愫，有些自媒自炫之意。其他几首《偶见》也均极尽描摹艳遇之悸动。

唐代士大夫和女冠有私情，在韩偓的《复偶见三绝》中也有表现："雾为襟袖玉为冠，半似羞人半忍寒。""桃花脸薄难藏泪，柳叶眉长易觉愁。"他写女冠的装束、神情与容颜："密迹未成当面笑，几回抬眼又低头。""此意别人应未觉，不胜情绪两风流。""半身映竹轻闻语，一手揭帘微转头。"写两人因为身份和场合的缘故，不能公开恋爱，只能在目光的交流与会心的接触中传达爱意，还要靠着青竹的掩映和帘子的遮蔽进行不被人察觉的交往。题名《偶见》，可以是韩偓的经历，或是他眼中所见其他文人的经历，但总体而言，都是逢场作戏，风流艳事，乃偶然遇见又随风而逝的艳遇而已。韩偓还有一首《荐福寺讲筵偶见又别》："见时浓日午，别处暮钟残……两情含眷恋，一饷致辛酸。"诗中女主人公和《复偶见三绝》中女子均为女冠，两首诗所描绘的也都是文人与女冠不能公开的私情，因此其描写的多是窥看的视角以及目授心与的瞬间的细节，还有瞬间悸动的心理。而这偶然产生的恋情，就如韩偓诗里所写："夜静长廊下，难寻屐齿看。"偶遇之后，连足印都很难觅到了。正像他的另一首《偶见》所写："仙树有花难问种，御香闻气不知名。愁来自觉歌喉咽，瘦去谁怜舞掌轻。"那些不知名的女子，或是女冠，或是贵人家的姬妾，或是歌伎，都只是慰藉文人心理与想象的安慰剂而已。而在韩偓的想象中，这样的感情有时格外热烈，甚至白日的一个倩影也能引出夜晚浓情的春梦："此夜分明来入梦，当时惆怅不成眠。眼波向我无端艳，心火因君特地然。"（《偶见背面是夕兼梦》）当然，他对这些女性的情感也有真挚的一面，如他的《寒食日重游李氏园亭有怀》："伤心阔别三千里，屈指思量四五年。料得他乡遇佳节，亦应怀抱暗凄然。"应该是多年后对所爱女子的怀念。甚至包括这首《寒食夜》："恻恻轻寒翦翦风，小梅飘雪杏花红。夜深斜搭秋千索，楼阁朦胧烟雨中。"论者也多认为其"夜深斜搭秋千索"有怀人之意，所怀之人或许就是当日那"秋千打困解罗裙"之人，还有她当年在中门之中手搓梅子的情谊。

总体而言，韩偓诗中的女性形象——艳丽、热情、主动——颇能代表男性书写的主体特点，这一方面是因为这些女性身份特殊，有女冠、姬妾、歌舞伎等，另一方面这也是男性目光凝视下的女性形象以及男性心理期待中的女性性格。借用女性主义电影批评家劳拉·穆尔维的话："在一个由性的不平衡所安排的世界中，看的快感分裂为主动的／男性和被动的／女性。起决定性作用的男人的眼光把他的幻想投射到照此风格化的女人形体上。女人在她们那传统的裸露癖角色中同时被人看和被展示，她们的外貌被编码成强烈的视角和色情感染力，从而能够把她们说成是具有被看性的内涵……她承受视线，她迎合男性的欲望，指称他的欲望。"①她创造性地改写

---

① 劳拉·穆尔维：《视觉快感和叙事性电影》，见李恒基、杨远婴主编：《外国电影理论文选》（修订本）下编，生活·读书·新知三联书店，2006年，第643—644页。

了拉康的镜像理论，将之运用于那个时代的好莱坞电影批评，揭示出电影中典型化的女性形象是符号化的，是被建构成的，而真实的女性存在却是缺席的。虽然晚唐诗与花间词并不等同于特定时期的好莱坞电影，但也有相通之处，即其中的女性形象都有类型化和被男性建构的倾向。因此，跟好莱坞电影中的性感女性形象雷同，她们看似存在，但其真实的存在却是缺席的。从这个角度，我们很难想象，在词的创作方面颇具主体意识的李清照会完全循着男性诗人的模式化、类型化的眼光和塑造手法去写自己，让自我的形象成为一个主动去承载男性目光凝视、男性欲望投射的载体。

从李清照的《词论》来看，李清照对男性词人的艳情传统也是有较为全面和深刻的认识的。她在《词论》中没有提到《花间集》及花间词人，但言及"自后郑、卫之声日炽，流靡之变日烦。已有《菩萨蛮》《春光好》《莎鸡子》《更漏子》《浣溪沙》《梦江南》《渔夫》等词，不可遍举。五代干戈，四海瓜分豆剖，斯文道息。独江南李氏君臣尚文雅，故有'小楼吹彻玉笙寒''吹皱一池春水'之词。语虽甚奇，所谓'亡国之音哀以思'者也"。其实也可以间接看出她的态度，她认为花间词也是郑、卫之声，流靡之变的延续而已，不提起其实就是一种批判的态度，她称道南唐词独尚文雅，也就是认为花间词连文雅也做不到。实际上，李清照自己也是学习和模仿花间词的手法和意境的，并且能够推陈出新，因此，基本可以认为她认为的不文雅有涉及艳情内容和主题的部分。提及柳永时，她评价道："变旧声作新声，出《乐章集》，大得声称于世。虽协音律，而词语尘下。""词语尘下"，主要是指用语不够新颖，同时比较低俗，当然也涉及柳词的内容。在评价秦观时，李清照用了一个比喻："秦即专主情致，而少故实。譬如贫家美女，虽极妍丽丰逸，而终乏富贵态。"她用贫家美女做比，用来说明秦观的词缺少典故，一味抒情，表达浪漫情怀，就好像贫家姑娘，虽然美丽，但由于教养的有限和眼界的狭窄，缺乏一种庄重、有内涵的大家闺秀气质。从李清照的《词论》来看，她对涉于艳情的花间词、风格尘下的柳永词、一味主情的秦观词都有保留意见，并且也可以看出她对女性美的观念也是较为全面的，认为不仅要有相貌美，还要有内涵美。《词论》开头所引歌手李八郎的故事，除了从乐府、声诗、词等音乐文学的根本属性和音乐的感人性来解释，艾朗诺也从女性主义的角度解读了它，认为这个故事之所以被放在显眼的位置是为了暗示"作为一个作家，一个词人，李清照是男性世界的闯入者……一个有才能的人，也许表面看来他在生活中处于错误的位置，有着错误的性别，然而其本质却依然是优秀的，甚至完全可能胜过那些有着正确外表和正确性别的人……她所需要的全部只是一个机会"①。艾朗诺认为李清照是借装扮得衣衫褴褛、貌不惊人的李八郎开喉歌唱、技压全场的故事来暗示自己是闯入男性词人群体的技艺出众者，只要给她机会，便会艳惊四座。有这样追求的李清照对男性的写作传统有较为清醒深刻的认识，她只会给自己提出更高的要求，而不会用陈旧的套路、陈词滥调或男性化、模式化的视角来作词。王灼虽然从卫道的角度批评她，但也不得不承认她才华过人，在曲尽人意和轻巧尖新方面尤为突出。这也是李清照刻意追求所致。

从李清照所塑造的女性形象来看，大都如艾朗诺所说："在李清照看来，秦观在极力扮演一位少女。但因为他的词缺少故实和用典，所以他的词看上去顶多只能算是一位'贫家美女'，也许很漂亮，但却缺少优雅的举止和高贵的气质……当然，只有李清照才真正是一位富裕、优越的女士，不必为了听起来像而去假装。"②李清照笔下的女性形象，带有自我形象的投射，举止优雅，富有大家闺秀气度，生活充满诗情画意，对自然界的变化充满敏锐的感知和好奇的求知欲，虽然前期也有与丈夫分别的惆怅和烦忧，后期还有国破家亡后的飘零孤苦，却始终展现了一个进退有据、端庄内省、委婉细腻、敏慧文雅的闺秀形象，不同于男性词人对女性偏物化、类型化的书写。

从《点绛唇》这首词的文本出发，文本中的女性形象与其所在空间的关系，文本意象、范式等的书写体现出的性别意识，文本中承袭男性文人

① 艾朗诺：《才女的重担：李清照〈词论〉中的思想与早期对她的评论（下）》，郭勉愈译，载《长江学术》2009年第4期。
② 艾朗诺：《才女的重担：李清照〈词论〉中的思想与早期对她的评论（下）》，郭勉愈译，载《长江学术》2009年第4期。

书写的主体意识等，似乎都指向，这首署名李清照的《点绛唇》的确非常可疑，更可能是男性词人的创作。因此，笔者十分赞同王仲闻先生的处理结果，应把它放置在存疑词之列，而不应再像许多论者那样把它视为李清照少女时期与赵明诚的邂逅来津津乐道。词本非信词，更遑论由它所引出的所谓清照生平韵事了。

结　语

　　中国园林是在自然基础上人工营造的胜境，它融建筑、绘画、雕塑、书法、文学、金石于一体，包括山、水、石、动植物与厅、堂、馆、榭、轩、楼、台、阁、亭、廊、路、桥等各种建筑物，目的是游览观赏、起居理事、读书养性等，有"中国文化四绝"之一的称誉①。从时下兴起的生态学的角度来看，它更是造园者和园主对于人与环境、人类生存的状态的一种形而上的思考和形而下的实践相结合的产物。"无论从园内的物质内容到精神功能，从园林的立意布局到园内景区的主题分配，从景物本身的表义内涵到景物之间的符号关系都孕育着丰富的中国园林美学思想和博大精深的中国传统文化底蕴。"②

　　中国园林无一例外都实现了艺术地再现自然，范山模水，取法天然，造园的基本思想可以概括为"虽由人做，宛自天开"。这一思想实际上就是儒家"天人合一"的哲学观念在园林艺术中的体现。在园林中，"清风明月本无价，近水远山俱有情"，正是儒家自然观的最佳体现。天即"自然"，意味着原朴、原在、本色的自然物和自然界；人即"人工"，主要指通过人的行为、思想意识进行的对自然的改造和创造。它们更有着深刻的哲学意义："'自然'与'人工'非但是中国古典美学乃至哲学中的一个重要范畴，而且是有无、虚实、形神、意象、大小等范畴的审美元范畴，它既是'天人合

① 刘振礼、王兵：《新编中国旅游地理》（修订版），南开大学出版社，2001年，第141页。
② 吴隽宇、肖艺：《从中国传统文化观看中国园林》，载《中国园林》2001年第3期。

一'哲学美学大范畴的一种明晰化、具象化的重要体现，也是更深一步理解上述那些范畴的一个重要环节……在古代中国人的文化意识倾向上，却始终于执着地笃信和追求'自然'与'人工'之间的亲契合一，而不是像西方古人那样在意识倾向上表现出一种'人工'战胜和压倒'自然'的'天人相分'。"① 中国园林在有限的空间范围内经过加工提炼，利用自然条件，把建筑、山水、植物有机地融合为一体，模拟大自然中的美景，又有人工介入景物而带来的方便舒适，创造出与自然环境协调共生、天人合一的艺术综合体。

儒家的比德思想也对中国园林产生了很大的影响，园林景观在中国古人的心目中并非仅是可供审美的自然物，还是品德美、精神美和人格美的象征，可以友之师之，如人们习见的松、梅、兰、菊、荷以及山石，人们往往可以在品赏的过程中从景物身上发现自身，体会物我关系的同一性，进行人与自然之间的交流。如对竹的欣赏："劲本坚节，不受雪霜，刚也；绿叶萋萋，翠筠浮浮，柔也；虚心而直，无所隐蔽，忠也；不孤根而挺耸，必相依以擢秀，义也；虽春阳气旺，终不与众木斗荣，谦也；四时一贯，荣衰不殊，恒也。"（唐刘岩夫《植竹记》）在这样的品赏过程中，自然物就不仅作为物本身的意义出现在园林景观中，而是景中有情，景中寓志，物中有义。物堪以比德，人从而受教。当然这也是建立在审美活动之上的。许多文人园林更是主人情志的寄托，如沧浪亭、拙政园。除了以上偏向哲学道德层面的影响，儒家审美层面的思想也影响着园林美学。如孔子曰："仁者乐山，智者乐水。"《论语》当中孔子与曾晳相似的沐浴春风、畅快郊游的人生理想，以及宋代理学家们所看重的万物欣欣向荣、生生不息的强健之气，为观赏亲近这生机，甚至庭中野草都不忍拔去，这些重视自然生机、向往悠游生活的理想在园林中都有所体现并能得到实践。

道家思想也从各个侧面影响着园林。道家的自然观表现为崇尚自然、逍遥虚静、无为顺应、朴质贵清、淡泊自由、浪漫飘逸。它对于长生理想的

① 徐清泉：《中国古代审美文化中的"自然与人工"范畴》，载《复旦学报（社会科学版）》1995年第4期。

追求和对神仙国度的向往直接影响着皇家园林及不少私家园林中"一池三山"模式的形成。据《关中记》载，上林苑设牵牛织女象征天河，置喷水石鲸、筑蓬莱三岛以象征东海扶桑。另上林苑中有大型宫苑建章宫，建章宫北为太液池，是一个相当宽广的人工湖，因池中筑有三神山而著称。老子主张"大地以自然为运，圣人以自然为用，自然者道也"。庄子继承并发展了老子"道法自然"的思想，认为自然界本身是最美的，即"天地有大美而不言"。它最充分、最完全地体现了这种"无为而无不为"的"道"。中国古典园林之所以崇尚自然，追求自然，固然是出于对自然美的模仿，也是对潜在自然之中的"道"的探求。而"无为""遁世""高蹈"的思想则与园林的隐逸思想密切相关。

还有禅宗思想对园林的影响。在禅宗看来，人既在宇宙之中，宇宙也在人心之中，人与自然并不仅是彼此参与的关系，更确切地说两者是浑然如一的。内心的体验便是达到这一境界的关键，因此禅宗重个体的直觉体验和沉思冥想的思维方式，从而在感性中通过悟境而达到精神上的超脱与自由，追求在刹那之间使自己获得解脱的觉悟或感受。禅宗主张通过渐修或顿悟发见本心，而在渐修中得以顿悟的契机往往就是自然物，比如六祖惠能的传世之偈中所说的"菩提本非树，明镜亦非台。本来无一物，何处惹尘埃"，还有"一沙一世界"，再如"青青翠竹，皆是法身，郁郁黄花，无非般若"。世间万物都可能是佛法或本心的幻化，打破了自然界小与大、物质的虚实特性之间的根本界限，这就为园林在有限的空间中产生无限的审美体验提供了可能。因此，与皇家园林追求游仙的长生理想不同，文人园林则多数充满禅趣，这不仅表现在对园林美的品味当中多有禅意，如"闻妙香室"，园林景观的设计中多不漏掉面壁之所——清修之室，让心灵在扰攘的红尘中可以有一个洗涤尘埃、明心见性的场所，还表现在以小见大的园林审美倾向上。文人园林面积、规模、景物都小，因而精致，这一方面是客观的空间和物质条件所限，另一方面也是小中见大的哲学和审美思想的体现。园林还有一个雅称——壶中天地，就充分体现出这种思想。沈复《浮生六记·闲情记趣》说："以丛草为林，以虫蚁为兽，以土砾凸者为丘，凹者为壑。"另外，禅宗思想还影响到文人园林的"雅淡"风格。园林的景观具有平淡或枯淡的视觉效果，简、疏、古、拙的表面是平淡无奇，但却可以摒去华艳，使纯净的当下审美触发直觉感受，从而在思维的超越中达到某种审美体验，这与中国水墨画有着异曲同工的妙处。

从现代文化的角度来说，园林也有着不可忽略的价值：园林是集生态美、艺术美、景观美等于一体的自然、健康的人居环境。苏州的私家园林更使世界文化遗产委员会的委员们发出惊叹："其艺术、自然与哲理的完美结合，创造出了惊人的美和宁静的和谐。"①

中国园林艺术是融多种艺术为一体的综合艺术，文学、诗歌、绘画、雕塑、建筑、工艺、书法等各门类艺术结合在园林特定的时空当中，而各门艺术自己固有的审美特性被园林艺术同化，成为园林美中不可分割的一部分，各种艺术又互相渗透、交汇，产生一种综合效果。这综合效果，便是独特的园林艺术美。从园林的建造设计到欣赏，都包含着丰富独特的内容。入园讲究曲折，不能一览无余，园林景物多藏而不露，隐而不现，如《红楼梦》中"大观园"的景致，都隐于一带假山之后。园景则注重在有限的空间里显出自然景物的丰富层次，讲究小中见大、虚实相间、高低互映、远近相衬、动静结合。无论是园林的建造还是品赏，都因为它是一个集萃形的艺术综合体而有着自己独特的思维和审美方式，由此产生的园林意境也是复杂丰富的。金学智先生的《中国园林美学》，就从多个层次剖析园林美：物质性建构序列（包括建筑之美、山水之美、花木之美、自然性天时之美）；精神性建构序列（包括文学语言形而上的审美功能，汇成艺术空间的空间艺术之书法、绘画、雕刻，时间艺术的流动和凝固——琴韵，园林美与戏曲美——艺术综合，宗教意识流的积淀，重农意识流的淡化，重文意识流的显现等）；园林审美意境的整体生成（包括空间分割，奥旷交替，主体控制，曲径通幽，标胜引景，亏蔽景深，气脉连贯，互妙相生，意凝神聚，有无相生与超越意识、借景、对景及其类型序列，框格美学与无心图画）。②非常细致深入又时有新见地讨论了构成园林整体意境美的诸问题。

宋词与园林，都体现着中国士大夫阶层的趣味，它们同是中国文化、艺术的昆山一角和邓林一枝，也正因此，才有了展开以上探讨的可能。当然，探讨并未结束，或许只能算是个开始。在它们之间，"似"是艺术殿堂的明亮之处，"不似"则是还待探究的奥妙之门，也许，神奇幻化，就在这似与不似之间。

参 考 文 献

[1] 陈鼓应.庄子今注今译[M].北京：中华书局，1983.

[2] 谷声应.吕氏春秋白话今译[M].北京：中国书店，1992.

[3] 周振甫.文心雕龙今译[M].北京：中华书局，1986.

[4] 遍照金刚.文镜秘府论[M].周维德，校点.北京：人民文学出版社，1975.

[5] 祖保泉.司空图诗品解说：修订本[M].合肥：安徽人民出版社，1980.

[6] 四川大学中文系古典文学教研室.宋文选[M].北京：人民文学出版社，1980.

[7] 苏轼.苏东坡全集：注释本[M].北京：燕山出版社，1998.

[8] 魏庆之.诗人玉屑[M]//景印文渊阁四库全书：第1481册.台北：台湾商务印书馆，1983.

[9] 严羽.郭绍虞.沧浪诗话校释[M].2版.北京：人民文学出版社，1983.

[10] 释惠洪.冷斋夜话[M].台北：新兴书局有限公司，1978.

[11] 叶梦得.石林诗话[M].台北：新兴书局有限公司，1983.

[12] 谢榛，王夫之.四溟诗话·姜斋诗话[M].北京：人民文学出版社，1961.

[13] 吴乔.围炉诗话[M]//丛书集成初编.上海：商务印书馆，1936.

[14] 袁枚.王英志.续诗品注评[M].杭州：浙江古籍出版社，1989.

[15] 刘熙载.艺概[M].上海：上海古籍出版社，1978.

[16] 叶燮.原诗[M].霍松林，校注.北京：人民文学出版社，1979.

[17] 吴之振，等.宋诗钞[M].北京：中华书局，1986.

[18] 朱自清. 新诗杂话[M]. 北京：生活·读书·新知三联书店，1984.

[19] 钱锺书. 七缀集[M]. 北京：生活·读书·新知三联书店，2002.

[20] 钱锺书. 谈艺录：补订本[M]. 北京：中华书局，1984.

[21] 钱锺书. 管锥编[M]. 北京：中华书局，1979.

[22] 唐圭璋. 全宋词[M]. 北京：中华书局，1965.

[23] 唐圭璋. 词话丛编[M]. 2版. 北京：中华书局，2005.

[24] 夏承焘. 唐宋词人年谱[M]. 上海：上海古籍出版社，1979.

[25] 夏承焘. 夏承焘集[M]. 杭州：浙江古籍出版社，1997.

[26] 顾随. 顾随文集[M]. 上海：上海古籍出版社，1986.

[27] 陈匪石. 宋词举[M]. 钟振振，校点. 南京：江苏古籍出版社，2002.

[28] 沈祖棻. 宋词赏析[M]. 上海：上海古籍出版社，1980.

[29] 缪钺. 缪钺全集[M]. 石家庄：河北教育出版社，2004.

[30] 王水照. 宋代文学通论[M]. 开封：河南大学出版社，1997.

[31] 吴熊和. 唐宋词通论[M]. 上海：上海古籍出版社，2001.

[32] 陶尔夫，刘敬圻. 南宋词史[M]. 哈尔滨：黑龙江人民出版社，1992.

[33] 叶嘉莹. 迦陵论词丛稿[M]. 石家庄：河北教育出版社，1997.

[34] 叶嘉莹. 南宋名家词讲录[M]. 天津：天津古籍出版社，2005.

[35] 叶嘉莹. 古典诗词讲演集[M]. 石家庄：河北教育出版社，1997.

[36] 叶嘉莹. 王国维及其文学批评[M]. 广州：广东人民出版社，1982.

[37] 杨海明. 唐宋词史[M]. 天津：天津古籍出版社，1998.

[38] 杨海明. 唐宋词纵横谈[M]. 苏州：苏州大学出版社，1994.

[39] 杨海明. 唐宋词与人生[M]. 石家庄：河北人民出版社，2002.

[40] 杨海明. 唐宋词美学[M]. 南京：江苏教育出版社，1998.

[41] 杨海明. 唐宋词论稿[M]. 杭州：浙江古籍出版社，1988.

[42] 王兆鹏，刘尊明. 宋词大辞典[M]. 南京：凤凰出版社，2003.

[43] 金启华，等. 唐宋词集序跋汇编[M]. 南京：江苏教育出版社，1990.

[44] 王兆鹏. 词学史料学[M]. 北京：中华书局，2004.

[45] 沈家庄. 宋词的文化定位[M]. 长沙：湖南人民出版社，2005.

[46] 沈松勤. 唐宋词社会文化学研究[M]. 杭州：浙江大学出版社，2000.

[47] 吴惠娟. 唐宋词审美观照[M]. 上海：学林出版社，1999.

[48] 陶文鹏. 苏轼诗词艺术论[M]. 上海：上海古籍出版社，2001.

[49] 张毅. 宋代文学研究[M]. 北京：北京出版社，2001.

[50] 邓广铭. 稼轩词编年笺注[M]. 上海：上海古籍出版社，1978.

[51] 衣若芬. 赤壁漫游与西园雅集：苏轼研究论集[M]. 北京：北京线装书局，2001.

[52] 周保策，张玉奇. 辛弃疾研究论文集[M]. 香港：天马图书有限公司，2003.

[53] 人民文学出版社编辑部. 中华文学评论百年精华[M]. 北京：人民文学出版社，2002.

[54] 范培松，金学智. 插图本苏州文学通史[M]. 南京：江苏教育出版社，2004.

[55] 叶维廉. 中国诗学[M]. 北京：生活·读书·新知三联书店，1992.

[56] 陶文鹏. 唐宋诗美学与艺术论[M]. 天津：南开大学出版社，2003.

[57] 王文生. 论情境[M]. 上海：上海文艺出版社，2001.

[58] 丰华瞻，戚志蓉. 丰子恺论艺术[M]. 上海：复旦大学出版社，1985.

[59] 宗白华. 美学散步[M]. 上海：上海人民出版社，1981.

[60] 宗白华. 宗白华全集[M]. 合肥：安徽教育出版社，1994.

[61] 宗白华. 天光云影[M]. 北京：北京大学出版社，2005.

[62] 朱光潜. 朱光潜美学文集[M]. 上海：上海文艺出版社，1982.

[63] 吴功正. 中国文学美学[M]. 南京：江苏教育出版社，2001.

[64] 梁一儒，等. 中国人审美心理研究[M]. 济南：山东人民出版社，2002.

[65] 李泽厚. 美学四讲[M]. 桂林：广西师范大学出版社，2001.

[66] 叶朗. 中国美学史大纲[M]. 上海：上海人民出版社，1985.

[67] 柯庆明. 中国文学的美感[M]. 石家庄：河北教育出版社，2001.

[68] 朱良志. 曲院风荷：中国艺术论十讲[M]. 合肥：安徽教育出版社，2003.

[69] 胡晓明. 万川之月：中国山水诗的心灵境界[M]. 北京：生活·读书·新知三联书店，1992.

[70] 黑格尔. 美学[M]. 朱光潜，译. 北京：商务印书馆，1979.

[71] 今道友信.关于美[M].哈尔滨：黑龙江人民出版社，1983.

[72]《美学文献》编辑部.美学文献：第1辑[M].北京：书目文献出版社，1984.

[73] 乔治·桑塔耶纳.美感[M].北京：中国社会科学出版社，1982.

[74] 苏珊·朗格.艺术问题[M].北京：中国社会科学出版社，1983.

[75] 鲁道夫·阿恩海姆.艺术与视知觉：视觉艺术心理学[M].北京：中国社会科学出版社，1984.

[76] 宇文所安.追忆：中国古典文学中的往事再现[M].郑学勤，译.北京：生活·读书·新知三联书店，2004.

[77] 宇文所安.迷楼：诗与欲望的迷宫[M].程章灿，译.北京：生活·读书·新知三联书店，2003.

[78] 张华.祝鸿杰.博物志全译[M].贵阳：贵州人民出版社，1992.

[79] 刘义庆.世说新语[M].刘孝，标注.上海：上海古籍出版社，1982.

[80] 李焘.续资治通鉴长编[M].2版.北京：中华书局，2004.

[81] 脱脱，等.宋史[M].北京：中华书局，1985.

[82] 周应合.景定建康志[M]//景印文渊阁四库全书：第488册.台北：台湾商务印书馆，1983.

[83] 罗浚.宝庆四明志[M]//景印文渊阁四库全书：第487册.台北：台湾商务印书馆，1983.

[84] 祝穆.方舆胜览[M].祝洙，增订.施和金，点校.北京：中华书局，2003.

[85] 王象之.舆地纪胜[M].台北：文海出版社，1962.

[86] 乐史.太平寰宇记[M].台北：文海出版社，1980.

[87] 欧阳忞.舆地广记[M].台北：文海出版社，1962.

[88] 王存，等.元丰九域志[M].台北：文海出版社，1962.

[89] 朱长文.吴郡图经续记[M].南京：江苏古籍出版社，1986.

[90] 周淙.乾道临安志[M]//景印文渊阁四库全书：第484册.台北：台湾商务印书馆，1983.

[91] 范成大.吴郡志[M].南京：江苏古籍出版社，1986.

[92] 叶梦得.石林燕语[M].北京：中华书局，1984.

[93] 吴处厚.青箱杂记[M].李裕民，点校.北京：中华书局，1985.

[94] 陈鹄.耆旧续闻[M]//景印文渊阁四库全书：第1039册.台北：台湾商
务印书馆，1983.

[95] 叶绍翁.四朝闻见录[M].沈锡麟，冯惠民，点校.北京：中华书局，
1989.

[96] 叶梦得.避暑录话[M]//朱易安，傅璇琮，等.全宋笔记：第2编：第
10册.郑州：大象出版社，2006.

[97] 周密.癸辛杂识[M]//上海古籍出版社.宋元笔记小说大观：第6册.上
海：上海古籍出版社，2001.

[98] 孟元老.东京梦华录[M].李士彪，注.济南：山东友谊出版社，2001.

[99] 周密.武林旧事[M].傅林祥，注.济南：山东友谊出版社，2001.

[100] 袁褧.枫窗小牍[M]//上海古籍出版社.宋元笔记小说大观：第5册.
上海：上海古籍出版社，2001.

[101] 吴自牧.梦粱录[M]//景印文渊阁四库全书：第590册.台北：台湾商
务印书馆，1983.

[102] 耐得翁.都城纪胜[M]//景印文渊阁四库全书：第590册.台北：台湾
商务印书馆，1983.

[103] 李格非.洛阳名园记[M].北京：文学古籍刊行社，1955.

[104] 范成大.骖鸾录[M]//景印文渊阁四库全书：第460册.台北：台湾商
务印书馆，1983.

[105] 周密.齐东野语[M].北京：中华书局，1983.

[106] 龚明之.中吴纪闻[M].上海：上海古籍出版社，1987.

[107] 范成大.范村梅谱[M]//景印文渊阁四库全书：第845册.台北：台湾
商务印书馆，1983.

[108] 杜绾.云林石谱[M]//丛书集成初编.上海：商务印书馆，1936.

[109] 洪刍.香谱[M]//丛书集成初编.上海：商务印书馆，1937.

[110] 潜说友.咸淳临安志[M].上海：上海古籍出版社，1987.

[111] 田汝成.西湖游览志[M].上海：上海古籍出版社，1980.

[112] 李贤，等.明一统志[M].上海：上海古籍出版社，1987.

[113] 李濂.汴京遗迹志[M].台北：新兴书局有限公司，1983.

[114] 王鏊.姑苏志[M].上海：上海古籍出版社，1987.

[115] 凌迪知.万姓统谱[M].上海：上海古籍出版社，1994.

[116] 张岱.陶庵梦忆·西湖梦寻[M].北京：作家出版社，1995.

[117] 文震亨.陈植.长物志校注[M].杨超伯，校订.南京：江苏科学技术出版社，1984.

[118] 赵弘恩，黄之隽，等.江南通志[M]//景印文渊阁四库全书：第507册.台北：台湾商务印书馆，1983.

[119] 岳浚，杜诏，等.山东通志[M]//景印文渊阁四库全书：第539册.台北：台湾商务印书馆，1983.

[120] 嵇曾筠，李卫，等.浙江通志[M].上海：上海古籍出版社，1991.

[121] 谢旻，等.江西通志[M].上海：上海古籍出版社，1987.

[122] 黄廷桂，张晋生，等.四川通志[M]//景印文渊阁四库全书：第560册.台北：台湾商务印书馆，1983.

[123] 仁宗敕.大清一统志[M].上海：上海书店，1984.

[124] 朱彭.南宋古迹考[M]//丛书集成初编.上海：商务印书馆，1935.

[125] 李斗.扬州画舫录[M].汪北平，涂雨公，点校.北京：中华书局，1960.

[126] 姚承绪.吴趋仿古录[M].吴琴，校点.南京：江苏教育出版社，1993.

[127] 徐崧，张大纯.百城烟水[M].薛正兴，校点.南京：江苏古籍出版社，1999.

[128] 高士奇.江村草堂记[M]//陈从周，蒋启霆.园综：新版：下册.赵厚均，校订，注释.上海：同济大学出版社，2011.

[129] 张潮.幽梦影[M].北京：宗教文化出版社，2002.

[130] 李渔.闲情偶寄[M].张立，注.西安：陕西人民出版社，1998.

[131] 沈复.浮生六记[M].北京：人民文学出版社，1980.

[132] 钱泳.履园丛话[M]//上海古籍出版社.清代笔记小说大观：第4册.上海：上海古籍出版社，2007.

[133] 冒襄.影梅庵忆语[M].李之亮，点校.长沙：岳麓书社，2016.

[134] 王謇.宋平江城坊考[M].张维明，整理.南京：江苏古籍出版社，1999.

[135] 郭思.林泉高致集[M]//朱易安，傅璇琮，等.全宋笔记：第8编：第10册.郑州：大象出版社，2017.

[136] 董其昌.画禅室随笔[M].屠友祥，校注.上海：上海远东出版社，1999.

[137] 恽格.瓯香馆集[M].上海：商务印书馆，1935.

[138] 笪重光.画筌[M].北京：人民美术出版社，1987.

[139] 周林生.宋元绘画[M].石家庄：河北教育出版社，2004.

[140] 卞孝萱.郑板桥全集[M].济南：齐鲁书社，1985.

[141] 吴冠中.吴冠中文集：第1卷[M].上海：文汇出版社，1998.

[142] 陈植，张公弛.中国历代名园记选注[M].陈从周，校阅.合肥：安徽科学技术出版社，1983.

[143] 邵忠，李瑾.苏州历代名园记·苏州园林重修记[M].北京：中国林业出版社，2004.

[144] 李浩.唐代园林别业考录[M].上海：上海古籍出版社，2005.

[145] 童寯.造园史纲[M].北京：中国建筑工业出版社，1983.

[146] 童寯.江南园林志[M].2版.北京：中国建筑工业出版社，1984.

[147] 宗白华，等.江溶，王德胜.中国园林艺术概观[M].南京：江苏人民出版社，1987.

[148] 陈从周.梓翁说园[M].北京：北京出版社，2004.

[149] 陈从周.中国园林[M].广州：广东旅游出版社，1996.

[150] 陈子善.陈从周散文[M].广州：花城出版社，1999.

[151] 陈从周.书带集[M].广州：花城出版社，1984.

[152] 陈从周.园林谈丛[M].上海：上海文化出版社，1980.

[153] 周维权.中国古典园林史[M].北京：清华大学出版社，1990.

[154] 金学智.中国园林美学[M].南京：江苏文艺出版社，1990.

[155] 金学智.苏州园林[M].苏州：苏州大学出版社，1999.

[156] 曹林娣.苏州园林匾额楹联鉴赏：增订本[M].北京：华夏出版社，1999.

[157] 曹林娣.凝固的诗：苏州园林[M].上海：上海三联书店，2001.

[158] 曹林娣，许金生.中日古典园林文化比较[M].北京：中国建筑工业出版社，2004.

[159] 曹林娣.静读园林[M].北京：北京大学出版社，2005.

[160] 曹林娣.中国园林艺术论[M].太原：山西教育出版社，2001.

[161] 任晓红.禅与中国园林[M].北京：商务印书馆国际有限公司，1994.

[162] 王毅.中国园林文化史[M].上海：上海人民出版社，2004.

[163] 艾定增，梁敦睦.中国风景园林文学作品选析[M].北京：中国建筑工业出版社，1993.

[164] 刘少宗.说亭[M].天津：天津大学出版社，2000.

[165] 刘郎.秋泊江南[M].北京：中国摄影出版社，2001.

[166] 周武忠，陈筱燕.花与中国文化[M].北京：中国农业出版社，1999.

[167] 刘敦桢.中国古代建筑史[M].北京：中国建筑工业出版社，1980.

[168] 刘敦桢.苏州古典园林[M].北京：中国建筑工业出版社，1979.

[169] 冯钟平.中国园林建筑[M].北京：清华大学出版社，1988.

[170] 李征.园林设计[M].北京：中国建筑工业出版社，1995.

[171] 谢孝思.苏州园林品赏录[M].上海：上海文艺出版社，1998.

[172] 朱江.扬州园林品赏录[M].3版.上海：上海文化出版社，2002.

[173] 岳毅平.中国古代园林人物研究[M].西安：三秦出版社，2004.

[174] 永瑢，等.四库全书总目[M].北京：中华书局，1965.

[175] 林语堂.中国人[M].杭州：浙江人民出版社，1988.

[176] 徐复观.中国艺术精神[M].北京：商务印书馆，2010.

[177] 葛兆光.禅宗与中国文化[M].上海：上海人民出版社，1986.

[178] 龚斌.中国人的休闲[M].上海：上海古籍出版社，1998.

[179] 程裕祯.中国文化要略[M].北京：外语教学与研究出版社，1998.

[180] 贾祖璋.鸟与文学[M].上海：上海古籍出版社，2001.